Der Weltverbesserer Hartmut und sein Kumpel wollen ihre Bochumer WG aufs Land verlegen – zusammen mit Freundinnen, Katze und Schildkröte. Auf eBay machen sie ein Schnäppchen. Doch statt eines charmanten Fachwerkhäuschens mit leichtem Renovierungsbedarf finden die Neusiedler eine komplette Ruine vor. Ein Kampf von Geist und Materie beginnt ...

»Aberwitzig, sprachgewandt, urkomisch.« MDR Sputnik

Oliver Uschmann (geb. 1977) blieb im Kindergarten derart mit dem Kopf in einem Stuhl hängen, dass der Hausmeister ihn freisägen musste. In Wesel schrieb er erste Geschichten und inszenierte als Pausenhof-Promoter Wrestlingshows. In Bochum studierte er Literatur und inszenierte als Veranstalter, Fanziner, Sänger und Aktivist die Revolution. Heute lebt er im Münsterland und erschafft dort mit Sylvia Witt die hartmuteske Welt und die Online-Galerie »Haus der Künste«. Zusätzlich gibt er Seminare als »Wortguru« und schreibt für die Magazine »Galore«, »Visions«, »Gee« und »Am Erker«. 2007 absolvierte er eine 300 Kilometer lange Lesereise barfuß. Stühle baut er mittlerweile selbst.

Die ›Hartmut und ich‹-Romane:
›Hartmut und ich‹ (Fischer Taschenbuch Verlag, Band 16615)
›Voll beschäftigt‹ (Fischer Taschenbuch Verlag, Band 17125)
›Wandelgermanen‹ (Fischer Taschenbuch Verlag, Band 17248)
›Murp!‹ (Scherz Verlag, Band 11050)

Die Community: www.hartmut-und-ich-de
Die Spielwiese: www.wandelgermanen.de

Der Verlag: www.fischerverlage.de

Oliver Uschmann

WANDELGERMANEN

Hartmut und ich stehen im Wald

Roman

Fischer Taschenbuch Verlag

Veröffentlicht im Fischer Taschenbuch Verlag,
einem Unternehmen der S. Fischer Verlag GmbH
Frankfurt am Main, November 2008

© S. Fischer Verlag GmbH, Frankfurt am Main, 2007
Satz: H & G Herstellung, Hamburg
Druck und Bindung: Nørhaven Paperback A/S, Viborg
Printed in Denmark
ISBN 978-3-596-17248-1

»Der Mann muß mäßig weise sein,
Doch nicht allzu weise.
Des Weisen Herz erheitert sich selten,
Wenn er zu weise wird.«

Des »Hohen Lied« (1. Teil) 54. Strophe.
Aus dem Hávamál, 6. Götterlied der älteren Edda.

»Wenig Arbeit ist eine Illusion.«

Sylvia Witt

PROLOG

Es rauscht.

Hartmut und ich stehen vor einer riesigen Wand aus schmierigem Beton, die aus dem Boden des Gartens wächst. Das ist also das Ende, denke ich. Das Ende des Gartens. Ich denke an Truman, wie er seiner Show mit dem Schiff entkommt und mitten auf dem Meer gegen die weiße Wand stößt.

»Meine Mutter hat hier alles angepflanzt«, sagt Herr Fleige und deutet nach rechts zur riesigen Brachfläche, die einst ein Gemüsebeet war. Hinter der Betonwand dröhnt der Fracht- und Privatverkehr der A44. Biogemüse.

»750 Quadratmeter Garten, und dann enden sie an der A44«, sagt Hartmut leise, als wir hinter Herrn Fleige zum Haus zurückgehen. Der Mann hat schulterlange Haare im Beigeweiß alter Bestrahlungsgeräte beim Kinderarzt. Eine weite Cordhose klammert sich an seine schmalen Hüften.

»Was kommt noch? Ein Hauseingang direkt auf einem Rollfeld?« Hartmut schnauft. Ein Härchen hängt ihm aus der Nase. Herr Fleige öffnet die Tür zum schwarz angekrusteten Wintergarten, durch den es ins Haus geht. Wir steigen über Apfelsinenkisten mit alten Ausgaben von Spiegel, GEO und taz; an der Wand hängt ein Bild von Bob Dylan.

Wie sollte ich Hartmut beruhigen? Es ist das 17. Haus, das wir anschauen, und eigentlich dürfte uns nichts mehr überraschen. Provozierend ist nur, wie sich die Mängel bei jeder Besichtigung mehr nach hinten verschieben. Bellten uns die ersten Häuser schon beim Betreten des Flurs ihre Untauglichkeit entgegen, läuft man jetzt mit einem heruntergekommenen 68er durch das Haus seiner Eltern, redet sich die Glasbausteine im Treppenhaus schön, freundet sich mit der Menge der Räume an und springt beim Anblick eines 750-qm-Gartens fast in die Luft, bis die A44 am Ende des parkähnlichen Anwesens alle Träume zunichte macht.

»Sie hätten es gleich sagen können«, sagt Hartmut, der geladen ist und den von Herrn Fleige offerierten Kaffee auf dem angesplitterten Sideboard der Küche beiseite schiebt. Der Mann sieht ihn mit glasigen Augen an und schweigt.

»Sie hätten uns nicht erst durchs Haus führen brauchen. Einfach sagen: ›Ach ja, da ist noch eine der meistbefahrenen Autobahnen der Nation hinter dem Garten, falls Ihnen das nichts ausmacht‹, und wir wären ganz schnell weggewesen. Ganz schnell!« Hartmut betont das »ganz schnell« wie ein westfälischer Heizungsinstallateur, der gleich ausrastet. Hartmut ist gereizt. In seiner Hosentasche steckt die Liste mit Merkmalen, die unser zukünftiges Zuhause haben muss. Eine Werkstatt für Susanne, ein Atelier für Caterina, helle Räume, großer Garten, freistehend, ruhig, grün, der Eingang nicht auf eine Straße zeigend. Kein Gas, kein Flachdach und keine dunklen Fliesen. Mindestens drei Extraräume neben Wohnzimmer und Küche. Garage, Terrasse, Land. Unsere Frauen sind nicht anspruchslos. Aber sie haben recht. »Was Sie suchen, müssen Sie sich erst noch backen«, sagte der Makler, dem Hartmut gekündigt hat. Herr Fleige sagt nichts.

»Stand bei Jefferson Airplane irgendwas von Betrug? Von Lüge? Ist Jim Morrison dafür gestorben? Dass sie uns zwei

Stunden unseres Lebens stehlen, statt direkt zu sagen, dass die A44 durch das Gemüsebeet geht?«

»Hartmut«, sage ich und drücke ihn sanft an der Schulter aus der Küche zur Haustür. »Die internationale Solidarität der Völker«, schimpft er weiter, während ich ihn vorwärtsschiebe. »Joan Baez würde ihre Mieter nicht verarschen.« Herr Fleige steht in der Tür seiner alten Küche und erwidert nichts. Die Anziehungskraft der Teilchen hält ihn noch eben zusammen, während sich die Ordnung im Haus schon längst aufgelöst hat. Schwach hebt er die Hand zur Verabschiedung. Als wir die Straße betreten, rauscht die A 44.

Es gibt viele kleine Orte in Deutschland.

Hartmut und ich lernen sie kennen.

Dort, wo der Keller Pilzbefall hatte, wächst der einzige Bahnsteig brüchig mit dem Parkplatz einer Kneipe zusammen, in der Kurve neben dem Fahrkartenautomaten reichen sie sich die Asphaltfinger, Unkraut zwischen den Schwimmhäutchen.

Dort, wo das Haus am Hang stand und die Sicht zu allen Seiten von Berg, Baum und Nachbar beschränkt wurde, steht eine Ski-Schanze im Wald, mitten in Deutschland, ohne Werbepause.

Dort, wo es keinen Keller gab und das Schlafzimmer bereits in die Garage gebaut wurde, löste das Stadtviertel in Hartmut Depressionen aus, weil es kein Stadtviertel war, sondern bloß ein Streifen bebautes Grün hinter einer Reparaturzentrale für Feuerwehrbedarf.

Und dort, wo die freistehenden Häuser in Wirklichkeit Doppelhaushälften waren, nun, da gab es nichts. Die Makler fuhren Smart und die Familien standen vorm Schlecker.

Aber das Haus, das wir heute anschauen, das muss es sein. Wir spüren es ...

»Ein toller Ausblick, oder?«, sagt Herr Hades und streckt demonstrativ seine Nase in Richtung der Felder, um auch die olfaktorische Qualität des Ortes zu unterstreichen. Während er einatmet, schlottern seine Nasenflügel. Dann zieht er wieder an der Zigarette, und ein wenig blauer Dunst bleibt in seinem Schnurrbart hängen. Frau Hades steht in der Tür zur Terrasse, hat einen verschwommenen Blick und spielt mit dem Fuß an einer Häkeldecke herum, mit der sie einen Bügeleisenabdruck auf dem Teppich verdeckt hat. Der Abdruck ist von den Vormietern. Hartmut lächelt, als er über das Feld blickt.

»Dagmar und ich haben hier wirklich gerne gewohnt«, sagt Herr Hades, dreht sich zu seiner Frau und legt behutsam den Arm um sie, bis sie leise zu zittern beginnt. »Glauben Sie uns, es fällt uns schwer, das alles hinter uns zu lassen. Sehr schwer.« Herr Hades bewegt bedeutungsschwanger seinen Schnurrbart auf und ab, seine Frau schluchzt laut auf und bestätigt: »Ja, sehr schwer ...« Dann gluckert sie komisch und holt sich ein Taschentuch.

Seit zwei Stunden sind wir jetzt schon hier und wissen alles über Herrn Hades' Exportgeschäft, die Zukunftspläne seiner Tochter und die Nachbarschaft in dem kleinen Ort, auf dessen Boden wir stehen und der vielleicht bald unser Ort sein kann. Das Haus ist fast perfekt, erfüllt sagenhafte 80% unserer Optimalliste und liegt inmitten von kleinen Feldern und Einfamilienhäusern, die voneinander Abstand halten und sich Luft zum Atmen lassen. Das Schlafzimmer im Obergeschoss wäre ein prima Atelier, die Doppelgarage kann sich Susanne zur Werkstatt ausbauen, und was das Beste ist: Wir können eine

Menge übernehmen. Die Küche zum Beispiel. Können, hat Herr Hades gesagt. Können.

Wenig später sitzen wir an Herrn Hades' Esstisch zwischen einer alten Jukebox und dem Tennisschläger, mit dem er die Westfalen Open gewann, und hören ihn sagen: »Also, 8000 Euro für die Küche, die Markise und all das andere Zeug, sind wir uns da einig?« Hartmut, der in den letzten Stunden etwas müde geredet wurde, hebt den Kopf. »Das können wir ja dann machen, wenn wir den Mietvertrag unterschrieben haben.« Herr Hades stockt, sieht zu seiner Frau, atmet einmal tief ein, nimmt einen Zug von der Zigarette und sieht Hartmut – den Qualm ausblasend – an. Sein Schnurrbart wölbt sich ein wenig, er wirkt wie ein Mafiamensch der mittleren Stufe, der aber auch alles zehn Mal erklären muss.

»Ich glaube, Sie haben mich nicht ganz verstanden«, sagt er. »Die Küche müssen wir hierlassen, das war die Bedingung.«

Hartmut sieht Hades an.

Hades atmet.

Seine Frau steht in der Tür und hat schon wieder Wasser in den Augen.

»Ich denke nicht, dass es mit dem deutschen Mietrecht vereinbar ist, wenn Vermieter den geeigneten Kandidaten danach aussuchen, ob er dem Vormieter für 8000 Euro die Küche abkauft«, sagt Hartmut.

Herr Hades holt nochmal Luft: »Es ist nicht nur die Küche. Es ist die Küche, die Markise, die Faltstores, die Treppenhausbeleuchtung...«

Faltstores sind kleine Rollos aus Papier, die innen am Fenster hängen und die man wie eine Ziehharmonika nach oben und unten auseinander ziehen kann. Sie wirken wie Origami und sammeln viel Staub. Die Treppenhausbeleuchtung besteht aus zwei Strippen mit Halogenlampenärmchen, die sich vom Dach bis zum Keller ziehen. Die Strippen sind mit transparentem Plastik umhüllt, das klebrig ist, wenn man es heimlich anfasst. Das Plastik sammelt viel Staub. Hartmut sagt nichts, und Hades sieht ihn durchdringend an.

»Nicht, dass Sie sich beim Vermieter melden, sobald Sie hier die Tür heraus sind. Mit dem Vermieter ist das alles abgesprochen, der ist auf unserer Seite.«

Hartmut sieht Hades an, als hätte er ihm die letzten Illusionen über die Menschheit geraubt. Seine Koteletten und Hades' Schnauzer bewegen sich leise auf und ab; ich stelle mir vor, wie sie noch zwei Sekunden warten und sich dann in einem gnadenlosen Kampf ineinander verhaken, bis nur noch einer übrig ist.

»Sie sagen mir, dass die 8000 Euro die Eintrittskarte in dieses Haus sind?«

Herr Hades nickt.

»Und es gibt keine andere?«

Herr Hades schüttelt den Kopf.

Hartmut steht auf.

»Hartmut«, sage ich, doch er ist schon im Flur und nimmt sich seine Jacke. »Jetzt warte doch, das Haus ist super, 80%, lass uns doch nicht...«

Doch Hartmut sieht mich nur streng an und zeigt mit dem ausgestreckten Zeigefinger auf meine Schuhe, die neben einer antiken Truhe stehen. Ich ziehe sie an und schnaufe. Vielleicht ist es ein Bluff. Vielleicht hofft er, Herrn Hades weichzukriegen. Doch da hofft er falsch. Hades steht in der Tür zum Wohnzimmer, den Kopf am Rahmen, und zieht an der Zigarette.

»Ich dachte, wir wären uns einig«, sagt er. Dagmar schluchzt. »Es fällt uns schwer, hier wegzugehen. Da werden wir sicher nichts verschenken.«

Hartmut sieht noch einmal auf, atmet höhnisch aus wie eine Frau, die zum zehnten Mal von ihrem Mann enttäuscht wurde, und öffnet die Tür. Draußen fährt ein junger Mann in einem alten Renault vor, dem bereits viele Haare ausfallen. »Ah, der Schriftsteller!«, ruft ihm Herr Hades demonstrativ erfreut entgegen, als wären wir schon nicht mehr da. Wir geben ihm die Klinke in die Hand.

Als wir aufhören zu suchen, kommt das Haus.

Besser: Es kommt Geschrei aus Hartmuts Zimmer, der vor dem Computer hockt und uns zu sich ruft, die vergrößerten Portraits eines Fachwerkhauses vor Augen, um dessen kleine Fenster sich ein Gartenzaun und Birnbaumäste ranken. Ein Vogel ist auf dem Bild zu sehen, ein Waldrand in der Ferne. Keine Nachbarn. Susanne, Caterina und ich stehen hinter Hartmut, dessen Schreibtischstuhl knackt. Hartmut drückt die Maus, ein eBay-Bildschirm tritt hervor. Da ist das Haus wieder in kleiner, daneben eine Summe. *Auktion gewonnen*. Für 8000 Euro.

»Woanders kriegt man dafür nur eine Küche und ein paar stinkende Faltstores«, lacht er, und es steckt ein Hauch von Kinski in diesem Lachen. Wir lesen die Daten. 350 Quadratmeter, großer Garten, Scheune zur Nutzung. »Die Scheune bauen wir als Atelier aus«, sagt Hartmut. »Und als Werkstatt. Und schaut mal hier!« Hartmut klickt auf eine Übersichtskarte. Man sieht einen grauen Fleck und ein paar schmale Wege. »Ein paar Nachbarn, ja. Aber das war's dann. Seht ihr, hier? Land! Alles Land!« Hartmut fährt mit dem Finger über den Bildschirm, über all die Fläche um die schmalen Wege herum. »Land!«

Wir wissen nicht, was wir sagen sollen.

Hartmut hätte uns fragen können. Hartmut hätte uns rufen können. Wahrscheinlich hat er die Auktion drei Minuten vor dem Ende entdeckt. Hartmut hat ein Haus gekauft. Für 8000 Euro. Spontan. Wir sagen nichts. Dann sagt Caterina leise: »Land ...«, und streichelt über den Bildschirm, als sei alles gut. »Du bist verrückt!«, sagt Susanne, aber es klingt wie: »Endlich ist die Suche vorbei!« Aus dem Augenwinkel sehe ich in ihr Zimmer, in dem noch immer der LKW in der Wand steckt. Die Statiker hatten errechnet, dass das Haus anders nicht mehr halten würde, und Kirsten, Pia und Frank zogen sofort aus. Man kann es ihnen nicht verdenken, wer oben wohnt, kann auch tief fallen. Hans-Dieter ging nach wenigen Tagen, er hatte einen Anbau bei seiner Tante Hede gefunden. Uns vieren erlaubte das Amt nach zähen Verhandlungen, noch acht Wochen zu bleiben. Hätten wir bis dahin kein neues Heim gefunden, müssten wir uns eben vorläufig mit den Notunterkünften der Stadt zufriedengeben. Acht Wochen. Zwei sind noch über. Hartmut hat ein Haus gekauft.

1

Jetzt ist es also so weit.

Ich sitze am Steuer des riesigen VW-Transporters und konzentriere mich auf die Musik im Kassettenrekorder, um nicht allzu sentimental zu werden, wenn wir gleich um die Ecke biegen und unser altes Zuhause für immer im Rückspiegel verschwindet. Caterina hat Sublime aufgelegt, leger wippende Sommermusik von kalifornischen Kiffern, die mir das Gefühl geben soll, hier und jetzt bloß in den Urlaub zu fahren und nicht etwa auszuziehen. Soeben trägt sie mit Susanne einen Korbsessel aus der Tür, das letzte Utensil, das verladen werden muss. Yannick sitzt in seinem Körbchen zwischen den Sitzen des Busses, miaut, klettert hinaus und schaut der letzten Verladung zu, die Pfoten auf dem Türrahmen. Irmtraud haben wir ein paar Blätter Salat und Stroh in einem Obstkarton zurechtgemacht; man sieht nur ihren Panzer, als wäre sie aus ihm ausgezogen. Als wir hier eingezogen sind, waren wir zwei Männer mit Job bzw. Studium. Jetzt sind wir zwei Männer mit Hausrat, Frauen, Kater und Schildkröte. Wir ziehen aufs Land. Hartmut hat seine Abschlussarbeit in Philosophie geschrieben und will uns mit seiner Online-Lebensberatung ernähren, ich habe bei UPS gekündigt. Es ist mir schwergefallen, die Handschuhe ein letztes Mal abzulegen. Jetzt werde ich Hausmann und Gärtner, wahrscheinlich. Ich weiß es noch nicht, mal sehen. Wir ziehen aufs Land. Es rumpelt, als die Frauen den Korbsessel in den Laderaum schmeißen. Bis zum Schluss stand er im leer geräumten Wohnzimmer, als wir am letzten Abend noch einmal Trash-Reportagen sahen und dabei Pommes Spezial aßen.

Wie beim Einzug, nur eben zu viert und mit einer neuen WG vor Augen, einer WG ohne Durchgangsbad und mit Frauen. Einer WG weit, sehr weit weg vom Ruhrgebiet.

»So«, sagt Caterina und schließt tatkräftig lächelnd die Tür des Busses. »Alles fertig. Es kann losgehen. Alles in Ordnung bei dir?« Es ist niedlich, wie sie das sagt. Sie legt ihre Hand auf mein Bein und macht ihren süßen Mädchenblick, der schwach und stark zugleich ist, weil sie ja weiß, was sie tut, und mir diesen Blick zum Geschenk macht, der mich seufzen und sie umarmen lässt, als hätte ich sie nicht verdient und müsste mich vergewissern, dass sie wirklich da ist. So weit ist es gekommen. Noch vor vier Monaten war mein intensivstes Verhältnis zu einer Frau das zu Jill Valentine, der weiblichen Heldin aus *Resident Evil*, die ich durch sämtliche Playstation-Abenteuer begleitete und der ich selbst im Kampf gegen den schrecklichen Nemesis beistand. Man wächst zusammen, wenn man so was durchsteht. Ich schluchze, umarme Caterina, seufze: »Hach, das gute alte Haus«, und denke an alles, was wir hier erlebt haben. Die Verdunkelung zum Advent. Der Stromausfall. All die Akademiker, die wir da drin dequalifizierten. Hartmut klopft an das Fenster und gibt Zeichen, dass wir starten können. Hinter uns lässt Susanne bereits den zweiten Transporter an. Ich nicke, und für einen Moment sehen Hartmut und ich uns durch die Scheibe in die Augen wie zwei, die sich in einer Sekunde an ein ganzes gemeinsames Leben erinnern. Dann lasse ich den Motor an, ruckele los, sehe die Silhouetten der Pommes-Veteranen hinter der Scheibe und winke Herrn Häußler, der im Vorgarten steht und recht erleichtert wirkt. Kaum, dass wir auf die Markstraße eingebogen sind, klopft mein Herz schneller. Wir fahren zu einem Haus, das wir nie zuvor gesehen haben, in einem Ort, der so klein ist, dass er keine Straßennamen hat. Mehr wissen wir nicht, hatten keine Zeit, groß nachzuschlagen, weil wir packen und unsere Angelegenheiten regeln mussten und vielleicht auch, weil wir es spannend finden, überrascht zu werden. Es ist wie bei einem Adventure auf der Playstation. Wie bei *Azure Dreams*, dem Spiel, bei dem Caterina mich das erste Mal küsste. Ich stelle mir vor, dass unser Dorf so aussehen wird wie in unserem Spiel. Ich höre Summen und Zirpen. Ich lächle. Dann merke ich, dass unser Haus längst im Rückspiegel verschwunden ist. Ich habe vergessen, noch einmal hinzusehen. Caterina dreht Sublime lauter, öffnet zischend eine Proviantwasserflasche und pfeift. Wir haben 422 Kilometer vor uns. Das Land wartet.

Hartmut sitzt in meinem Rückspiegel und macht Faxen. Man sieht ihm an, wie glücklich er ist, mit Susanne auf dem Beifahrersitz im Bus hinter uns, und ich kann es nachempfinden, wenn ich zu Caterina rüberschiele, die sich tatsächlich auf diese Sache eingelassen hat. Nicht mal vier Monate kennt sie mich, als Kundin kam sie in Hartmuts Institut zur Dequalifikation und sollte von der Künstlerin zur Anstreicherin umgeschult werden. Jetzt sitzt sie mit mir in diesem Transporter und fährt einer ungewissen Zukunft entgegen, in ein Haus für 8000 Euro. Ich denke an das Gartenfest, das wir zum Abschied veranstaltet hatten, und an unser eigenes Gartenfest, das ihm folgte, unter sternenklarem, warmem Himmel. Ich bin froh, dass wir den Abriss nicht erleben müssen.

»Denkst du an deine Wanne?«, fragt Caterina jetzt und holt mich in die Gegenwart zurück. Ich fahre einen Sechs-Meter-Transporter. Ich bin auf der Autobahn. Yannick sitzt zwischen uns im Körbchen und miaut. Irmtraut rührt sich nicht. Meine Wanne ... Ich lächle. »Du bekommst deine Wanne und ich mein Atelier«, sagt Caterina, und ein bisschen klingt es auch wie eine Selbstvergewisserung. Immerhin haben wir das Haus nie gesehen. Niemand hat es je gesehen, nicht mal Hartmut. Ich sitze mit meiner Freundin, unserem Kater, unserer Schildkröte und meinem gesamten Hab und Gut in einem Miettransporter und fahre zu einem Haus, das ich noch nie gesehen habe. Ein Haus, das per Mausklick von einem Mann gekauft wurde, der bereits intellektuell wohlbegründet einen Radfahrer mit einer Closeline vom Sattel gerammt, der Nachbarschaft Strom und Wasser gekappt, Frauenbinden getragen und eine Kugelschreiberzusammenschraubbetrugsenthüllungsaktion gestartet hat. Ich vertraue Hartmut. Wir alle vertrauen Hartmut. Caterina freut sich auf eine neue, größere Scheune als Atelier. Susanne freut sich auf das Renovieren. Ich freue mich darauf, auf dem Land zu leben. Yannick auf echte Mäuse. Irmtraut auf selbstgezogenen Biosalat. Wir vertrauen Hartmut. Caterina streichelt mir die Wange und sieht mich am Steuer des Busses an wie einen Schiffskapitän. Hartmut macht immer noch Faxen im Bus hinter uns.

Als wir die erste Rast machen, sind wir schon fast da. Nur noch 60 Kilometer liegen vor uns. Wenn Hartmut und ich uns eine Gewohnheit teilen, dann ist es die Verbissenheit, so viel wie möglich zu schaffen, bevor man sich eine Pause gönnt. Gut, ich würde mir niemals wie Hartmut so viele E-Mail-Beratungskunden anlachen, dass ich bis in den frühen Morgen tippen muss, aber am Fließband zeigt sich mein sportlicher Ehrgeiz. Ich lasse niemals nach, bis das letzte Paket vom Band ist. Mein Kollege Martin und ich machten einen regelrechten Wettbewerb daraus, wie Legolas und Gimli in Herr der Ringe. Ich werde Martin vermissen. Ich werde die einfache Arbeit vermissen. Dort, wo wir hingehen, gibt es kein UPS. Der Ort heißt Großbärenweiler, und sieht man ihn auf dem Luftbild, fragt man sich, wie Kleinbärenweiler aussehen soll. Hartmut glaubt, dass sein Beratungsdienst uns alle vier ernähren kann, wenn die Miete wegfällt und wir das Gemüse im Garten anpflanzen. Ich freue mich auf die Gartenarbeit. Aber ich werde vermissen, wie Martin und ich uns den Schweiß von den Muskeln wischen, das Fließband anhält und draußen das kalte Bier wartet, das er mit den Zähnen aufbeißt.

Der Rasthof, auf den wir einbiegen, liegt etwas abseits der Autobahn, man fährt ein Stück über schmale Straßen, Nadeln von riesigen Tannen rieseln auf die Transporter, und wenn man aussteigt, riecht es nach Wald. Die Raststätte ist dekoriert wie ein Landhaus, zahlreiche Autos stehen davor. Caterina steigt aus dem Bus, reckt sich und blickt in die Ferne. Ich folge ihrem Blick. Der Horizont ist von Bergen begrenzt, an deren Hängen wenige Lichtungen den dichten Wald unterbrechen. Es ist das Bild meiner Kindheit auf der Rückbank der Eltern, wenn man sich vorstellte, man dürfe diese tiefen Wälder dort oben querfeldein durchwandern, ihre Geheimnisse erkunden, ihre Rinden riechen. Sie haben etwas Gruseliges, diese Hänge. Bis heute. Hartmut und Susanne schlagen die Tür ihres Transporters zu und lächeln wie stolze Trucker, die schon eine große Strecke geschafft haben. Wir nehmen das Körbchen samt Yannick und klopfen an Irmtrauts Panzer, die die Nase rausstreckt und gleich den Kopf wieder einzieht. Wir lassen sie im Auto und gehen zum Restaurant.

So müssen Rasthöfe aussehen. Schmutzig weiße Tischdecken, Zahnstocher, tiefe Sitzecken, dunkles Holz. In der Ecke eine kleine Bar, an der sich die Eingeborenen des Dorfes tummeln, das im Schatten der Autobahn in den Wäldern liegt. Aus den Boxen perlt leise Roger Whittaker und verteilt sich ölig über die mit Bierglasrändern verklebte Theke. »Albany, hoch in den Bergen von Norton Green«, singt er, »Albany, in deinen Mauern war ich einst zuhaus.« Das Essen wartet hinter schmierigem Glas, und als Caterina und Hartmut vor der Auslage stehen, verfinstern sich ihre Blicke. Meine Freundin und mein Mitbewohner sind Vegetarier, und es macht mir ein wenig Sorge, dass das Untierischste, was hier feilgeboten wird, matschiger Kartoffelsalat ist, in dessen Mayonnaise-Sumpf sich durchaus noch fleischliche Überraschungen verbergen könnten. Susanne und ich haben uns bis heute nicht ganz von der Mörderei lösen können. Vielleicht liegt es daran, dass Susanne sich perfekt im Baumarkt auskennt und ich ein Malocher bin. Vielleicht glauben wir, nur philosophisch studierte Lebensberater und freie Künstlerinnen sollten Vegetarier sein. Vielleicht reden wir uns aber auch einfach nur ein, dass die Schnitzel ja ohnehin schon fertig daliegen und es nichts mehr ausmacht, ob wir sie nun kaufen oder ob sie weggeworfen werden. Dennoch halten wir uns zurück. Wenn unsere Lieben im ersten Rasthof unserer neuen Heimatgegend keine Hauptmahlzeit bekommen, werden wir uns auch das Jägerschnitzel verkneifen. Man will ja kein schlechtes Klima auf der Weiterfahrt. Wir bestellen eine sechsfache Pommes für alle, Orangensaft und vier Mal Schwarzwälder Kirschtorte. Yannick kriegt eine kleine Wurst. Yannick benimmt sich kulinarisch eher wie ein Hund als ein Kater. Als wir unsere riesige Pommesschüssel in die Sitzecke tragen, sehe ich, wie einer der alten Männer an der Bar seinen

Kumpel antippt und zu uns rüberzeigt. Er hat einen Flaum auf der Oberlippe. Er trinkt Bier. Es ist Mittag. Roger Whittaker singt: »Du – du bist nicht allein / Ich werd bei dir sein / Viel mehr als Geld und gute Worte / zählt auf dieser Welt ein Freund.«

»Zeig doch nochmal den Hausplan, Hartmut!«, sagt Caterina, als ich ploppend die O-Saft-Flaschen öffne und Yannick in seinem Körbchen die Wurst zerteilt. Hartmut hat die Pläne schon den ganzen Tag in der Tasche. Wir beugen uns über unser neues, unbekanntes Zuhause und zeigen auf Wohnzimmer, Bad, Scheune, Garten und Vorhof. »Ich glaube, hier wohnen wir, oder?«, sagt Caterina und tippt auf ein Zimmer im ersten Stock, dessen Fenster nach vorne zur Dorfstraße zeigen. »Dann nehmen wir uns das Schlafzimmer hier«, sagt Susanne und tippt auf das Pendant auf der anderen Seite des Obergeschosses. Zwischen beiden Seiten führt die Treppe hinauf. Neben den Fenstern von Hartmut und Susanne sollen Birnbäume stehen. Ihr Zimmer ist kleiner als unseres, aber es gibt ein Büro daneben, in dem die Telefonleitungen enden. »Dann kann ich von nebenan meine Beratungen machen«, lächelt Hartmut, und Caterina fährt die ganze Zeit mit ihrer Fingerkuppe über die riesige Scheune, die das Atelier werden soll. Die Männer an der Bar beobachten uns aus dem Augenwinkel. Die Biermarke, die sie trinken, ist auf einem Blechschild über der Bar angeschlagen. Ich kenne sie nicht. Altdeutsche Schrift. Es riecht nach Qualm. Ich nehme mir eine Pommes.

»Was denkst du, wie lange wir brauchen, bis das Haus fit ist?«, fragt Caterina.

»Drei, vier Wochen«, sagt Hartmut und setzt dabei diesen Blick auf, den Handwerker gerne verwenden. Leicht desinteressiert, als sei der Auftrag eher eine Unterforderung. »Es geht hauptsächlich um die Wände. Die müssen wir ein bisschen flicken. Ist halt altes Fachwerk. Und gucken, was wir von den alten Möbeln brauchen können. Teppiche raus. Tapezieren. Boden verlegen. Garten machen.«

»Klingt einfach«, sage ich.

»Wenn die einen guten Baumarkt in der Nähe haben, ist alles kein Problem«, sagt Susanne.

»Dafür müssen wir schon in die nächste große Stadt fahren«, sagt Hartmut und titscht eine Pommes in den weißen Matsch.

»Ist Schrozberg keine große Stadt?«, fragt Caterina.

Hartmut lächelt über den Pommes. »Ich fürchte, für einen Baumarkt zu klein.«

»Landleben«, sage ich und denke an die Karte der Gegend, die unsere neue Heimat werden wird. Schrozberg. Blaufelden. Rot am See. Gerabronn. Die Hohenloher Ebene und ihre Täler. Die nächste halbwegs große Stadt ist Schwäbisch Hall. Auf diese Steine können Sie bauen.

»Ich hoffe ja wirklich, dass das alles so einfach wird«, sagt Caterina und sieht ein wenig ängstlich in die Runde. Ich nehme sie in den Arm, blicke visionär durch die Wand der Sitzecke und zeichne mit der Hand unser fertiges Heim vor. Caterina im Atelier, malend, die Männer im Garten das Abendessen pflückend, Susanne eine Gartenlaube bauend, Yannick im Birnbaum auf Vogeljagd, Irmtraut im eleganten Kopfsprung in den neuen Teich. Wir lachen über mein Idyll, und doch weiß ich, dass wir alle genau deswegen dort hinfahren. Wegen Birnbäumen und eigenen Kartoffeln im Garten. Wegen eines Dorfes, das so klein ist, dass es keine Straßennamen braucht. Wegen einer Gegend, in der niemand ironisch gebrochen ist. Ich muss aufs Klo. Die Tür ist neben der Bar mit der altdeutschen Bierwerbung. Die

Männer prosten mir zu, als ich an ihnen vorbeigehe. Ihr Blick wirkt, als säßen andere hinter ihren Pupillen.

Das Klo ist einer dieser Orte, die man mit dunklerer Beleuchtung in ein Horrorspiel einbauen würde. Eine alte Flasche Putzzeug steht unter den Pissoirs in der Ecke, der verklebte Rand an ihrer deckellosen Öffnung spricht von der Vergangenheit. Die Fliesen sind schmierig. Es zieht, als ich meine Hose aufmache, und mein Blick fällt auf das alte Holzfenster, von dem die Farbe abblättert. Daneben führt eine Tür in den Hinterhof. Es ist selten, dass Türen aus Kloräumen hinaus ins Freie führen. Man könnte einfach so gehen, ohne zu zahlen. Bei einem Rasthof bietet sich das an. Man kommt eh nur einmal. Ich pinkle, ziehe meinen Reißverschluss zu, wasche mir an dem kleinen, klebrigen Waschbecken die Hände und kann nicht anders, als mir die Hintertür anzusehen. Sie ist nicht verschlossen. Ich schiebe sie knarrend auf. Links und rechts sind alte Garagen, die offen stehen oder gar keine Tore mehr haben. Alte Autos stehen darin, ein Trecker, Kartons, die früher tiefgekühlte Pommes in Massen enthielten. Jetzt liegt Werkzeug in den Kartons, ein Auspuff ragt in die Sonne, Abdeckungen von Lichtanlagen. Auf dem Boden Reste von Heu und Öl. Leise ertönt Musik aus einer der Garagen, in der ein junger Mann im Blaumann am Kofferraum eines Mercedes steht. Zwei Autos im Hof sind die Reifen abmontiert. Ein Motorrad steht ohne Kette an der Mauer. Der Mechaniker beugt sich in den Kofferraum und friemelt an der Innenabdeckung der Rücklichter herum, bis es knackt. Pfeifend legt er das Plastikstück auf ein Sideboard, nimmt eine neue Birne aus einem Karton und tauscht die alte aus. Er geht nach vorn, setzt sich ins Cockpit und schaltet das Licht ein. Bevor er aussteigt, um nachzusehen, ob alles funktioniert, streicht er ein paar Krümel vom Armaturenbrett, wackelt dabei mit dem Kopf und äfft wohl den Besitzer des Wagens nach. Er zieht eine Schnute und tut so, als halte er eine Kaffeetasse mit gespreiztem Finger. Dann sieht er auf einen unsichtbaren Pieper und macht eine entschuldigende Geste wie ein Chefarzt, der dringend gerufen wird. Ich muss kichern. Er hört mich nicht. Er geht wieder nach hinten, stellt fest, dass es funktioniert, nimmt die Plastikabdeckung von der Werkbank und beugt sich wieder in den Kofferraum. Ich höre, wie es knackt und schabt, schabt und knackt. Ich sehe den Hintern des Mechanikers blau in der Nachmittagsluft, leicht macht er die Bewegungen des Körpers mit wie bei einem Hund, der gräbt. Der Mechaniker zischt. Es knackt und schabt, knackt und schabt. Schweiß bildet sich auf seinem Rücken und formt eine dunkle Straße bis runter zum Schritt, es sieht alles nicht würdevoll aus. Der Mechaniker kommt wieder hervor, atmet schwer aus und sieht sich mit schmalen Augen die Abdeckung an. Er dreht sie auf den Kopf, kippt sie andersherum und versucht es nochmal. Es schabt und knackt, er stöhnt. Seine Beine suchen nach einem besseren Halt in dieser unnatürlichen Haltung, als stellten sie sich auf einen längeren Aufenthalt vor dem Kofferraum ein. Es ist ein zweckloses Friemeln, ein aussichtsloses Stecken und Drücken, jeder Mann kennt das. Man kriegt die Klappe ab, aber nicht mehr dran. Man hat sich nicht gemerkt, wie sie draufgesessen hat, und die wenigen kryptischen Striche und Markierungen auf dem Stück Plastik geben keine Auskunft, sondern verhöhnen uns. Der Mechaniker stößt erste Flüche aus. Sein Körper sackt ein wenig ab, und er korrigiert seine Haltung zu stark, sodass er mit dem Kopf gegen die Kofferraumklappe knallt. Er weiß, dass sein Drücken und Stecken zwecklos ist, aber der Fahrer des Wagens ist ein Chefarzt, der seinen Kaffee mit gespreiztem Finger trinkt. Die Klappe muss dran. Er atmet noch einmal tief durch, als wäre ein kompletter Neuanfang möglich, doch schon nach fünf weiteren Klacks ist klar, dass dies eine Illusion ist. Die Geräusche, die er von sich gibt, sind eine Mischung aus Sich-Beschweren und Stöhnen. Als sehe ihm jemand zu, und er müsse zugleich zeigen, dass das Auto ihm als Fachmann Last macht und er im Grunde schon ein gebrochener Mann ist, der das alles gesundheitlich nicht mehr kann. Er legt sein linkes Knie auf der Stoßstange ab. Die Stoßstange bricht aus der Fassung, das Knie rammt in den Boden, und sein Kinn knallt auf die Umrandung des Kofferraums. Die Arme bleiben dabei gestreckt, die Plastikkappe in der Hand wie ein Erbschein, der nicht das Wasser berühren darf. Dann geht es los. Der junge Mann steht auf, geht zu seinem Radio, legt eine Kassette ein, packt die Abdeckung sorgfältig in eine Schublade, zieht in aller Ruhe seine Hose auf und holt sein Gerät heraus. Auf der Kassette beginnt AC/DCs »Highway To Hell«, und als Angus Youngs Gitarrenriffs losbrechen, lässt er es laufen und pinkelt in den Kofferraum, auf die Flanken, gegen die Scheiben. Er tänzelt um den Mercedes herum und benetzt den ganzen Lack, schwingt auf und ab wie mit einem Gartenschlauch und hält dabei den Rücken gerade wie ein Husar. Vorne angekommen, dreht er sich um und hüpft im Angus-Young-Gitarrenschritt zum Kofferraum zurück, immer noch Druck auf der Blase. Kurz, bevor er in meine Richtung sehen kann, schließe ich die Tür.

»Du warst aber lang weg, wir haben schon das halbe Haus geplant«, sagt Caterina, als ich wieder an den Tisch komme.

»Ich habe mir nur ein bisschen die Gegend angesehen«, sage ich.

2

Am späten Nachmittag erreichen wir Schrozberg, die nächstgelegene Stadt, Verwaltungszentrum unseres Dorfes, Zivilisation mit Straßennamen. Wir werden langsamer, als wir in den kleinen Ort einfahren, aber es wirkt, als stünden wir auf der Stelle und würden auf einem Rollband langsam an den Einwohnern vorbeigetragen. Mütter heben ihre Köpfe wie Wasservögel, ein Mann kommt aus einem Getränkemarkt und sieht zu uns herüber. Ich werfe einen Blick in den Rückspiegel und sehe Hartmut an seinem Lenkrad, konzentriert, als dürfe man jetzt keine Fehler machen und unter den Augen der Bevölkerung vom Rollband abrutschen. Ein alter Mann auf einer Holzbank hebt den Kopf, doch seine Augen bleiben auf der Stelle wie ein Kugellager. Am Bahnhof, einem brüchigen alten Gebäude mit neuem Fortsatz aus Holz, streckt sich auf der anderen Seite der Gleise ein grauer Turm in den Himmel. Eine riesige Wand mit verblasster Schrift, eine schmutzige Fabrik, die aussieht, als hätte man amerikanischen Industriefotografen die Ästhetik weggenommen. Ich kenne amerikanische Industriefotografen ja erst, seit Caterina mich für Kunst begeistert. Mit ihr hinter einem großen Folianten über Industriefotografie zu verschwinden, während die Decke leise raschelt und ihr die kleine rote Locke in die Stirn fällt, ist erotischer als alles, was meine damaligen Kollegen vom Band jemals mit ihren »Schnecken« auf dem Parkplatz der Disco angestellt haben. Martin würde das nie verstehen. Sosehr ich ihn mag, aber das würde er nie verstehen. Der Turm in Schrozberg ist ein aschfahler Wächter über zwei Gleise, der Bahnsteig dazwischen nur ein brüchiger, dünner Faden Beton. Caterinas Blick bleibt daran kleben, doch schon zwei Kurven später ist die Stadt bereits zu Ende.

Von Schrozberg nach Großbärenweiler sind es 7,5 Kilometer, und mit jedem Meter sehe ich, wie Hartmut im Rückspiegel wieder aufblüht. Yannick steht auf Caterinas Schoß und sieht gespannt aus dem Fenster, all die neuen Eindrücke setzen sich in seinen Ohren in Bewegung um. Irmtraut hat das linke Vorderbein aus dem Panzer geschoben. Alles andere ist noch drin. Sie tippt mit den Krallen wie ein Wartender bei der Postbank. Die Nachmittagssonne lässt Felder, Weiden und Waldränder aus ihrem Inneren heraus kräftig leuchten; links und rechts der Straße ist nichts als Natur. Wir haben in den letzten Wochen oft auf die Karte und die wenigen Bilder im Netz geschaut und uns vorgestellt, wie unser Leben in dieser fernen Region sein würde. Kein Tamtam wie in der Stadt, wo sich jeder wichtig nimmt: Hier wären wir bloß noch kleine Punkte auf dem Kalenderbild eines Landschaftsmalers. Und jetzt, wo wir die letzten Meter zu unserem Dorf zurücklegen, sind wir nicht enttäuscht. Wir sind im Kalenderblatt. Der Duft frischen Heus weht durch die Lüftung, der graue Betonriese am Bahnhof ist vergessen.

Da ich unser neues Haus mangels Straßennamen ohnehin nicht auf Anhieb finde, biege ich an der einzigen Kreuzung des Ortes ab und stoppe den großen Transporter auf einem kleinen Platz zwischen der Rückseite eines großen Hauses, den Wirtschaftsgebäuden eines Bauernhofes und einem krumm stehenden Fachwerkhaus, dessen Garten völlig verwildert ist. Wir öffnen die Türen, hören das beruhigende Knirschen unserer Schuhe auf Kies, strecken uns und knutschen erst mal, bis Hartmut und Susanne den zweiten Bus hinter unserem parken, aussteigen und ihre Finger zu Yannick hineinstrecken, der im Cockpit unseres Transporters im Körbchen sitzt und maunzt.

»Geschafft!«, sage ich, wie Männer das nach einer langen Fahrt sagen, und die Frauen stemmen die Hände in die Flanken und atmen tief Landluft ein.

»Schon verrückt«, lächelt Susanne und sieht sich in der neuen Heimat um, auf die wir uns blind eingelassen haben. Ein Hahn kräht zum Empfang. Leichter Wind weht Feldgeruch aus der Ferne herbei.

Wir vertreten uns ein bisschen die Beine. Die Türen der Busse lassen wir geöffnet, weil wir genießen wollen, nun in einer Gegend zu leben, in der niemand etwas klaut. Wir nehmen uns diese Pause, bevor wir unser Haus suchen, dieses kleine, spannende Akklimatisieren in der neuen Umgebung. Die Frauen schlendern nach links in Richtung des Fachwerkhauses, Hartmut geht ein Stück nach rechts zu der Kreuzung und sieht nachdenklich in die Ferne.

»Jetzt sind wir da«, sage ich, als ich neben ihm stehe.

Er lächelt.

»Ich bin stolz auf uns«, sage ich, weil er sich nie traut, so etwas zu sagen, streichle ihn ein wenig am Rücken und knuffe ihn. Er ist auch stolz. Er weiß, ich meine alles damit. Unsere Freundschaft. Unsere Frauen. Unsere Entscheidung. Das Haus. Wir sind schon zwei Prachtstücke.

»Das ist wohl der Dorfplatz«, sagt Hartmut und zeigt auf die Bushaltestelle an der Kreuzung, die aus einem offenen Holzhäuschen besteht, unter dem eine Bank steht und dessen Wände sorgfältig mit Plakaten und Mitteilungen beklebt sind. Nicht so feucht und zerfranst wie daheim im Ruhrgebiet, sondern sorgfältig und liebevoll, wie das schwarze Brett in evangelischen Gemeindehäusern.

»Wo ist denn nun das Haus?«, frage ich, doch ehe Hartmut antworten kann, rufen unsere Frauen synchron: »Kommt mal!«, und wir müssen lachen, als wir beide blitzschnell reagieren, uns umdrehen und uns die Köpfe stoßen. Dann laufen wir. Die Frauen stehen an dem zerfetzten Drahtzaun des Gartens, der zu dem Fachwerkhaus gehört, vor dem unsere Busse stehen. Seine Pfähle sind schief und krumm, verbogen in schwarzer Erde. Dornenbüsche zanken sich zwischen den Maschen. Ein Fenster hängt auf Halbmast. »Guckt euch mal diese Bruchbude an, Jungs!«, lacht Susanne und steigt ohne zu zögern über den niedergetretenen Zaun auf das Grundstück.

»Seht mal, hier, die Küche! Guckt mal rein!«

»Susanne, meinst du nicht, dass das etwas indiskret ist?«, fragt Hartmut.

»Ach, hier drin wohnt doch keiner mehr«, lacht Susanne und zeigt Caterina und mir die Küche, die man durch das kaputte Fenster besichtigen kann. Es sieht aus wie bei Stephen King. Ein monströs großer Gasherd steht im Halbdunkel, und zwischen ein paar verfärbten Gläsern auf einem Regal haben sich Spinnennetze gebildet. Der Schrank an der anderen Wand wirkt so bullig, als wolle er die Luft aus dem Raum pressen, und das Holz der Tür, die neben dem kaputten Fenster nach draußen führt, wird nur noch von der abblätternden Farbe zusammengehalten.

»Unfassbar«, flüstert Susanne.

»Aber fast schon wieder interessant«, sagt Caterina, und ich könnte mir diese Ruinen-Küche gut als Kunstfoto vorstellen.

»Wie bei Egglestone«, sage ich fachmännisch, und Caterina schenkt mir ein kurzes Lächeln, das mich stolz macht wie einen begabten Schüler, der schnell lernt.

»Äh, ich glaube, ihr solltet wirklich nicht …«, sagt Hartmut, der immer noch auf der Straße steht und sich nervös umsieht. Dieser Mann hat schon ganze Viertel lahmgelegt und traut sich jetzt nicht mal auf ein verlassenes Grundstück. So ist er.

»Ieeehhhh«, tönt Susanne plötzlich, als sie auf den Boden zu unseren Füßen hinabsieht. Zwischen Küchentür und Garten ist ein kleiner Kanal, über den eine Holzplatte führt. Das Gras klebt verschwitzt an seinem Rand wie die Haare eines Fieberkranken.

»Eine Grube«, sagt sie leise.

»Wie, eine Grube?«, fragt Caterina.

»Na ja, eine Grube. Das heißt, dass die in dem Haus nur ein Plumpsklo haben. Oder hatten.«

Wir weichen zurück, und mein Blick fällt auf die Hütte, die in der Gartenwildnis steht. Das Dach ist halb eingebrochen und liegt auf dem Rest dessen, was wohl mal eine Werkbank war. Hartmut gestikuliert zu mir herüber und formt Worte mit dem Mund. Er zeigt zum Bus und signalisiert mir, dass ich ihm folgen soll. Ich stelle fest, dass die Frauen gerade mit archäologischem Interesse das Gemäuer abklopfen, und schleiche zu Hartmut.

»Was ist?«, zische ich.

»Die sollen da nicht so gucken«, sagt Hartmut.

»Wieso nicht? Lass sie doch ein bisschen lästern!«

Hartmut macht komische Bewegungen mit dem Kopf und leidende Geräusche. Mir wird etwas flau im Magen.

»Was ist?«, frage ich.

Er sieht nach links und rechts, als müsse er sich versichern, dass uns niemand beobachtet.

»Komm mal mit«, sagt er.

Wir gehen zu den Transportern, öffnen die Türen von Hartmuts Bus und setzen uns ins Cockpit. Hartmut öffnet das Handschuhfach, entfaltet die Liegenschaftskarte des Ortes und fährt mit dem Finger darauf herum. Ich versuche, die Karte zu verstehen, und sehe nur Flächen, Nahtstellen und Zahlen wie auf einem abstrakten Kunstwerk. Hartmut fuhrwerkt weiter mit den Fingern.

»Siehst du das?«, fragt er mich. »Das ist doch wohl die Kreuzung da vorne, oder?«

Ich nicke, um zu verbergen, dass ich solche Karten nicht verstehe.

»Und dann wäre das hier der Hof dort drüben.«

Wieder nicke ich.

Er dreht die Karte auf den Kopf, fährt Linien entlang, überlegt.

Derweil nähern sich die Frauen und lärmen: »Die haben Risse im Gebälk groß wie Seemanns-Schenkel! Und im Garten lag eine tote Ratte.« Das toppt noch unseren alten Keller. Unser alter Keller war ein Massengrab alten Sperrmülls, garniert mit einem das Grundwasser verseuchenden Ölkessel und einer Fliegerbombe. Die Fliegerbombe wurde legal entsorgt. Für den Ölkessel organisierte unser Kumpel Jörgen einen nicht lizenzierten Schwertransport zur Kölner Deponie. Klüngel. Hartmut winkt ab und will nichts hören, rechnet, dreht, blickt von der Karte auf, scannt mit dem Blick die Umgebung, blickt wieder in die Karte. »Flurstück 23«, murmelt er und schaut wieder auf. Seine Stirn legt sich in Falten.

»Welche Hausnummer hat das Fachwerkhaus?«, fragt er.
»Die Bruchbude?«, frage ich.
Er schweigt nur, was »ja« heißt.
Ich kneife die Augen zusammen und entziffere über die Köpfe der Frauen hinweg die verrostete Zahl.
»9«, sage ich.
»Können wir jetzt mal mit der Pause aufhören und unser Haus suchen?«, ruft Susanne und wirft ihre leere Joghurt-Drink-Flasche in den Fußraum des Transporters.
»Ja!«, setzt Caterina nach. »Ich will mein Atelier sehen!«
Hartmut starrt derweil auf die Liegenschaftskarte. »Hast du eben 9 gesagt?«
Ich nicke.
Er macht ein finsteres Gesicht.
In diesem Moment geht die Tür der Bruchbude auf, wir schrecken zusammen, und eine kleine, hastige Frau mit schmutzigen Brillengläsern ruft strahlend: »Sie müssen die Käufer sein, nicht wahr? Haben Sie sich eben den Garten angesehen? Mir war, als hätte ich dort jemanden gehört ... mein Name ist Kettler!«

*

Es ist schwer zu beschreiben, wie die Frauen gucken, als die Eigentümerin ihnen fröhlich die Hände schüttelt und dabei durch ihre verschmierten Brillengläser strahlt wie Pippi Langstrumpf vor ihrer Villa Kunterbunt. Es ist schwer zu beschreiben, mit welcher Bewegung sich Hartmut aus dem Bus dreht und selbst nicht glauben kann, was er soeben als Realität akzeptieren musste, und es ist kaum zu fassen, wie brav wir nun alle hinter der Frau ins Haus gehen, um die erste Führung mitzumachen. Es fühlt sich an, als wären wir im Urlaub und besichtigten eine interessante Ruine und nicht etwa das Haus, das Hartmut uns gekauft und für das wir alle Zelte abgebrochen haben, um fortan unter Birnbäumen zu leben, ganz ohne Zeit, so harmonisch und frei. Ich sehe die Sprengung unseres Bochumer Hauses vor mir, das in dem Moment fällt, als Frau Kettler mit uns durch den muffig riechenden Hausflur rechts in das »Wohnzimmer« abbiegt und in freundlichem Singsang zu reden beginnt.

»Hier sehen Sie also das Wohnzimmer mit einem der alten, massiven Holzkamine. Wie gesagt, der Boden ist ziemlich schief wegen der Sprengungen im nahe gelegenen Steinbruch, die haben erst vor einem Jahr aufgehört, daher eben die Risse in der Wand, aber das hatte ich ihnen ja alles gemailt.«

Susanne funkelt Hartmut an, als wolle sie sagen: »Welcher Steinbruch? Welche Sprengungen? Hatten wir nicht schon mal ein schiefes Haus mit Rissen und Bombenschaden?«

Caterina tippt eine Stelle in der Wohnzimmerwand an und schreit, als eine ein Meter breite und mehrere Daumen dicke Scholle direkt aus der Wand bricht und krachend auf den dreckigen Teppich fällt. Das Wandloch entlässt den Gestank einer fauligen Wunde. Durchfeuchtete Wände. Irgendwo spielt ein altes Radio leise Boney M. Frau Kettler führt uns weiter, lächelt verschämt und sagt: »Hier im Esszimmer sehen Sie halt besonders, was die Sprengungen angerichtet haben, da können Sie an einer Stelle durch die Wand sehen.« Das Esszimmer ist ein kleiner Verbindungsraum zwischen dem faulenden Wohnzimmer und der Küche, die wir schon von außen bewundert haben. Eine alte Sitzecke steht darin, und Zeitungen und Prospekte liegen noch auf dem Tisch. An der linken Wand steht ein Schrank aus dünnem Kunststofffurnier in Buchenoptik, wie man ihn in katholischen Reha-Kliniken für Senioren in den vergessenen Gemeinschaftsraum in den Keller stellt. Ich rufe mir in Erinnerung, dass zum Kaufpreis des Hauses »jede Menge Möbel« gehörten, und muss schlucken. Frau Kettler steckt derweil ihre Hand durch einen gut zehn Zentimeter breiten Riss in der Mauer und ruft: »Huhu!« Unsere Frauen sehen sich nur an. Die Naht des Hauses ist an dieser Stelle total gerissen, als drifte es auseinander wie tektonische Platten. ›Das kann man nicht mehr mit Moltofill zuspachteln‹, denke ich im Stillen und hefte meinen Blick auf die Schlagzeilen der Zeitungen auf dem Esstisch. Das unsichtbare Radio lispelt die Les Humphries Singers durchs Haus. Um in die Küche zu kommen, muss man über den Abgang zum Gewölbekeller steigen, den man allerdings mit einer mächtigen, nun aufstehenden Tür verschließen kann wie ein antikes Grab. Die Vorbesitzerin steigt hinab, als sei nichts dabei, und winkt uns, ihr zu folgen. Die Stufen sind grob in den Stein gehauen, vulgär in Mutter Erde hineingestemmt. Dies sei der älteste Teil des Hauses, sagt Frau Kettler und meint es nicht ironisch. Als wir alle in dem kleinen Gewölbe stehen, versuche ich mir vorzustellen, diesen Keller wirklich als Teil unseres Hauses zu nutzen. Es macht mir Angst. Allein der Gedanke, dass dieser Raum überhaupt zum eigenen Zuhause gehört, ist so unheimlich wie eine Leiche unterm Bett. Ich denke daran, dass diese Frau hier wirklich gewohnt hat. Mir ist komisch. Derweil zeigt Frau Kettler auf die ausgedünnten, schwarzen Stümpfe der Balken, die in diesem Keller das Gewölbe halten sollen, und die Stelle am Holz, die den Pegel des Wassers markiert, das bei Regen unvermeidlich diesen Raum flute. »Da steigt das Grundwasser hoch! Müssen Sie mal schauen, ob Sie die auswechseln.« Ich denke daran, dass wir die provisorischen Stempel aus unserem alten Haus hätten mitnehmen können, das gegen dieses Gewächs hier noch ein sicherer Atombunker war. In einer Nische stehen Einmachgläser mit undefinierbaren, organischen Inhalten. Hartmut zeigt schweigend auf sie, soweit seine Kraft noch reicht, um den Finger zu heben. »Ach das«, flötet Frau Kettler, »die sind noch von meinem Vorbesitzer, die standen da schon immer.« Sie lächelt wie eine Frau, die nur ahnen kann, was sie da sagt: »Hab sie stehen lassen.«

»Das sehen wir«, flüstert Susanne.

Die Küche hält keine weiteren Überraschungen bereit als die, die wir von außen inspizieren konnten, und den Rest des Erdgeschosses nimmt in der Tat ein Plumpsklo ohne Spülung ein, das ebenso wie das Bad verschlagartig in einen riesigen Raum gebaut ist, der momentan als Holzlager dient und unserer damaligen Gerümpelscheune zum Verwechseln ähnelt. Als ich in den dunklen Verschlag sehe, der das Bad sein soll, und das schwarz umrandete Etwas aus Emaille entdecke, das mal eine Wanne war, beginne auch ich langsam, nihilistische Gefühle zu entwickeln. Außerdem provoziert mich das Radio. Jetzt spielt es »Hold The Line« von Toto, und ich sehe den Sänger mit seinem Schnauzer vor mir, wie er von irgendwelchen Autohäusern präsentiert heute noch Konzerte gibt und glaubt, die coolste Rockband der Welt hinter sich zu haben. Ich frage mich, warum die anderen es nicht hören. Nicht mal Hartmut verzieht die Ohren. Über der Wannenleiche prangt ein viel zu großer Boiler. »Der ist defekt, da müssen Sie aufpassen. Nicht ungefährlich.« Ich nicke, als sei dies eine legitime, gar hilfreiche Anmerkung. Die Selbstverständlichkeit, mit der diese Frau die Führung gestaltet, scheint eine Trance auszulösen, eine Hypnose. Sie führt uns durch eine Ruine, als würden wir hier bald wohnen. Wir werden hier bald wohnen. Ist die Führung vorbei, bricht die Betäubung zusammen. Frau, führ uns weiter ...

Wir klettern die Treppe hinauf ins Obergeschoss, dessen Räume wir heute Vormittag auf der Raststätte noch freudig untereinander aufgeteilt haben. Das zukünftige Zimmer von Caterina und mir ist ein heller, trostloser Raum, an dessen Wänden die Tapete Beulen schlägt und in dem die Vorbesitzerin eine alte Papierlampe und einige Indianerpfeile vergessen hat, die als Deko an der Wand hängen. Das Zimmer von Hartmut und Susanne sowie Hartmuts geplantes Büro sind ebenfalls eingewickelt in eine faltige, geschmacklose Tapete, die so geklebt ist, als hätte man das Haus von innen wie Gemüse auf dem Wochenmarkt flüchtig in Zeitungen einwickeln wollen. Das Büro ist dunkelblau. Gegenüber liegt das »Bügelzimmer«, wie die Vorbesitzerin es nennt, und in der Tat steht dort noch ein Bügeleisen auf einem alten, angebrannten Brett neben einem Klavier, »das der Vorbesitzer mal abholen wollte«, was er natürlich nie tat. Das Zimmer erinnert mich an Bretons Surrealismus-Theorien, aber das sage ich jetzt nicht, trotz eines potenziellen Lobes von Caterina. Wenn ich jetzt die Trance durchbreche, ist alles aus. Das wird ohnehin noch früh genug von selbst geschehen.

Im Zwischenraum all dieser Zimmer stakst eine Treppe frei zum Dachboden hinauf. Der Platz dahinter sowie eine Wand sind mit alten, oriental verzierten Teppichen abgehängt, auf denen der Schimmel bereits neue Muster gebildet hat. Frau Kettler scheint das nicht zu sehen, was nicht nur an den dreckigen Brillengläsern liegen kann. Sie hat hier gewohnt, sie findet das normal. Sie schwärmt von der Blüte des Birnbaums, der vor den Fenstern von Hartmut und Susannes zukünftigem Zimmer steht, und sagt, als sei es eine Lappalie: »Den Dachstuhl habe ich nicht ausgeräumt, ich hoffe, das ist nicht schlimm, vielleicht können Sie ja was davon gebrauchen.« Die Frauen haben mittlerweile einen rein künstlerisch interessierten Blick aufgelegt, als führte man sie tatsächlich durch ein Museum oder eine Grotte mit Höhlenmalereien. Vielleicht glauben sie auch, dass es nur ein Scherz ist. Bei Hartmut weiß man nie. Wir nesteln uns auf den Dachboden, wo Kisten aus reinem Bauschrott ragen wie Baumstümpfe aus dem Unterholz. Hier oben ist das Radio leiser, wie künstlich in den Hintergrund gemischt. Ich frage Hartmut, ob ihn die Musik nicht nervt. »Welche Musik?«, fragt er. Aus einem Karton quellen vergilbte Bücher, in einer Schachtel sitzen böse blickend zwei alte Puppen, deren Augen ich nicht auf dem Dachboden wissen will. Das einzige Licht fällt durch die fast neuwertigen Fenster. Die Ziegel sind knallrot und sehen sauber aus. »Sie wissen ja, das Dach wurde vor zwei Jahren neu gemacht«, sagt Frau Kettler, und ich muss fast lachen, als ich mir das vorstelle. Wer setzt ein neues Dach auf dieses Gehölz von Haus? Wer stülpt einem fauligen Stumpf eine Goldkrone über? Wer deckelt das Verderben? Wer macht so was? Auch die Puppen scheinen sich das zu fragen, eine von ihnen blickt zugleich auf die Treppe nach unten und das kleine Fenster im Dach, die Augen schräg auseinander und doch fixiert. Als wir uns umdrehen, um wieder hinunterzugehen, habe ich Angst, ihr den Rücken zuzuwenden. Auf dem Weg zurück nach unten fängt mein Blick noch einige Details auf, die ich gar nicht richtig verarbeiten kann. Die alte Truhe im oberen Flur vorne am Fenster. Ein zerrissener Geldschein in einer Teppichspalte. Bilder von Menschen an der Wand im Büroraum, einfach so in die dunkelblauen Papierfalten gepinnt.

»Und wo ist die Scheune, die mein Atelier werden soll?«, fragt Caterina jetzt Frau Kettler, immer noch in Trance, als würde sie gleich ihre Sachen in diese Ruine räumen und danach sofort malen gehen. »Hier direkt nebenan«, sagt sie, führt uns ums Haus und geht auf den benachbarten Bauernhof zu. Vorm Eingang der Scheune, die zwar bis an unser Haus heranragt, die man aber nur von hier betreten kann, steht ein kleiner, knorpeliger Bauer mit Wülsten unter den Augen. Frau Kettler zeigt auf die Scheunentür neben ihm, und er schüttelt den Kopf. Dann nimmt sie seine Hände, wie man die Hände von Kindern nimmt, die zur Bestrahlung müssen, und redet auf ihn ein, während er auf den Fußballen herumhüpft und knatschige Geräusche macht. Ein Schauspiel, denke ich. Es ist doch alles ein Schauspiel. Nach einer Weile hat sie ihn wohl überzeugt und öffnet knarrend die alte Tür. Wir gehen hinein, den Blick auf den Bauern gerichtet wie auf einen bissigen Hund.

Die Scheune stinkt und enthält noch Heu im oberen Stockwerk, zu dem eine unförmig gezimmerte Leiter hinaufführt.
Frau Kettler deutet zum Tor und spitzt die Lippen: »Gustav glaubt, es wäre seine Scheune. Seien Sie ein bisschen nachsichtig mit ihm.« Dann wischt sie mit der Hand vor ihrer Stirn herum. Sie wirft den Kopf in den Nacken und lacht blechern, ihr Mund wird größer dabei und ihre Haare hängen an ihr herab wie an einem veralteten Androiden. Caterina starrt in den Heuschober, den sie sich mit einem debilen Bauern teilen soll, obwohl er uns gehört. Ihr Gesicht wird existenzialistisch. Langsam bröckelt die Trance von uns ab, doch solange Frau Kettler noch da ist, wird sie uns nicht ganz verlassen. Die würde noch Guantanamo freundlich schwätzend als Selbsterfahrungscamp für Manager anbieten. Aber vielleicht ist das alles normal, wenn man ein Haus für 8000 Euro auf eBay ersteigert.
Vielleicht hat sie ja nichts falsch gemacht. Vielleicht hat Hartmut sich ja einfach nur verklickt. Doch jetzt stehen wir hier,

ohne ein Zurück, und ich höre in der Ferne, wie in Bochum der letzte Balken bricht und die Abrissunternehmer zu den Jugoslawen gehen, um Currywurst zu essen. Wir verlassen die Scheune, vorbei an dem kleinen Bauern, der mit Mistgabel und Latzhose neben dem Tor steht und uns mit schwarzen Knopfaugen über den Wülsten ansieht wie Kolonialisten.

Vor dem Haus stehen unsere Busse, saubere Relikte aus einer anderen Welt. Im Cockpit hüpft Yannick herum und faucht ungeduldig, während Irmtraut den Kopf aus Panzer und Karton streckt und mit den Augen rollt.

»Ja, dann...«, sagt Frau Kettler und drückt Hartmut die Schlüssel in die Hand, der still auf die Ruine starrt. Wir drei stehen wie Eschen neben ihm. »Tschüss!«, sagt Frau Kettler, und als sie geht, fällt die Trance langsam von uns ab, hängt noch einen Moment faltig auf Taillenhöhe wie die Tapeten in den oberen Räumen und verschwindet völlig, als Frau Kettler in einen alten Renault-Kastenwagen steigt, die Tür zuschlägt und abfährt. Mit ihr verschwindet auch das Radio aus meinen Ohren. Kaum, dass ihr Auto über den Dorfplatz verschwunden ist, sind wir wieder bei uns und realisieren, was soeben passiert ist. Yannick klagt im Transporter. Die Frauen nehmen die Kiste mit Irmtraut darin, schweigen noch einen Moment und gehen los.

*

Sie marschieren ohne ein Wort die Straße hinunter, die aus dem Dorf heraus noch tiefer ins Land führt, zu den Wäldern. Sie gehen schnell und zielstrebig, jeder ihrer Schritte ist eine Anklage, nicht gegen mich freilich, aber irgendwie schon, denn ich bleibe ja bei Hartmut stehen in einer instinktiven und blödsinnigen Männersolidarität, obwohl ich ihn würgen will ob seines Leichtsinns, seiner Idiotie, seiner bodenlosen Naivität, diesen fatalen Klick bei der Online-Versteigerung gemacht zu haben, bei der es nur ein paar idyllische Außenaufnahmen zu sehen gab. Wir stehen nebeneinander hinter den Bussen und sehen zu, wie unsere Frauen am Horizont auf der Landstraße verschwinden, als würden sie einen Film beenden und uns für immer in diesem Albtraum zurücklassen. Aus dem Fenster im Haus gegenüber streckt eine Nachbarin den Kopf heraus und schaut zwischen den beiden ratlosen Männern und den schnell entschwindenden Frauen hin und her, als wisse sie somit schon genug über Städter. Sie raucht und tippt die Zigarette auf ihrer Fensterbank ab. Leise rieselt die Asche zu Boden. Dann laufen Hartmut und ich los und unseren Frauen hinterher. Als wir sie erreicht haben, überlasse ich Hartmut das Reden. Ihm fällt erst einmal nichts ein. Die Frauen laufen schnell, sehr schnell. Sie atmen hart. Dann setzt Hartmut zum Sprechen an: »Wo wollt ihr denn hin?«

»Spricht da jemand?«, fragt Susanne Caterina, die mit dem Kopf schüttelt.

»Jetzt kommt schon ...«, jammert Hartmut.

Susanne beugt sich wieder zu Caterina: »Ich kannte mal einen Mann, der bewegte seine Freundin, seinen besten Freund, dessen Freundin, seinen Kater und seine Schildkröte dazu, alle Zelte abzubrechen, um in ein idyllisches Landhaus zu ziehen, an dem noch einiges zu renovieren sei. Leider verheimlichte er ihnen, dass ›einiges‹ eine Totalsanierung bedeutete, gegen die selbst der Neuaufbau der Dresdner Frauenkirche eine Fingerübung war. Ich glaube, er wurde von seiner Freundin verlassen.«

»Hey!«, schluchzt Hartmut und hält kaum Schritt.

Die Frauen gehen einfach weiter.

»Da geht es nicht ins nächste Dorf«, sagt Hartmut jetzt. »Da kommt nur noch Wald!«

»Dann übernachten wir eben im Wald!«, sagt Susanne.

»Dann leben wir eben im Wald. Soll auch schön sein. Jedenfalls schimmelt es da nicht«, sagt Caterina.

»Aber ...«, sagt Hartmut.

Ich blicke derweil auf den dunkelblauen Himmel hinter dem Waldrand und stelle mir vor, wie es wäre, hier abends spazieren zu gehen. Für einen Moment denke ich das Undenkbare, denke, dass wir es schaffen könnten, dass dies unser Haus wird, unser Land, doch das Geräusch eines Autos unterbricht meine vage, irrsinnige Hoffnung. Ein dunkler Volvo kommt uns auf der schmalen Straße entgegen und wird langsamer, als die Frauen auseinander gehen und von beiden Seiten der Straße aus den Daumen herausstrecken.

»Was macht ihr denn da?«, quiekt Hartmut, und ich frage mich, wieso sich in Krisensituationen die Geschlechter wieder aufteilen und ich nicht den Daumen mit herausstrecke, um Hartmut allein stehenzulassen.

Der Wagen hält, und ein gutaussehender Mann kurbelt das Fenster herunter. Er ist perfekt rasiert. Aus dem Wagen strömen dezenter, angenehmer Duft und eine Sinfonie. Ein Jackett hängt im Rückfenster auf einem Bügel.

»Kann ich Ihnen helfen?«, fragt der Mann und spricht es rhythmisch aus. Die Worte fallen flüssig über den Takt der Musik.

»Ja, bringen Sie uns bitte in die Stadt«, sagt Susanne.

»Sie alle?«, fragt der Mann. Das »alle« steigt dabei melodisch an.

»Nein, nur uns Frauen«, sagt Susanne.

Der Mann blickt zu uns, dann wieder zu den Frauen. Er steigt aus. Er ist von beeindruckender Statur, man erkennt seinen perfekten Körper trotz Anzughose und Hemd. Er bewegt sich wie ein Mann, der niemals ein Haus auf eBay kaufen würde. Kleine Löckchen verteilen sich an seinem Kopf wie bei römischen Legionären. Er öffnet zwei Türen und verbeugt sich sacht. »Die Damen ...«

Hartmut reißt die Hände hoch. Gegen die Haltung dieses Mannes wirkt er wie ein verwachsener Rhododendronbusch. »Was soll das heißen, ›die Damen‹? Das ist ein fremder Mann, da könnt ihr doch nicht einfach so einsteigen!« Doch Susanne steigt ein, vorne, wo die Sinfonie ertönt.

»Hey, hallo?«

Ich stehe schweigend daneben, die Arme wie Tomatenstauden an mir herabhängend. Caterina steigt ein. Ich sage: »Miu Miu«. Der Mann sagt: »Ich bringe Sie in ein Hotel.« Er singt es fast, synchron zu einer kleinen Geigenfigur in seiner Musikanlage. Zugleich klingt es sicher, wie eine Schulter, Sean Connery würde so reden.

»Das könnt ihr doch nicht ...«, sagt Hartmut, doch der Mann hat die Türen schon geschlossen, so würdevoll und feierlich, als trügen die Frauen Abendgarderobe. Er geht um sein Auto herum, bleibt noch einen Moment an der Fahrertür stehen, schaut in den Nachthimmel, summt ein paar Takte mit, sodass seine Löckchen unter dem Mond tanzen, und versinkt dann hinter dem Steuer. Der Volvo fährt an und verschwindet. Hartmut und ich stehen alleine auf der Landstraße im Dunkelblau der Nacht. Ein Käuzchen gurrt im Wald. Wir atmen noch einmal und gehen zu unserem Haus.

3

Die Matratzen stinken nach dem Schweiß von Jahren. Kalt und säuerlich. Wir haben sie aus dem riesigen Raum zwischen Plumpsklo, Badezimmer-Ruine und dem Durchgang zum Flur im Erdgeschoss. Sie waren erst kaum zu erkennen unter den Schichten von altem Holz, angesplitterten Plastikeimern, Zeitungsresten und unbrauchbarem, verrostetem Werkzeug. Als wir sie herauszogen, rutschte Hartmut eine davon auf die Erde zurück, schlug stoisch grunzend auf und entließ eine Staubwolke, die den freien Himmel auf Jahre verdunkelt hätte, wäre sie nicht im Zimmer geblieben. Dennoch: Matratzen sind besser als Isomatten auf diesem Boden, der sich wie ein Kiesweg anfühlt, wenn man ihn auf Socken begeht, und dem selbst Hartmut nicht traut, obwohl er sich schon den ganzen Abend so benimmt, als könne man dieses Haus hier und jetzt bereits ernsthaft bewohnen. Seine Zahnbürste und sein Deo hat er unten ins Ruinenbad gestellt. Erst auf die Plastikablage unter dem verblassten Spiegel – als diese abbrach, dann auf den Rand des Waschbeckens. Die Restvorräte von der Hinfahrt hat er in der »Küche« aufgebaut.

Er schreckte kurz zurück, als eine kleine Tupperdose komplett in der Staubschicht des Schrankbodens verschwand, die er für den Boden selbst gehalten hatte. Ich trage noch meine

Sachen von der Fahrt – Jeans, T-Shirt, Socken – und liege in meinem Schlafsack auf der säuerlichen Matratze wie jemand, der nach einem Besäufnis nur schnell übernachtet, bis die Promille halbwegs abgeklungen sind. Yannick liegt oben auf dem Klavier, als traue er dem Boden auch noch nicht, und hat seinen Kopf auf meinen Rucksack gelegt.

Es ist dunkel und still.

So still war es in Bochum nie, nicht mal zur blauen Stunde.

Ich höre Hartmuts Atem.

Keiner schläft.

»Die Frauen sind weg«, sage ich.

»Ja«, sagt Hartmut in dieser schnellen, keckernden Tonlage, die er verwendet, wenn er etwas ins Komische ziehen will, weil ihm das Thema nicht behagt.

»Die kommen nicht wieder«, sage ich, um ihn aus der Reserve zu locken.

»Natürlich kommen die wieder«, antwortet er, schon ohne zu keckern.

»Nicht, bevor hier alles tipptopp ist«, sage ich.

»Das schaffen wir schon«, sagt Hartmut.

Wir liegen in einer Ruine, haben keinen Kühlschrank, kein richtiges Bad, kaum warmes Wasser und einen Gasherd, der nicht minder gefährlich scheint als eine Bombe im Keller. Die Risse im Erdgeschoss sind so groß, dass schlanke Diebe sich komplett durch die Hauswand drücken könnten, und die Matratze, auf der ich liege, lässt mich nur mühsam einen Brechreiz unterdrücken. Jeder Raum in diesem Gebäude ist voll mit unbrauchbaren Möbeln und bis an die Decke gestapeltem Schrott. Wir kennen niemanden, der uns helfen würde. Und wir haben alles aufgegeben, unser Hab und Gut draußen in zwei VW-Bussen vor der Tür.

»Ja, das schaffen wir schon«, sage ich, seufze und drehe mich in den Schlafsack.

Nach drei Stunden wache ich auf.
    Vertraute, kratzende Geräusche.
    Ein Reißen.
    Ein Plumpsen.
    Yannick hat sich an der alten Tapete hochgearbeitet und ist nach getanem Werk wieder runtergesprungen. Der Druck kleiner Pfoten auf meinem Schlafsack zwischen den Beinen, langsam hochtrappelnd zu meiner Brust, dann das Schnäuzchen in meinem Gesicht, das Köpfchen reibend. Ich kraule ihn und erinnere mich daran, wo ich bin. Es ist kalt, und in der Matratze wird der Schweiß meiner Vorschläfer nun fein sortiert von Eiskügelchen umschlossen. Der alte Baum vor dem Fenster wirft einen knorrigen Schatten an die Wand, der wie ein Arm mit langen Fingern aussieht. Ich lächle über derlei Schreckversuche, öffne den Schlafsack, lasse Yannick von meiner Brust springen und stehe auf. Hartmut schnarcht unter dem Klavier, fast auf die Pedale sabbernd, schlafend wie ein Stein.
    Ich gehe in den oberen Flur und suche nach einem Lichtschalter. Meine Hand tastet an der Wand mit der brüchigen Tapete entlang, dringt schon bei geringem Druck ein wenig in den Putz ein und spürt kurz nach einer Delle einen kleinen Berg unter sich, der sich bewegt und einen harten Panzer hat. Quiekend ziehe ich die Hand zurück und stolpere die Treppe hinunter, fast durch die geschlossene Haustür an ihrem Absatz purzelnd. Durch das Milchglas der Haustür dringt das Licht der Laterne vorne an der Kreuzung. In dem Ständer neben der Tür hat Hartmut seinen Schirm abgestellt, sorgfältig mit der Schlaufe geschlossen. Ich gehe durch das zukünftige Wohnzimmer, steige

im kleinen Essraum über die geöffnete Klappe zum Keller und zünde in der Küche eine Kerze an, da ich mich nicht mehr traue, nach Schaltern an Wänden zu suchen. Zum Glück hat Hartmut eine Kiste mit nützlichem Kleinkram in der Küche abgestellt. Ich stelle die Kerze auf den Tisch und setze mich. Das Licht flackert über die grobe Spüle neben der Tür, den alten Schrank, in dem die Tupperdose im Staub unterging, und die Fensterbank unter dem rissigen, einfach verglasten Holzrahmenfenster. Ein verlassenes Blechbesteck liegt dort neben einer Fernsehzeitung von letztem Sommer, dazwischen irgendwelche Brocken. Ich atme still, das Kerzenlicht beruhigt mich ein wenig, ich halte die Hände darüber, reibe. Morgen soll Hartmut die Kamine anschmeißen, im Wohn- und Esszimmer stehen sie, massive, gusseiserne Holzöfen. Wir können den ganzen hinteren Lagerraum darin verheizen, das alte Holz, aus dem wir die Matratzen gezogen haben, die Zeitungen. Mein Atem wird regelmäßiger. Dann sieht mich von links der alte Gasherd an. Er scheint die ganze Wand einzunehmen, sein Backofen eine große Klappe, seine Schultern breit. Sein Schatten flattert eitel im Kerzenlicht.

Ich warte.

Und warte.

»Was?«, sage ich und drehe mich zu ihm um. »Willst du uns nicht hier haben?«

Er schweigt.

»Bist du so was wie das Auto bei Stephen King?«, frage ich. »Oder die Mangel? Dann friss mich bitte gleich!«

Er schweigt weiter.

Als wenn er mich direkt fressen würde, am ersten Abend. So unprofessionell ist auch ein Gasherd nicht.

Ich schniefe die Nase wie ein Mann aus einer Hafenkneipe,

seufze wieder und reibe meinen Nacken. Der Gasherd zeigt auf die offene Klappe zum Keller hinter mir, im Esszimmer.

Ich runzele die Stirn, sehe ihn an, drehe mich um.

Der Abgang zum Keller ist schwärzer als die Nacht.

Dennoch ...

»Du willst, dass ich da runtergehe?«, frage ich.

Ich warte einen Moment. Die Kerze reflektiert im Fenster.

»Okay«, sage ich, wie jemand, der es ihm zeigen will. Dieses Haus macht mir keine Angst.

Ich nehme die Kerze, stehe auf, übertrete die schiefe Schwelle zum Esszimmer und taste mit meinen Füßen und dem Licht die Treppe zum kleinen Keller hinab, über die winzigen, abgetretenen, wie in den Stein gebissenen Stufen.

Unten hebe ich die Kerze wieder ein wenig und leuchte den kleinen Raum aus. Die massiven, unförmigen Steine, aus denen die Wand gebaut wurde, als handele es sich hier um einen alten Verschlag der Römer. Die Holzbohlen, die das Haus stützen und am unteren Ende schwarz sind vom Grundwasser, das regelmäßig in den Raum steigt. Wie gebrauchte Streichhölzer, verkehrt herum in den Boden gerammt. Ich fühle mich wie ein Gallenstein im Magen eines großen Wesens. Die Kerze flackert ein bisschen, obwohl es hier unten keinen Luftzug gibt, und ich habe Mühe, mit meinen Augen einen Punkt zu fixieren. Mein Blick gleitet an den abgerundeten Römerquadern ab und wird vom Flackerlicht zerstreut. Dann heftet er sich an der Nische in der Wand fest, dieser kleinen, quadratischen Aussparung, in der die zwei Einmachgläser stehen. Das Kerzenlicht fällt flackernd auf das Glas, als ich näher herangehe. Wie Peperoni in eigenem Saft, nur viel zu groß, in sich gewunden, eng zusammengepresst. Daneben dasselbe in Rot, verknotete, organische Schläuche, wie in einer Lösung schwebend.

Was soll das?

Wie kann das denn sein?

Ich stehe auf Socken in einem winzigen, kofferraumgroßen Gewölbekeller aus der Römerzeit, in dem sich nichts, aber auch gar nichts anderes befindet als zwei große Einmachgläser mit viel zu groß geratenen Peperoni, die wie Organe aussehen und laut der Vorbesitzerin schon immer dort standen, schon immer, seit Anbeginn der Zeit.

Ich beuge mich noch näher heran. Die letzten Steine des Kellers verschwinden aus meinem Blickfeld und drücken durch meine Socken. Ich sehe nur noch die Gläser vor mir und starre hinein wie ein Kind ins Terrarium, die Kerze neben meinem Gesicht.

Dann blubbt es.

In dem seit Jahrhunderten luftdicht verschlossenen Glas entsteht eine Blase, und es blubbt, als würde das Ding darin atmen, um Luft ringen und einen Vorwurf aussprechen, den kein lebendiger Mensch ertragen kann.

Ich schreie, werfe die Kerze auf den Boden, die sofort erlischt, haste auf allen vieren die Treppe hoch, rutsche an den riesigen Gebissspuren, die Stufen sein sollen, ab, fasse mich und renne schreiend durch Küche, Wohnzimmer und Hausflur. Mein Schreien, das mit jeder Stufe rauf zum Klavierzimmer immer lauter werden muss, weckt Hartmut, der halbnackt in der Tür steht, »Was ist denn los?« sagt und Augenschlitze macht. Ich komme mir selbst blöd vor, als ich noch weitere 30 Sekunden direkt vor ihm stehe und einfach schreie, ein ziehendes, hochtöniges »Ahhhhhhh« wie in den Kevin-allein-zuhaus-Filmen. Ich hole sogar einmal Luft, könnte kurz zur Besinnung kommen und setze dann doch nur zu weiteren 15 Sekunden an, die Hartmut stumm erträgt, bis ich aufhöre und selbst verstumme. So stehen wir uns gegenüber, ich auf Socken und in Jeans, er in seinem Schlaf-T-Shirt und Boxershorts, kleine Schafe auf der Hose. Es ist wieder still. Ich sammele mich.

»Im Keller sind alte Organe in den Einmachgläsern, die immer noch leben«, sage ich, nicke einmal zum Nachdruck, warte einen Moment und gehe dann in meinen Schlafsack. Hartmut sieht mir zu, wie ich mich einwickele, wartet ab, bis mein Reißverschluss »ziiiip« gemacht hat, und geht ohne ein weiteres Wort nach unten, um die Sache zu regeln.

4

Am nächsten Morgen weckt mich das SMS-Signal meines Handys. Das Piepen wird zur schrillen Anklage, sodass ich schon fast vor dem ersten Laut aus dem Bett falle, als hätte er den Vorboten seines Schalls eine Sekunde in die Vergangenheit geschickt. Ich schaue kurz rüber zu der schnarchenden Schlafsackwurst, aus der Haare von Haupt und Koteletten ragen, krieche aus meinem Schlafsack, nehme das Mobiltelefon vom Klavier und schaue auf das Display. »Sind im Gasthof Teutonia untergekommen. Bahnhofstr. 13. Bitte Gepäck bringen.«

Das ist hart.

Kein »Kuschelmäuschen«, kein »Schatz«, nichts.

Reine Sachlichkeit ist ein noch größerer Vorwurf als jede Beschimpfung. Und dann per SMS. Mir wird kalt. Von innen klebt mein eigener Schweiß an meinen Klamotten, von außen die Partikel der Vorgänger. Ich ziehe mir das Paar alter Turnschuhe an und gehe die Treppe hinunter. Es riecht wie in einer Trödelhalle und erinnert mich an Trash-Reportagen über Firmen, welche die Wohnungen von Verstorbenen ausräumen. Ich frühstücke nicht, gehe so, wie ich bin, nach draußen und steige in den Transporter. Im Augenwinkel sehe ich die Nachbarin vom Haus gegenüber im Fenster lehnen, rauchend. Ich frage mich, ob sie es seit gestern Abend auch nur ein Mal verlassen hat. Es stinkt bis hier unten, die Aschekrümel fallen schnurgerade an der Hauswand hinab wie kleine, graue Ameisen auf ihrer angestammten Straße.

Ich sehe die SMS vor mir. Mein Kopf ist fahl wie nach einem Kater, meine Zunge fühlt sich an wie der Boden unter der Matratze. Das ist er also, der erste Morgen in unserem neuen Haus. Das Landidyll. Ich lasse den Motor an und fahre nach Schrozberg.

Der Gasthof Teutonia liegt in der Tat nur eine Straße vom Bahnhof entfernt. Der große, schmutzige Fabrikturm hinter den Schienen beobachtet einen auch hier, ohne Augen, stumm. Ich stelle den Motor ab und blicke durch die Scheibe auf die Front der Pension. Ein graues Reihenhaus mit Kneipe, darüber wenige Fenster mit Vorhängen, die wirken wie aus Staub geflochten. Die Gaststätte hat Fenster aus braunem, kleinteiligem Glas, hinter dem man sich verstecken kann. Altdeutscher Schriftzug, links und rechts daneben Werbung für Biermarken. Das Schild ist verschmiert, Taubenscheiße lappt über die Kanten. Ich spüre ein Klopfen in meinem Körper, es öffnet sich eine Klappe, und mein schlechtes Gewissen springt heraus, mit Schirm, gekleidet in einen Sonntagsanzug. Es setzt sich auf die Ablage des Transporters über dem Handschuhfach, schlägt die Beine übereinander und grinst mich an. Es ist proper. Im Radio beklagt sich Bono von U2 über das Elend der Welt. Ich atme einmal tief ein, öffne die Wagentür und schleiche zum Eingang der Pension.

Als ich die Tür öffne, schlagen mir mehrere grobe Scheiben Kneipenluft entgegen. Es riecht wie damals im Nachtzug, als der Pendler die Notbremse zog, um den Zigarrenraucher zu stoppen. Hier enthält das Gemisch mehr Anteile von Bier und Korn und hängt schwer in der Luft wie riesige, fleischige Mundwinkel alter Säufer. Es schlägt mir ins Gesicht, einmal, zweimal. Die braunen Glasbausteinfenster sperren das Licht aus, und innen sorgt nur die Beleuchtung der Bar für ein wenig Sicht. An der Wand neben der Bar löst sich eine gelbe Schicht Nikotin wie eine Scholle aus Gummi von der Wand und biegt sich nach unten, sodass ein wenig weiße Tapete frei wird. Die Scholle ist daumendick. Tote Fliegen kleben daran. Die Anlage hinter der Theke spielt Roland Kaiser. »Santa Maria«, singt er, »Insel, die aus Träumen geboren / Ich hab' meine Sinne verloren / In dem Fieber, das wie Feuer brennt.« Ich verliere gleich auch meine Sinne, so stinkt diese Spelunke. Ich muss daran denken, dass unser Freund Jochen, der mit seinem Freund Mario ein Buch über den kulturellen Wert billiger Videotheken-Reißer-Filme herausgegeben hat, den Laden prinzipiell mögen würde, weil er Trash ist, sich auf das Wesentliche beschränkt und nicht etwa das Radioprogramm, sondern eine speckige CD von Roland Kaiser laufen lässt. Der Wirt ist ein älterer Mann mit hoher Stirn, grauem Drei-Tage-Bart und einem zu großen Kassengestell. Er liest die BILD-Zeitung.

»Ähm, guten Tag, ich soll ...«

»Den Frauen ihr Gepäck bringen«, beendet er meinen Satz und zeigt mit dem Daumen hinter sich zu einem Treppenaufgang am Ende des Raums. »Sie warten schon. Zimmer 5. Erster Stock.«

Seine Stimme klingt nach Zigarettenstummeln und Korn-Gläsern.

Ich stehe noch einen Moment vor der Theke und sehe ihn an, wie er wieder in der BILD blättert. Dann drehe ich mich um und gehe vorsichtig die Treppe hinauf. Ich finde Zimmer 5 und klopfe zaghaft an.

»Komm rein!«, höre ich Caterina sagen, es klingt ein wenig fern. Ich öffne. Die Frauen sitzen am offenen Fenster und haben die Köpfe halb hinausgestreckt.

»Hi«, sage ich im Tonfall einer sich entschuldigenden Babykatze.

Die Frauen sehen mich an.

»Ja …«, sage ich, »dann hole ich mal die Sachen, was?«

Ich will mich gerade umdrehen, als Susanne sagt: »Moment. Du willst jetzt wirklich unsere Sachen hier hoch in dieses Zimmer schleppen?«

Ich drehe mich mit gesenktem Kopf um und gebe einen Laut von mir.

»Du glaubst doch nicht etwa, dass wir in dieser stinkenden Bude, in der der Qualm aus dem Erdgeschoss sogar durch den Fußboden hochdringt, auch nur eine Stunde länger bleiben?«

›Nein, das glaube ich nicht‹, denke ich, schweige aber.

»Wir wären heute Nacht fast erstickt, als da unten Kneipenbetrieb war!«, sagt Susanne. »Wir sind Luftatmer!« Ich muss ihr zustimmen, dass es eine unmögliche Hütte ist. Das sage ich aber nicht. Ich sage gar nichts.

Wir schweigen eine Runde, vom Bahnhof hört man einen Zug. Irmtraut nimmt ein Bad im Waschbecken.

»Und jetzt?«, frage ich, während mein schlechtes Gewissen unten mit dem VW-Bus um den Block fährt und singt.

Da steht Caterina vom Fenster auf, kommt auf mich zu, streichelt mir kurz über die Wange, gönnt mir für eine Sekunde ihr Gesicht ganz nah an meinem und sagt: »Jetzt besorgst du uns erst mal eine vernünftige Unterkunft ohne Qualm, mein Held!«

Ich sehe ihr in die Augen und bin etwas erleichtert. Wenigstens ein klarer Auftrag. Ich mache ein blödes Gesicht, hebe den Finger, zeige kurz meine Zähne, schiebe meinen Kiefer vor und zurück und sage: »Ich bin gleich wieder da!«

Dann renne ich los, die Treppe hinunter, am Wirt und der Nikotinscholle vorbei, durch die wie Schweinehälften im Raum hängenden Qualmscheiben und raus auf die Straße. Was tun? Wo kriege ich jetzt eine rauchfreie Pension her? Ich renne über die Straße zum »Bahnhofsvorplatz«, jenem Streifen aus brüchigem Asphalt und Kies, auf dem die Busse vorfahren und alte Frauen fluchend in Löcher stolpern. Das lange Gebäude aus Holz, das dem Bahnhof angeklebt wurde, weckt meine Aufmerksamkeit. Eine breite Treppe führt nach oben zu seinem Eingang, links und rechts des Geländers stehen Glasschaukästen. Ich werfe einen Blick hinein und sehe die Ankündigung für ein Billard-Turnier, Fotos von der letzten Party und Werbung für eine Konzertscheune namens CoolStall. Über den Zetteln klebt der Schriftzug des Hauses, vor dem ich stehe: »Jugendzentrum.«

Ich haste die Treppe hinauf, reiße die Tür auf und stehe in einem warmen Vorraum, in dem ein paar Jugendliche an niedrigen Tischen mit blauen Servietten sitzen und krümelnd frühstücken. Hinter einer Theke gurgelt Kaffee. Im Hintergrund läuft Culture Club. Die jungen Leute sehen mich an, ich erinnere mich daran, wie ich rieche.

»Eine Pension!«, stoße ich ohne weitere Begrüßung aus. »Ich brauche eine Pension!«

Die Kids sehen sich an und übergeben das Wort in stillem Einverständnis ihrem Häuptling.

»Am nächsten liegt der Gasthof Teutonia, der ist zwar ziemlich spießig, aber ...«

»Nein, nein, nein, ich brauche eine Pension, in der nicht geraucht wird. Gar nicht.«

Wieder diese Blicke, bei denen ich mich fühle wie der Klassentrottel, über den heimlich geredet wird.

Dann Gelächter.

Gackerndes, schallendes Gelächter.

Bei einigen fließen vor Lachen die Tränchen.

»Eine Pension mit Rauchverbot«, stößt der Häuptling aus, als er kurz zu Luft kommt. »Wo gibt es denn so was???«

Ich begreife, dass ich auf diesem Weg nicht weiterkomme, drehe mich um und gehe, wie ich gekommen bin. Das Gelächter begleitet mich noch auf der Treppe.

Ich muss etwas tun, ich muss die Frauen retten, ich bin Caterinas Held. Von rechts kommen Menschen mit Koffern, Täschchen, Rollwagen. Sie sind mit dem Zug gekommen, den wir vorhin durchs Fenster gehört haben. Ich eile zur nächstbesten Person und schüttele sie, sodass ihr Hut mit der aufgenähten Stoffblume wackelt. Es ist eine alte Dame, und sie versteht nicht, was ich schreie, von wegen Pension und Qualm, ihr Neffe hastet heran, ein großer Mann mit verärgerten Augen, der denkt, ich würde sie überfallen oder ihr eine Mitgliedschaft verkaufen wollen. Ich flüchte vom Bahnhofsvorplatz.

Da ich gar nicht mehr gehen, sondern nur noch rennen kann, stehe ich plötzlich vor einem Haus mit Apotheke und jeder Menge Arztpraxenschildern, ohne bemerkt zu haben, wie ich dorthin gekommen bin. Als ich unter einem Namen »Hals-Nasen-Ohren-Arzt« lese, kommt mir eine Idee. Ich renne in das marmorierte, schöne Treppenhaus, flitze die Stufen hoch, rücke beim Eintreten meine Schultern gerade und sage: »Tag, mein Name ist Anderson, Firma Duplex, ich soll die Geräte überprüfen.« Dann gehe ich, ohne eine Antwort der Sprechstundenhilfe abzuwarten, in das Büro des Doktors. Der Mann reißt schützend seine Hände hoch, als jemand ohne Ankündigung eintritt, doch ich stütze mich ohne zu zögern auf seinen Schreibtisch und sage: »Gibt es in diesem Ort irgendeinen Nichtraucher?« Ich vergesse immer die Höflichkeitsfloskeln, wenn ich unter Zeitdruck stehe, aber die Wirkung ist manchmal erstaunlich.

»Was?«, stottert der Arzt.

»Einen Nichtraucher! Sie sind doch Hals-Arzt, Sie kennen doch Ihre Patienten. Gibt es unter ihnen irgendeinen, der nicht raucht?«

»J... ja«, sagt der Mann, die Augen weit aufgerissen wie ein Boxer, der in die Defensive muss.

»Wen???«, schreie ich, und in meinen verklebten Fremdschweiß-Klamotten muss ich dabei wirken wie Michael Biehn in *Terminator 1*, wenn er an Menschen herumzerrt und sie fragt, welches Jahr wir gerade haben.

Der Mann schreibt mir tatsächlich mit zitternden Fingern einen Namen auf einen kleinen Zettel mit der Werbeaufschrift »Duplex Medizintechnik« und hält ihn mir hin.

Ich schaue darauf.

»Nur eine Person, im ganzen Ort?«, frage ich.

Der Arzt nickt ängstlich. Ich frage mich langsam, ob ich eine Waffe bei mir habe und es selbst nicht merke. Ich tippe mit dem Finger auf den Zettel und reiche ihm ihn wieder über den Tisch. »Die Adresse bitte!«, sage ich, und er notiert sie brav. Ich nehme den Zettel und stecke ihn ein. Dann lächle ich geisteskrank, aber wie ein Profi, und halte den Zeigefinger vor meine Lippen: »Das bleibt unser kleines Geheimnis, ja?«

Der Arzt nickt. Sein Sessel ist zu groß für ihn.

Ich verlasse das Büro, nicke Patienten und Sprechstundenhilfe freundlich zu und renne weiter.

Das Haus der Nichtraucherin liegt im Südwesten der Stadt, nahe des neuen Friedhofs. Ich bin beruhigt, als ich das Gartentor öffne, ein Beet mit Gemüse und Sonnenblumen passiere und einen gepflegten Wintergarten sehe, der rechts vom Gebäude absteht.

Ich klingele, erkläre der älteren Dame die Lage und frage sie, ob sie nicht Interesse daran hätte, sich mit der Vermietung von ein, zwei Zimmern ihres charmanten und beeindruckenden Hauses für eine kurze Übergangszeit ein zusätzliches kleines Taschengeld zu erwirtschaften. Oder auch ein großes. Als ich ihr erzähle, dass meine Freundin Künstlerin ist, und sie mich fragt, ob sie dann vielleicht ihre Sonnenblumen, die ihr viel bedeuten, in Gemälden festhalten könnte, nicke ich, und sie sagt zu. Ich küsse sie in einem Anfall von Euphorie auf die Wange und renne wieder los, zurück ins Bahnhofsviertel. Dass das Landleben so hektisch sein muss. Eine Straße vor dem Block mit dem Gasthof bremse ich meinen Lauf und halte an, da ich im Augenwinkel etwas Interessantes gesehen habe. Ein großes Gebäude, vielleicht eine ehemalige Scheune, mit neuem, knallrotem Dach und diesen gelben, handgeschriebenen Plakaten an der Wand, auf denen Bier, Limo und Wasser zum günstigen Kastenpreis angeboten werden. »Flaschendreher« steht auf einem großen Blechschild über dem Eingang, in blauer Comicschrift, von der Wassertropfen wegspritzen. Ich bleibe kurz stehen und überlege. Kämpfe ein wenig mit mir. Scharre mit dem Fuß an einer zerfetzten Zigarettenschachtel im Rinnstein herum. Dann blicke ich auf die Uhr, zucke zusammen und renne weiter.

Wenig später stehe ich japsend vor den Frauen in der Tür des Zimmers und schaue auf meine Uhr.

»59 Minuten«, keuche ich, »59 Minuten.«

Dann erzähle ich den Frauen, dass ich eine Pension mit Garten aufgetrieben habe, in der die Pflanzen blühen und eine muntere Nichtraucherin auf sie wartet.

Mein schlechtes Gewissen draußen im Auto guckt böse und löst sich mit einem lauten »Paff!« in Luft auf. Caterina kommt wieder ganz nahe, wartet einen Moment, bevor unsere Lippen sich berühren, küsst mich und sagt wieder »Mein Held«, als hätte sie zwar gewusst, dass ich zu so was fähig bin, fände aber das Tempo von 59 Minuten doch außerordentlich verwegen und sexy. Dann bezahle ich das Zimmer für eine Nacht, schleuse die Frauen durch die Qualmscheiben – Caterina hat Irmtraut unter ihren angefeuchteten Pulli gesteckt wie ein Feuerwehrmann, der ein Kind vor einer Rauchvergiftung bewahren muss – und fahre mit ihnen zu der Dame mit dem Wintergarten. In der Zwischenzeit frage ich Caterina, ob sie mal wieder Lust hätte, Sonnenblumen zu malen.

Als ich zurück zum Haus komme, steckt Hartmut seinen Kopf durch das Fenster im Dach und winkt. »Ich schlage vor, wir fangen oben an!«, ruft er und scheint gute Laune zu haben. Ich deute auf die Scheune nebenan und winke, dass ich gleich komme. Ich bin Caterinas Held. Ich will die Sache mit dem Atelier klären.

Ich gehe zur Scheune rüber, schleiche knirschend über das Pflaster und halte Ausschau nach Gustav. Der Wind spielt zaghaft zwischen den Wirtschaftsgebäuden herum, ein Vogel balanciert auf einer Dachrinne. Kein Bauer zu sehen. Vorsichtig öffne ich die Tür zur Scheune, um sie noch einmal ohne verrückte Fremdenführerin zu sehen, und lasse den Blick schweifen. Der Boden ist fleckig und feucht, die Bohlen vom Obergeschoss haben kleine Löcher. Nicht schlimm für das Heu, das dort lagert, aber für ein Atelier inakzeptabel. Ich drehe mich wieder um und schrecke zusammen, als Gustav vor mir steht, sein Kopf auf meiner Brusthöhe, schießschartenäugig. Ich fasse mich, gehe auf ihn zu und strecke meine Hand aus, als er die Fäuste hochnimmt und wie Rocky Balboa zu tänzeln beginnt. Er hüpft vor mir auf der Stelle und lässt ab und zu einen warnenden Haken los, seine Fäuste wirken wie Steckrüben. Ich stehe in der Scheune unseres neuen Hauses im Hohenlohe, und ein kleiner Bauer tänzelt wortlos vor mir herum und boxt. Ich gehe vorsichtig und mit flach erhobenen Händen an ihm vorbei und entferne mich rückwärts vom Hof, während er mich weiter fixiert. »Wir können dann ja später darüber reden«, sage ich, drehe mich in sicherer Entfernung um und laufe zum Haus.

»Der Bauer ist unkooperativ«, sage ich, als ich auf dem Dachboden angekommen bin. Hartmut sitzt derweil zwischen alten Kartons mit Büchern wie ein Kind, das seine Comics sortiert, und tut so, als hätten wir jede Menge Zeit. Während er den Dachboden aufräumt, hört er sich auf unserem alten Camping-Kassettenrekorder das Frühwerk von Sonic Youth an. Es fiept und zerrt und rockt wie ein Störsender. Er drückt auf Stopp.

»Heimatliteratur«, sagt er und hält die alten, gebundenen Romane hoch.

Ich schnaufe.

Dann erzähle ich ihm, was ich in den 59 Minuten unten in der Stadt getrieben habe.

»Beeindruckend«, sagt er, aber eher so wie ein Forscher, der etwas Erstaunliches erfahren hat, das mit seinem eigenen Leben nichts zu tun hat.

»Hartmut, ich will dieses Haus schnell fertig kriegen! Unsere Frauen sollen nicht ewig improvisiert wohnen.«

»Ich habe meinen Laptop angeschlossen. Die Buchse im Büro funktioniert. Ich mache meine Online-Beratung weiter«, sagt er. Ich staune, dass man dem Leib einer Ruine Internet abzapfen kann, setze mich neben Hartmut und nehme ein Buch in die Hand. Hermann Löns. Es stinkt nach Qualm.

»Das gibt gutes Geld auf eBay«, sagt Hartmut und rückt die Bände in der Kiste gerade. Am Ende des Dachbodens, in der Kiste unter der Schräge, sehen uns die alten Puppen stechend an. Ich sehe schnell weg. Draußen scheint die Sonne.

Wir sitzen mitten im tiefsten Hohenlohe auf dem Dachboden einer faulenden Fachwerk-Ruine, die wir komplett renovieren müssen, während unsere Frauen nicht eher wiederkommen, bis das Haus fertig ist, und Hartmut sortiert als ersten Schritt zu dieser Restaurierung vergilbte Heimatromane, deren Erlös von vielleicht 3,26 Euro auf eBay in die Renovierungskasse fließen soll, mit der wir ein Haus fit machen müssen, von dem einzig das Dach zu gebrauchen ist. Ich lege das Buch ab und sage: »Was denkst du, wie wir hier *wirklich* beginnen sollen?«

Hartmut blickt von seiner fleißig sortierten Bücherkiste auf und sieht mich mit großen Augen an: »Ich habe keine Ahnung.«

Yannick kommt mit leisen Bumpergeräuschen die Treppe hochgelaufen, streift mit seinen Flanken schnurrend an Kartons, Schutt und Trödel entlang, dreht eine weite Runde durch das Tohuwabohu und bleibt starr vor der Kiste stehen, aus der die Puppenköpfe herausragen. Er legt die Ohren zurück, geht mit voller Körperspannung langsam rückwärts, dreht sich dann um und saust fauchend die Treppe hinunter.

Hartmut und ich sehen uns an.

»Ich denke, wir räumen erst mal den Dachboden leer, oder?«

Er nickt.

Wir beginnen.

Nach sechs Stunden sind wir fast fertig. Zu Anfang haben wir die Kartons noch geöffnet, sortiert, ausgewertet. Mittags saßen wir mit notdürftig getoasteten Brötchen oben zwischen dem Krempel und berieten zu jedem einzelnen Stück, ob sich das Aufbewahren lohne. Nach dem Essen kam Hartmut kaum von dem kalten Plumpsklo herunter, weil er nicht aufhören konnte, Hermann Löns zu lesen. Doch gegen Nachmittag endete unsere verhaltene Euphorie, und wir nahmen Kartons ohne weitere Einsicht hinunter und stapelten sie auf einem Haufen neben der Haustür, mitten in einer Betonaussparung, die früher einmal für die Holzlagerung gedacht war, bevor die Vorbesitzerin einfach alles in den Raum zwischen Klo und Bad geschmissen hat. Lediglich den Karton mit den Puppen rührte keiner von uns an; bei jedem Gang hofften wir, dass der andere es tun würde, und am Ende blieben sie oben, stumm und starrend.

»Ich würde das ja anders stapeln«, sagt eine Frauenstimme in kräftigem e-Moll, als Hartmut und ich die letzten Kartons herausschleppen und auf den Haufen schmeißen. Es ist Abend geworden, der Himmel verfärbt sich schleichend, und die Luft ist erstaunlich gut. Wir drehen uns um und sehen die Urheberin des klugen Kommentars. Es ist die Raucherin oben im Fenster.

»So kracht euch der Haufen irgendwann zusammen, wenn ihr mehr daraufstapelt. Und ich denke, bei dem Haus wird es mehr, oder?«

Sie lacht und tippt Asche ab. Ich verfolge den Krümel auf seinem Weg die Hauswand entlang und sehe, wie er auf dem Boden unter dem Fenster auf einem riesigen vergilbten Haufen landet, der wie eine gelbe Pyramide vor der Wand steht. Ekel durchzuckt mich.

»Ich bin Hartmut, und das ist ...«

»Danke für den Hinweis!«, unterbreche ich Hartmut und klinge erstaunlich frotzelig für meine Verhältnisse. Ich mag keine Raucherinnen. Ich bin Luftatmer.

»Mein Name ist Berit«, sagt die Raucherin. »Wenn ihr auch noch Möbel ausräumen wollt, müsst ihr im Amt oben in Schrozberg das Sperrmüllformular ausfüllen. Die nehmen das hier sehr genau.«

»Alles klar!«, sagt Hartmut freundlich, und ich grantle still vor mich hin. Er soll zu der Frau nicht so höflich sein.

»Immer gern. Wenn ihr Fragen habt ...«, lacht sie und zündet sich an ihrer Zigarette eine neue an.

Den letzten Karton werfe ich absichtlich schief in die Ecke, blicke auf und sehe, wie der Bauer von nebenan mit einem Trecker neues Heu in die Scheune fährt.

»Hey!«, rufe ich, lasse Hartmut perplex zurück und renne los.

Ich stürme an dem grollenden Trecker vorbei wie ein Demonstrant, der sich vor den Wasserwerfer wirft, warte, bis der Bauer das Ungetüm ausgestellt hat, und motze los.

»Was soll das denn?«, frage ich.

Der Mann sitzt stumm auf dem Gefährt wie eine Playmobilfigur.

Ich fuchtele mit den Armen, um mir passende Worte zu angeln. »Aber ... das ist doch jetzt *unsere* Scheune.«

Der Bauer hebt wieder die Hand, ballt sie zu einer Steckrübenfaust und schwenkt sie so langsam, wie Männer in alten Kinderfilmen das tun. Ich weiß nicht genau, ob er dabei grinst.

»Herrgott«, sage ich, lasse die Arme sinken und gehe wieder zum Ausgang. Sein Blick sitzt mir im Nacken wie eine Fliege.

Als ich Hartmut passiere und ins Haus stampfe, sagt er: »Was bist du denn so unhöflich? Berit wollte doch ...«

»Berit soll lieber den Bauer umpolen!«, schnauze ich Hartmut an, gehe ins Wohnzimmer und versuche, den Kamin anzufachen.

5

Es gelingt.

Hartmut und ich sehen mit Freude, wie in den Kaminen im Erdgeschoss die Flammen aufsteigen, stopfen so viel Holz, wie sie fassen können, hinein und legen uns oben auf die Matratzen, in Vorfreude auf eine wärmere Nacht. Hartmut öffnet das Fenster ein wenig, die Kaminluft zieht bereits sanft die Treppe hinauf und wärmt uns von unten, während von oben frische Streifen durch das auf Kipp stehende Fenster ziehen, synchron zum leisen Knarren der Äste.

Wir schlafen schnell ein.

Nach drei Stunden wachen wir beide gemeinsam schlagartig auf und schnappen nach Luft wie Ertrinkende, die man gerade noch aus dem Wasser gerissen hat. Yannick sitzt wie ein Schatten draußen auf dem Ast des Baumes vorm Fenster und miaut klagend, während meine Ohren sausen, sich das dunkle Zimmer um mich herum dreht und ich langsam ahne, was passiert ist. Ich atme schnell, kurz und hastig und bekomme kaum Luft, während Hartmut sich keuchend an der Türklinke aus dem Zimmer zieht und seine Koteletten leicht nach hinten gepustet werden wie von einem Händetrockner an der Raststätte. Als ich aufstehen will, drückt mich die Luft wie mit kräftigen Händen nach unten, Hartmut stolpert derweil schon die Treppe herunter, den Schlafsack an seinem Fußgelenk hinter sich herzerrend.

»Komm runter, sonst erstickst du. Heiße Luft steigt nach oben!«, ruft Hartmut, und es poltert etwas im Flur. Ich fühle mich wie ein eingeschlossener Dackel in einem VW Polo im Hochsommer bei voll eingeschalteter Heizung. Als ich endlich auf den Beinen bin, muss ich würgen. Ich taumele die Stufen herunter durch den Flur ins Wohnzimmer und sehe, wie Hartmut mit einem angefressenen Eimer Wasser auf die letzten Glutreste im Ofen schüttet. Ein dichter, brennender Qualm füllt sofort den Raum, ich nehme instinktiv ein dreckiges Tuch, das auf der Erde liegt, halte es mir vors Gesicht und laufe zu den Wänden, um die Fenster aufzureißen. Als ich merke, dass mir eine Assel aus dem Tuch in den Mund krabbeln will, werfe ich es schreiend weg und zerre zugleich an der Fensterklinke. Das Fenster reißt mitsamt dem Rahmen aus der Wand und fällt mir vor die Füße, während der Qualm in dichten Schwaden an meinem Kopf vorbei nach draußen zieht. Ich habe Angst, dass Berit immer noch am Fenster sitzt und sofort zu unserer Belästigung die Feuerwehr rufen wird.

Als wir alle weiteren Fenster im Erdgeschoss aufgerissen haben und der Rauch sich langsam legt, fallen Hartmut und ich auf die ersten Stufen der Treppe und bleiben sitzen wie zwei, die auf ein Taxi warten. Nach einer Minute ist Hartmut wieder bei sich.

»Ich sag mal so«, äußert er mit seinem keckernden Tonfall, »wenn man hier heizt, dann heizt es aber richtig.«

Ich weiß nicht, ob ich lachen oder ihn schlagen soll.

Vor der Tür kratzt etwas, wir machen auf, und Yannick steht auf den Stufen, sieht uns an, schüttelt mit tadelndem Blick den Kopf und kommt vorsichtig herein, obwohl er auch oben wieder hätte ins Fenster hüpfen können. Der Morgen ist angebrochen, in letzten Nebelschlieren erkennt man die Höfe und Häuser ringsum, die Biegung zur Kreuzung, an der das schwarze Wartehäuschen steht. Ich schaue auf meine Uhr. Es ist kurz vor sechs.

»Fangen wir einfach an?«, frage ich Hartmut, und der nickt, ohne zu keckern. Wir entschließen uns dazu, den Lagerraum zwischen Klo und Bad zu leeren. Mit zwei Bechern Kaffee, die Hartmut auf dem Campingkocher zubereitet hat, weil sich niemand von uns traut, den monströsen Gasherd einzuschalten, stehen wir vor den Bergen von Holz, Bauschutt und Schrott. Ich schlürfe an meinem Becher, und der Kaffee hinterlässt lauter kleine Pulverkrümel um meinen Mund, die Hartmut nicht vernünftig weggefiltert hat. Er zeigt darauf, lacht sich kaputt, hört wieder auf, als ich ihn still und krümelverpickelt ansehe, nimmt einfach die ersten Holzscheite in die Hand und trägt sie raus.

»Dafür, dass ihr nicht raucht, hat es aber heute Morgen ganz schön aus dem Fenster gequalmt«, sagt Berit, die oben im Fenster hockt und ihr Zippo aufklappt. Es ist 6:30 Uhr. Was ist das für eine Frau? Hartmut lächelt gebrochen, um es sich weder mit mir noch mit ihr zu verscherzen, und wirft das Holz neben die Kartons.

»Sollen wir das Holz nicht besser im Garten stapeln?«, frage ich.

»Wir werden doch hier eh nie mehr heizen, oder?«, fragt Hartmut.

Ich lege den Kopf schief und mache ein »Jetzt komm schon«-Gesicht. Er seufzt, nimmt die Scheite wieder auf und trägt sie in den Garten. Wir stapeln das Holz ein paar Meter neben der kleinen Hütte, die schief im Garten steht, als sei sie so gewachsen. Aus der Grube, über die ein Brett zur Hintertür und somit direkt in die Küche führt, stinkt es nach Abwasser. Ich denke daran, was es kosten wird, das Haus an die Kanalisation anschließen zu lassen. Ich frage mich, ob Susanne fähig ist, eine eigene Kläranlage zu bauen. Ich traue es ihr zu. Aber sie wird es nicht tun. Wir müssen das Haus flottmachen. Wir. Ein Haus mit Grube.

Hartmut geht klappernd über das Brett und öffnet die Tür zur Küche. Sie knackt beim Öffnen, wie ein Fenster, das nach Jahren zum ersten Mal benutzt wird, vertrocknete Farbe blättert von ihr ab und rieselt Hartmut auf die Schultern. Ein weißer Farbsplitter bleibt in seinen Koteletten hängen.

Wir räumen weiter und tragen die Holzscheite durch die Küche raus, da es der kürzere Weg in den Garten ist. Meine Erfahrung von UPS kommt mir zugute, ich verkeile die Stangen so, dass sich eine stabile, feste Wand bildet. Es ist eine simple, anstrengende Arbeit, und ich empfinde seit Tagen das erste Mal wieder Beruhigung in dem stoischen Geschleppe, der ganze Kosmos für ein paar Stunden zusammengeschrumpft zu der Strecke zwischen Lagerraum und Garten, immer über die Grube, an der zersplitterten Holztür vorbei, hin und her, hin und her.

Es ist fast zehn, als wir die erste Lage Holz abgetragen haben, sodass man in dem Lagerraum wenigstens wieder die Fenster nach vorn zur Straße sehen kann. Ich habe drei Splitter in den Fingern, und mein Magen knurrt.

»Essen?«, fragt Hartmut, weil er mich so gut kennt, und ich nicke, während ich die Holzspäne aus meiner Hand pule.

Wir toasten ungesundes Weißbrot in der Küche, während uns der Gasherd boshaft beobachtet. Ich sehe den blauen

Deckel der Tupperdose, wie er aus der Staubschicht ragt; Hartmut hat sie bestimmt schon vergessen. Draußen steht die Wand aus Holz schon hüfthoch, ich schaue sie aus dem Augenwinkel an und bin stolz auf mein Werk.

Als ich noch vor Hartmut, der in der Küche sorgfältig die Utensilien wegräumt, in den Lagerraum zurückkehre und mir erneut die Hände voller Scheite packe, habe ich kurz den Eindruck, als seien die Fenster zur Straße doch nicht so freigeräumt, wie ich vorhin geglaubt hatte. Ich schüttele den Kopf und bringe das Holz raus. Als ich über das Brett in die Küche gehe, gurgelt und zischt es unter mir in der Grube, sodass ich unangenehm berührt aufquieke und in das Haus stürze. Hartmut kommt mit einem Eimer vom Plumpsklo. Er grinst. »Es hat ja was, dieses Rudimentäre. Ohne Scheiß jetzt. Man sieht zum Beispiel, wie viel Wasser für so eine Spülung draufgeht. Da könnten wir doch Regenwasser für sammeln.«

Ich sehe ihn an.

»Hartmut, mit unseren Frauen wird es kein Klo ohne Spülung geben«, sage ich.

Er stellt den Eimer ab und seufzt nur.

Ich nehme mir eine weitere Ladung Holz und zucke zurück, als ich mir wieder einen schweren Splitter zuziehe. Für einen kurzen Moment wird mir schwindelig und ich sehe das Bild einer Spritze vor mir, die mir in den Finger gerammt wird, gefüllt mit dem Brachwasser für die Klospülung. Ich verscheuche den Gedanken und trage das Holz hinaus, einen rostigen Geschmack im Hals.

Nach fünf weiteren Fuhren merke ich, dass die Holzwand draußen wackelig wird. Ich kann mich beim Stapeln nicht mehr so gut konzentrieren. Eine Wurzel im Garten erinnert mich an den Schlauch eines Katheters. Baumkatheter. Was ist denn mit mir los?

Wieder im Haus, steht Hartmut vor dem Holzberg und hält eine alte Zeitung in der Hand. »Sieh mal hier«, sagt er und tippt auf die von Staub und Jahren verblasste Seite, »Skandal im Amt ... kannst du das erkennen?« Er hält sich die Zeitung ganz nahe vors Gesicht. Ich höre kaum hin. Mich interessiert viel mehr, dass das Fenster nach vorne schon wieder zur Hälfte vom Holz verdeckt wird. Als rückten die Reste am Boden nach und stapelten sich selbständig wieder am Fenster hoch, böse klappernd, aber stillhaltend, sobald ein Mensch den Raum betritt. Mir wird kalt, obwohl ich schwitze. Ich beschließe, es zu ignorieren, fetze ein paar weitere alte Zeitungen, die zwischen dem Holz klemmen, zur Seite und trage weiter. »Einfach hin und her«, denke ich mir, »hin und her, das einfache Leben.«

Ich korrigiere die Holzwand im Garten, als Hartmut mit einer Hand voll kaputter Eimer und einem Telefon ohne Hörerabdeckung herauskommt.

»Schrott nach vorne!!!«, schimpfe ich ihn an und weiß gar nicht, was mit mir nicht stimmt. Er zieht die Stirn hoch, sodass sein Haaransatz ein Stück nach hinten wandert, hebt die Hände mit dem Plastikmüll und macht auf dem Absatz kehrt. Er hat immer noch den weißen Farbsplitter in der Kotelette. Das regt mich alles auf. Ich gehe wieder hinein – Grubenbrett, Türsplitter, Küche, Flur – und falle fast zurück, als ich den Holzraum betrete. Das Fenster ist zu zwei Dritteln verschwunden. Es ist wieder dunkler im Raum. Meine Magensäure schießt mir bis hinter die Ohren. Mir ist heiß. Ich bin der Hund im VW Polo. Ich muss gleich brechen.

»Was ist los? Pause?«, fragt Hartmut, der hinter mir aufgetaucht ist.

»Das Holz wächst nach«, sage ich, den Blick starr, als könne ich mich irgendwie festklammern.

Hartmut sagt nichts.

»Wir kriegen den Raum nie leer. Es wächst nach«, sage ich wieder.

Hartmut fasst mir an die Schultern, als sei ihm das alles bewusst und als liege es nicht am Holz. Ich fühle mich wie ein Patient. Die Splitterspritze entlässt immer noch Brachwasser in meine Adern.

Nach einer halben Minute, in der wir so stehen, hören wir ein kleines, schweres Husten und Niesen aus dem Wohnzimmer. Wir wachen schlagartig auf, drehen uns um und hasten hinüber. Der kleine Yannick sitzt in der Mitte des Zimmers auf dem Teppich, die Augen zusammengepresst, die Öhrchen nach hinten schnellend, und niest.

»Ohhhhhhhhhhh«, sage ich, nehme ihn auf und trage ihn nach oben ins Klavierzimmer, setze ihn auf das Piano und kraule ihm zum Trost die Härchen an seinen Ohren. Er niest noch ein, zwei Mal, dann hört er auf und schnurrt. Hartmut steht in der Tür und sieht uns an.

»Wieder gut?«, fragt er.

Ich nicke.

»Die Teppiche«, sagt Hartmut und deutet mit dem Kopf nach unten.

Ich erinnere mich daran, wie mir heute Morgen die Kellerassel aus dem Tuch entgegenkam und wie es sich anfühlt, hier auf Socken zu gehen.

»Staub«, sagt Hartmut, »unfassbar viel Staub.«

Ich kraule Yannick weiter, sehe ihn nachdenklich an, die Öhrchen schlupfen an meinen Fingern entlang. Er putzt sich.

»Umplanen!«, sage ich. »Wir reißen jetzt erst mal die Teppiche raus. Überall.«

Hartmut nickt.

»Fangen wir unten an«, sage ich, ziehe den Spritzensplitter aus meiner Hand, wuschele noch einmal Yannick durchs Fell und gehe mit Hartmut ins Erdgeschoss.

Im Wohnzimmer liegt noch das Fenster auf der Erde, das mitsamt Rahmen ausgebrochen ist. Wir tragen es ohne weiteren Kommentar nach draußen und hören ein leises Lachen von Berit in ihrem Fenster. Wir sehen beide nicht hin.

Wieder im Wohnzimmer zupfen wir an den hochstehenden Ecken des Teppichs, der ohne Leisten im Raum liegt, und stellen fest, dass er nur mit wenigen Streifen geklebt ist.

»Einfach ziehen?«, frage ich, und Hartmut zieht eine Schnute bis unter die Nasenspitze, was so viel wie Zustimmung bedeutet.

Wir gehen an zwei Ecken des Raumes, nehmen jeder einen Zipfel des dicken, grobmaschigen, zu 50% aus Staub und Siff bestehenden Bodenbelages und ziehen ihn hoch. Der Teppich löst sich, hebt sich am Rand Stück für Stück ab und bleibt an einer Stelle unter dem Ansatz des Putzes hängen. Ich schnaufe, reiße einfach weiter, übersehe, dass Hartmut mir winkend etwas mitteilen will, und gebe ihm einen letzten, bösen Ruck.

Dann sehe ich, was er meint.

An der Stelle, wo die Risse in der Wand in der klaffenden Wunde enden, die entstand, als Caterina bei der Erstbegehung den Daumen aufdrückte, schält sich nun auch der Rest der dicken Putzschicht ab. Wie alte, einen halben Meter dicke Eierschalen fallen die Platten aus der Wand, eine nach der anderen. Hartmut und ich stehen nur da und sehen uns das Schauspiel an, sehen, wie nach und nach immer mehr von der bloßen Mauer erscheint wie in einem Spiel, wo man den Hintergrund aufdecken muss. Mit lautem Krachen fallen Schichten auf den Boden, pflanzt sich der Verfall um die Kurve der Zimmerecke fort und frisst sich um das herausgebrochene Fenster herum.

Ich sehe Hartmut, wie er wieder seinen Wissenschaftler-Blick aufgesetzt hat und fast euphorisch dieses Naturschauspiel beobachtet. Die Wand verwandelt sich vor unseren Augen in eine rissige, ausgetrocknete Wüste, in der Quader und Rautenstücke erst entstehen und dann herausbrechen, und als ich mich erinnere, dass wir in einer dreidimensionalen Welt leben, und an die Decke schaue, kann ich Hartmut gerade noch aus seiner Observation reißen, bevor das erste Stück ihn von oben erschlagen kann. Wir klammern uns aneinander und flüchten aus dem Raum, dessen Decke hinter uns sämtlichen Putz abwirft. Ich höre eine dramatische Musik in meinen Ohren, sehe uns für einen Moment von vorne in Zeitlupe aus der Tür in den Hausflur fallen, wo wir aneinander geklammert liegen bleiben, abwarten, ob sich der Bruch auch in den Flur fortpflanzt, und erst wieder die Köpfe heben, als dies nicht der Fall ist und die Musik verklingt.

Wir drehen uns auf den Rücken, schauen ins Wohnzimmer und sehen den gesamten Boden voller Schutt, die Wände reines Fachwerk ohne jeden Putz, die Balken in der Decke freigelegt.

»Oh, das tut mir aber leid«, sagt eine Stimme, die zu dem freundlichen Kopf einer Rentnerin gehört, die vorne durch das Loch in der Wand guckt, in dem einst unser Fenster steckte. Wir stehen auf, klopfen uns den Staub von den Sachen und gehen vorsichtig durchs Wohnzimmer, darauf achtend, ob noch irgendwo etwas bricht. Die Frau lächelt uns an. Sie trägt eine große Schürze mit Tasche vor dem Bauch und zieht ein paar Taschentücher heraus. Wir schneuzen schwarzen Staub hinein. Dann kramt sie weiter in der Schürze herum und reicht uns eine Flasche Wasser. Ich beuge mich vor, um in ihre Schürze zu schielen. Keine Beule. Ich frage mich, wie das Wasser hineingepasst hat.

»Johanna Schenk«, sagt sie und streckt uns durch das Wandloch die Hand entgegen. Wir sagen unsere Namen und drücken ihr die Hand. »Ich wohne nebenan mit meinem Mann Ernst. Wollen Sie nicht gleich einmal herüberkommen? Sie sehen so aus, als könnten Sie was Warmes zu trinken vertragen, hm? Eine kleine Pause?«

Wir nicken selig. Und das nicht aus Höflichkeit.

Die Frau lächelt, sagt: »Na dann bis gleich«, und geht die Straße hinunter.

Hartmut sieht mich an: »Das ist ja peinlich.«

»In der Tat«, sage ich und denke, er spricht von dem Grubenunglück, das soeben in unserem Wohnzimmer stattgefunden hat. Stattdessen sagt er: »Wir hätten uns ja auch wirklich schon mal von selbst bei den Nachbarn vorstellen können.«

Ich schweige, trete auf der Stelle und knicke fast auf einem Stück Trümmer um, als ich den Fuß wieder aufsetze. Dann lege ich los: »Ja, Herrschaftszeiten! Wir werden hier fast von unserem eigenen Haus erschlagen, und du machst dir Gedanken über mangelnde Höflichkeit gegenüber den Nachbarn?«

Hartmut führt seine Augenbrauen in der Mitte nahe zusammen und weitet zugleich die Augen.

»Was denkst du, was wir hier tun?«, mache ich weiter und zeige auf die Trümmer. »In Ruinen rumspielen wie damals im Urlaub in Frankreich?«

Er macht seinen Hundeblick, um meine Szene aufzuhalten.

»Das ist kein verdammtes römisches Kastell, das ist unser Haus, Hartmut!!! Das Haus, in dem wir jetzt leben müssen. Das Haus, das du gekauft hast. Das Haus, in das unsere Frauen erst einziehen, wenn es sich wie ein Haus benimmt und nicht wie ein Mordinstrument.«

Jetzt guckt er traurig und ernsthaft. Die Koteletten sinken nach unten, endlich fällt der Farbsplitter heraus und kullert über die Schulter auf den Boden.

»Wir schaffen das nicht allein, Hartmut. Wir brauchen professionelle Hilfe. Restaurateure, Fachwerkexperten, Denkmalschützer, Genehmigungen, Förderungen.«

Kurzes Schweigen. Unsere Füße knacken in den Trümmern.

»Morgen früh gehen wir zum Bauamt, okay?«, sagt Hartmut.

Ich nicke.

»Und jetzt gehen wir zu den Nachbarn«, sagt er, als wenn allein das die Laune steigern würde.

Das tut es.

6

Auf dem Weg zum Nachbarhaus klebt mein Blick am Waldrand in der Ferne. Ein leiser Wind raschelt durch die Felder, doch die Aschebröckchen aus Berits Fenster rieseln schnurgerade wie Schneeflocken zu Boden. Ein Hase huscht durch das hohe Gras am Straßenrand.
»Hörst du das?«, fragt Hartmut und fasst mich am Ärmel.
»Was?«
Er stellt seine Ohren in den weichen Wind.
»Ist hier irgendwo Schützenfest?«
Ich lausche und höre weiterhin nur das Rascheln, ein paar Vögel, ein Sportflugzeug.
»Da ist nichts.«
»Doch. Marschmusik. Wie beim Schützenfest.«
Hartmut hat Hallus. Der Wind spielt mit den Stiefmütterchen in den Blumenkästen der Nachbarn. Sie haben schwere Fensterläden, und neben der Tür hängt ein kleines Holzschild mit der Aufschrift: »Heil dem Gast!« Hartmut runzelt die Stirn, dann geht die Tür auf, und Johanna winkt uns hinüber, nachdem sie einen großen Kochlöffel in ihre Schürze gesteckt hat.

Johanna führt uns in die Küche. Drinnen riecht es nach Tee, Spiegelei und einer Art Badeöl. Ein Holzkohlenherd pufft Wasserdampf in den Raum, und die Fenster sind in kleine Quadrate geteilt. Auf der Fensterbank steht eine große Schnitzfigur, der Tisch ist aus massivem dunklen Holz und erinnert daran, dass Möbel einst gemacht wurden, um ihre Besitzer ein Leben lang zu begleiten. In seinen Rand sind Runen eingeschnitzt.

»Da sind Runen im Tisch«, flüstert Hartmut mir zu, und ich reagiere nicht, weil ich es auch selber sehe.

»Runen!«, betont er nochmal, als sei dies etwas Empörendes.

Auf der Ecke der Sitzbank, die den Tisch umschließt, hockt der Herr des Hauses und badet seine Füße in einem Holztrog mit grün gefärbtem Wasser. Ich erkenne es sofort als Fichtennadelbad, aber es muss ein außerordentlich gutes sein. Es riecht überhaupt nicht nach Chemie, sondern so natürlich, als hätte er es mit seinen großen Händen höchstpersönlich aus den Nadeln gepresst.

»Heil«, sagt er, und reicht uns lachend seine große Hand. Ich lächele und greife zu, Hartmut zögert einen Moment. »Ich bin Ernst«, sagt der Mann. Hartmut schaut auf das Fußbad. »Das ist mein Name«, sagt Ernst, »ich kann auch lustig sein.« Dann lacht er kurz und laut, wie eine hohle Ulme. Wir setzen uns.

»Ihr seid also die jungen Männer, die sich Kettlers Haus vorgenommen haben?«

Wir nicken entschuldigend und sehen uns um. »Wollt ihr Tee? Johanna, gib den guten Jungs einen Tee.« Johanna zieht ein Sieb aus ihrer Schürze, legt es über die Tassen und gießt aus einer alten Kanne Tee ein. Hartmut ist nicht ganz bei der Sache und fährt heimlich mit dem Finger über die Runen im Tischrand. Eine schwere, knorrige Tür führt aus der Küche ins Wohnzimmer, auch in sie ist etwas eingeritzt. Alles im Haus wirkt alt und schwer; würde ein Hurrikan über den Landstrich fegen, bliebe es stehen wie ein Amboss. Johanna stellt das

Tablett mit den Tassen auf den alten Tisch. Dann zieht sie vier Löffel und zwei Packungen Kandiszucker aus ihrer Schürze. Ich suche wieder nach Ausbeulungen, aber die Schürze bleibt flach. Ich reibe mir die Augen. Ernst nickt uns zu und nimmt seine Tasse. Wir tun es ihm gleich und trinken. Der Tee ist warm und würzig. Als wir trinken, ist es vollkommen still, als träten alle Geräusche respektvoll zurück.

»Das ist nicht irgend so ein Geschnipsel, das sie in Beutel packen und dann Tee draufschreiben«, sagt Ernst. Wir nicken und trinken langsam, ein Stückchen Rinde schwimmt in meiner Tasse.

Hartmut schlürft und hält die Tasse beidhändig.

Ernsts Füße patschen leise im Wasser. Über dem Herd hängt ein dunkles Gemälde, das ein Bergpanorama zeigt. Der Blick fällt in neblige Täler, als stehe der Betrachter auf dem Vorsprung und blicke stolz auf sein Land. Hartmut sieht es ungewöhnlich lange an und wirft mir einen Blick zu. Ich verstehe nicht, warum er so unruhig ist. Der Tee fühlt sich gut an, er wandert durch meinen Körper und löst das Gift auf, das Brachwasser aus der Spritze, den säuerlichen Schweiß aus der Matratze. Er reinigt.

»Woher kommt ihr?«, fragt Ernst über seine dampfende Tasse gebeugt.

»Ruhrgebiet«, antwortet Hartmut, und Ernsts Gesicht macht einen kurzen Ruck. Er grummelt und lässt etwas Tee durch die Backen laufen, bevor er ihn schluckt. Dann sagt er, durch uns hindurch auf die Tür starrend: »Ehrliche Menschen, ja, durchaus, ehrliche Menschen.« Er senkt ein wenig den Kopf und schüttelt ihn, als müsse er sich selbst daran erinnern: »Aber die Erde hat viele Wunden dort, viele Wunden. Ihr Leib ist durchlöchert von Stollen.« Er wirkt betroffen, sein Zeigefinger zittert an seiner Lippe herum.« Und zu viele Menschen. Viel zu viele Menschen. Von überallher.« Sein Blick verengt sich, als er das sagt, er nimmt einen Schluck Tee, und ein Stückchen Rinde bleibt ihm im Mundwinkel kleben. Als er es wegwischt, sieht er uns an, als sei er wieder aufgewacht. Wir lächeln unsicher. »Hatten Sie dort Gefährten? Ich meine, echte Gefährten?« Ich denke an Jörgen und Martin, Sebastian und Hanno. Ich versuche, sie mir als »Gefährten« vorzustellen, und sehe sie mit haarigen Hobbitfüßen und Umhang vor mir. Ich muss kichern und verstecke mein Gesicht hinter der Tasse. Hartmut will etwas antworten, aber ehe er dazu kommt, hebt Ernst seinen großen Zeigefinger, der wie ein knorriger Stock aussieht, und sagt: »Die Gemeinschaft ist wichtig.« Hartmut macht den Mund wieder zu und bläst Luft aus. Ernst stampft mit den Füßen im Wasser. Ein kleiner Tropfen fliegt heraus und landet auf meinem Fußgelenk. »Ohne die Gemeinschaft«, sagt Ernst und wippt ein wenig vorgebeugt mit dem Kopf herum, »erreichst du kein Ziel. Und manchmal verstehst du erst durch sie, dass deine bisherigen Ziele töricht waren.« Er schnauft und lacht bitter: »Da draußen wollen sie, dass jeder für sich selbst kämpft. So sind alle beschäftigt, und sie lachen sich ins Fäustchen. Pah!« Er legt Hartmut den Arm auf die Schulter und sagt: »Sie haben eine gute Entscheidung getroffen.« Dann schließt er kurz die Augen. Wir wissen nicht, ob man was sagen darf. Im Ruhrgebiet sieht Nachbarschafts-Smalltalk anders aus. Ernst öffnet wieder die Augen, zieht die Füße aus dem Trog, trocknet sie mit einem großen Handtuch, das Johanna aus ihrer Schürze zieht, und sagt: »Kommt mit!«

Wir folgen dem alten Mann ins Wohnzimmer. Hartmut flüstert: »Gemeinschaft. Runen. Das ist ...« Ich würge ihn ab.

Das Wohnzimmer wirkt wie die Festhalle einer Burg. Ein mächtiges altes Wagenrad hängt als Lampe an der Decke, wuchtige Bücherregale ziehen sich im rechten Winkel an den Wänden entlang, gefüllt mit antiquarischen Werken. Es gibt keine Tapeten, die Wände sind aus Stein wie in alten Weinkellern, und unter unseren Füßen knarren alte Dielen. Die hintere Wand ist verputzt und wird komplett von einem Gemälde eingenommen, das direkt auf den Putz gemalt ist. Es zeigt eine martialische Schlacht, die Figuren sind lebensgroß. Eine große Schlange hat den Kopf hochgerissen, ein muskulöser Mann erhebt den Hammer gegen sie. Ein großer, reißender Wolf kämpft an ihrer Seite, ein langhaariger Mann hebt einen Stein über seinen Kopf und zielt auf die gemeinsamen Gegner. Hartmut steht sprachlos vor dem theatralischen Bild, auf dem sich bärtige Männer an der Seite von wilden Tieren finden, während die Männer, die gegen sie kämpfen, wie Schönlinge aus der Streberschule der römischen Legion aussehen. Ernst stellt seine Tasse ab und hält seine Füße hoch, bis Johanna ihm den Trog aus der Küche darunter stellt. Dann nimmt er sich eine Zither und beginnt zu spielen. Der Klang erfüllt listig den Raum, als eile er seinem Erzeuger voraus, da dieser ohnehin gut spielen kann. Ernst spielt ernst, beendet das Stück und sieht uns an.

»Gut, was?«, sagt er und lächelt zufrieden. »Wir pflegen hier noch die Hausmusik. Sie ist wichtig für die Gemeinschaft.« Ich sehe mich um, ob Ernst eine Stereoanlage hat, aber wo man hinguckt, nur Bücher, Pflanzen, Holzscheite, ein Kaminbesteck, ein alter Sessel mit Troddeln.

»Haben Sie keinen Fernseher?«, frage ich und bereue es direkt, da es so klingt, als würde man einen Inder nach Rinderfilets im Kühlschrank fragen. Ernst sieht mich streng an, und ich richte mich bereits auf Tadel ein, doch dann lächelt er. »Meine

Frau hat einen, oben, in ihrem Schlafraum. Ich konnte ihn ihr nicht ausreden.« Er schaut aus dem Fenster, zum Stand der Sonne. Es dämmert schon. »Sie müsste jetzt oben sein«, sagt er, und kaum einen Moment später ertönt Musik aus dem Obergeschoss. Schunkelig, produziert, mit Rhythmen aus dem Tanzkeyboard und einer aufgesetzt heiteren Stimme. Ernst verzieht das Gesicht. Gedämpft weht der Gesang des Schlagers zu uns nach unten. »Du bist das schönste Mädchen«, singt jemand, und die Klangfarbe der Stimme jagt mir einen Schauer über den Rücken, »das es auf Erden gibt / drum bin ich immer wieder neu in dich verliebt / du bist das schönste Mädchen / von allen weit und breit.« Johanna kiekst und hüpft auf dem Bett auf und ab, man hört die alten Federn quietschen.

»Hansi Hinterseer!«, ruft Hartmut, und wir sehen ihn beide an, als fragten wir uns, woher ein gesunder junger Mann diesen Interpreten sofort erkennt. In der Tür zur Küche sehen wir Johanna, wie sie eine Flasche Milch und ein wenig Gebäck aus ihrer Schürze zieht, auf ein Tablett stellt und summt. Bevor sie wieder nach oben gehen kann, ruft Ernst: »Das ist doch keine Musik. Das ist Volksbetrug!« Er blafft es in den Raum, als wäre seine Frau gar nicht da und sollte es nur zufällig hören. Ich sehe, wie sie in der Küche mit den Augen rollt. Ernst schimpft weiter: »Volksmusik kommt von Volk«, sagt er. »Sie gibt eine Tradition weiter, erzählt uns etwas darüber, wer wir sind. Hansi Hinterseer erzählt uns überhaupt nichts. Der steht in einem großen, modernen Studio und trägt amerikanische Ski-Mode.« Hartmut und ich sehen uns an. Johanna stellt ihr Tablett ab, kommt zu uns und tut so, als hätte sie den Spott ihres Mannes gar nicht gehört. Wenn man sie so sieht, käme man nie darauf, dass an ihrer Wohnzimmerwand die letzte Schlacht zwischen Bestie und Mensch tobt. »Unsere neuen Nachbarn sollten morgen zum Essen kommen«, sagt sie. Ernst strahlt und dreht sich zu uns um. »Ja, eine gute Idee. Jeden Freitag essen wir mit Freunden. Wir trinken etwas, pflegen die Tradition und machen *echte* Musik.« Er funkelt nochmal seiner Frau zu. Im Obergeschoss trällert Hansi Hinterseer. »Kommen Sie?«

Hartmut zupft mir an der Hose herum und macht Augenbewegungen, die mir etwas sagen sollen. Ich weiß, dass wir viel zu tun haben, aber ich sehe Ernsts Füße in dem warmen, grünen Trog und sage, ohne es zu wollen, schnell »Ja!«.

Hartmut atmet aus, und ich summe kurz Hinterseer mit, um meine Verlegenheit zu überspielen, werde aber nur verlegener, da ich ja nun weiß, was Ernst davon hält. Wir stehen noch einen Moment schweigend zusammen, dann sagt Ernst »Gut!« und reicht uns die Hand. Er zithert wieder, und der Klang verfängt sich im Kamin wie Museumsmusik, die in alten Burgen aus versteckten Boxen dringt.

Kaum, dass wir draußen sind, legt Hartmut los.

»Wieso hast du zugesagt?«

»Wieso nicht, es sind unsere neuen Nachbarn.«

»Aber hast du das denn nicht gesehen?«

»Was?«

»Die haben Runen im Küchentisch. Er begrüßt seine Gäste mit ›Heil!‹. Die ganze Wohnzimmerwand ist das Ragnarök! Wer malt sich denn das Ragnarök an die Wand?«

»Das was?«

»Die Weltenschlacht! Germanische Mythologie!« Hartmut ist erregt.

»Er badet seine Füße, das halte ich für sehr vernünftig!«

Hartmut sieht mich an wie einen Jungen, der sich dumm stellt.

»Ja, was? Ich habe zur Zeit keine Badewanne!«

Das saß. Hartmut schmollt. Drei Sekunden lang. Dann sagt er: »Das Bild in der Küche, das war der Obersalzberg.«

»Ach, jetzt hör aber auf!«

»Und das Gerede von wegen Gemeinschaft und zu viele Menschen, vor allem im Ruhrgebiet. Wer lebt denn vor allem im Ruhrgebiet? Ausländer!«

»Das sagst jetzt du«, sage ich.

»Ach!«, sagt Hartmut.

Wir gehen fünf Schritte schweigend und passieren den Berg aus Kippen und Asche unter Berits Fenster. Ich brauche nicht hochzusehen, ob sie da ist. Es rieselt.

»Es war der Obersalzberg«, sagt Hartmut.

»Wer seine Füße pflegt, ist kein Nazi«, sage ich. »Außerdem mag ich die Zither.«

7

Am nächsten Morgen gehen wir zur Stadtverwaltung, um das Bauamt zu suchen. Wir sind mit einem der Transporter gefahren, ein paar Tage haben wir sie noch, und auf der Tafel der Bushaltestelle standen ohnehin keine Abfahrtszeiten. Nur »1 x täglich«, und das kann ja nicht sein. Wir parken den Transporter vor einer alten Mauer schräg gegenüber des Verwaltungsgebäudes und sehen hinüber. Die Verwaltung von Schrozberg befindet sich in einem ehemaligen Schloss. Von außen macht es einen exzellenten Eindruck, das Gebäude umschließt ein Park in voller Blüte. Sitzbänke, kleine Eisenzäune, alte Bäume, bunte Blumen.

»Lassen Sie sich nicht täuschen«, sagt eine alte Frau, die mit einem Einkaufswagen voller Krempel den Parkplatz entlanghumpelt. Sie deutet mit einem knorrigen Finger zum Schloss mit seinen blühenden Rabatten. »Die bunten Blumen sind nur ein Trick. Sie machen Verrückte darin.« Ihre Stimme zittert, ihre Haut rutscht über bläulichen Adern. Dann rumpelt sie weiter. Hartmut und ich sehen ihr nach. Wir gehen zum Schloss.

Statt eines Empfangssaales gibt es nur einen kleinen, quadratischen Vorraum, in dem ein Kaffeeautomat, ein Ständer mit Prospekten und tiefe alte Sessel mit Holzlehnen und geriffelten

Sitzpolstern stehen, wie man sie aus Pensionen an der Nordsee kennt. Es gibt keinen anderen Eingang, wir haben das ganze Gebäude umrundet. »3000 Quadratmeter Amt und drei Quadratmeter Eingang«, sagt Hartmut, während er nach einem Raumplan sucht. Es gibt keinen. Ebenso keinen Empfang, keine Information, nichts. Ich fühle mich müde, obwohl der Tag erst angefangen hat. Die Sessel sind tief und durchgesessen. ›Sinke in mich hinein‹, flüstern sie, ›sinke tief und vergiss, warum du kamst!‹ Hartmut nimmt Faltblätter aus dem Ständer, doch sie handeln nur von irgendwelchen Freizeitparks in der Umgebung, Ponyhöfen, Landmuseen. Es führt nur ein Gang aus dem winzigen Vorraum hinaus, also fällt die Entscheidung leicht. Vielleicht gibt es erst dort einen Raumplan, wo sich die Wege teilen. Wir betreten den Gang. Er ist lang, sicher 30 Meter, und man kann gerade so nebeneinander gehen. An den Wänden links und rechts gibt es keine Türen, nur Bilder von alten Beamten oder Justiziaren, die auf Schemeln sitzen, Wolldecken über den Knien. In der Mitte der Strecke steht nochmal ein Holzsessel mit Cordbezug. Jeder, der die Verwaltung betritt, muss durch diesen Gang. Ich stelle mir vor, wie er geflutet wird, während man in der Mitte steht.

Aus dem Flur hinter der nächsten Ecke schwappen leise Stimmen. Sie klingen nach Eltern mit Kindern. Wir biegen um die Ecke und stehen in einem breiten Flur, in dessen Mitte eine von Topfpflanzen flankierte Treppe zu einer Tür führt. Auf dem Gipfel der Treppe steht eine junge Frau mit großen Bilderbüchern unter dem Arm. Ihr Sohn klettert an dem Treppengeländer herum, ein Kleinkind parkt schnarchend in seinem Wagen. Die junge Mutter plaudert mit einer Frau in schwarzer Bluse, die in der Tür steht und sich an ein goldenes Schild lehnt, auf dem »Stadtbibliothek« geschrieben steht. Die Szene macht mich wach, ich stelle mir vor, wie ich mit Romanen aus dieser Bücherei im Garten unter dem Birnbaum liege und lese, während Caterina in der Scheune neue Bilder malt. Ich will das Haus hinkriegen. Die junge Mutter kommt mit dem Smalltalk zum Ende, die Bibliotheksfrau verschwindet in der Tür.

»Hier fragen wir«, sage ich, schiebe mich an der Mutter vorbei und betrete die Bücherei. Sie ist kaum größer als die winzige Turnhalle meiner Grundschule. Zehn, zwölf Regalreihen auf jeder Seite, in der Mitte ein breiter Gang, an dessen Spitze das Bild eines Kardinals hängt. Die Fenster an den Seitenwänden sind tief eingelassen, auf den Bänken liegen achtlos abgelegte Taschenbücher. Rechts von mir schieben Kinder zu meinen Füßen auf einem Verkehrsspielteppich Matchbox-Autos hin und her und simulieren Auffahrunfälle, Unfälle mit Feuerwehr, Tanklasterunfälle und Karambolagen. Aus irgendeiner Quelle tönt leise Enigmas größter Hit. Mönchsgesang legt sich über den Beat. Ich frage Hartmut, ob er es hört. »Ja, wieso nicht?«, sagt er und sieht mich an, als mache er sich Sorgen. Die Bibliotheksfrau sitzt an ihrem Platz und verbucht einem Vater zwei Brettspiele und einen Thriller von Frederick Forsyth. Ich mustere sie genauer. Ihre Frisur erinnert mich an die Werbebilder in Schaufenstern von Friseurläden, die keinen englischen Begriff im Titel haben. Als der Vater seine Leihgaben eingepackt hat und seinen Sohn mitnehmen will, schlägt der die Hand des Vaters von sich, presst die Augen zusammen und stemmt die Fäustchen in die Seite. Sein Spielkamerad schaut ihn verwundert und respektvoll an und wartet mit seinem Feuerwehrauto auf der Kreuzung ab, was passiert.

»Lassen Sie ihn hier, ich kümmere mich um ihn«, sagt die Frau mit der Bluse und lächelt den Vater an.

»Ja, ich müsste eh noch etwas einkaufen«, sagt er, und ich spüre, dass er lügt.

Die Frau nickt ihm verständnisvoll zu.

Der Mann schaut mit hängenden Armen auf seinen Sohn hinab und geht. Der andere Junge wartet noch einen Moment, setzt dann die Fahrt fort und rammt mit dem Feuerwehrauto den an der Ampel wartenden Golf seines Spielkameraden. Der wirkt überrascht, sieht seinem Gegenüber direkt in die Augen, weitet seine Iris und hebt langsam und drohend den Zeigefinger. Ich starre respektvoll auf das drohende Kind, dann höre ich die Stimme der Bibliothekarin. »Manchmal bleiben die Kinder sehr lang. Ein paar haben wir schon übernommen«, sagt sie und beginnt, Bücher einzusortieren. Mir fehlt die Kraft, über diesen Satz nachzudenken, also frage ich sie, wo wir das Bauamt finden. Die Frau sortiert, als hätte sie mich nicht gehört, dreht ein Buch, studiert die Signatur, runzelt die Stirn und geht tiefer in die Regalreihen.

»Hallo?«, sage ich und folge ihr in den Gang, der auf das Portrait eines Geistlichen zuläuft. Ich durchschreite die Regale wie Bänke in einem Dom, schaue links, schaue rechts, meine Augen fressen die Einbände der Bücher und drücken sie mir ins Hirn, Atlanten, Romane, Schulbücher, PC-Ratgeber.

»Hallo?«, rufe ich nochmal und finde die Frau in der letzten Reihe, wo sie das Buch an erster Stelle links unten einsortiert, den ersten Titel des ganzen Sortiments.

»Würden Sie uns bitte sagen, wo wir das Bauamt ...«, setze ich an, bis ihre hochschnellende Hand mich unterbricht: »Da brauchen Sie einen Termin!«

Hartmut ist derweil auch durch die Reihen gekommen und streckt seinen Kopf wie eine Giraffe um die Ecke.

»Und wer kann uns diesen Termin geben?«, frage ich.

»Die Sekretärin von Herrn Steinbeis«, antwortet die Frau. »Er leitet das Amt.« Sie geht wieder durch die Regalreihen zurück, Hartmut und ich wackeln hinterher.

»Und wo finden wir diese Sekretärin?«

Die Frau kniet sich zu den Kindern und löst einen Stau auf der Hauptstraße auf, vor dem die Jungs mit ratlosen Augen sitzen. Dann erhebt sie sich, ihr Hosenanzug raschelt, und sie zieht ein wenig die Mundwinkel nach unten: »Also gut, ich besorge Ihnen einen Termin. Bitte vertreten Sie mich einen Moment hier und passen Sie auf die Jungs auf. Wenn jemand etwas leihen will, sagen Sie, das Hildchen ist gleich wieder da.«

Dann geht sie.

Hartmut sieht mich an: »Das Hildchen?«

Ich starre auf die Kinder, welche den Verkehr neu fließen lassen. Auf der Zufahrtsstraße sieht's schon wieder kritisch aus.

»Wer nennt sich denn selbst das Hildchen?«, fragt Hartmut.

»Auf dem Land ist alles möglich«, sage ich und gähne. An der Wand gegenüber steht ein großer Sessel aus Rauleder, der aussieht, als wäre er natürlich gewachsen. Ich muss daran denken, wie lange ich nicht gebadet habe.

Das Hildchen rauscht durch die Tür zurück.

»So, hier ist Ihr Termin«, sagt sie und drückt Hartmut einen kleinen Zettel in die Hand. »Überlegen Sie sich schon mal, wann Sie hingehen wollen.«

Hartmut und ich bedanken uns und wollen schon fast gehen, als wir kurz vor der Tür innehalten.

»Überlegen, wann wir hingehen wollen?«, frage ich. »Sie haben uns doch gerade einen Termin gegeben.«

»Ja«, sagt das Hildchen und sieht uns an, als würden wir das Alphabet nicht verstehen. »Einen Termin, an dem Sie bei der Sekretärin von Herrn Steinbeis vorsprechen und einen Termin machen können. Oder glauben Sie etwa, das könnte ich mal eben so?«

»Einen Termin zum Termin machen?«, frage ich und werde dabei so laut, dass die Kinder den Verkehr anhalten und zu uns hochsehen wie zu einem eingeschalteten Fernseher.

»Ja, was denn sonst?«, sagt das Hildchen und weicht etwas zurück. Ich stelle mir vor, dass sie unter ihrem Tisch einen Notrufknopf hat. »Alles andere ist doch ganz unmöglich.« Es raubt mir die Kraft, wie sie das sagt, und ich gehe zu dem Ledersessel und lasse mich hineinsinken. Müde. So müde.

Hartmut baut sich vor ihrem Schreibtisch auf: »Hören Sie, wir müssen ein Haus flottkriegen. Unsere Frauen sind geflohen, das Wohnzimmer ist uns auf den Kopf gefallen!« Die kleinen Jungs grinsen mit glänzenden Augen. Das Hildchen setzt sich wieder gerade hin und sagt: »Sagen Sie bloß, Sie sind die Käufer vom Kettler-Haus in Großbärenweiler?«

Ich richte mich im Sessel auf, und Hartmut bekommt schlagartig einen helleren Teint.

»Ja, warum sagen Sie das denn nicht gleich?«, sagt das Hildchen, legt die dünnen Brauen tief über ihre Augen und geht forschen Schrittes aus dem Raum: »Kommen Sie schnell. Herr Steinbeis wartet schon seit zwei Tagen auf Sie! Um Himmels willen.«

Wir folgen der Frau über den breiten Flur vor der Bibliothek, dann in einen Seitengang, einen anderen Flügel, eine geschwungene Kurve. Sie geht so schnell, dass wir ihr kaum folgen können, immer ist sie nur ein schwarzes Hosenkostüm am fernen Ende des Ganges, ein Zipfel ihrer Bluse weht vor den weißen Wänden. Auf den Gängen stehen entweder menschenleere Sessel oder kleine Holzbänke aus dem Schulsport, auf denen winzige, eingefallene Männer sitzen, Hüte auf dem Schoß. Sie sehen auf ihre Schuhspitzen. Als einer kurz den Blick hebt und ich ihn erwidere, sieht er schnell wieder weg. Als wir das Hildchen fast aus den Augen verloren haben, bleibt sie vor einer Türe stehen, als hätte sie die ganze Zeit dort gewartet. Neben der Tür ist ein quadratisches Schild angebracht, auf dem ein großes S steht. Zwischen Plastik und Papier klebt eine tote Mücke, platt wie in einem Sammelband. Hinter der Tür ertönt Eunuchengesang auf einem Klangbett übereifriger Bombast-Metal-Gitarren. Savatage wahrscheinlich oder Blind Guardian. »Pssst«, sagt das Hildchen und sieht uns an, als würden wir nun ein Krankenzimmer betreten. »Einen Moment, ich melde Sie an.«

Sie schlüpft hinein, man hört ein Rascheln, ein Ächzen, ein Knirschen und ein Geräusch, als würde ein großer Schrank zugeklappt. Die Musik geht aus. Dann steckt sie den Kopf aus der Tür und winkt: »Sie können jetzt eintreten.«

Wir passieren einen Vorraum, in den gerade so der Schreibtisch der Sekretärin passt. Er reicht von Wand zu Wand, sie muss klettern oder kriechen, um an ihren Stuhl zu gelangen. Sie ist nicht da. Dann betreten wir das Büro von Herrn Steinbeis, einen gigantischen Raum mit Decken, die fünfmal so hoch sind wie die der Flure. Steinbeis sitzt am Ende des Raums an seinem Schreibtisch, von hier sieht es aus wie eine Miniatur. Wir passieren wandfüllende Regale mit Ordnern und eine lange Reihe mit Tischen, auf denen Pläne liegen. Ein Zeichenbrett, alte Zettelkästen. Als wir angekommen sind, reicht er uns die Hand, bedeutet uns, uns zu setzen, und nickt kurz zum Fußboden hinüber: »Das Parkett muss mal wieder geschliffen werden. Es gibt zu Wenige, die das gut können. Zu Wenige ...« Dann lacht er jovial, ein Wasserkocher neben ihm auf der Fensterbank macht »klick«, und Herr Steinbeis gießt uns heißes Wasser in zwei Teegläser. Ich verkneife mir, Hartmut einen Blick zuzuwerfen. Hinter dem Schreibtisch steht eine Schrankwand, in der ein Bett eingeklappt sein muss. Ein weißer Zipfel ragt aus der Ritze. Jetzt läuft wieder Musik, aber nicht das Geheul theatralischer Metaller, sondern »Go West« von den Pet Shop Boys. Ich schiele zu Hartmut, weil ich einen Kommentar dazu erwarte. Der wippt nicht mal mit den Füßen.

»Das Kettler-Haus«, sagt Steinbeis jetzt und klappt eine Akte auf. Er hat einen erstaunlich großen Kopf in Relation zu seinem Körper. Der Kopf ist eckig, wie seine Brille. Wir schweigen erst mal, weil wir vermuten, dass der Satz weitergeht. Steinbeis faltet die Hände und sieht uns über seine Brillenränder hinweg an: »Sie wissen, dass die Restaurierung für Sie alleine aussichtslos ist?«

Ich nehme einen Schluck heißes Wasser, da mit einem Teebeutel nicht mehr zu rechnen ist. Neil Tennant singt: »(Together) live is peaceful there.«

»Wie, aussichtslos?«, fragt Hartmut.

»Sie brauchen einen Fachmann. Das Haus steht unter Denkmalschutz, da können Sie nicht machen, was Sie wollen. Als Leiter des Amts für Denkmalpflege muss ich Sie da warnen.«

»Sind Sie nicht Leiter des Bauamts?«, frage ich.

Steinbeis dreht seinen eckigen Riesenkopf langsam zu mir herüber und lässt ihn ein wenig seitlich herunterklappen wie bei einer Hydraulik. Dabei sieht er mich an, als frage er mich, ob ich ihn verschaukeln wolle.

»Wo finden wir einen?«, fragt Hartmut.

Steinbeis lehnt sich in seinem Stuhl zurück und schaut versonnen an die Decke, als könnte er dort den Sternenhimmel beobachten. Dabei schnauft er ein wenig und lacht, wie Väter über ihre Söhne lachen, die immer noch nicht verstehen wollen, welche Tradition die Familie hat. Der Song der Pet Shop Boys endet und beginnt zu meinem Erschrecken von vorn. Spätestens jetzt muss Hartmut doch was sagen. Steinbeis steht auf und tapst über das Parkett zu den Tischen, auf denen die Bauzeichnungen liegen. An der Wand darüber sind Karten und Gemarkungspläne angebracht. Er sieht sie an, als er spricht: »Wie viele Bewohner hat das Kettler-Haus jetzt schon gesehen? Zehn? Zwanzig? Manche sprechen von ein paar Dutzend. Sie kamen alle hierher, zu mir. Baten um Hilfe, da Füchse und Frettchen nachts durch die Wandrisse kamen, da ihnen das Haus unter den Fingern zerrann. Zur Zeit der Sprengungen war es ganz schlimm, da wackelte selbst unser Amt hier im Ort.« Steinbeis erzählt das wie ein biblisches Gleichnis, traurig, aber von großem Interesse. Er ist am Ende der Zeichentische angekommen und dreht sich wieder uns zu. »Und allen konnte ich nur das Gleiche sagen.« Er sieht uns an und schweigt.

»Was?«, fragt Hartmut. »Was konnten Sie ihnen sagen?«

Steinbeis atmet tief ein. »Dass es nur einen gibt, der dieses Haus jemals restaurieren kann. Nur einen, der die Schäden wieder gutmachen kann, ohne es abzureißen. Nur einen.«

Die Pet Shop Boys kommen wieder zum Höhepunkt und biegen in den Teil ohne Instrumente ein, den mit den Chören.

»Wen?«

»Go West«, singen die Chöre, es klingt wie zigtausend russische Seefahrer.

Die Streicher sind auf dem Höhepunkt, Tremolo, Lärm, Ruhe.

Steinbeis antwortet: »Leuchtenberg.«

Seine Augen wirken feucht dabei und blicken ins Leere, an einen Ort fern des Machbaren. »Leuchtenberg ...«

Das ist die Antwort. Ich weiß nicht, wer dieser Mann ist, aber sein Name beruhigt mich, lullt mich ein, gibt mir ein Ziel und Hoffnung. Ich sinke tiefer in den Stuhl, nehme noch einen Schluck heißes Wasser und lasse mich gehen.

Hartmut fragt: »Telefon, Kontakt, E-Mail?«

Steinbeis dreht langsam den Kopf wie ein mechanischer Dinosaurier in einer Geisterbahn, ich sehe die schweren Ketten in ihm arbeiten, sein Kiefer ist eine Zugbrücke. Sie wird heruntergeklappt. Dann wieder rauf. Dann geht er um seinen Schreibtisch, nimmt den Wasserkocher, gießt sich pures, heißes Wasser nach, setzt sich an seinen Platz und schaut uns an. Er nimmt einen Schluck, das Wasser sprudelt noch vor Hitze, aber seinen Zugbrückenmund scheint es nicht zu stören. Er setzt die Tasse ab wie jemand, der kräftige Hühnerbouillon getrunken hat, und wischt sich den Mund ab.

»Leuchtenberg kann man nicht anrufen«, sagt er.

Diese Antwort kommt mir merkwürdig vor, aber auch sie nehme ich mit freudigem Einverständnis hin, so, als ginge es hier gar nicht ums Vorankommen, sondern ums Lernen. Für einen Moment glaube ich, hinter dem Schrankbett von Herrn Steinbeis zwei schmale, hopsende Männer zu sehen. Die Pet Shop Boys gehen in die dritte Runde.

»Man kann ihn nicht anrufen?«, fragt Hartmut, lauter als eben. Steinbeis schüttelt den Kopf. »Leuchtenberg kommt, oder er kommt nicht.« Ich nicke wie in Trance, interessant, interessant, aber Hartmut macht ein schnaufendes Geräusch. »Doch keine Sorge, er weiß schon Bescheid.« Hartmut runzelt die Brauen. Steinbeis lacht. »Natürlich weiß er Bescheid. Er weiß immer, wenn Neue das Haus bewohnen. Ob er kommt, ist eine andere Frage.«

»Aber was ist das für eine Frage? Der Mann ist Restaurateur, er will Geld verdienen. Er hat eine Firma. Warum dieses Hickhack?« Ich verstehe nicht, warum Hartmut sich so aufregt. Für mich ergibt das alles Sinn, auch wenn es mich erstaunt. Meine Augen sind nur halb geöffnet, und doch sehe ich klar. Ich lege eine Hand auf Hartmuts Arm, beschwichtige ihn wie ein Abt einen übereifrigen Novizen, stehe auf und gebe Herrn Steinbeis die Hand. »Wir warten!«, sage ich, als hätte ich die Religion des Ortes verstanden, und dränge Hartmut zum Gehen.

Vor der Tür des Büros wartet das Hildchen und stützt mich ein wenig, als mich ein heftiger Schwindel befällt. Hartmut greift meinen anderen Arm. »Das ist ganz normal nach dem ersten Mal«, sagt sie, und Hartmut sieht uns beide an, als seien wir im falschen Film. Erst in der Bibliothek fange ich mich langsam wieder, und Hartmut zerrt mich in den Gang des Kardinals. »Was war das denn eben?«, zischt er, und ich sehe ihn an wie ein Betrunkener, der sich an einen Blackout erinnern muss. »Was, die Pet Shop Boys?«

Er runzelt die Stirn.

»Hast du sie nicht gehört?«, frage ich. Er wirkt böse, als wolle ich ihn necken. Er hat Schnappatmung. »Das wird schon alles seine Richtigkeit haben«, sage ich.

»Seine Richtigkeit, seine Richtigkeit«, äfft er mich nach. »›Leuchtenberg kommt oder er kommt nicht‹, was soll das denn?«

Ich packe seine Hände vor dem Bildnis des Kardinals, sehe ihm in die Augen und sage: »Und was, wenn es so ist? Wenn wir alles kaputt machen, wenn wir die Regeln nicht akzeptieren? Wenn er eben nicht kommt, gerade weil wir drängeln?«

Ich sage es wie Agent Mulder, wie Schopenhauer auf Acid. Hartmut ist anfällig für solche Fragen, Hartmut hat Paradoxien studiert. Er macht leise »Hm«, was so viel heißen soll wie: »Ich glaube nicht, dass ich gerade ernsthaft erwäge, dass etwas da dran sein könnte, aber da ich es tatsächlich tue, könnte es ein Indiz sein, dass etwas daran ist.« Ich halte noch einen Moment seine Hände. Die Jungs auf dem Spielteppich spielen immer noch Stadtverkehr mit Unfällen. Als der eine dem anderen die Vorfahrt nimmt, sieht der wieder mit großen Augen auf, fuchtelt mit dem kleinen Finger vor der Stupsnase seines Kameraden herum und gibt ihm eine schnelle, kaum wahrzunehmende Ohrfeige. Ich frage das Hildchen, wo wir den nächsten Baumarkt finden.

8

Der nächste Baumarkt liegt in Schwäbisch Hall. Hartmut fährt den Transporter, und ich beobachte die Bäume, wie sie einander knorrig zunicken und sich hinter vorgehaltenem Ast unterhalten. Ich stelle mir vor, wie Leuchtenberg kommt, uns an die Hand nimmt und sie nicht mehr loslässt, bis das Haus als bewohnbarer Ort erstrahlt.
Auf dem Parkplatz des Baumarktes verkaufen anatolische Mitbürger Kartoffeln in Säcken, die so groß sind wie die Netze für Kaminholz. Ich fühle mich nicht wohl, da wir keinen Plan haben. Es mag verrückt klingen, dass Leuchtenberg irgendwann kommt, aber es ist ein Schritt. Ohne Plan in einen Baumarkt zu gehen, mit einer Ruine im Nacken, an der *alles* getan werden muss, ist kein Schritt. Das ist Stolpern.
»Hartmut?«, sage ich und betrachte seinen Hinterkopf, als er schnell und grimmig den Wagen durch die sich öffnenden Eingangsflügel schiebt und uns Musik aus 20 Meter unter der Decke hängenden Boxen seicht auf den Kopf tropft. Diesmal ist es wirklich das Radioprogramm.
»Ja?«, sagt der Hinterkopf.
»Wissen wir, was wir kaufen wollen?«
Der Hinterkopf sagt nichts. Er biegt in einen Gang ein und

stopft drei Rollen Folie und ein paar Tuben Moltofill in den Wagen. »Das braucht man immer«, sagt er.

Ich schüttele hinter ihm den Kopf, und er bemerkt es, wackelt mit den Koteletten und nuschelt. »Leuchtenberg, das große Mysterium. Huh, huh, huh ...«

»Bitte?«, sage ich.

»Ach, nichts«, sagt er.

Dann hält er an und nimmt ein blaues Ding aus Plastik aus dem Regal. »Hier: Das brauchen wir unbedingt!«

Es hat einen schmalen, rechteckigen Ausgang, einen Nippel, der wie ein Schlauchanschluss aussieht, und ein goldenes Gewinde an der Seite. Auf der Rückseite sind vier Bohrlöcher, für Wandmontage oder Ähnliches.

»Was ist das?«, frage ich.

»Eine Rapille!«, sagt er.

»Eine Rapille?« Ich suche das Regal nach einem Produktnamen ab, aber das Schild ist abgewetzt, und man kann nichts erkennen.

»Ich habe noch nie von einer Rapille gehört.«

»Brauchen wir aber. Unbedingt!«

»Brauchen wir nicht«, sage ich.

»Doch. Wenn überhaupt was, dann das!«, sagt er. »Ist reduziert.«

Da stehen wir, Besitzer eines Hauses, das keines mehr ist, verantwortlich für eine Totalsanierung, von der wir keine Ahnung haben. Ich glaube an Leuchtenberg, Hartmut glaubt an die Rapille. Vielleicht werden wir verrückt.

»Sollen wir die Frauen anrufen?«, frage ich.

Hartmut starrt durch die Gänge, sein Blick tritt die Reise zur Kasse an, quer durch Eisenwaren, Multifunktionswerkzeug und Umzugsstraße.

»Nein!«, sagt er entschlossen und beißt sich auf die Unterlippe. »Nein! Wir fangen jetzt an!«

*

Und da stehen wir, im Klavierzimmer, Yannick im Körbchen auf dem Piano, uns zusehend. In der einen Ecke liegen unsere Schlafsäcke, in der anderen liegt die Folie, die wir gekauft haben. Darauf stehen wir, die erste Ecke Wand anstreichend.

»Mann, Mann, Mann!«, brüllt Hartmut, als ihm das Stück Tapete, das er soeben weiß gestrichen hat, mitsamt der Wand dahinter wie eine strahlende Eisscholle entgegenfällt.

»Ich plädiere weiterhin dafür, neu zu tapezieren. Oder gleich neu zu mauern«, sage ich wieder, der ich mit Eimer und Abstreifgitter neben Hartmut stehe und zusehen muss, wie er eine Ruine anstreicht. Hartmut schweigt einen Augenblick, dann legt er den Farbroller im Eimer ab. »Tropfgehemmt!«, schimpft er, »wenn diese Farbe tropfgehemmt ist, will ich mal die ungehemmte sehen. Fließt die von der Wand?«

»Unser Problem ist, dass die Farbe zwar tropfgehemmt ist, die Wand aber nicht fallgehemmt.«

Hartmut verkneift sich ein Lachen. »Lass uns woanders weitermachen«, sagt er.

Das machen wir.

Wir rütteln an dem alten Boiler im Bad, versuchen, seine Anschlüsse zu finden und irgendetwas zu verstehen. Wie er funktioniert, ob man ihn reparieren kann, wie man ihn abmontiert. Wir stochern im Fachwerk und kommen an zwei Stellen durch. Wir ziehen Nägel und ein paar Dübel aus den Wänden. An einigen Stellen bleibt die Wand dabei intakt. Wir wissen nicht, was wir tun sollen, und geben es nicht zu.

»Schau mal hier«, sagt Hartmut, als wir im Flur stehen, und zeigt auf eine Holzwand, die unter der Treppenschräge angebracht ist und dort einen Kasten bildet, sodass die Treppe nicht ganz frei in der Luft hängt.

»Ob da was drin ist?« Er klopft gegen das Holz. Es klingt hohl.

»Hat keine Tür«, sage ich und denke an Harry Potters Kabuff im Hause der Dursleys. Wenigstens war deren Heim fertig. Hartmut klopft nochmal, und das Holz bekommt einen Riss. Es ist bloß Span, beschichtet mit einer aufgeklebten Kunstmaserung. Aus dem Riss quillt ein wenig Schimmel.

»Komm, das machen wir weg!«, sagt Hartmut, und ich bekomme augenblicklich gute Laune. Endlich haben wir eine konkrete Aufgabe, eine Etappe auf dem Weg zum Ziel. Wir entfernen den alten Holzbau unter der Treppe. Damit kann man was anfangen. Hartmut holt einen Hammer mit Gummikopf, der schwer ist und eine Menge Durchschlagskraft hat. Wir haben ihn zusammen mit der Wandfarbe, den Malerutensilien, einigen Rollen Krepp und der Rapille gekauft, die wir unbedingt brauchen. Er sah attraktiv aus. Hartmut schlägt die Seite des Holzes ein, und ein schimmeliger Odem schlägt uns entgegen. Es zischt, als hätten wir eine faule Frucht geöffnet. Wir klopfen weiter. Hartmut schlägt Stücke aus dem Holz, und ich breche sie ab, biege sie, bis sie knacken, und reiße sie aus ihrer genagelten Verankerung im Boden. Yannick sieht sich den Abbruch an und spielt mit den größeren Leistensplittern. Er tapst sie mit der Pfote an und jagt sie durch den Raum, sobald sie sich bewegt haben, als hätte er diese Bewegung nicht gerade selbst verursacht und sei äußerst überrascht und erzürnt. Die Leiste, mit der die dünnen Wände abschließen, knackt, ein paar Reste bleiben mitsamt den Nägeln im Boden hängen. Auch am oberen Rand der Treppe sind die Wände mit Nägeln und Leisten befestigt, Hartmut holt das gute, alte Brecheisen, mit dem wir damals bei seinen Eltern die Regal-Ösen aus der Wand drehten, stemmt es zwischen Leiste und Treppe und biegt. Als er den Kasten auf ganzer Breite gelöst hat und die höchsten Bretter zur Seite stemmt, knarrt es ganz fürchterlich, und mit einem lauten Ruck sackt die Treppe ab.

»Wah!«, schreit Hartmut und reißt die Arme nach oben, Pfoten rasen schnell und bumpernd zu uns zurück, ich sehe, wie sich die gesamte Treppe weiter absenkt, und stürze zu Hartmut unter das Unheil. Als ich ankomme, fällt die Treppe komplett und wird nur noch durch unsere hochgerissenen Arme aufgehalten. Zwischen dem Obergeschoss und ihrer ersten Stufe ist nun ein Meter Platz, sie rutscht knarrend ein Stück Richtung Haustür und bleibt auf unseren Händen liegen. Wir klagen und jammern, es muss orientalisch klingen, wir wissen gar nicht, wo wir mit der Klage anfangen sollen. Wir wollen die Treppe nicht loslassen, denn dann werden wir erschlagen und kommen nie mehr ins Obergeschoss, die alte Treppe wird in tausend Teile zerspringen, und ein Verkäufer mit randloser Brille wird uns eine neue Treppe für 8000 Euro andrehen, aus Mahagoni, genauso teuer wie das Haus.

»Herzlichen Glückwunsch«, sage ich, und die ersten Minuten vergehen.

Säure schießt in unsere Muskeln.

Manchmal setzen wir die Hände um Millimeter um, damit die Treppe nicht weiterrutscht. Dabei werden die Handflächen heiß, und winzige Splitter bohren sich in die Haut.

Wir vergessen, wie lange wir die Treppe schon halten, verdrängen, wie lange wir es noch müssen, und sind zu angespannt, um über Alternativen nachzudenken. Es gibt nur das Hier und

Jetzt, zwei Männer unter der losen Treppe, für immer und ewig. Mein Leben zieht leise an mir vorüber. Dann muss Hartmut furzen.

»Och, nee!«, sage ich und drehe ihm das Gesicht zu, so weit ich kann. Er zuckt die Schultern, gekrümmt wie Atlas. Ein weiterer Stoß entfährt ihm, und die Luft unter der Treppe füllt sich mit Gasen. »Nein, das ist nicht dein Ernst«, sage ich, doch er kann nicht mehr, es pustet und pumpt aus seiner Hose, als sitze dort das Auslassventil für die oben angewendete Kraft, es zischt wie bei einem LKW. Die einzige Lösung wäre loszulassen. Wir haben also die Wahl: Entweder werden wir von einer Treppe erschlagen, oder wir ersticken. Es ist alles nicht schön. Leise zischt Hartmuts Hose erneut. Ich wimmere. Kurz, bevor ich aufgebe und loslasse, höre ich eine Stimme »Ach, du liebe Zeit!« rufen und sehe kurz ein männliches Gesicht hinter dem rausgebrochenen Fenster im Wohnzimmer. Jemand ruft »Herr Major!«, und wenig später brüllt ein Mann »Rettungsmission, ausschwärmen, los, los, los!« über die Straße.

Augenblicklich hechten zwei junge Männer in militärischer Kluft durch das Fensterloch, zwei weitere drücken sich durch die Wandritze, und der Chef der Truppe bricht mit lautem Getöse die Tür auf, obwohl seine Leute sie auch von innen hätten öffnen können. »Ausharren, Kameraden!«, sagt er und verteilt seine Leute an allen Stufen der lose auf uns aufliegenden Treppe. »Blatt und Schenk an den Treppenkopf, Schlüter, Sie an den Fuß. Weidner, Sanchez, holen Sie was zum Abstützen, los!« Ein schlaksiger Soldat mit blondem Seitenscheitel gehorcht schneller, als der Vorgesetzte ausreden kann, und stemmt sich unter den Fuß der Treppe; ein großer Glatzkopf in Kampfschuhen und kurzen Hosen und mit Tätowierung an der Wade drückt mit seinem Kameraden die Spitze nach oben. Der Vorgesetzte winkt uns, dass wir unter der Treppe verschwinden sollen, Weidner und Sanchez stehen ratlos im Raum. Sie wirken wie Pat und Patachon, der eine klein und gedrungen, der andere ein Riese mit eng zusammenstehenden Augen, der wie ein mexikanischer Gangster aus *Training Day* aussieht.

»Habt ihr ein Podest da?«, fragt der Chef der Truppe, und wir sehen ihn an, als spräche er bulgarisch. »Einen Schrank, der hier drunter passt?« Wir verstehen und nicken in Richtung Küche, Pat und Patachon strömen aus und rücken mit großem Getöse den alten Schrank von der Wand. Zu unserer Überraschung trägt der Kleine ihn fast alleine, seine Armmuskeln sind zum Maximum gespannt, und der Schrank liegt schräg auf ihm, als wäre er ein Keil. Der Staub von Jahrzehnten fällt vom Schrank ab und umhüllt den kleinen Mann wie Zuckerwatte; langsam löst sich die Tupperdose, die Hartmut darin abgestellt hat, und fällt hinaus, vom Staub wie mit Armen gehalten.

Dann rammen sie den Schrank unter das obere Ende der Treppe. Sie lassen los, die Treppe hält, wir sind gerettet. Die Männer kommen unter ihr hervor, Schlüter, der am Fuß gehockt hat, rümpft die Nase, steht aber sofort wieder gerade neben seinem Anführer.

»Das muss noch korrekt montiert werden!«, sagt dieser, und ich zucke fast, um zu salutieren. Er trägt ein Barett und eine Pistole. Vor der Haustür haben sie Gewehre abgelegt.

»Neue Träger, Stützen, Stempel.« Er bellt es, zackig, unumstößlich.

Wir schweigen.

Der Mann rückt sich zurecht, sieht seine Leute an und brüllt: »Gut gemacht! Abziehen, Männer!« Dann verschwinden sie nach und nach durch die Tür, bis der Letzte versucht, sie zuzuziehen. Da sie vorhin eingetreten wurde, fällt sie aus dem Scharnier auf die Straße.

»Nazis«, sagt Hartmut und starrt ihnen atemlos nach.

Ich sehe ihn ungläubig an.

Er zeigt auf die Straße, wo der Letzte sein Gewehr aufhebt.

»Bewaffnete Nazis ...«

»Du hast ein tragendes Teil weggeschlagen«, sage ich.

»Das ist Paramilitär«, sagt Hartmut.

»Es war ein Latino dabei«, sage ich.

»Au!«, sagt Hartmut und krümmt sich, die Augen zusammenkneifend, sich mit einer Hand an der Wand abstützend.

»Was ist?«, frage ich.

»Hrrrrrnggggg«, macht Hartmut, drückt jetzt beide Hände flach an die Wand und lässt den Kopf zwischen ihnen hängen. Er windet sich, als arbeite sich ein Wurm durch seine Eingeweide. An den Stellen, an denen seine Hände aufdrücken, löst sich Wand ab wie vertrocknete Haut über einem Eiterherd.

»Was hast du denn?«

»Anuskrampf!«, sagt er, »das ist die Aufregung.« Er fasst sich mit einer Hand an den Hintern und krallt sich mit der anderen in die sich auflösende Wand. Dann rutscht er von ihr ab, weil ein Stück herausbricht, und furzt eine unbegreiflich laute Explosion in den Raum. Ich weiche zurück, Hartmut richtet sich langsam wieder auf und atmet erleichtert aus. »Es muss sich lösen. Wenn es sich nicht löst, krampft es mich kaputt.«

Einer der jungen Männer, die uns gerade gerettet haben, streckt – durch die Explosion animiert – erneut den Kopf in die Tür. »Alles klar?«, fragt er.

»Es muss sich lösen«, sage ich und zeige auf Hartmut.

Er versteht es nicht, fragt aber nicht nach, sondern blickt zwischen uns her wie zwischen zwei Chinesen. Dann sagt er:

»Torsten, übrigens. Ich bin der Sohn vom Ernst. Ich glaube, wir sehen uns heute Abend.« Hartmut steht der Mund offen. Torsten macht eine Geste ins Haus und sagt: »Werft erst mal alles raus. Teppiche, Tapeten, Schrott, alles. Den Putz von den Wänden, die alten Armaturen, die Fliesen. Immer raus damit. Dann arbeitet ihr in einem leeren Haus und fangt neu an. Schritt für Schritt.« Ich strahle. Ein Weg. Hartmut hat Essensreste zwischen den Zähnen und merkt nicht, dass er leise nachfurzt. »Ach ja«, sagt Torsten, halb im Gehen, »und das; das war die Wehrsportgruppe Waldfront. Wenn ihr Interesse habt?« Dann macht er einen militärischen Gruß mit der rechten Hand. »Bis heute Abend. Und keine tragenden Teile mehr kaputt schlagen!«

9

Am Abend gehen wir zu Ernsts Feier. Wir sind geschafft, da wir versucht haben, Torstens Rat zu folgen, aber zu zweit gegen dieses Haus anzukämpfen, ist schwer. Es klammert sich an seine Tapeten, seinen Putz, seine Möbel, und wenn man gerade mal nicht hinsieht, stößt es Teile davon in hohem Bogen ab, wie aus Trotz. Ich vermute, dass eine kontrollierte Entkernung nur mit Hilfe möglich ist, und ich weiß auch schon eine Gruppe kräftiger junger Männer, die uns dabei helfen könnte.

»Das sind Wehrsportler!«, sagt Hartmut empört, als wir den kurzen Weg zu Ernst hinüberschlendern.

»Ja. Und? Wer hat sich denn von Jochen Originalreportagen über Wehrsportgruppen aus dem Fernsehen bestellen lassen? Jetzt hast du mal eine in Fleisch und Blut.«

Hartmut grummelt und kickt einen Kiesel ins Feld. »Wir sollen uns von Paramilitär bei der Renovierung helfen lassen?«

»Von Nachbarn, Hartmut, von Nachbarn. Und wenn das nun mal so Ortssitte ist.«

»Das sind bestimmt Nazis. Wart mal die Fete ab.«

Ich klopfe ihm auf die Schulter, wie man Pferde beklopft. Dann stehen wir vor dem Haus, und Johanna öffnet die Tür.

Es ist zwar erst sieben, aber im Haus ist bereits die Hölle los. Im Flur fließt uns ein Stimmengewirr entgegen, als quasselten Hundertschaften aufgeregter Touristen im Festsaal von Schloss Sanssouci. In der Küche wird Fußbadewasser vorbereitet, ein großer Topf mit Fichtennadel-Sud köchelt auf dem Herd, und rund um den Tisch stehen alte Holztröge, es müssen Dutzende sein. Es ist fast unbegreiflich, wie sie in den kleinen Raum passen. Johanna führt uns hindurch ins Wohnzimmer, aus dem das laute Gebrummel ertönt. Hartmut wirft noch einen schnellen Blick auf das Gemälde neben dem Herd, das er für den Obersalzberg hält, und sagt nur noch »Heiliger!«, als er mit mir das Wohnzimmer betritt. Es scheint, als sei der Raum hundertmal größer geworden. Das Wagenrad hängt in unerreichbaren Höhen, der Kamin ist ein Monstrum, in dem man Kleinwagen unterstellen könnte, und das Ragnarök an der hinteren Wand ist so groß geworden, dass die Schlange in seiner Mitte wie ein Brontosaurus in Lebensgröße die Menge überragt. Es scheinen Hunderte von Menschen da zu sein. Sieht man einzelne an, wirken sie nicht so zahlreich, nimmt man die Masse in den Blick, werden es mehr. Manche tragen merkwürdige Trachten oder Hüte, andere sind in mittelalterliche Gewänder gehüllt, einige wenige sind schlicht und einfach gekleidet wie Ernst, der sich jetzt aus der Menge löst und uns begrüßt. »Heil Nachbarn!«, sagt er und nimmt jeweils unsere beiden Hände komplett in seine wie die von Neulingen, die man betreut. »Seid willkommen und trinkt, so ihr dem Met etwas abgewinnen könnt.«

»Met?«

Ernst führt uns durch die Menge zu einem gigantischen Fass an der Ragnarök-Wand, das von einem kleinen, dünnen Mann mit Kinnbart bedient wird. Er hat ein fliehendes Kinn unter dem Bart und einen stechenden Blick, doch wo man eine hässliche Hakennase erwartet, sitzt ihm ein niedliches, fast mädchenhaftes Stupsnäschen im Gesicht. Schatten flackern in seinem Gesicht vom Feuer im Kamin. Neben den Flammen sitzen drei kleine Männer mit Decken auf den Knien und spielen die Zither.

»Tswei Krüge für untsere Neuen?«, fragt der Stupsnasige. Er lispelt. Ernst nickt ihm zu, und er zapft goldgelben Met aus dem Holzfass. »Das ist Hans«, sagt Ernst, und das hier sind unsere neuen Nachbarn Hartmut und …«

Eine laute Stimme unterbricht Ernsts Vorstellung: »Atemlos ist, der unterwegs / Sein Geschäft besorgen soll.« Die Verse donnern aus dem Mund eines Mannes, dessen Gesicht fast vollkommen hinter einem Vollbart verborgen ist. Die dunklen Haare wachsen ihm über rundliche Wangen bis unter die Augen, wie Wälder, die sich über Hügel fressen. In seinem langen Bart krabbelt ein Käfer. Ein winziges Spinnennetz weht zwischen Schnäuzer und Wange. Ernst antwortet: »Wärme wünscht, der vom Wege kommt / Mit erkaltetem Knie«, und der Bärtige erwidert: »Mit Kost und Kleidern erquicke den Wandrer, der über Felsen fuhr.« Dann umarmen sich die beiden Männer wie alte Bäume. Hans schenkt ihnen Met ein.

»Sie sprechen in Versen«, flüstert mir Hartmut zu, und es klingt schon wieder, als sei dies etwas Verfängliches. Dabei passt Hartmut gut in ihre Runde, wie er jetzt auch einen Krug entgegennimmt und das knisternde Feuer durch seine Koteletten flackert. »Das ist Siegmund«, sagt Ernst, und wir stoßen mit den Männern an. Mir fällt auf, dass Siegmund barfuß auf den alten Dielen steht. Seine großen Füße sind stark behaart.

»Wasser bedarf, der Bewirtung sucht, ein Handtuch und holde Nötigung«, tost es erneut in unsere kleine Runde, und ein großer, schlanker, strohblonder Mann tritt hinzu.

»Manfred!«, ruft Ernst erfreut aus und umarmt seinen Gast, erinnert sich dann wieder an seinen Part und antwortet: »Mit guter Begegnung / Erlangt man vom Gaste / Wort und Wiedervergeltung.« Manfred lächelt. »Hans, schenke unserem Freund Wasser ein.« Der kleine Mann, der wie ein Gnom am Fass sitzt, schüttelt den Kopf und lispelt leise »Memme«, als er unter dem Tisch einen Eimer klaren Wassers vorzieht und Manfred einen großen Krug vollgießt. Dieser nimmt ihn an, hebt ihn in die Höhe und sagt: »Nicht üblen Begleiter gibt es auf Reisen / Als Betrunkenheit ist / Und nicht so gut als mancher glaubt / Ist Äl den Erdensöhnen / Denn um so minder, je mehr man trinkt / Hat man seiner Sinne Macht.« Siegmund dreht sich zu ihm, stößt seinen Krug mit Met an den des Antialkoholikers und erwidert: »Trunken ward ich und übertrunken / In des schlauen Fialars Felsen / Trunk mag taugen, wenn man ungetrübt / Sich den Sinn bewahrt.« Dann lachen wieder alle, »hohoho«, wie Weihnachtsmänner oder Wikinger, und ich fühle mich wie im Theater.

»Manfred trinkt nichts«, erklärt Ernst, »Manfred stammt aus Köln.«

Hartmut versucht, diesen Satz zu verdauen. »Das ist eigentlich ein Widerspruch«, sagt er.

Manfred lacht und blickt am Käfer in Siegmunds Bart vorbei in das Feuer: »Was habe ich diese Stadt geliebt. Wegen des Karnevals. Der Karneval ist ein heidnisches Fest, eine große Tradition. Die Verkleidungen, die Umzüge, selbst der Rausch – das diente zu etwas. Aber irgendwann verlor alles an Würde.« Er verzieht das Gesicht, als er das sagt, wie ein Adeliger, in dessen Vorgarten der Pöbel tobt. »Junge Frauen lagen mit Männern in den Büschen, Kinder erbrachen sich in die Ecken. Und dann diese Schlagermusik.«

»Wem sagst du das«, sagt Ernst, »wem sagst du das.«

»Ich habe mich nicht mehr wohlgefühlt. Wie ein Fremder unter vielen. ›Was macht ihr denn hier?‹, hätte ich am liebsten gerufen. ›Was macht ihr denn bloß?‹ Meine Frau liebte das Fest immer noch. Die Büttenreden, die kleinen Schnäpse aus bunten Flaschen.« Er nimmt einen Schluck aus dem Krug. Der Käfer in Siegmunds Bart grüßt einen Verwandten, der in einer Mauerritze sitzt. »Ich habe sie verlassen«, sagt Manfred. »Die Straßenbahnhaltestellen-Reinigungsfirma, bei der ich angestellt war, wollte mich zum Sektionsleiter machen. Nippes, Weidenpesch, bis runter zum Zentrum. Das hätte ich machen können. Oder ein Erbe antreten, hier im Hohenlohe. Ein kleines Haus oben in Blaufelden, direkt am Wald. Ich habe es mir angesehen, als mir Ernst und die Kameraden begegneten. Da wusste ich, dass ich bleibe. Etwas hat mich«, er legt die Hand aufs Herz und schaut versonnen auf das Ragnarök an der Wand, »ganz tief drinnen berührt. Dass man hier noch weiß, worum's geht. Dass man hier noch seine Ursprünge kennt.« Er seufzt und legt den Arm um Siegmund. Der Käfer in dessen Bart wird durchgeschüttelt und kann sich nur knapp mit einem Beinchen an einem Haar festhalten.

»Aber, wer sind Sie denn?«, fragt Hartmut. »Sie alle hier, meine ich. Ein Verein oder so was?«

»Och, verzeih uns, das haben wir ja noch gar nicht erwähnt«, sagt Ernst und sieht Hartmut an: »Wir«, er macht eine stolze Geste über die unzähligen, murmelnden Köpfe, »wir sind die Wandelgermanen.«

»Wandergermanen…«, wiederholt Hartmut und zwirbelt an seinen Koteletten. »Ein Wanderverein?«

Mit einem Mal verstummt die Gesellschaft, und alles dreht sich zu uns herum. Hans hört auf zu zapfen, Käfer und Spinne in Siegmunds Bart halten die Luft an, und selbst das Feuer unterbricht sein Flackern.

»Hat er Wandergermanen gesagt?«, ruft einer.

»Er hat Wandergermanen gesagt«, antwortet ein anderer.

»Ein Wanderverein!«

»Bei Odin!«

»Was für ein Frevel!«

Ernst sieht uns so erschrocken an, als wäre Hartmut mit dreckigen amerikanischen Turnschuhen in Übergröße, einen Hamburger aus Schweinefleisch kauend, in eine Moschee gestürzt. Siegmund und Manfred treten von uns zurück und schütteln die Köpfe. »Wandern!«, sagt Manfred, »noch schlimmer als Karneval! Mütter mit Brottüten und Süßgetränken in Plastiktütchen! Menschen, die mit Autos anreisen, um die Wälder zu sehen, und überall ihren Müll hinterlassen.« Er atmet schneller und ist ganz außer sich. Siegmund erhebt seine Stimme und wird größer dabei. Vor den Kriegern des Ragnarök purzeln seine Augen über die bewachsenen Wangenknochen, während er mit grollender Stimme sagt: »Wir wandern nicht, wir wandeln!«

»Wir haben Respekt vor der Natur!«

»Wer sagt hier, dass wir wandern würden?«

»Die da! Die da!«

»Die haben Wandergermanen gesagt!«

Das Grollen bricht wieder los, die Menge gerät in Bewegung, und zwei Krüge fliegen in unsere Richtung und zerschellen neben Hans auf dem Boden, der schnell ausweicht wie ein gewandter schwarzer Kater. »Schnell raus!«, sagt Ernst und nimmt uns wie ein Bodyguard zwischen die Arme, führt uns durch die tobende Menge in die Küche und von dort in den Flur. Eine wurzelige Treppe führt nach oben, die Stangen des

Geländers haben runde Knubbel. Es sind Köpfe, fein geschnitzt. Manche schreien.

»Geht schnell hinauf zu den jungen Leuten. Ich versuche, die Männer zu beruhigen. Und denkt daran, wir sind *Wandelgermanen*.« Dann schüttelt er den Kopf und macht »Tststs«, als müsse er sich selbst zwingen, uns unsere Frechheit nachzusehen. Aus der Küche weht ein scharfer Geruch gepresster, kochender Fichtennadeln herüber. Dann gehen wir hinauf.

Oben tönt Musik aus einer Zimmertür, es sind fast vertraute Geräusche, Heavy-Metal-Riffs, gemischt mit Folk und ruhigen Momenten, dann mit Banjo und Maultrommel. Der Gesang ist merkwürdig, es scheint hochnordisch zu sein. Wir öffnen vorsichtig die Tür und spähen hinein. Im Raum sitzen Torsten und ein paar Jungs der Wehrsportgruppe, die uns heute Nachmittag unter der Treppe gerettet haben. Der sportliche Tätowierte, dessen Pupillen mit einer so dunklen Iris verschmelzen, dass man glaubt, er würde durch einen hindurchsehen, und der Starke, der zwar nur einsfünfundsechzig groß ist, aber einen gigantischen Küchenschrank alleine tragen kann. Seine Augen wirken sanft und gutmütig, wie die eines Mannes, der noch nicht viel Schlechtes gesehen hat. Oder zu viel.

»Ach, unsere Restaurateure!«, ruft Torsten und winkt uns herein. Er sitzt auf einem selbstgeschnitzten Bett, die anderen hocken auf dem Boden und lassen eine Wasserpfeife kreisen. An der Spitze des Raumes steht ein riesiger Terrakottatopf, aus dem ein Baum hinauswächst. Er hat bereits die Größe eines Menschen und passt nicht in ein Haus. Seine oberen Äste wirken wie Arme, die kurz davor sind, das Dach aufzustemmen.

»Was ist da drin?«, fragt Hartmut und deutet auf die Wasserpfeife. Sie riecht nicht nach Dope, nicht wie die Bongs, die Jörgen und Steven immer mitgebracht haben.

»Titos Geheimmischung«, sagt Torsten, und der kleine Mann, auf den er gezeigt hat, lächelt in sich hinein und wippt mit dem Kopf zur Musik. Der nächste Song klingt, als würden die Urmenschen sich den Weg aus den Wäldern bahnen, um uns heimzusuchen und auf den rechten Pfad zurückzubringen. Ich schaue auf die Hülle, die neben dem CD-Player liegt: »Finntroll« steht darauf.

»Tito ist Überlebenskünstler«, führt Torsten fort. »Er ernährt sich nur aus dem Wald. Ihr werdet nicht glauben, was man dort alles essen kann. Und rauchen.« Torsten lacht, und der Tätowierte zieht an der Bong, seine schwarzen Augen durch mich durchgerichtet. Dann nimmt er sich ein Bier aus einem Kasten unter dem Bett und leert es mit einem Zug. »Das ist Spritti«, sagt Torsten.

»Wir sind unten verjagt worden«, sagt Hartmut.

»Warum?«, fragt Torsten und zieht an der Bong, deren Mischung aus Waldgewächsen gemacht wurde.

»Wir haben Wandergermanen gesagt.«

Torsten hustet und lässt von dem Mundstück ab. Dichter, schwerer Qualm kräuselt sich vor seiner Oberlippe.

»Sie wandern nicht, sie wandeln.«

»Das wissen wir jetzt auch.«

Die CD kommt zum Ende, und Tito legt eine neue ein. Diesmal ist die Musik ruhiger, langsam und schwarz kriecht sie aus den Boxen, wie Meditationsmusik aus den Tiefen der Wälder, der Gesang klingt wie Teufelsanbetung. »Tenhi« steht auf der Hülle.

»Ihr auch?«

Ich nehme die Bong entgegen und ziehe daran. Die Mischung schmeckt, als hätte ich mein Maul herzhaft ins feuchte Unterholz gerammt. Ich schmecke Moos heraus und Rinde, alte Blätter und etwas Nussiges. Die Musik in der Anlage fließt mit einem Mal besser in meine Ohren, folgerichtig, klar. Ich schaue zu dem Baum im riesigen Trog. Es wirkt, als bewege er sich. Seine äußeren Äste kratzen an der Wand. Hartmut nimmt die Pfeife entgegen, zögert einen Moment und setzt sie an den Mund. »Das Nussige darin kommt von Pilzen. In höherer Dosierung sind sie giftig, aber Tito weiß, was er tut.« Hartmut hustet und setzt das Ding wieder ab. Wir sagen erst mal nichts und hören der Musik zu, wie sie sich zähflüssig im Raum ausbreitet, den Baumstamm und seine Äste umströmt und in die Ritzen der Diele fließt. Der Sänger tönt beschwörend, man kann es nicht verstehen, es scheint wieder eine nordische Sprache zu sein. Torsten steht auf und geht mit schmalen Augen von Titos Waldgemisch langsam zur Musik durch den Raum. Er breitet die Arme aus und schließt die Augen. »Wandeln«, sagt er wie in Trance, »wandeln, versteht ihr? Wandeln statt Wandern!« Dazu geistert ein Cello durch den Raum, düster, als seien seine Saiten auf einen hohlen Baumstamm gespannt. Spritti sieht seinem Kumpel zu, wie er da so wandelt, und trinkt ein weiteres Bier, er saugt es aus wie Kinder die kleinen Plastikfläschchen mit dem Drehverschluss. Neben dem Topf mit Baum bleibt Torsten stehen, streichelt den mächtigen Stamm und sagt: »Meine Eiche. Ich habe sie aufgezogen, von klein an.« Er legt den Kopf an die Rinde. »Eines Tages wird sie in unserem Haus stehen, genau in der Mitte. Ich werde einen Saal bauen, vom Keller bis zum Dach, damit sie bis oben durchwachsen kann. Unsere Kinder werden auf den Ästen spielen, die auf die Emporen reichen. Und oben baue ich eine Kuppel aus Glas, die man öffnen kann. Damit sie Platz hat zum Atmen.« Ich nehme noch einen Zug und stelle mir vor, wie das Haus aussehen wird, eine 30 Meter hohe Eiche in der Mitte. Ich meine, die Musik mitzusummen, wie bei einem Ritual, aber ich weiß es nicht genau. Ich sitze am Samstagabend im Dachgeschoss eines Mannes, der den Wandelgermanen vorsteht, in Versen spricht, Met trinkt und das Ragnarök an die Wand gemalt hat, rauche ein Unterholzpilzgemisch aus dem Wald, während unten ein Fichtennadelgemisch zur Fußwäsche gekocht wird, und höre seinem Sohn zu, der ein Haus rund um eine Eiche bauen will und mit seinen Freunden eine Wehrsportgruppe betreibt. Andere Länder, andere Sitten.

»Ach, Enya«, seufzt Torsten jetzt und sinkt auf den Rand des Eichenpflanztopfes. »Ach, Enya.«

»Wer ist Enya?«, fragt Hartmut Tito und reicht die Pfeife weiter, ohne zu ziehen.

»Seine Angebetete«, sagt Tito und lacht leise. Es klingt nicht so, als fände er es lächerlich, aber es steckt etwas in seiner Gutmütigkeit, das man nicht sofort sieht. Wie der Pilz in seinem Waldbodenmix.

»Wir sind füreinander bestimmt«, sagt Torsten und reibt sich an der Eiche, »das wird unser Baum und der Baum unserer Kinder.«

Die Musik verklingt, und Stille tritt ein, nur unterbrochen vom leisen Blubbern des Gemisches im Bauch der Pfeife. Schritte kommen die Treppe herauf, und erneut ertönt Musik, diesmal aus dem Erdgeschoss.

»Ihr könnt runterkommen«, sagt Johanna, die den Kopf in die Tür streckt und gerade ein riesiges Messer in ihrer Schürze verschwinden lässt. »Die Männer haben sich beruhigt.«

Wir stehen auf, Torsten erwacht aus der Trance, Tito stellt die Pfeife beiseite, und Spritti saugt noch schnell ein Bier aus.

»Kein Met?«, frage ich ihn, und er lacht pupillenlos. Aus dem Rand seiner Socke guckt der tätowierte Totenkopf von Slayer heraus wie ein Mauermännchen.

Der Wohnzimmersaal hat sich inzwischen verändert. Eine riesige Tafel ist aufgebaut worden, ein paar Dutzend Männer an ihren Flanken und ein unfassbares Festmahl auf dem Tisch. Ganze Schweine mit goldbrauner Kruste, verschiedene Braten, Tröge mit Kartoffeln und Obst, Brote so groß wie Dachgepäckträger. Ich schaue zurück in die Küche und sehe Wannen voller Kartoffelschalen, Backbleche, ölige Pfannen. Ich suche durchs Fenster, ob draußen ein Lieferwagen vom Catering-Service steht, aber dort stehen nur Pusteblumen, schunkelnd im Wind. Der Fichtennadeltopf ist leer und ausgekratzt, und vor jedem Stuhl an der Festtafel steht ein Trog mit duftendem heißen Wasser, die Füße der Männer darin. Fünf Plätze sind noch frei.

»Kommt hinzu!«, ruft Ernst vom Kopf der Tafel.

»Nicht mehr sauer?«, fragt Hartmut.

»Die Gastfreundschaft geht uns Germanen über alles!«, sagt Ernst.

»Wandeln, nicht wandern!«, sage ich und ernte murmelndes Nicken von der ganzen Tafel. Der Käfer in Siegmunds Bart schwingt mit einem leisen Kratzgeräusch über der heißen Suppe im Teller; Hans' Trog steht auf einem Podest, damit er mit den Füßen hineinkommt. Die Stühle sind sehr groß.

Wir setzen uns auf die freien Plätze in der Nähe von Ernst, ziehen unsere Schuhe aus und versenken unsere Füße in den Trögen. Das Wasser ist herrlich. Es ist heiß, und das selbstgemachte Fichtennadelextrakt wirkt wie eine Therapie. Die Muskeln, die zu meinen Zehen führen, lassen los und seufzen, duftende Dämpfe steigen auf und hüllen meine Unterschenkel ein, aus den Ritzen meiner Zehennägel lösen sich Flusen, Teppichfetzen und Sockenteile und steigen an die Oberfläche.

»Dank sei Johanna!«, sagt Ernst, und die Germanen wenden sich zur Küchentür und johlen. Johanna verbeugt sich, nimmt sich einen Teller mit Braten und geht.

»Das Mahl sei eröffnet!«, sagt Ernst, und sofort bricht geschäftiges Treiben aus. Steinteller klappern, Hände graben sich in Bratenstücke und Schenkel, Met fließt. Hartmut weiß nicht, was er schockierender finden soll: Das schamlose Verspeisen von Fleisch mit den Fingern oder die Tatsache, dass die Ehefrau nicht mit am Tisch essen darf, aber ich denke an all den Ärger der letzten Tage, sage mir, dass ich es mir verdient habe, und nehme mir ein großes Stück Braten mit Kruste.

»Diese jungen Männer haben das Kettler-Haus gekauft«, sagt Ernst nach ein paar Minuten schmatzend und deutet mit einer Keule in der Hand an die Wand hinter sich, an die unser Garten anschließt. Siegmund und Manfred nicken, ölige Kartoffeln in den Mund steckend.

»Eigen Haus, ob eng, geht vor / Daheim bist du Herr / Zwei Ziegen nur und dazu ein Strohdach / Ist besser als Betteln«, sagt Hans, und ich weiß nicht, ob es spöttisch gemeint ist. Seine Stupsnase irritiert mich noch immer.

»Wir haben schon Hilfe bestellt«, sage ich, »diesen Restaurateur, Leuchtenberg. Wenn Leuchtenberg kommt, wird alles gut.« Ich sage es schmatzend, weil es hier so Sitte ist, aber halte inne, als ich merke, dass ich der Einzige bin, der noch kaut. Die Germanen sehen zur Spitze der Tafel, Hartmut senkt den Kopf.

»Hat er eben Leuchtenberg gesagt?«

»Er hat Leuchtenberg gesagt!«

»Leuchtenberg! Leuchtenberg!«, gackern die Germanen und hüpfen auf ihren klobigen Stühlen auf und ab, reden durcheinander und werfen kleine Fleischstückchen und Erdäpfel in unsere Richtung, die danebengehen und Hans treffen. Sie sind Barbaren, denke ich, aber irgendwie cool.

»Ruhig, Männer, ruhig!«, sagt Ernst und hebt die Hände. »Sie können es doch nicht wissen.«

»Was nicht wissen?«, fragt Hartmut, der Kartoffeln und Äpfel auf seinem Teller verteilt hat.

»Leuchtenberg ist eine Lüge. Die größte Lüge derer, die immer lügen.«

»Derer?«

»Derer vom Amt. Ihr wart doch beim Amt, oder?«

»Ja, beim Steinbeis.«

»Steinbeis!«, schreit ein Germane, und ein halbes Hähnchen zerschellt knapp vor Hartmuts Teller. Ernst hebt wieder die Hände.

»Das Amt hat ihn erfunden, um die Menschen abhängig zu machen.«

Ich spüre, wie Hartmut zu mir »Siehst du!« sagen will, dann aber zögert. Es sind Wandelgermanen, die dem Amt hier einen Mythos unterstellen. Das muss Hartmut erst mal sortieren.

»Wisst ihr, wie der Krieg in die Welt kam?«, sagt Ernst.

Wir schütteln die Köpfe.

»Die Asen besuchten Gullveig, die Hüterin der Schätze. Sie war eine Vanin, und wie wir wissen, sind die besten der Asen nur halb so klug wie der dümmste der Vanen. Die Asen sahen das viele Gold, das Gullveig umgab, und fragten sie nach der Quelle ihres Reichtums. Als Gullveig keine Antwort gab, folterten sie sie. Das war ein schlimmer Frevel. So schlimm, dass darüber der erste Krieg ausbrach, ausgelöst durch Odin.« Ernst macht eine Pause, und Füße planschen leise in den Trögen, während das Feuer knistert. »Was sagt uns das?«, fragt er und gibt selbst die Antwort: »Die Asen waren nicht wirklich schlecht, aber sie haben sich blenden lassen, vom Gold. Sie machten ihr Glück von etwas abhängig, das ein anderer hatte. Und das machen die Menschen heute wieder.«

Wir schweigen betreten.

Ich stampfe mit den Füßen im Wasser.

»Bevor die Römer kamen, haben unsere Vorfahren hier glücklich gelebt«, führt Ernst fort. »Dann wurde ihnen gesagt, dass sie Wilde seien, Heiden, und dass sie missioniert werden müssten. Man versuchte, ihnen einzureden, dass das, was sie hatten, nicht reicht. Ihre Götter nicht, ihre Häuser nicht, ihre Lebensart nicht. Heute bauen sie Supermärkte und schicken Reisekataloge. Oder Anträge. Sie machen uns glauben, wir könnten nichts mehr alleine. Nichts. Dabei können wir alles alleine. Alles!«

Er hebt den Krug und hämmert ihn laut auf den Tisch.

»Der Freund soll dem Freunde Freundschaft bewähren / Ihm selbst und seinen Freunden«, donnert er, und alle Germanen stimmen mit ein: »Aber des Feindes Freunden soll niemand / Sich gewogen erweisen!« Alle heben die Krüge, und Torsten nickt uns zu, es den Germanen gleichzutun. Dann stoßen wir an und grölen, schlagen auf Teller und Tisch und wirbeln das Fußwasser auf. Als wieder Ruhe herrscht und Ernst einen Schenkel vom Teller nimmt, sagt er, deutlich, leise und bestimmt: »Wir bauen euer Haus, und ihr schließt euch uns an.« Dann beißt er vom Knochen ab, schmatzend und spritzend. »Kein Leuchtenberg«, malmt er, »kein Leuchtenberg.«

*

Spät nach Mitternacht gehen wir nach Hause. Ich fühle mich wohl. Meine Füße sind gebadet, mein Bauch ist voller Braten, die Luft riecht nach Urlaub, und das erste Mal habe ich das Gefühl, unser neues Zuhause zu spüren. Bis Hartmut den Mund aufmacht:

»Wir müssen hier weg!«, sagt er und kramt in seiner Hosentasche. Ich bleibe stehen. Im Fenster schräg gegenüber leuchtet kurz ein gelber Punkt auf. Hartmut zeigt zu Ernsts Haus zurück. »Das sind Nazis!«

»Ach, Hartmut«, winke ich ab.

»Ja, was denn sonst! Sie haben das Gemälde der letzten Schlacht an der Wand, der Sohn züchtet sich eine Eiche. Eine deutsche Eiche.« Er betont das deutsch, als blase er sich dabei auf. »Die Frau bereitet ein Festmahl für die Männer und wird dann nach oben geschickt. Sie faseln von der Gemeinschaft und sprechen in Versen. In Versen aus der Edda.«

»Welche Frau?«

»Die Edda. Germanische Mythologie. Spruchweisheiten, Heldenlieder.«

»Das kennst du?«

Hartmut rollt mit den Augen, als wolle er sagen, dass ich schon ganz gut wisse, dass er neben der Philosophie auch Germanistik studiert hat. Ich ignoriere es.

»Wenn du das kennst, bist du wohl auch ein Nazi!«, sage ich.

»Der Vater ist Wandelgermane, der Sohn bei einer Wehrsportgruppe!«

»Na, und? Ich war beim Bund und spiele Kriegsspiele auf der Playstation!«

»Sie haben den Obersalzberg in der Küche hängen! Sie trinken Met! Sie fressen Spanferkel!«

Ich zeige auf Ernsts Fenster und tippe mit dem Finger schwer in der Luft herum: »Das – sind – keine – Nazis!«

»Nein!«, tobt Hartmut und fuchtelt vor dem Nachthimmel herum wie ein Werwolf mit Identitätsproblemen, »das da drinnen ist der Hort der Aufklärung! Voltaire und Kant würden vor Begeisterung johlen!« Er schüttelt den Kopf, kurzatmig. Dann hat er endlich sein Handy gefunden und tippt. »Ich rufe die Frauen an.« Er wedelt mit dem Telefon in Richtung unseres Hauses. »Wir brauchen nicht mehr zu renovieren. Wir müssen hier weg.« Ich denke an Ernsts duftendes Fußbad und das leckere Essen. An die Wasserpfeife aus Waldboden-Material und Pilzen und die mystische Musik, die gar nicht so schlecht war. Daran, dass wir in diesen Leuten viele kräftige Helfer haben. Ich reiße Hartmuts Arm mit dem Handy herunter. »Du rufst nicht an!« Er wirkt verärgert und macht einen Ruck, fast so wie zur Schulzeit, als er mich einmal am Kragen einen Baum hochschob, aber ich rucke zurück, und jetzt erschreckt er sich, weil ich mal was ernst meine. Ich sage so klar und deutlich, wie es mir nach dem Rauchen eines Waldbodens und dem Verspeisen mehrerer Schweine möglich ist: »Wir verkaufen nicht. Wir ziehen das jetzt durch. Was willst du den Frauen denn sagen? Oh, Mädels, verzeiht, ich konnte ja nicht ahnen, dass auf dem Land die Menschen etwas reaktionärer sind. Wir steigen jetzt in die Transporter und fahren so lange, bis uns jemand ein Haus unter linken, humanistisch ausgebildeten Vegetariern vermacht, komplett renoviert, mit Atelier und Garten, und das, obwohl wir obdach- und erwerbslos sind!«

Hartmut lässt die Arme hängen. Sein Daumen schwebt über dem Knopf des Handys. Seine Augen werden wässrig, dann schmal.

»Ist ja gut«, sage ich, »ich verstehe ja deine Zweifel, aber wir müssen auch strategisch denken und ...«

»Das ist es nicht«, sagt er und steht vollkommen starr, als balancierte er auf einer Mine.

»Was dann?«

»Anuskrampf«, sagt er und pustet Luft durch schmale Lippen und weit geöffnete Ohren. Dann zischt es, als prüfe man die Luft am Audi.

»Puh!«, sagt er und sinkt fast ins Korn.

Ich lasse den Moment nachwirken, weil ich ihn verdauen muss. Hartmut ist jung. Hartmut hat Flatulenz. Hartmut hat mal Always getragen, um seine Ex-Freundin Esther davon zu überzeugen, dass sie einem Irrtum erliegt zu glauben, der Markenname deute darauf hin, immer Binden tragen zu müssen. Seit er Susanne kennt, hat er damit aufgehört, obwohl er es praktisch fand. Jetzt gehen seine Flatulenzen wieder los. Jeder Mensch reagiert anders auf Stress.

»Ich gehe in die Wehrsportgruppe, wenn es sein muss«, sage ich.

Hartmut seufzt und wischt sich ein wenig Asche aus dem Bart, die ein Windstoß herangeweht hat. Ich höre, wie im Fenster gegenüber jemand stöhnt und ein Feuerzeug eine neue Zigarette anzündet.

»Ich muss schlafen«, sagt Hartmut und stapft schnell zum Haus.

10

Ich hocke mit Siegmund und Tito im Feld, und ein leiser Wind weht durch die Ähren und den dunklen Waldrand. Die Szene ist grün eingefärbt, und im oberen Teil meines Blickfeldes stehen in gelben Ziffern unsere Werte. Stärke, Magie, Mut und Guardian. Der Guardian ist ein Monster, das wir heraufbeschwören können, sobald unsere Stärkeleiste auf 0 fällt. Ich erinnere mich, dass ich Siegmund und Tito ausgewählt habe, weil sie die stärksten Figuren des Spiels sind. In Siegmunds Bart krabbeln wieder die Käfer, und Tito schaut gutmütig über das Feld, jederzeit bereit, den Gegnern in all seiner Gutmütigkeit das Genick zu brechen. Wir sind auf der Jagd. Johanna hat uns losgeschickt, mit einer Einkaufsliste, und da wir keine entfremdeten Menschen, sondern Ur-Germanen sind, jagen wir das Essen eben so. Siegmund hat einen Speer bei sich und ist nur mit Fell bekleidet, Tito hat ein Gewehr und trägt abgewetzte Militärkleidung. »Pssst, da kommen sie«, sagt Siegmund und zeigt auf die Stelle, wo der Waldrand das Feld trifft. Ich höre ein leises Donnern wie das Trappeln von Pferden auf Erdboden. Es wird lauter. Zu laut.

»Mist, das sind zu viele!«, sagt Siegmund und springt auf, als Äste und Gestrüpp am Waldrand brechen und Hunderte riesiger Wildschweine auf uns zustürmen. Sie sind groß wie

Nilpferde und haben Hauer wie Anhängerkupplungen. Orchestrale Musik mit Bläsern und Pauken erklingt und wirbelt dramatisch um uns, Tito gibt ein paar Schüsse ab, einige Schweine fallen in der rennenden Herde und werden nach hinten geworfen. Siegmund schleudert seinen Speer, die Käfer in seinem Bart fliegen umher wie die Sitze eines Kettenkarussells, und als die gigantischen Tiere uns erreichen, packe ich eines an den Hauern und halte einfach fest. Ich bleibe wie betoniert im Boden stehen, und das Tier wird an meiner Hand herumgewirbelt, ich drehe mich im Kreis und sehe die kämpfenden Kameraden, Tito, der um sich schießt, und Siegmund, der soeben unter zehn Ebern niedersinkt. Die Musik macht hysterische Wenden und Kehren, als meine Kräfte erlahmen, meine Stärkeleiste bis auf den 0-Punkt sinkt und ich mich daran erinnere, meinen Guardian heraufzubeschwören. Ich lasse das Schwein los, das in seine Artgenossen hineinfliegt und ein paar Körper mitreißt, hebe die Hände und schreie: »Jörmungand!!! Jörmungand!!!« Der Himmel zieht zu, und es wird schlagartig kalt, Eisregen fällt auf das Feld, und die Bäume am Waldrand bekommen weiße Köpfe. Dann steigen Flammen auf, das Eis schmilzt, und aus Nebel und Wasserdampf steigt eine gigantische Schlange empor, die sich windet, zischt, faucht und mit leuchtenden Augen zum Angriff bereit macht. ›Geile Animation‹, denke ich mir, als die Schlange sich auf die Schweine stürzt und eins davon aus Versehen auf mich schleudert. Ich falle hin, Tito und Siegmund sehen entsetzt herüber, und ich bekomme das Tier nicht mehr von der Brust gestemmt. Schwer drücken seine Hufe auf meinen Brustkorb, als es mich ansieht und urplötzlich miaut.

Ich wache auf. Yannick steht auf meiner Brust und maunzt. Ich liege auf der Matratze im Klavierzimmer und fühle mich zerschlagen. Das Zimmer stinkt nach Feuchtigkeit, kaltem Schweiß und den Schollen mit angetrockneter Farbe darauf, die aus der Wand gefallen sind. Der kleine Wecker auf meinem Rucksack zeigt 6:30 Uhr morgens.

Ich will nicht aufstehen. Heute ist Sonntag. Ich muss aufstehen, ein Haus sanieren. Falls Hartmut nicht schon die Frauen angerufen hat. Ich spüre durch die alte Matratze die Dielen in meinem Rücken, Hartmuts Schlafstatt ist bereits leer. Mein Blick streift über das Klavier, auf dem meine Klamotten liegen, als wäre dies bloß eine Notunterkunft nach einer harten Silvesternacht und mein Pelz auf der Zunge und ich würden gleich wieder gehen. Es ist, als müsste man ganz Russland renovieren, von Smolensk bis rauf nach Uelen, wo man über das Eis nach Alaska laufen kann. Ganz Russland in einem Tag, und wir haben gerade mal einen alten Kramladen in einer grauen Gasse fertig. Ich höre Schritte die Treppe heraufkommen, sie klingen weich auf dem alten Holz, »bugg-bugg-bugg«, wie Katzenschritte. Es ist Hartmut. Er läuft auf dem dreckigen, von Teppichkleberresten, Kieseln und Wandtrümmern übersäten Boden mit Socken herum. Wohnsocken mit Rutschstopp, als wäre das Haus schon fertig und er hier wirklich zu Hause. In der Hand hält er einen Becher Kaffee. Er hat die Frauen nicht angerufen. Yannick klettert über mein Gesicht und springt von meiner Stirn aus auf die Fensterbank. Er beobachtet die Vögel im Birnbaum. Seine Öhrchen bewegen sich.

»Wir bleiben!«, sagt Hartmut.

»Aha«, sage ich.

»Wir zeigen ihnen, dass es nicht der richtige Weg ist«, sagt er.

»Oh nein!«, sage ich.

Hartmut setzt sich auf seine Matratze. »Die haben ja schon ganz gute Ansätze. Gegen Touristen und Umweltverschmutzung und Kommerz und so. Im Herzen sind die vielleicht gar nicht so rechts. Und wenn wir mit ihnen leben, ihr Vertrauen gewinnen ... das ist doch genau das, was alle immer fordern: Begegnung, Kommunikation, Veränderung!« Hartmut strahlt. Hartmut hat wieder eine Mission. Er will Nazis verändern. Oder besser: Wandelgermanen, die er für Nazis hält.

»Wir müssen ein Haus renovieren«, sage ich.

»Mit Hilfe unserer neuen ›Freunde‹«, sagt er, und das ›Freunde‹ klingt ironisch gebrochen. »Und währenddessen verändern wir sie. Verändern das ganze politische Klima.« Hartmut, der Pädagoge.

»Ich muss Pipi«, sage ich, schlüpfe in meine Schuhe und gehe ins Erdgeschoss. Hartmut folgt mir.

»Ich habe heute Nacht Wildschweine gejagt«, sage ich, während ich den ehemaligen Holzlagerraum durchquere, an den das Bad und das Klo angrenzen. Ich öffne die Tür der Toilette. Ein winziges Waschbecken hängt neben dem Plumpsklo. Es sieht aus wie der letzte Rasthof vor Polen. »Das kriegen wir auch noch hin«, sagt Hartmut vor der Tür, während ich die Hose aufmache und auf das Klo ziele. »Wer so die Natur liebt wie die, darf eigentlich auch nicht ihre Schöpfung essen.« Ich treffe und achte auf den Sound, den Urin in einem Klo ohne Spülung und Kanalisation von sich gibt. »Und auch diese Bong da oben und diese Musik. Das war ja fast hippiemäßig.« Ich bin fertig, verlasse das Klo, nehme den alten Plastikeimer und gehe ins Bad, um ihn am großen Waschbecken zu füllen. Auf der Ablage daneben steht immer noch Hartmuts Zahnputzglas auf einem kleinen Deckchen. Der Hahn spuckt braune Klumpen, dann braunes Wasser, dann grünes, dann graues. »Es ist eine Schande, dass sie Nazis sind«, sagt Hartmut. Ich schleppe den Eimer zum Klo und kippe die

Soße hinein. Ich wasche mir die Hände. »Sie sind keine Nazis«, sage ich.

Dann klopft es aus Höflichkeit am Rahmen der herausgebrochenen Haustür, und Tito steht im Raum, Spritti und Torsten im Schlepptau.

»Schlaf ist was für Memmen und Langhaarige!«, sagt er und schlägt die Hände zusammen. »Wo sollen wir anfangen?«

Gegen Mittag haben die drei Wehrsportler in fast allen Räumen die Tapeten und den alten Putz runtergeholt. Hartmut beobachtet das Tempo mit Freude, muss aber ständig gegen sein Gewissen ankämpfen. »Da! Hör es dir an!«, ruft er im Garten und zeigt zum Schlafzimmerfenster, als Tito und Spritti bei der Arbeit den Kassettenrekorder anwerfen und merkwürdige Lieder mit Titeln wie »Vor der Schlacht« oder »Geist des Kriegers« erklingen. Ich baue derweil ein Zelt auf, das Torsten von der Wehrsportgruppe mitgebracht hat. Es ist warm, und neben all den Disteln und Brennesseln zeigt der Birnbaum stolz seine heranwachsende Frucht; seine Nachbarn sind ein Rhododendron und ein Rosenbusch neben dem zerfallenen Gartenhaus. Außerdem muss das Klavierzimmer frei sein, während das Haus entkernt und später verputzt, tapeziert und gestrichen wird. Ich gehe ins Obergeschoss, hole die restlichen Klamotten aus dem Zimmer und sehe, wie Tito seine Stiefel putzt, da er in den Eimer mit billiger Wandfarbe getreten ist, den Hartmut für seine ersten Versuche am schlechten Putz benutzt hat. Im Rekorder läuft jetzt Rammstein. »Dort am Klavier / lauschte ich ihr«, singt Till Lindemann, während Torsten und Spritti das alte Instrument anheben und die Treppe heruntertragen. »Reicht es nicht, wenn wir es in die Mitte stellen?«, frage ich Tito, der Wasser auf seine Schuhe kippt und die Farbe abschrubbt. Er zeigt, die Bürste in der Hand, auf den Boden: »Wir müssen doch Teppich verlegen, oder was immer ihr haben wollt.« Ich frage mich, ob das nicht auch mit Anheben geht, aber andererseits ist es auch ganz witzig, ein Klavier im Garten zu haben. Spritti macht auf den Stufen einen Laut, und Torsten setzt japsend das Klavier ab. Die Treppe knarzt. Sie steht immer noch abgestützt auf dem Küchenschrank. Spritti hebt den Finger, als sage er »einen Moment, bitte!«, zieht eine kleine Flasche Bier aus der Hose und saugt sie leer. Dann tragen sie weiter. »Das reicht jetzt, hab keinen Bock mehr!«, sagt Tito und hört auf, seine Schuhe zu putzen. Sie sind sauber bis auf die Schnürsenkel, an denen noch weiße Farbe klebt.

Als ich – die letzten Sachen aus dem Haus in der Hand – hinter den Jungs mit dem Klavier den Garten betrete, grüßen mich Siegmund und Ernst, die »zum Gucken« rübergekommen sind und barfuß im Gras stehen. Siegmund steht mit dem rechten Fuß komplett in einer LP-großen Distel. Es scheint ihn nicht zu stören. Er hat Hornhaut so dick wie Butterbrote. Hartmut macht im Zelt unsere Matratzen zurecht und ruckt danach schüchtern an dem alten Gartenhaus. Es knarrt, das kaputte Dach rutscht ab und bleibt nach 20 Zentimetern verkeilt hängen.

Ernst sagt: »Weißt du den Freund, dem du wohl vertraust / Und erhoffst du Holdes von ihm« und übergibt das Wort an Siegmund: »So tausche Gesinnung und Geschenke mit ihm / Und suche manchmal sein Haus heim.« Dann lachen wieder beide, die Hände auf den Bäuchen. Im Fenster auf der anderen Straßenseite raucht Berit und bräunt sich die Arme. Ich frage mich, wovon diese Frau lebt.

»Die Verse machen mich wahnsinnig«, flüstert Hartmut, als ich die letzten Sachen ins Zelt werfe.

»Jung war ich einst, da ging ich einsam / Verlaßne Wege wandern«, sagt Siegmund, und diesmal fällt Ernst dazu ein: »Doch fühlt' ich mich reich, wenn ich andere fand: Der Mann ist des Mannes Lust.«

Hartmut kneift im Zelteingang die Augen zusammen und äfft es nach: »›Der Mann ist des Mannes Lust.‹ Was sollen denn die Frauen denken?«

Ich klopfe ihm auf die Schulter, weil ich weiß, dass er diesen Konflikt aushalten wird. Er will auch ein fertiges Haus.

»Was sagen wir denn, wenn die Frauen fragen, wer uns so schnell geholfen hat? Wenn sie rüberkommen? ›Hallo, das sind unsere neuen Freunde, deutsche Mystiker und Paramilitär.‹?«

Aus dem Obergeschoss ertönt kurz Slayer, dann hört man, wie etwas auf den alten Holzboden plumpst. Tito erscheint im Fenster. »Öh, wir bräuchten da mal eure Hilfe!«

Im Zimmer, das künftig Caterina und mir gehören soll, liegt Spritti in all seiner tätowierten Pracht langgestreckt auf dem Boden und hat milchige Augen. Neben ihm steht eine leere Flasche, aber daran kann es nicht liegen. Tito hockt über ihm und wedelt ihm Luft zu. Hartmut starrt auf Titos Schuhe. »Weiße Schnürsenkel«, flüstert er mir zu. »Tito trägt weiße Schnürsenkel. Oh, mein Gott, es sind Nazis.« Ich trete ihm auf den Fuß. Tito zeigt auf eine Kommode, deren oberste Schublade offen steht. Der Geruch, der aus ihr entweicht, erinnert mich an das Spiel *Discworld II*. Dort gab es einen Landstreicher, dessen Gestankwolke bereits ein eigenes Bewusstsein entwickelt hatte. Hartmut, der sich davon ablenken muss, dass Neonazis sein Haus renovieren, kämpft sich wie in einem Windkanal gegen den Gestank nach vorne und zieht ein paar alte Kleidungsstücke hervor. Eine Bluse, ein T-Shirt, ein Höschen. Sachen von Frau Kettler, im Kaufpreis enthalten wie das exzellente, stilecht faulende Mobiliar. Ich habe derweil das Fenster aufgerissen und gemeinsam mit Tito den betäubten Spritti daruntergesetzt. Frische Luft tropft auf seinen rasierten Schädel. Er stöhnt. Hartmut nestelt sich durch Frau Kettlers alte Unterwäsche und bekommt erste Pickel. Dann greift er tief in den Schrank und zieht ein monatealtes Käsebrot heraus, das wie ein alter Tennisball im Regen seinen Filz von sich streckt.

»Ich bin dafür, die Schränke nicht zu öffnen, sondern einfach runterzutragen«, sage ich, als Hartmut das gute Stück wieder loslässt und langsam in die Schublade zurücklegt, als wäre es ein Skorpion.

»Ich auch!«, sagt er, stopft die Wäsche zurück, um das Filzbrot zu verstecken, und schließt die Kommode. Ich stehe auf, stelle mich an das stinkende Ende und warte, bis Hartmut einen Griff gefunden hat. Dann heben wir sie an, sie löst sich knackend vom Boden, und wir schleppen sie in langsamen Schritten die Treppe hinunter, immer wieder absetzend, den Gestank einatmend. Tito hüpft an uns vorbei. Wir nehmen ein paar Stufen. Die Kommode knackt, ihr Körper löst sich ein kleines Stück weit. Wir halten an und atmen nicht, das Knacken hört auf. Als wir sie weitertragen, knirscht es wieder, und etwas reißt im Holz. »Sie bricht!«, sagt Hartmut, und wir staksen schneller die Treppe hinab, das alte Ding wie eine Bombe balancierend. Wir müssen es bis zum Sperrmüllhaufen schaffen, den wir vor dem Haus angelegt haben, nur bis dahin, dann ist alles gut. Wir schwitzen und bekommen rote Köpfe, meine Finger verlieren immer mehr den Halt und graben sich mit den Nägeln ins faule Holz. Pilz und Schimmel krabbeln in meine Haut, wir passieren die Tür, und der Sperrmüllberg ist schon in Sicht, als die Kommode auf dem Treppchen zu unserer Haustür genau zwischen uns in der Mitte durchbricht und sich unter hölzernem Getöse vorm Eingang verteilt. Übrig bleiben die zwei Enden, die Hartmut und ich in der Hand halten, sowie die Kleidungsstücke mit dem Höschen obenauf, auf die das Filzbrot wie ein Sahnehäubchen zu liegen kommt. Wir hören ein Lachen aus dem Fenster von nebenan. Berit. »Das stand schon alles in dem Haus, als die Kettler dort eingezogen ist. Die hat nichts selber mitgebracht.« Hartmut, Tito und ich sammeln die Splitter und Holzstücke auf und werfen sie auf den Sperrmüllhaufen. Spritti steht in der Tür, aus seiner Ohnmacht erwacht. Ernst und Siegmund schauen um die Ecke.

»Ihr solltet den Sperrmüll schon jetzt trennen«, ruft Berit. »Das verursacht nur unnötig Kosten.«

»Danke für den Rat«, belle ich ihr zu und ziehe mir ein paar Splitter aus den Fingern. In unserem Fenster erscheint Torsten, Yannick im Arm, der sich das Spiel draußen interessiert anschaut. »Kommt, Jungs, hier stehen noch mehr Schränke«, ruft er. Hartmut schupft Frau Kettlers alte Unterwäsche samt des Filzbrotes mit dem Fuß auf den Sperrmüllhaufen.

»Von so was kann man lungenkrank werden!«, ruft Berit herunter und zündet sich eine neue Zigarette an.

Schnell finden wir einen Rhythmus. Wir räumen alles leer, reißen alte Dübel und Nägel aus der Wand, entfernen Steckdosen, Lichtschalter und Haken. Zwei Beistellschränke zerfallen unter unseren Händen zu Span, und Hartmut wirft sie wie Heuwolken stoßweise aus dem Fenster. Tito reißt Lampen aus der Decke und bekommt Steine auf den Kopf, Spritti bricht Fußleisten aus und trinkt dabei Flaschenbier, ungefähr eins pro Meter. Gegen Mittag stoßen weitere Helfer dazu, irgendwelche Kameraden der Wehrsportgruppe, es müssen Dutzende sein. Es kommt einem vor wie ein Abriss, man weiß nie, wie viel Haus einem entgegenkommt, wenn man etwas anfasst. Die alte Truhe im Hausflur bricht durch den Boden ins Erdgeschoss und hinterlässt ein klaffendes Loch, ein Wehrsportler hechtet gekonnt in Deckung. Eine Fasertapete nimmt so viel Wand mit, dass Rohre freiliegen, was Tito als »nicht unpraktisch« wertet, und ein anderer Wehrsportler wird beinahe von einem Balken erschlagen, als Spritti im letzten Moment so geschickt ein Brett unter das fallende Holz klemmt wie ein Samurai sein Schwert. Dabei trinkt er unablässig. Überall im Haus wird gearbeitet und entkernt, aus Kassettenrekordern brüllt skandinavischer Metal und deutscher Wave-Folk, Hartmut ergreift Textfetzen und prüft sie auf faschistische Inhalte, schon ganz rot im Gesicht. Wir arbeiten wie im Zeitraffer, und es würde mich nicht wundern, wenn am Ende Tine Wittler das Haus beträte, die Musik verklänge und wir schwitzend neben ihr stünden, bereit, lilafarbene Prinzessinnenzimmer mit rosa Raumtrennern aus Plüsch zu installieren. Stattdessen stehen wir gegen Abend ohne Tine da; das Haus ist komplett leer, und die Soldaten sind wieder abgezogen. Nur noch Torsten, Tito und Spritti sind da und schauen gemeinsam mit uns auf das letzte Möbelstück, einen wuchtigen Kleiderschrank. Yannick hockt neben uns, Späne im Fell.

»Was man an einem Tag alles schaffen kann«, sagt Spritti, und ich frage mich, ob er die Arbeit oder das Bier meint. Es ist der erste Satz, den er an diesem Tag sagt, und ich erschrecke mich fast. Die meisten Männer reden erst viel und verstummen dann durch das Trinken. Bei Spritti läuft das Ganze andersherum. Erstmals hat man das Gefühl, seine Pupillen zu erkennen. Er hat sich wach gesoffen.

Nur noch dieser eine Schrank. Hartmut, Tito, Torsten, Spritti, ich und Yannick stehen davor wie vor einem Altar. Wir schweigen wieder, als müssten wir dem alten Möbel die letzte Ehre erweisen. Draußen setzt warmer Regen ein. Langsam pocht es an der Scheibe, erst zweimal, dann dreimal, dann wie leises Gewehrfeuer.

Hartmut tritt vor.

»Nein!«, rufen wir alle aus, doch er sieht uns mit seinem Kleinjungenblick an. »Kommt schon, nur noch einmal gucken. Es ist der letzte Schrank.«

Spritti schüttelt den Kopf und verlässt den Raum, wir weichen in die Ecke zurück und halten uns unsere T-Shirts vor den Mund. Hartmut lächelt wie ein Kind, dem man das Spielen erlaubt hat, und nestelt an dem rostigen Schlüssel des Schrankes herum. »Das ist immer so spannend«, kichert er, wartet noch einen Moment und öffnet das Teil. Ein Wind aus textiler Verwesung schlägt uns entgegen, kriecht schnell am Boden entlang und schlägt Yannick in die Flucht, der mit angelegten Ohren im Flur verschwindet und kiekst. Die Böden im Inneren sind mit blau-weiß kariertem Wachspapier ausgelegt, das brüchig ist und von der Nachkriegszeit erzählt. An einigen Stellen blättert es ab wie trockene Schuppen. Auf der rechten Seite hängen ein paar Drahtkleiderbügel, in einem Fach liegt ein staubiger, blauer Fetzen aus glattem Stoff. Hartmut sieht mich fragend an, nimmt vorsichtig wie ein Laborant das alte Textil heraus und entfaltet es an seinem Körper wie bei einer Anzuganprobe. Es ist ein Kostüm, eine Art Zaubererrobe mit gelben Knöpfen, ein Karnevalsrelikt. Ich stelle mir Frau Kettler in der Robe vor; wie sie mit ihrem hilflosen Blick aus dem Stoff herausguckt. Es riecht nach kaltem Rauch. Hartmut zuckt mit den Schultern, nimmt auch die Kleiderbügel aus dem Schrank, wirft alles auf den Boden und stellt sich an die Flanke des Schrankes, bereit, ihn von der Wand zu kippen. Wir treten vor und stellen uns an die Seiten. Dann kippen wir.

Besser: Wir versuchen es.

Aber es kippt nicht.

Stattdessen gibt es ein knirschendes Geräusch in der Wand. Wir lassen los und sehen uns an. Yannick steht wieder in der Tür, vorsichtig spähend.

»Bricht jetzt wieder eine Wand weg?«, frage ich. »Oder ein Boden?«

Hartmut schüttelt den Kopf und macht eine »Kommt, nochmal richtig!«-Geste.

Wir setzen wieder an, die Füße vorne vor dem Ungetüm, mit den Händen oben kippend. Wieder knirscht es, diesmal lauter. Wir lassen los.

»Was ist das?«, frage ich unleidlich und vergesse wieder, wie viel wir heute geschafft haben, sehe nur offene Wände und grobe Böden, Schimmelreste und Fetzen, die aus den Decken hängen. Ich muss daran denken, wie präzise Susanne damals die gefälschte Wohnung im Gewölbekeller eingebaut hat. Hier ist nichts präzise. Das Haus mag leer sein, aber es ist bloß ein unförmiger Knubbel, aus dem Geflecht herausguckt. Wie soll man hier tapezieren? Böden legen? Frauen glücklich machen?

»Es muss doch möglich sein, einen Schrank von der Wand zu kippen!«, schimpfe ich jetzt und wundere mich selbst über meine Lautstärke. Mir fällt ein, dass ich auch mal wieder duschen muss. Nebenan. Bei Ernst. Unser Bad funktioniert ja nicht.

»Mann, Mann, Mann!«, rüpele ich heraus, stemme beide Hände hinter den Schrank und reiße ihn nach vorne wie ein Türsteher einen Eindringling. Der Schrank kippt an meiner

Seite nach vorn, bleibt auf Hartmuts Seite noch kleben und hängt einen Moment diagonal auf Halbmast, als die Schwerkraft ihn mit einem schweren Knirschen löst. Es hört sich an, als ziehe man einer Schneeleiche die Haut ab. Dann fällt er, zerschellt auf dem Boden in mehrere Teile und gibt den Blick frei auf das, was ihn so bombenfest mit der Wand verbunden hat.

Es sind Socken.

Man kann es eigentlich nicht glauben, aber was da wie Titankleber anpappte, sind fünf riesige, gelbgrüne Socken, die sich an der Rückseite des Schrankes angeheftet haben und mit der Zeit mit der Wand verwachsen sind. Sie kleben an dem alten Holz wie säugetiergroße tote Blutegel. Aus der Wand rieselt der Putz aus fünf klaffenden Löchern in Sockenform.

»Heilige Mutter Gottes«, sagt Hartmut.

Ich sage nichts mehr.

Ich drehe mich um und stampfe die Treppe hinunter.

»Hey, wo willst du hin?«, ruft Hartmut, als ich schon die Tür öffne und mir die dicken Tropfen ins Gesicht fallen. »Warte!«

Ich drehe mich nach links und laufe die Straße Richtung Wald hinauf, genauso, wie die Frauen es neulich getan haben.

»Jetzt warte doch, was soll das denn werden?«, ruft Hartmut, als spreche er einen schlechten Text.

»Ich werde in die Tannen gehen!«, sage ich.

Meine Schuhe machen schmatzende Geräusche. Der zähflüssige Regen weicht die Straßenränder auf. Es ist schwül.

»Was hast du denn? Es läuft doch super!« Er hat recht. Es läuft super. Aber es macht mich wahnsinnig, dass es überhaupt laufen muss. Ich habe seit Tagen nicht gebadet. Meine Playstation steht in einem Umzugskarton im Bus, den wir morgen früh abgeben müssen, sehr zeitig.

Ich halte stoisch auf den Wald zu.

Meine Füße stapfen.

Hartmuts Füße stapfen.

»Was ist denn mit dir los? Das Haus ist leer, wir haben Helfer!«

Ich bleibe ruckartig stehen und drehe mich um, sodass Hartmut fast Nase auf Nase aufläuft und mir direkt in die Augen sieht wie einem wilden Stier.

»Ach? Auf einmal gefallen sie dir?«

Er kaut auf der Lippe. »Sie haben in einem Tag das Haus leer gemacht.«

Ich schüttele den Kopf wie ein Ehemann, der beginnt, seiner Frau eine schlechte Szene zu machen. Ich zeige auf das Haus, in dessen erleuchteten Fenstern drei Köpfe und ein Köpfchen das Schauspiel beobachten. »Hast du dir eigentlich jemals im Leben Gedanken darüber gemacht, dass Handeln Konsequenzen hat? Du, du ... kaufst einfach so eine Bruchbude und schaust, was da kommt. Weißt du, wie viel Arbeit das alles noch ist? Caterina hat kein Atelier, weil der Bauer die Scheune nicht freigibt. Ich muss bald Wehrsport machen, damit uns unsere Helfer gewogen bleiben! Und du gehst mit Germanen wandern.«

»Wandeln, mit L!«, sagt er. »Und überhaupt, wir können das auch umgekehrt machen!« Ich stelle mir Hartmut mit einer Waffe vor. Hartmut war Zivi, ich habe gedient. Ich schnaufe.

»Werden wir jemals mit unseren Frauen in diesem Haus leben?«, frage ich.

Hartmut sieht mich an. Ernst. Ruhig. Dann nickt er. Er ist sich sicher.

Ich sehe zum Feld, sehe zu Hartmut.

Der Regen sammelt sich in unseren Haaren. Ein Spinnennest glitzert zwischen den Ähren. Ich kratze mir an der Nase. Mein Telefon klingelt. Caterina ist dran.

»Weißt du, was ich gerade mache?«, fragt sie ohne eine große Begrüßung.

»Nein …«

»Ich male Sonnenblumen. Nachts. Im Regen.«

Ich sage nichts. Es klingt nicht so, als wenn sie diese Aufgabe glücklich machte.

»Unsere Pensionswirtin sagt, das sei ihr größter Traum. Einmal ein Bild der Sonnenblumen bei Nacht, mit Regentropfen darauf, unter dem Mond.«

Ich sage: »Äh …«

Caterina sagt: »Sie meint das nicht böse. Ihre Kinder leben in Hamburg. Die Blumen sind ihr ein und alles.«

Ich sage: »Miu?«

Caterina sagt: »Weißt du, was Susanne gerade macht?«

Ich schüttele den Kopf, was Caterina zwar nicht hören, aber spüren kann, denn sie ist meine Frau.

»Sie räumt den Teichrand frei.«

»Den Teichrand?«

»Die arme Frau hat einen Teich, der total zugewuchert ist. Wie der Teich damals in Bochum. Sie sagt, es seien noch Fische darin, aber sie wisse nicht, ob sie noch leben. Es sehe ja niemand nach. Es sehe ja niemand nach …«

Ich weiß nicht, was ich sagen soll. Unsere Frauen müssen mitten in der Nacht Ölgemälde von Sonnenblumen unter dem Mond malen und Teichränder räumen. Wir müssen mit Wehrsportlern ein verrottetes Haus entkernen. Wir haben es auch nicht leicht.

»Kommt ihr voran?«, fragt Caterina, der es hilft, schnell das

Thema zu wechseln, während ich es gewöhnt bin, so lange auf etwas herumzukauen, bis es gelöst ist; vor allem, wenn es keine Lösung gibt.

»Ja«, sage ich und muss nicht lügen.

»Auch in der Scheune?«

Jetzt muss ich lügen.

»Ja, auch.«

Sie schnurrt.

»Miu Miu«, sage ich.

»Miu Miu«, sagt sie.

»Mein Kuschelmäuschen«, sage ich.

»Mein Kuschelbärchen«, sagt sie.

Hartmut tippt mit der Fußspitze am Straßenrand.

»Kommt ihr morgen mal vorbei?«, fragt Caterina.

»Oh jaaa!!!«, sage ich und zögere. »Aber dann früh, weil wir die Busse zurückbringen müssen.«

»Das macht nichts, unsere Wirtin steht jeden Tag um 6 Uhr auf. Sie sagt, im Alter schläft man überhaupt nicht mehr.«

Wir lachen bitter.

Dann machen wir Kussgeräusche und legen auf.

Im erleuchteten Fenster unseres Hauses wackeln die Köpfe der Männer und des Katers. Hartmut will etwas sagen. Ich hebe die Hand. »Besorg mir die Scheune«, sage ich. »Besorg mir die Scheune!«

Zehn Minuten später fliegen die Schranktrümmer aus dem Fenster auf den Sperrmüllhaufen vor der Tür. Die Rückwand bleibt mit den mumifizierten Socken nach oben liegen. Der Regen weicht sie langsam auf.

11

Um fünf Uhr am nächsten Morgen räumen wir die Busse aus. Man gönnt sich ja sonst nichts. Wir haben viel zu tun, müssen um acht die Transporter abgeben, die Frauen trösten fahren, und außerdem denken wir uns, dass der Bauer noch schläft, sodass wir unsere Möbel heimlich in die Scheune räumen können. Das wäre ein erster Schritt. Sind sie einmal drin, wird er sie nicht wieder rausschaffen. Es ist unsere Scheune. Wir öffnen vorsichtig das Tor, tragen zwei Kartons rein und stellen sie an die Hinterwand. Dann gehen wir wieder hinaus und schnappen uns zwei Schreibtischstühle. Kaum, dass wir erneut die Scheune betreten, springt der Bauer hinter dem Tor hervor, eine Mistgabel in den Händen, an deren Spitzen braune Klumpen kleben.

»Wir – müssen – da – jetzt – rein!«, sagt Hartmut langsam und autoritär. Es klingt wie die Worte, die der Zauberer Gandalf im Herrn der Ringe an den Balrog richtet, nur dass hier kein tobender Feuerriese vor uns steht, sondern ein tobender kleiner Bauer. Er stößt einen Schritt gegen Hartmut vor, und winzige Kotstückchen fliegen von seiner Gabel wie Speichel aus dem Mund alter Männer. Hartmut kontert unfreiwillig mit einem lauten, trockenen Knall, der seiner Hose entfährt wie das Geräusch eines platzenden kleinen Tetrapaks, der auf dem

Schulhof zertreten wird. Der Bauer weicht mit großen Augen zurück, als stünde der Belzebub vor ihm, und ist nicht minder erschrocken als Hartmut selbst, der hinten an sich hinabsieht und diese Form der Entladung noch nicht erlebt hat. »Ich knalle«, sagt er.

»Es ist entsetzlich«, sage ich und meine beides damit, Hartmuts Gaskrankheit und die Sturheit des Bauern.

»Was macht ihr denn da?«, fragt Ernst, der plötzlich mit Siegmund im Tor der Scheune steht. Ernst trägt Wanderschuhe, durch Siegmunds nackte Zehen presst sich der Mist. Schlaf ist hier wohl nicht sehr angesehen.

»Er will uns die Scheune nicht freigeben!«, klagt Hartmut und zeigt auf den Bauern.

»Wieso freigeben?«, fragt Ernst.

»Na, weil sie doch zum Haus gehört!«

Ernst hebt die Augenbrauen. »Hat sie das gesagt, die Frau Kettler?«

Wieder so ein Satz, den ich nicht hören will. Der Unheil ankündigt. Hartmut nickt. »Tut mir leid, Jungs, die Scheune gehört Berit.«

»Berit???«, rufen Hartmut und ich aus. Ernst nickt und winkt uns heraus auf den schmierigen Vorplatz. Dann flüstert er: »Der Mann ist Berits Bruder. Sieht älter aus, als er ist. Ein wenig, nun ja, minderbemittelt. Sie lässt ihn sozusagen Bauer spielen.«

»Aber warum sagt sie denn nichts?«

Ernst schmunzelt. »Nun, ist ein lustiges Schauspiel. Und sie hat einen Logenplatz.«

Ich stelle mir vor, wie die Frauen reagieren werden, wenn sie hören, dass es kein Atelier und keine Werkstatt geben wird. Ich sehe zum Fenster des Nachbarhauses hoch. Da sitzt sie und raucht. Wie immer. Ich gehe hinüber.

»Hast du uns was zu sagen?«, rufe ich. Sie zieht an der Zigarette.

»Euer Sperrmüll weicht auf, das ist nicht gut. Das Amt sieht so was nicht gern.«

Mir fällt ein, dass wir den Sperrmüll anmelden müssen. Ich ärgere mich, dass ich daran denke.

»Warum sagst du uns nicht, dass er dein Bruder ist?«

Berit sieht langsam herüber, als koste es zu viel Kraft. »Der darf das«, sagt sie. Ich puste.

»Was willst du für die Scheune haben?«, frage ich.

»Sie nehmen die Trennung sehr wichtig. Wenn sich der Tapetenmatsch mit dem Holzmatsch vermischt, wissen sie nicht, wie sie damit umgehen sollen«, sagt Berit.

»Verdammt, wir hatten sogar mitten in der Großstadt eine Scheune!«

Berit zieht und tippt Asche ab, die auf den Berg vor ihrer Hauswand rieselt. Ich wundere mich, warum er nicht verweht. Kippen kleben darin wie Pickel.

»Der darf das«, sagt sie wieder.

»Ich glaub, ich spinne!«, brülle ich und trete gegen unseren Sperrmüllhaufen. Ein hochstehender Nagel bleibt in meiner Schuhsohle hängen. Ich ziehe den Fuß zurück und zerre einen halben Schrank mit, knackend bewegt sich der Schrottberg, und ich gerate ins Taumeln, gehalten nur vom Nagel im Schuh. Ich rudere mit den Armen und fluche. Siegmund schaut sich das Spiel an, als sehe er das Unheil von Schuhen hiermit bekräftigt. Ich reiße mir das Brett aus dem Schuh und schlage damit auf den Gartenzaun ein, der augenblicklich zerfällt. Ich schlage weiter auf die wehrlosen, grünen Trümmer, springe über den Weg und schmettere immer wieder das Brett auf den Boden, hündische Geräusche von mir gebend. Der falsche Bauer steht im Eingang der Scheune und schaut mich an, als sei *ich* geisteskrank.

»Also gut«, sagt Berit. »Ihr könnt euer Zeug in der Scheune lagern. Gustav, lass sie!« Der Bruder nickt seiner Schwester zu wie ein chinesischer Kellner, und Hartmut und Siegmund beginnen, unsere Möbel aus den Transportern zu räumen. Ernst nimmt mich mit ins Haus und lässt mir ein Fußbad ein. Als wir zurückkehren, ist alles eingeräumt. Gustav sitzt in unserem alten Hängesessel aus Bochum und wippt.

*

»Hier, probier mal, Sonnenblumentee«, sagt Caterina und lächelt dabei gequält. Wir sitzen im Wintergarten der Pensionswirtin und sind umgeben von Bildern, die Caterina als Mietzins gemalt hat. Große Sonnenblumen, kleine Sonnenblumen, Sonnenblumen vor blauem Himmel und Sonnenblumen im Regen. Im Garten steht Susanne am freigeräumten Teich. Sie hat Gummihandschuhe an, die bis zu den Ellbogen reichen. Irmtraut sitzt daneben im Gras, als frage sie, wann das feuchte Reich endlich fertig wird. Die alte Dame hat die Kastelruther Spatzen aufgelegt, auch für uns als Gäste, »damit wir ein wenig Musik haben«. Ihre Annahme, dass es außer dieser keine andere Musik gibt, sodass die Spatzen zum Sinnbild für Musik an sich werden, ist so rührend, dass man schluchzen möchte. Auf der Fensterbank neben dem kleinen Kassettenrekorder liegt eine Originalhülle. Die Spatzen singen: »Blumen, die im Herzen blüh'n / möcht' ich Dir gerne schenken / Du sollst für heute und alle Zeit / Ganz lieb an mich denken.« Die Wirtin wippt neben dem Tisch stehend sorgsam mit. Jochen würde weinen. »Ich finde das so herrlich, dass sie das macht«, sagt die Wirtin und reicht uns selbstgebackene Kekse. »Sie muss das nicht machen«, sagt sie und klingt ein wenig weinerlich dabei, »aber ich würde so gern wissen, ob meine Fische noch leben. Mein Enkel macht das ja nicht. Er sagt immer, er macht das, aber dann muss er wieder fort.« Sie seufzt. Susanne packt sämtliche Büschel Schilfgras, die aus der Mitte des Teiches ragen, zu einem Bündel, lehnt sich nach hinten und zieht. Das Gras kommt in Bewegung, und ein brauner, fauliger Brocken hebt sich aus dem Teich, in dem das Wurzelwerk der Gräser steckt. Susanne verliert den Halt und ruft »Hartmut!«. Der hat bis eben versonnen in einen Busch gestarrt und stürzt jetzt hinzu, zerrt mit und wuchtet mit seiner Freundin einen Klumpen stinkenden Wurzelwerkschlamm aus dem Teich, groß wie ein Heuballen auf dem Feld. Sie fallen auf die Wiese und keuchen. Schlamm und Algen wirbeln im Teich, und das Gewässer blubbert, als stiege in ihm Kohlensäure auf. »Faulgase«, sagt Susanne, rappelt sich auf und weist Hartmut an, ein paar Plastikwannen und Mülltonnen in Position zu stellen. Dann zerschneidet sie den Klumpen mit einer Säge, Scheibe für Scheibe. Schwarzer Schlamm fließt ihr über Handschuhe und Arme, aber innen ist der Klumpen fest und von Wurzeln durchzogen. Ein Fisch zappelt in dem Geflecht, und sie wirft ihn schnell wieder ins Wasser. Die Pensionswirtin springt auf. »Albert! Das war Albert!« Sie läuft über die Wiese zu ihrem Teich und schaut hinein. Ein paar Bewegungen sind zwischen dem faulen Blubbern zu sehen. Ein Fisch taucht kurz auf und zeigt uns einen Vogel. »Sie leben! Sie leben!«, freut sich die Wirtin, und ich kann verstehen, dass die Frauen ihr nichts ausschlagen können. Susanne schneidet den Klumpen fertig, zieht die Handschuhe aus und setzt sich an den Tisch. »Da muss jetzt der ganze Restschlamm ausgepumpt werden. Dann kommt Zeolith-Gestein rein, das das Wasser reinigt.

Keramikpipes. Biostarter. Sauerstoffpillen. Randbepflanzung. Sauerstoffproduzierende Pflanzen. Ein paar Gefäße für die Fische, damit sie sich verstecken können. Ich schreibe das mit auf die Liste.«

»Die Liste?«, fragt Hartmut, der schlammgesprenkelt dazutritt, während die Wirtin noch immer vor ihrem Teich hockt und die verlorengeglaubten Fische begrüßt. »Egon! Helmut! Adolf!«

»Die Liste!«, sagt Susanne und schlägt eine Clipmappe auf, in welcher sich gut 20 Blätter Papier befinden. »Ich habe da mal eine Aufstellung gemacht, was alles am Haus zu tun sein wird, und das grob durchgerechnet.« Hartmut sieht mich an. Eine Fadenalge klebt ihm am Ohr. Den ganzen Hinweg haben wir darüber diskutiert, dass wir den Frauen nicht verraten können, dass bereits nach drei Tagen das ganze Haus leer und zur Renovierung bereit ist. So was schafft man nicht in drei Tagen zu zweit. Ganz unmöglich. Also werden sie folgern, dass wir Helfer hatten, viele Helfer, und sie werden nicht hören wollen, welche das waren. Also sagen wir nichts.

»Wir haben schon alles raus!«, sagt Hartmut, und mein Mund steht offen. »Tapeten, Teppiche, alte Möbel, alles raus. Das Haus ist nackt und bereit für seinen neuen Anzug!«

Ich schüttele den Kopf. Jetzt kommen bestimmt die Fragen. Ihr lügt doch. Das kann man nicht schaffen. Wer hat euch geholfen? Schummelt ihr?

Stattdessen sagt Susanne »Schön!« und schlägt wieder ihre Mappe auf.

Schön ... ich denke darüber nach, was Hartmuts Frau gerade gesagt hat. Schön ... sie geht also davon aus, dass wir zwei alleine ein ganzes Haus in nur drei Tagen entkernt und renovierfertig vorbereitet haben. Und diese im Prinzip unmögliche, wenn überhaupt nur durch multiples Doping und heiße Bäder in puren Testosteronquellen denkbare Leistung findet sie gerade mal »schön«, ganz so, als habe sie das zum Mindesten erwartet und sei lediglich überrascht, dass Männer einen Termin auch mal einhalten. Ich schaue Caterina an, aber auch die macht keinerlei Anstalten, eine La-Ola zu starten.

»Außerdem waren wir im Amt«, sagt Hartmut.

»Im Amt?«

»Ja, alles wird gut, wir haben jetzt Herrn Leuchtenberg!«, sagt Hartmut. »Ein Restaurateur. DER Restaurateur.«

»Oh, dann muss ich den auch noch mit einrechnen«, sagt Susanne und trägt am Ende ihrer Mappe etwas nach. Dann setzt sie den Stift ab und schiebt uns die Mappe zu. »Ich gehe darin nur von den Schritten aus, die auf jeden Fall zu tun sind. Also ohne Heimkino, ohne Steingarten, ohne Sauna. Hier ist die Spalte für Material, da für die Handwerker, die man kommen lassen muss, falls man nicht alles selber macht. Sind alles noch die günstigsten Preise. Es fehlen sicher noch einige unkalkulierbare Chaosfaktoren, aber das dürfte so weit das sein, womit wir rechnen müssen. Es sei denn, euer Restaurateur ist besonders teuer und bringt noch ein Dutzend Helfer mit.«

Meine Augen wandern durch die Punkte der Liste. Ich sehe Tapeten, Fliesen, Boden, Fußleisten, Steckdosen und Elektroinstallationen. Ich sehe Doppelverglasung, Wandfarben, Lasuren, Lacke und Sanitärinstallationen. Ich sehe Punkte, an die ich nie gedacht, und Arbeitsschritte, die ich nie für möglich gehalten habe. Ich sehe die Arbeit von Jahren und weiß, dass wir sie in Wochen schaffen müssen, wenn unsere Frauen denken, wir hätten das Haus zu zweit in drei Tagen entkernt.

Dann sehe ich die kalkulierte Endsumme, die niedrigstmögliche, wie Susanne betont. »Nur damit ihr wisst, worauf ihr euch einlasst.«

Ich lasse die Zahl auf mich wirken, stehe auf, küsse Caterina, sehe Hartmut an, der uns das Ganze eingebrockt hat, verlasse gemessenen Schrittes das Haus, laufe zum Getränkegroßmarkt gegenüber dem Gasthof, aus dem ich die Frauen gerettet habe, führe ein Gespräch mit der Besitzerin und unterzeichne mit klarer, ruhiger Hand meinen Arbeitsvertrag.

12

»Wie läuft es bei dir?«, flüstert Hartmut in den Hörer, und was soll ich ihm schon antworten in meiner Lage? Die Wahrheit wäre, dass ich hinter der umgestürzten Wurzel eines Baumes kopfüber mit dem Schädel halb in einem matschigen Pilzgeflecht hänge und mich aus eigener Kraft nicht befreien kann, während Spritti und Torsten an meiner Hose zerren, um mich herauszuziehen. Also röchele ich bloß »später« und drücke auf den Knopf des Handys, auch, damit meine Kameraden nicht bemerken, dass ich während meiner ersten Wehrsportübung telefoniere, was aber beim Gebrüll des Majors ohnehin nicht zu hören ist. »Wenn Sie nicht sofort Ihren Kameraden da rausziehen, stecke ich Sie mit dem Kopf dazu. Dann können Sie sich durch den Pilzmatsch freifressen, Sie Schlappschwänze!«, brüllt er, und ich stecke mein Handy in die Seitentasche der Armeehose, wobei ich zur Stabilisierung der Lage meinen Kopf einen Moment noch tiefer in die stinkenden Pilze drücken muss. Es schmatzt ein wenig, und uralte Flüssigkeit berührt meine Kopfhaut. »Was ist das denn für ein Getue? Das kann man ja nicht mit ansehen! Ich werfe Sie alle aus der Gruppe, Sie Schande für jeden Mann!«, schreit der Major weiter, und Spritti und Torsten schnaufen und kommen sich gegenseitig in die Quere. Ich spüre ihre Hände an meinem Hosenbund und sehe schon vor mir, wie die Hose reißt und ich bei meinem Einstand als paramilitärischer Waldfront-Soldat mit nacktem, aufgerichtetem Hintern über einer Wurzel liege. Hartmut wandelt zurzeit mit den Germanen im Lötholz hinter Wiesenbach und ist noch nicht erschöpft. Ich kann das von mir nicht behaupten, trotz meines Trainings durch Jahre im Paketdienst und einer Woche Arbeit im Getränkeladen. Wir sind nicht zu viel gekommen in dieser Woche, da ich mich in Logistik und Handfertigkeit der Getränkebranche einarbeiten musste und Hartmut an der wackeligen Telefondose in seinem zukünftigen Büro seine Lebensberatungskunden beriet. Wenn sie ihn hätten sehen können, ihren Guru für Lebensglück und Erfolg, zusammengekauert in einer Ruine, auf nacktem Boden und zwischen putzlosen Wänden, nur den Laptop auf dem Schoß wie ein Psychopath oder Junkie. Die Frauen fragten in der Woche auch nicht nach, wie weit wir gekommen sind, sie hatten selbst genug zu tun. Kubistische Sonnenblumen, wenn das noch möglich wäre. Und eine Teichrestaurierung ist auch nicht ohne.

»Hau-Ruck!«, höre ich die Kameraden jetzt rufen und fühle meinen Kopf mit dem Geräusch eines Saugnapfes aus den Pilzen in die Höhe gerissen. Die Bäume des Waldes machen eine interessante Drehung, und ich stehe wieder auf den Füßen, die schwarzen Pupillen von Spritti vor meiner Nase, der während der Übung nicht trinken darf und daher heute Morgen vorgeglüht hat. »Wenn du flüchtest, musst du auf den Weg achten!«, lacht Torsten, und ich frage mich, ob das so ein Witz ist und sie jeden Neuling in Richtung des Pilzsumpfes scheuchen. Meine Kopfhaut juckt. Ich denke daran, was wäre, wenn Caterina mich so sehen könnte, und mein Kopf juckt noch mehr, weil das schlechte Gewissen seinen Liegestuhl darauf aufbaut.

»Obergefreiter Blatt, Gefreiter Schenk, kommen Sie sofort hierher und bringen Sie den Soldaten mit!«, brüllt der Major. Er kommt aus Schwäbisch Gmünd und war angeblich früher in der Fremdenlegion, die zu allem Elend in diesem Landstrich erfunden worden ist. Er pflegt die Tradition, hasst die Bundeswehr und meint es sehr ernst, auch wenn Torsten mir manchmal zunickt, als wolle er sagen, dass der Major es nur gut mit uns meint. Ich habe gesehen, wie er die Männer bei der Bergung von Hartmut und mir unter der Treppe kommandiert hat. Jetzt bin ich kein Rettungsobjekt mehr, sondern Teil seiner Einheit.

»Was soll denn das eben gewesen sein, Soldat?«, brüllt der Major und meint damit wohl mich. Ich frage mich im Stillen, ob ich mein Handy ausgeschaltet habe, spüre den Geschmack fauler Waldpilze im Mund und muss husten.

»Ein gescheiterter Fluchtversuch, Herr Major!«, sage ich und nehme mühsam Haltung an. Ich spüre seit heute Morgen, wie die Gewohnheiten der Bundeswehr in meinen Kopf zurückkehren. Bei diesen mühsamen Dialogen mit Stillstehen und Rechtfertigen kann das viel Ärger ersparen, auch wenn der Major von der Bundeswehr nichts hält.

»Aha. Ein Fluchtversuch. Hat man das beim Bund so gelernt, dass man sich auf der Flucht am besten hinter die nächste Wurzel wirft und den Kopf im Pilzgeflecht vergräbt???«

»Nein, Herr Major!«

»Es würde aber passen!«, macht der Major weiter. »Immer, wenn es eng wird, schön den Kopf im Pilzgeflecht vergraben und hoffen, dass keiner merkt, dass man sich drückt. Ich sehe nichts, also bin ich nicht da! Was, Soldat?«

»Ja, Herr Major!«

»Was, ja?«

Es ist wieder dieses Getue, dem man nicht entrinnen kann. Nur, dass hier im Wald die Übungen dazu wirklich anstrengend sind.

»Es würde passen, Herr Major. Zur Bundeswehr, meine ich. Deshalb sind wir ja auch hier, Herr Major, weil wir nicht so sind, Herr Major!«

Der Major lächelt einen Moment selig, dann kommt er auf mich zu, macht Augenschlitze und sieht mich auf fünf Zentimeter Entfernung an. Er hat ein spitzes Kinn, einen breiten Kiefer und tiefliegende Augen. »Wollen Sie mich verarschen, Soldat?«

Ich sehe ihm in die Augen und sage: »Nein, Herr Major!«

Dann schweigt er, starrt mich noch ein paar Sekunden an, zieht sein Gesicht ruckartig aus dem Blickfeld und läuft vor den aufgestellten Kameraden auf und ab.

»Wir sind hier nicht irgendein Karnevalsverein!«, brüllt er, diesmal noch lauter. Ich glaube, seine Stimme zwischen den Bäumen abprallen zu hören. Ein paar Vögel flattern aus der Krone. »Wir sind die Nachfolger der Legion Hohenlohe, der Wiege der Fremdenlegion! Ist Ihnen eigentlich klar, was das bedeutet???«

»Jawohl, Herr Major!!!«, brüllt einer der Soldaten schrill, noch bevor wir anderen ansetzen können. Er hat eine leicht krumme Nase, hohe Wangenknochen und einen blonden Scheitel. Es ist der, der den Fuß der Treppe gehalten hat. Ein nervöses Hemd. Er zittert fast, als er die Brust herausstreckt, so sehr bemüht er sich.

»Das ist Ulrich«, flüstert Torsten mir zu. »Unser Streber.« Ich nicke.

Der Major sieht Ulrich an, lächelt unmerklich und schreit weiter: »Wenn ich noch einmal sehe, wie sich irgendeiner von Ihnen hinter einem Stamm verkriecht – egal ob Neuling oder nicht –, dann reiße ich ihm den Arsch auf und mache aus ihm Spansoldat am Spieß, ist das klar???«

»Jawohl, Herr Major!«, brüllen alle.

»Hier wird sich nicht verkrochen, hier wird sich nicht versteckt! Hier rennt man mit Kriegsgebrüll aus der Deckung und macht die Bastarde fertig. Und wer unten bleibt, um seinen Hintern zu retten, den schiebe ich höchstpersönlich als Schutzschild vor mir her!!!«

»Jawohl, Herr Major!!!«, brüllen wir wieder, und ich sehe im Augenwinkel, wie Sprittis Mundwinkel dabei zucken. Der Major sieht es nicht.

Die Truppe schweigt.

Ein Ast knackt.

Ein Tropfen Sonne fällt aus Versehen durch die Baumkronen.

»Gut, dann beenden wir die Treibjagd für heute und kommen zu den Leibesübungen. Obergefreiter?«

»Jawohl, Herr Major«, sagt Spritti und salutiert stramm.

»Machen Sie die Männer bereit, ich muss austreten!«

»Zu Befehl, Herr Major!«, sagt Spritti und muss leise kichern, als der Major mit geradem Rücken hinter den Bäumen verschwindet. Dann wendet er sich an uns, für einen Moment kann man wieder seine Pupillen erkennen, und er ruft: »Okay, Männer, ihr habt es gehört, alle Mann auf den Boden.«

Spritti, der Mann, der ständig trinkt, nur das Nötigste spricht und ein Wadentattoo von Slayer hat, ist also der Ranghöchste nach dem Major. Und er kann sprechen, wenn er will. Sogar Befehle erteilen. Mit einem halben Kasten Morgenbier im Kopf. Ulrich sieht ihn an wie eine Assel.

Die Männer legen ihre Gewehre ab, stöhnen ein wenig, da der Major außer Reichweite ist, und beginnen, sich rücklings auf den Boden zu legen. Ich stehe herum wie ein Supermarktlehrling, der nicht weiß, wie man die Preise am Auszeichnungsgerät umstellt. »Wir legen uns jetzt alle in eine Reihe, und dann läuft der Major uns über die Bäuche«, sagt Tito von der Seite und lächelt wie ein Bär. Wir legen uns in einer Reihe auf die Erde wie Autos, die bei Stuntshows von Motorrädern übersprungen werden. Spritti bildet den Abschluss. Der Major kommt von seinem Geschäft zurück, nickt zufrieden, macht sich stramm und brüllt: »So, dann wollen wir mal sehen, ob wir es hier mit Männern zu tun haben oder mit Studenten, die ihre Wäsche mit dem Regionalexpress zu Mami bringen. Alle Mann, bereit!!!« Der Major läuft los, ich höre, wie die Männer Luft ausstoßen, und sehe den großen, kräftigen Mann mit den Stiefeln über die Bäuche auf mich zukommen, frage mich, was zum Teufel ich hier tue, spanne den Bauch an und sehe, wie der Lauf des Mannes plötzlich unterbrochen wird, als er im Magen eines kleinen Soldaten einsinkt wie in eine leere Tasche. »Ahhh, Scheiße!«, schreit der Kleine, würgt und krümmt sich zur Seite, hält sich den Bauch und will sich aufrichten, um zum nächsten Busch zu hechten und sich wahrscheinlich zu übergeben, als ihn der Major hart vor die Schultern stößt, der Junge auf den Waldboden zurückklatscht und mit dem Hinterkopf aufschlägt. Das leise »Bump« spüre ich bis hierher. Bevor ich reagieren kann, sehe ich, wie der Major breitbeinig über dem jungen Mann steht und ihm laut patschend links und rechts eine Ohrfeige gibt. »Habe ich dir erlaubt, aufzustehen? Hä? Habe ich das?« Er schlägt ihn immer wieder zwischen jedem Wort, der Kleine kommt kaum zum Antworten und weiß nicht, ob er sich auf seinen Bauch oder auf die roten Wangen konzentrieren soll. Halbherzig versucht er, die Schläge abzuwehren, und verkneift sich Tränen in den Augen. Ich erinnere mich daran, was Hartmut gesagt hat. Unterwandern sollen wir diese Leute, unterwandern und umerziehen.

Ich setze dazu an, mich aufzurichten und »Hey!« zu schreien, als ich Sprittis Hand auf meinem Arm spüre, der neben mir liegt und sanft klopft. Dabei starren seine schwarzen Augen in die Baumkronen. Er schüttelt den Kopf. Der Major hört auf, den Jungen zu traktieren und brüllt wieder: »Wenn der Ami hier vor dem Tal steht, heulen Sie dann auch, bloß, weil Sie mal kurz einen in den Magen gekriegt haben???«

»Nein…«, jammert der Kleine.

»Was???«

»Nein, Herr Major!«, korrigiert er.

»Reißen Sie sich zusammen, oder ich falte Sie auf Kante und schicke Sie mit der Post nach Ruanda, Sie Pfeife!!!«

Der Kleine hört auf zu jammern, atmet mühsam ein und legt sich wieder gerade hin.

»Also nochmal«, sagt der Major, »und wenn ich jetzt auch nur einen von Ihnen einknicken sehe, dann hole ich den Traktor von Bauer Dolmen, und Sie können Ihre Bauchmuskeln mal unter Reifen trainieren!« Wir schweigen und warten, dann setzt er nochmal zum Vortrag an, anstatt endlich zu laufen: »Das gilt auch für Sie, Neuling!«, ruft er. »Meinen Sie, Sie schaffen das, ohne vorher aufzuspringen und hinter die nächste Wurzel zu hechten?« Ich würde ihm am liebsten was aufs Maul hauen. Vielleicht ist das der Sinn der Sache, vielleicht wollen sie einen so weit kriegen.

Ich sage »Jawohl, Herr Major!« und konzentriere mich auf meine Bauchmuskeln.

»Also gut. Alle Mann bereit!!!« Und dann läuft er wieder. Ich sehe aus dem Augenwinkel, wie er die Bäuche passiert. Titos, der dabei in den Himmel sieht, als döse er im Gras, Ulrichs, der vor Eifer hechelt, als er den Stiefel spürt, und dann den des Kleinen, der jetzt nur kurz die Augen zusammenkneift und hart ausatmet. Scheiße, denke ich, jetzt kommt er wirklich durch. Dann ist er auch schon über mir und der Stiefel trifft mich schneller, als ich es überhaupt wahrnehmen kann, ist da, ist schon wieder weg, und erst zwei Sekunden später kommt der Schmerz, und es fühlt sich an, als hätte sich das Muster der Sohle unauslöschlich in meinen Bauch gegraben. Spätestens so wird Caterina entdecken, was ich hier treibe. Wobei sie mich ja ohnehin erst wieder nackt sehen wird, wenn das Haus fertig ist, denke ich bitter. Deswegen liege ich ja hier und lasse einen brüllenden Major auf mir herumtrampeln, während Hartmut schön mit Ernst und den Wandelgermanen spazieren geht. Ich denke daran, dass ich Caterina das hier niemals erzählen kann, Haus hin, Haus her. Die Körper der Männer neben mir sind warm und in Spannung, und als mein schlechtes Gewissen auf dem Baum gegenüber auftaucht und auf dem Ast herumtanzt, knallt wieder der Stiefel des Majors auf meinen Körper, meine Muskeln kaum angespannt, brennende Magensäure in meinen Hals jagend. Ich würge ein wenig. »Anspannen, Ihr Muschelsäcke!!!«, brüllt der Major und setzt zu seiner dritten Runde an. Von den meisten kommt ein leises Stöhnen, nur Ulrich guckt weiter so verkrampft in den Himmel, als wolle er dem Major nichts weniger als den Gehkomfort eines Bürgersteiges bieten. Ich spanne alles an, was ich habe, und lasse den Major ein drittes Mal über mich stampfen. Ich frage mich, ob es wirklich nötig ist, Teil der Ortsgemeinschaft zu werden, und ob Hartmut und ich die Renovierung nicht doch allein schaffen können.

Dann wird wieder gebrüllt, und es geht zur nächsten Übung.

Nach unzähligen weiteren Leibesübungen, während der uns der Major abwechselnd als »Sondermüll«, »Handlampen«, »Feldhasen« und »Verfluchte Gatten von Sonderpädagoginnen« beschimpft hat, kommen wir zum Tagesordnungspunkt Zweikampf. Die Duelle finden auf einer Lichtung statt, die Konturen der Bäume sind stark und klar, man könnte das Ganze in der Totalen als Kupferstich festhalten. Noch schaue ich zu, mein T-Shirt klebt nach all den Übungen an mir wie eingewachsen. Ich sehe dem Kampf zu und begreife langsam, dass ich es hier wirklich nicht mit irgendeiner Dorfjugend zu tun habe. Spritti ist dran und hat soeben einen Kameraden ausgehebelt. Er kämpft konzentriert, als wäre kein Tropfen Alkohol in seinem Blut, und wirkt wie ein Blinder, dessen Pupillen mit der Iris zu einem schwarzen Ganzen verschmelzen; als habe er es nicht nötig, genau hinzuschauen, was er tut, weil er ohnehin so gut ist. Seinen Gegner hat er auf den Boden gerissen, der Mann ist mit dem Gesicht voll auf den Waldboden aufgeschlagen und schreit, als Spritti sein Handgelenk nach hinten dreht und sein tätowiertes Bein neben ihm absetzt, um den Hebel noch zu verstärken. Das ist kein Spaß mehr. Ich bekomme Herzklopfen. Als der Major »Genug!« brüllt, stehen beide auf und geben sich die Hand. Sprittis Gegner blutet aus der Nase und hat eine Schürfwunde über dem Auge, in die Dreck eindringt.

»Keine Rücksicht«, betont der Major und geht einmal durch die Runde. »Im Ernstfall werden auch Sie keiner Rücksicht begegnen. Wenn da draußen im Busch der Ami hockt, dann hilft Ihnen keine Übung, die nur Spaß war. Ich will Sie richtig kämpfen sehen. Wer kneift, dem helfe ich höchstpersönlich auf die Sprünge, und glauben Sie mir, das wird dann kein Spaß für Sie, kein Spaß! Also los, die Nächsten!«

Ich denke an Caterinas Abneigung gegen Gewalt. Mein schlechtes Gewissen hat schon alle seine Freunde eingeladen.

Als Nächstes kämpft Tito gegen Ulrich. Tito betritt den Platz beiläufig und schlurft, als sei er müde. Ulrich atmet hastig ein, tritt hinzu und wartet auf das Startsignal wie ein Rennhund auf den falschen Hasen. Jede seiner Bewegungen wirkt, als wolle er darauf aufmerksam machen, wie sehr er sich bemüht. Als denke er nie daran, eine Sache einfach zu tun, sondern nur daran, dass es vom Major bemerkt wird. Ich kann ihn nicht leiden. Der Kampf geht los, und Ulrich geht mit heftigen Schwingern auf Tito los, als wolle er ihm mit den Fäusten den Kopf vom Hals schlagen. Der Major hat »keine Rücksicht« empfohlen, und der Mann, der sein Lieblingsschüler sein will, nimmt es wörtlich. Wenn seine Schläge treffen, muss Tito zum Zahnarzt. Doch sie treffen nicht. Ich sehe Torsten wissend lächeln, als Tito mit einer schnellen, flüssigen Kettenbewegung seiner Fäuste zwei-, dreimal Ulrichs Brust trifft, noch bevor dessen Schwinger überhaupt seinen Kopf berühren können. Ulrich entweicht die Luft wie einem zu hart aufgepumpten Ball, und Tito geht einfach ein paar Schritte vorwärts, seine Arme weiterhin wie kleine Stiche vorschießend, den Kopf leicht nach hinten genommen und die Augen halb geschlossen wie bei den Spätnachrichten. Nach wenigen Sekunden liegt Ulrich im Unterholz. »Die Technik macht's«, flüstert Spritti mir zu, ohne mich anzusehen.

Von zwei Kameraden kommt verhaltener Applaus, den der Major mit einem strafenden Blick ersticken lässt. Als Ulrich wieder aufsteht, sieht er niemanden an, aber ich bemerke seinen Blick. Jetzt habe ich wirklich Angst vor ihm.

Als Nächstes tritt der Latino vor und stellt sich in die Lichtung. Er trägt nur ein braunes Muskelshirt, und seine Oberarme haben den Durchmesser einiger Bäume um uns herum. Seine schwarzen Haare sind auf wenige Millimeter rasiert. Er hat keine Geheimratsecken. Die schwarze Kante verläuft auf seiner Stirn wie die Grenze auf einer Landkarte. Ich frage mich, wer gegen diesen Türsteher antreten soll.

»So, Soldat!«, sagt der Major.

Alles schweigt.

Dann knistern Jacken, zwei Zweige knacken, und die Kameraden beugen sich zu mir.

Es dauert noch fünf Sekunden, bis ich verstehe, wer dran ist.

»Sind Sie schwerhörig, oder was? Haben Sie sich das Pilzgeflecht in die Ohren gesteckt, wenn Sie schon den Kopf nicht mehr drin versenken können???«, brüllt der Major, obwohl er jetzt natürlich direkt vor mir steht.

›Okay, das war's dann‹, denke ich mir. Was immer ich tue, jetzt kann ich nichts mehr richtig machen. Steige ich aus, war es das mit der Achtung der Kameraden, niemand hilft beim Haus, die Frauen werden uns verlassen. Kämpfe ich aber, und ich denke an die Worte des Majors von wegen »keine Rücksicht«, werde ich ohne Zähne heimkommen, und das kann ich Caterina nicht verheimlichen. Also gilt es, den Kampf ohne Spuren zu überstehen. Das ist das Wichtigste. Keine Spuren.

Ich trete in das Rund und reiche dem Türsteher die Hand zum Abklatschen, weil ich das so in Filmen gesehen habe, aber seine kleinen, engen Augen sehen mich nur verständnislos an.

Dann geht es los.

Ich habe mich schon geduckt, als ich seine Faust über meinen Kopf hinwegschnellen sehe, und frage mich für eine Sekunde, ob die Theorie der Hirnforschung, dass wir erst handeln und dann denken, nicht doch stimmt. Dann sehe ich den Mann auf mich zurennen, um mich zu packen, und springe quiekend wie ein von Mike Krüger gespielter Transvestit zur Seite, die Arme von mir gestreckt. Der Türsteher kann seine Ringerbewegung, die mich von unten ausheben sollte, nicht stoppen, und stößt mit seiner Nase aus Versehen gegen meine Fußspitze. Ich falle hin, schürfe mir die Handflächen auf dem sandigen Waldboden auf und erinnere mich an meine Aufgabe: keine Spuren. Die Nase des Riesen blutet. Jetzt steckt er seinen Kopf hinter gehobene Fäuste und verlegt sich aufs Boxen. Ich mache ihm die Geste nach, tue so, als ob ich angreifen will, und trete ihm unbeholfen vors Schienbein. Der Mann lässt die Fäuste sinken und jault. Ich sage instinktiv »Entschuldigung!«. Er sieht mich an, als hätte ich ihn unfassbar gedemütigt, schnauft einmal, setzt rechts eine Täuschung an und schlägt mir links so in die Nieren, dass ich das Gefühl habe, dass mein kompletter Rumpf durch den Hals gepresst wird. Ich schnelle zurück, reiße mein Hemd hoch und sehe, wie ein riesiger blauer Fleck entsteht. Die Augen der Umstehenden verraten mir, dass dieses Verhalten nicht gerade üblich ist. Der blaue Fleck wird größer. Und endlich, endlich spüre ich Wut. Wut, wie ich sie nicht mehr empfunden habe, seit ich nach drei Stunden militärischer Kampagne auf der Playstation im Sterben bemerkte, dass ich nichts abgespeichert hatte.

»Keine Spuren!!!«, brülle ich und stürze mich auf den seinerseits auf mich zulaufenden Riesen, hänge krumm und zappelnd halb auf seinem Rücken, wehre seine Hände ab, die mich packen wollen, halte mich mit beiden Händen an seinem rechten Handgelenk fest, falle herunter, drehe mich dabei um meine eigene Achse und lasse währenddessen seine Hand so wenig los wie ein Bergsteiger seinen letzten Haken im Fels. Ich höre, wie es knackt und der Mann zusammenbricht, der Major »Sanitäter!« ruft und Spritti mich aus dem Dreck zieht, in dem ich schwer japsend liege.

»Unkonventionell!«, sagt er lachend und teilt mir mit, dass ich gewonnen habe.

»Die Technik macht's«, lächle ich und stecke mein Hemd wieder in die Hose.

»Kein Kaffeeklatsch da unten, ihr Landfrauen!!!«, brüllt der Major.

Die letzte Übung des Tages machen wir in Dreiergruppen. Zwei Minuten hat jedes Mitglied jeder Gruppe Zeit, eine Schlammgrube auf dem rauen, dicken Seil zu überqueren, das darübergespannt ist. Ist man schneller, zählen die Plus-Sekunden als Punkte. Man könnte meinen, dass ich derlei Übungen vom Bund kenne, aber ehrlich gesagt kenne ich sie nur aus dem Fernsehen. Beim Bund habe ich Schießen gelernt und Laufen. Und Funken. Und Saufen, vor allem das. Hier säuft niemand außer Spritti, und der macht es heimlich. Hier gibt es nur noch das Seil und uns. Ich bin in einer Gruppe mit Tito und Spritti, und als der nach gerade einer knappen Minute seinen durchtrainierten Körper vom Seil wirft, kann ich förmlich hören, wie in Ulrichs Kopf vor Wut ein paar Synapsen platzen. »Gefreiter Schlüter!«, brüllt der Major ihn aus seiner Träumerei heraus an, und er steht sofort kerzengerade, entschuldigt sich bei unserem Anführer und springt auf das Seil. Nach einem Meter merkt man, wie sein Atem schwer wird. Er zieht und zerrt, aber er hängt auf den kratzenden Fasern wie ein totes Faultier im Baum, verliert das Gleichgewicht und landet mit dem Rücken zuerst, die Augen zusammenkneifend, im Schlamm. Niemand lacht. Seine Kameraden helfen ihm aus dem Drecksloch, er schüttelt sich, geht an Spritti vorbei und zischt ihm zu: »Lach doch!«

»Jetzt Sie, Soldat!«, sagt der Major und schiebt keine Beleidigung wegen Pilzen und Wurzeln hinterher. Ich frage mich, ob ich ihn beim Zweikampf das erste Mal beeindruckt habe, und werfe mich auf das Seil. Kann ja nicht so schwer sein, denke ich. Nach wenigen Zentimetern merke ich, dass ich mich getäuscht habe. Mein Körper liegt auf dem Seil, als drückten mich mehrere Stampfpressen von oben auf den Filz, es raubt mir den Atem, mich allein nur zu halten, und jedes Mal, wenn ich mich nach vorn ziehe, schrubbt mein Schwanz ungünstig über die bösartige Kordel. Mir wird heiß, ich bekomme schlagartig sämtliche Kopfschmerzen, die mir in den letzten Jahren erspart geblieben sind, und meine Armmuskeln brennen, als wäre all mein Training als Packer bei UPS und frischgebackener Getränkekistenstapler nichts wert. Vor meinen Augen verwandelt sich die Schlammgrube unter mir in brodelnde Lava, und für ein paar Sekunden denke ich ohne Grund intensiv über sich bewegende Rechtecke und Rauten nach, als hätte ich Fieberträume. Dann sehe ich Spritti links von mir neben der Grube stehen und mich anfeuern. Dann Tito. Den kleinen Soldaten mit dem lädierten Bauch. Sogar Ulrich. Und den Türsteher, die Hand verbunden. Der Major steht am Seilende und brüllt nicht mehr, das erste Mal heute. Die ganze Truppe steht zu allen Seiten der Grube und ruft mir zu, es gibt keine Konkurrenz mehr, ich bin der Neue und sie wollen, dass ich es schaffe. Ich denke an Caterina und wie sie jetzt auf ihr Atelier wartet, ich denke an das Haus und unser Versprechen und plötzlich finde ich meine Kraft wieder, ignoriere alle Schmerzen, ziehe mich in verzweifelten Zügen nach vorne, robbe mein Allerheiligstes blutig und will fast schreien vor jener Euphorie, die uns die Selbstüberwindung schenkt, als eine triumphale Musik ertönt, sich ausbreitet, die Gesichter meiner Kameraden entgleisen lässt und ihren Blick auf meine Hosentasche lenkt. Mein Handy spielt »Eye Of The Tiger«. Ich falle vom Seil in den Schlamm, sitze in der Soße, nehme ab und frage Hartmut, ob wir noch Vaseline im Haus haben.

13

Am Montagmorgen nehme ich nach einer Woche schon meinen ersten freien Tag im Getränkemarkt. Hartmut und ich müssen zum Baumarkt, Großeinkauf machen. Vorher müssen wir zum Amt. Der Antrag auf Abholung des Sperrmülls muss gestellt werden, und außerdem kann es nicht schaden, noch einmal wegen Herrn Leuchtenberg zu fragen, auch wenn es die Wandelgermanen niemals erfahren dürfen. Er ist kein Muss mehr für uns; wir sind darauf eingestellt, mit unseren vorhandenen Helfern ans Ziel zu gelangen. Das erste Wandeln hat Hartmut gut überstanden, aber er will nicht allzu viel davon erzählen. Er grübelt immer noch darüber nach, was er hier tut, und außerdem schmerzen seine Füße, da Wandeln grundsätzlich barfuß vonstatten geht.

»Das kann doch nicht deren Ernst sein«, schimpft Hartmut jetzt und wirft den Kuli auf den ein Meter langen Bogen zurück, der uns vom Hildchen ausgehändigt wurde. »Hier steht ›Anzahl der Dübel und Nägel‹. Ich glaub, ich spinne. Soll ich noch ›Ein Käsebrot‹ dazu schreiben oder was?«

Ich nehme den Bogen und überfliege die Spalten. Das Amt hat den Sperrmüll in 42 Kategorien mit jeweils 12 Unterkategorien unterteilt. Auf der Rückseite wird jede Kategorie nochmal in 5-Punkt-Schrift in Halbgrau erläutert. Spanplatten fallen in eine andere Kategorie als Holz, Stromkabel werden in die Isolierung und den Kupferdraht unterteilt, zu Bitumen gibt es einen eigenen Aufsatz. Ich erinnere mich daran, was Berit gesagt hat: »Die nehmen das hier mit dem Trennen sehr genau.« Ich frage mich, warum wir den Antrag in der Bibliothek ausfüllen müssen. Auf dem Verkehrsspielteppich simulieren die kleinen Jungs, die schon das letzte Mal hier saßen, einen Flächenbrand durch Tanklasterunfälle. Im Radio, das Hartmut auch hören kann, singen gregorianische Chöre Popmusik. Es ist Era, man weiß so was, wenn man fernsieht und die CD-Tipps der Woche kommen. Ich habe lange nicht mehr ferngesehen. Hartmut steht auf, geht mit dem Bogen zum Tresen der Bibliothek und fragt, ob es keine andere Lösung gebe.

»Natürlich«, sagt das Hildchen, als wundere sie sich, dass wir bislang nicht gefragt haben und uns mit dem ein Meter langen Bogen abmühen. »Wir schicken unsere Einsatzgruppe, dann müssen Sie gar nichts selbst machen. Die kostet allerdings etwas. Bezahlt nach Stunden und Männern.« Hartmut steht vor dem kleinen Tresen und schweigt. Eine kleine, gekräuselte Wolke steigt über seinem Kopf auf. Die Mönche halten stur den Ton. Dann sagt er leise: »Machen Sie das.« Das Hildchen kritzelt etwas auf einen Zettel. Die kleinen Jungs machen Geräusche von Explosionen und brennenden Verkehrsteilnehmern. Ich nehme ein Buch zur Hand und lasse mich vom Kardinal beobachten, der mit seiner Decke auf dem Schoß an der Wand hängt. Er hat ein Buch in der Hand und liest. Das war das letzte Mal noch nicht da.

»Ist Herr Steinbeis zu sprechen?«, fragt Hartmut, und das Hildchen sieht ihn fünf Sekunden an und lacht dann laut los. Sie kriegt sich gar nicht mehr ein und wischt sich Tränchen aus den Augenwinkeln. Hartmut wartet, bis ihr Anfall verklingt.

Dann zuckt er nur kurz, um zu bekräftigen, dass seine Frage immer noch im Raum steht. Das Hildchen sieht ihn mit feuchten Augen an. »Es ist Montag«, sagt sie.

Ich sitze im Sessel zwischen den Regalen und schaue auf Hartmuts Hinterkopf. Das Haar wie immer in leicht struppigen Wirbeln, die Koteletten wie kleine Ärmchen, die miteinander diskutieren, auf das Hildchen gerichtet.

»Ich möchte einen Termin«, sagt Hartmut. »Einen richtigen. Keinen Termin zum Terminmachen.«

»Kriegen Sie, kriegen Sie. Sie sind die Käufer vom Kettler-Haus.«

»Und wann kriegen wir Leuchtenberg?«

Das Hildchen biegt ihre äußeren Augenwinkel nach unten wie eine desillusionierte Musiklehrerin der 9. Klasse.

»Können Sie mir seinen Firmensitz sagen?«

Das Hildchen schluchzt, nimmt die Hände vor den Mund und sieht sich um, als prüfe sie, ob diesen Satz auch niemand gehört hat. Der Kardinal auf dem Gemälde sieht erbost auf. Ich reibe mir die Augen.

»Sagen Sie so was nie wieder!«, zischt das Hildchen.

Hartmuts Koteletten machen sich lang, er sieht jetzt aus wie der Schatten von Dr. Snuggles. Er winkt mir zu, verlässt die Bibliothek, wendet sich nach links und schreitet mit entsetzlich weiten Schritten durch den schmalen, türlosen Flur zum Ausgang. Am einzigen Tisch mit Sessel wirft er im Vorbeigehen eine Topfpflanze um.

Den Weg zum Baumarkt nach Schwäbisch Hall müssen wir mit dem Bus zurücklegen. Busse sind so eine Sache in dieser Gegend, ich habe Hartmut schon nach meiner ersten Arbeitswoche im Getränkeladen davon erzählt. Busse sind der Grund, warum ich jeden Morgen zur Arbeit laufe, 7,5 Kilometer über Land, einen Beutel Obst verspeisend, um fit zu sein für Türme aus Bier. Wir gehen zu einer Bushaltestelle am Rande des Parks, der die Verwaltung im Schloss umhüllt und sich gen Westen weiter ausbreitet. Hier ist der Park verwittert und weniger gepflegt, eine Minigolfbahn ist unter Moos und Löwenzahn zu erkennen, aus den ehemals genutzten Löchern wachsen Butterblumen. Die Haltestelle ist ein Unterstand aus Holz, das immer feucht ist, obwohl es nicht regnet. Mehrere Frauen mit Filzhüten und Tragetaschen stehen darunter, ein Mann liegt unter Zeitungen auf der Bank. Hartmut sieht ihn skeptisch an und ist erstaunt, als ich ihn grüße: »Guten Tag, Herr Birkel«, sage ich, und der Mann grüßt, sodass das Feuilleton runterfällt.

»Wohin?«, fragt Herr Birkel.

»Schwäbisch Hall«, sage ich.

Herr Birkel dreht sich zur Seite, sodass er unter dem Dach in den Himmel sehen kann. »Da könnten Sie Glück haben«, sagt er.

Hartmut hört unserem Dialog zu wie ein Vater, der nicht vermutet hätte, dass sein Sohn auch in etwas Experte sein kann. Es gibt eine Sache, die ich von diesem Ort besser weiß als er. So was befriedigt mich.

»Und Sie?«, frage ich Herrn Birkel.

»Kleinbergbach«, sagt er, und ich lache und winke ab. »Um Himmels willen.«

»Ja«, lacht er und dreht sich wieder auf die Bank. »Der Letzte ging vor fünf Tagen.«

Hartmut sieht ratlos aus.

Ich bequeme mich zu erklären.

»Die Busse gehen nicht immer«, sage ich. »Manche gehen zweimal am Tag, wie unserer, nach Schwäbisch Hall. Zu uns ins Dorf kommst du einmal am Tag, höchstens. Und wenn es noch kleiner wird«, ich deute auf Herrn Birkel, und der linst hinter der Zeitung hervor als sei alles ein neckisches Spiel, »ist es Glückssache. Manche haben hier schon 14 Tage übernachtet. Wir bringen ihnen dann Kaffee aus dem Getränkeladen.« Hartmut überlegt, ob wir ihn hereinlegen wollen, beschließt schnell, dass dem nicht so ist, prüft alle seine Erfahrungen mit der Wirklichkeit gegen das ab, was in dieser Gegend als denkbar erscheint, fährt sich durchs Haar und sagt: »Es ist unbegreiflich.«

Dann kommt unser Bus.

Im Baumarkt in Schwäbisch Hall treffen wir die anderen, mit denen wir uns verabredet haben, und fallen auf. Das liegt weniger an Torsten, der seine Militärkluft trägt, oder an Tito, dessen kleines Bäuchlein ein T-Shirt von Dark Centuries spannt, darauf der Titel »Den Ahnen zum Gruße«. Auch nicht an Ernst, der ab und zu anhält, um seinen Stiefel auszuziehen und sich den Fuß mit Fichtennadelsalbe einzureiben, die Johanna selbst hergestellt hat. Es liegt vor allem an Siegmund, der auch hier im Baumarkt abgehangene Klamotten trägt, zwei große Käfer im Bart hat und mit nackten Füßen durch die Gänge läuft. Seine Hornhaut ist so hart, dass er bei jedem Schritt klackert. Wie eine Frau mit Absätzen. Am Anfang durchzieht es einen, wenn man das hört, aber man gewöhnt sich dran. Von der Decke träufelt wieder das Pop-Radio auf unsere Köpfe.

Jeder von uns schiebt einen Wagen, und Hartmut hat die lange Liste von Susanne dabei. Dennoch wissen wir nicht so recht, wo wir anfangen sollen. Es ist schwer, wenn man im Grunde alles braucht.

»Fangen wir doch mit dem Boden an«, sagt Hartmut und lenkt die Karawane auf die entsprechende Abteilung zu.

»Ich empfehle, gar keinen Boden zu legen«, sagt Siegmund, der in einem selbstgebauten Blockhaus wohnt und Lehmboden hat. Ernst schüttelt den Kopf, als wolle er seinem Wandelgermanen sagen, dass diese jungen Männer sich erst langsam umgewöhnen. »Lasst die Originaldielen«, sagt er, »Echtholz ist am besten.«

Wir stehen zwischen der Auslage für Parkett und riesigen Bergen von Laminat. Schräg gegenüber beginnen die Gänge, in denen PVC und Teppich auf Rollen aufgezogen ist, die Bedienstete mit lautem Surren auf- und abfahren können.

»Tun Sie's nicht«, sagt ein Mann, der vor der Parkettauslage steht. Er ist um die dreißig und hat Sorgenfalten auf der Stirn, Reihe für Reihe, wie mit dem Lineal gezogen. »Naturholzböden müssen Sie schleifen, vor allem, wenn Sie eines Tages ausziehen. Aber auch so, wenn es schön bleiben soll. Sie werden es selbst versuchen, sich Geräte leihen und scheitern. Ihre Muskeln werden schmerzen und Ihre Lungen vor Spänen und Staub verbrennen. Dann werden Sie einen Profi beauftragen, aber da Firmen richtig viel kosten, nehmen Sie jemanden aus dem Internet. Derjenige wird mit tiefer Stimme große Reden schwingen, wie er vorgehen will. Er wird Dinge sagen wie ›dann gehe ich mit einem 25er-Korn drüber, dann nochmal mit dem 70er und dann zum Feinschliff‹, seine Stimme wird klingen wie ein Teerfass. Sie werden ihn für einen erfahrenen Mann halten, und dann wird er Ihnen den Boden so versauen, dass er hinterher wie ein Zebra mit Masern aussieht. Sie werden die Leistung im Dunkeln abnehmen, da Sie ihm vertrauen, und danach führen Sie einen Prozess gegen den Mann. Einen langen Prozess.«

Hartmut läuft blau an und dreht sich um. Er liest die Preise von Laminat. »Dann legen wir eben auf die Dielen Laminat«, sagt er.

»Laminat muss schwimmend verlegt werden«, sagt Tito, »und immer mit dem Licht. Euer Wohnzimmer ist aber zu breit, wenn ihr mit dem Licht geht. Da muss dann eine Mittelschiene rein, und das sieht nicht gut aus.«

Vor den Bergen mit Ahorn-, Buche- und Kirschlaminat steht ein anderer Mann, mit randloser Brille und einem Pulli, wie sie ecuadorianische Kinder in Fußgängerzonen verkaufen. »Nehmen Sie besser kein Laminat«, sagt er. »Man sieht darauf jeden Fleck. Jeden Fußabdruck. Sie können nie mal barfuß laufen.«

»Bei Odins Speer!«, ruft Siegmund aus, und der Mann, der uns vor dem Naturholz gewarnt hat, schaut ihm auf die Füße.

»Ihre Freundin oder Ihr Freund wird auf das Laminat zeigen, seufzen und sagen, dass es wieder geputzt werden muss, und dann hocken Sie auf den Knien und schrubben und polieren, weil das Laminat nur für den Bruchteil einer Sekunde feucht sein darf und Sie es dann wieder trocken polieren müssen. Sie werden sich fragen, was Sie da tun, und Sie werden Theaterproben absagen oder Musikabende und wenn Sie draußen grillen, wird Ihnen Asche hineinwehen und die Gäste trampeln sie breit, und bei jedem Schluck Wein des Grillfestes denken Sie daran, wie Sie morgen wieder das Laminat putzen müssen. Das ›pflegeleichte‹ Laminat.« Der Mann lacht sarkastisch, ein Käfer in Siegmunds Bart überlegt sich, ob er in die Ecuadorwolle übersiedeln soll.

Hartmut geht zu den gigantischen PVC-Rollen und betätigt ohne Erlaubnis den Aufzug. Die Rollen brummen an uns vorbei. Steinmuster, Holzmuster, Parkettmuster, alles aus Kunststoff. Ein Angestellter des Marktes hockt neben den Rollen und schneidet Reststücke. Er hat einen Pferdeschwanz und den Blick gescheiterter Männer, die nur die frühen Metallica hören und glauben, dass sie die Dinge durchschaut haben. »Ein Haus auf dem Land mit PVC auslegen. Ganz ehrlich, es wird scheiße aussehen!« Er fühlt sich rebellisch, wie er das sagt, da er uns eigentlich den letzten Mist verkaufen müsste. Ich muss ihm recht geben. Etwas Geschmackloseres als die Nachbildung von Parkett auf PVC kann es nicht geben.

»Und Teppiche machen die Räume kleiner!«, sagt eine Frau, die mit ihrem kleinen Mann und einem rundlichen Sohn neben den Rollen steht. »Wir haben sie alle wieder rausgerissen.«

»Ich würde ja sowieso erst mal tapezieren und streichen, bevor ich einen Boden verlege. Sie sauen ja sonst alles zu«, sagt ein Malermeister in weißer Kluft, der mit einem Kaffee in der Hand hinzutritt. Er hat einen Zollstock in der Seitentasche, wie einen Revolver.

»Falls die Wände nicht vorher aufgeschlagen werden müssen«, fällt einem Installateur im Blaumann ein, der eine Vokuhila-Frisur, einen Schnauzer und baumelnde Rocker-Ohrringe trägt.

»Und denken Sie an die Steckdosen«, sagt ein alter Mann in grauer Faltenhose und aschgrauer Jacke. »Das habe ich damals bei meinem Haus falsch gemacht. Viel zu wenige Steckdosen. Seitdem baue ich ständig um. Sie ahnen gar nicht, wie viele Steckdosen man braucht. Sparen Sie nicht an Steckdosen.«

Da stehen wir nun, zwei Wandelgermanen und zwei Wehrsportler und zwei Männer mit Haus, umringt von einer Traube Baumarktbesucher. Wenn Susanne in den Baumarkt geht, dann in Arbeitskluft mit falschem Firmenlogo und vorne aufgedrucktem Namensschild, die sie sich besorgt hat. Nur als Fachmann kann man ungestört einkaufen. Outet man sich als Laie, ist man hilflos den Ratschlägen anderer ausgeliefert. Ich stehe dazwischen und betrachte die PVC-Rolle, die vor meinen Augen angehalten hat. Sie hat ein Muster aus Glockenblumen.

»Die Frage ist ja auch, wie man heizen will«, sagt ein zweiter Installateur. »Haben Sie Frauen und Katzen?«

Hartmut nickt, schon ein wenig geistesabwesend.

»Dann machen Sie Fußbodenheizung. Frauen sind kältefühlig, und Katzen mögen warme Pfoten. Dann dürfen Sie nur kein billiges Laminat nehmen, denn ...«

»Sie nehmen doch sowieso keins!«

»Sie wollten doch Teppich!«

»Wer sagt das?«

»Man sollte sie vielleicht selbst fragen.«

Hartmut atmet ein, um etwas zu sagen, und hebt die Hand, wird aber wieder unterbrochen.

»Fußbodenheizung tötet Kakteen«, sagt ein Mann, der einen grünen, grobmaschigen Pulli trägt und Flaum hat, wo andere Bart tragen. »Glauben Sie mir, ich habe alles versucht. Fensterbank, Blumenbank, Hängetöpfe, Luftbefeuchter, Luftentfeuchter. Es hilft nichts. Fußbodenheizung tötet Kakteen.«

»Vielleicht haben Sie überdüngt«, sagt ein schlaksiger Studienrat, der mit einem Wagen voller Bepflanzung aus der Gartenabteilung kommt. Der Kakteenmann winkt ab.

»Vielleicht wollen sie gar keine Kakteen«, ruft einer und zeigt auf uns, auf einem Laminatstapel sitzend.

Hartmut will wieder was sagen, aber er kommt nicht dazu.

»Bevor Sie die Wände und Böden machen, müssen Sie sich fragen, wie Sie fernsehen wollen«, sagt ein Mann, dessen Wagen voller Kabel und Verteilerdosen ist. »Wenn Sie eine Sat-Schüssel auf dem Dach haben, müssen Sie Kabel in verschiedene Räume ziehen. Sonst können Sie nicht gleichzeitig gucken und aufnehmen.«

»Können Sie wohl!«, ruft ein Brillenträger, jung und verpickelt. »Sie brauchen dann nur einen Twin-Receiver.«

»Twin-Receiver sind eine Lüge der Industrie! Man muss mindestens einen durchschleifen!«

»Und was ist mit einem Stacker?«

»Die Dinger sind unzuverlässig. Ohne zwei Dosen kommt man nicht aus.«

»Kabel ist sowieso am besten.«

»Es gibt kein Kabel auf dem Land.«

»Und denken Sie an die Steckdosen. Immer viele Steckdosen.«

Mir wird unwohl, und ich ziehe an einer Rolle Teppich, bis genug davon abgerollt ist, um es auf dem Boden auszubreiten. Ich setze mich. Ein kleiner Junge kommt hinzu, setzt sich neben mich und löffelt einen Pudding.

»Das alles Entscheidende ist die Energieeffizienz«, sagt jetzt ein neuer Mann, der einen gepflegten Bart trägt und seine Tochter dabeihat. Es steht jedenfalls zu vermuten, dass sie seine Tochter ist, obwohl sie ihn um zwei Köpfe überragt. Sie ist blond und von unbegreiflicher Statur, sicher 1,85 m groß, muskulös, trainiert, aber überaus weiblich. Sie hat volle Lippen und einen Blick wie der Ozean. Als Torsten sie sieht, stößt er gegen ein aufgerissenes Laminatpaket, und einige Bretter rutschen heraus, verteilen sich in die Menge und stoßen dem Kakteen-Mann ans Schienbein. »Das ist sie«, flüstert Tito mir zu.

»Wer?«, frage ich.

»Enya«, sagt er. »Die Frau, für die Torsten sein Haus um die Eiche bauen will. Die Mutter seiner Kinder.«

»Weiß sie davon?«

»Nö. Ihr Vater ist so ein Grüner unten aus Rot.«

»Aha«, sage ich und denke mir nichts dabei.

»Solarzellen auf dem Dach«, sagt der Mann, dessen Tochter die blonde Riesin ist, »und einen Wassertank im Garten. Dazu

Tapeten, welche die Wärme dämmen. Spart 15% Energie, und Sie wissen, dass die Nebenkosten uns alle auffressen.«

»Aber Steckdosen«, unterbricht der alte Mann kleinlaut. »Immer viele Steckdosen.«

»Mindestens Doppelverglasung, am besten aber Wärmespeicherfenster. Die nehmen die Sonnenwärme auf, speichern sie und geben sie ab, wenn es nötig ist. Den Holzboden lassen Sie abschleifen und wachsen; es gibt da einen, der das besonders gut kann ... wie hieß der noch, irgendwas mit L.«

Hartmut sieht den Mann an, als wäre er ein Geist. Torsten sinkt hinter dem Laminatberg nieder und schnappt nach Luft.

»Warum nicht gleich natürlich wohnen?«, fragt Siegmund und klappert mit seiner Hornhaut auf dem Baumarktboden. »Warum den Strom erfinden und zwischen sich und Mutter Erde einen Boden legen? Es geht auch alles ohne.«

»Wollen Sie ins Mittelalter zurück?«, fragt Enyas Vater und wendet sich wieder an alle, wie ein Guru. »Für den Reststrom teilen wir uns in der Nachbarschaft ein Windrad. Noch wird das alles gefördert. Wenn Sie dazu Informationen wollen.« Er greift in seine Jackentasche und zieht ein paar Faltblätter heraus. Der ecuadorianische Pullimann nimmt ein paar entgegen, Siegmund winkt ab, und Ernst setzt sich erst mal auf ein Laminatpaket und reibt seine Füße ein. Zwei bullige Männer in Bauhaus-Kluft nähern sich durch den Gang und rufen »Das ist hier kein Versammlungsort!« in unseren Pulk. Sie nehmen dem Ecuador-Mann die Flugblätter weg und mustern Siegmund und Ernst, wie Servicekräfte der Bahn Obdachlose mustern. »Wir können auch die Polizei rufen!«, sagen sie.

»Versucht's doch!«, sagt Tito, ohne sie anzusehen, und lächelt gutmütig. Der Junge und ich stehen vom Teppich auf und rollen ihn unauffällig zusammen. Der Puddingbecher bleibt daran kleben. Es knirscht, als wir ihn mit einrollen.

»Wir wollen doch nur renovieren«, sagt Hartmut.

»Der Ordnungsmacht passt das wohl nicht«, sagt Ernst und massiert weiter seelenruhig seine Füße, die Socken feucht über das Laminat drapiert.

Ich suche den Markt nach Notausgängen ab, als ich am Ende des Ganges Susanne und Caterina aus der Gartenabteilung kommen sehe, zwei riesige Wagen schiebend. Unten klemmt eine Teichpumpe, Teichscheren und Netze, oben stapelt sich 100 Kilo Rheinkies in schweren Plastikbeuteln. Sie halten auf unsere unfreiwillige Versammlung zu. Wenn Sie uns hier erwischen, ist es aus. Halb verhaftet, gemeinsam mit Wehrsportlern und verrückten Germanen, die ihre Füße einschmieren und Käfer im Bart tragen. Ich schleiche mich an der diskutierenden Menge vorbei in Richtung der Frauen. Ein paar Gänge vor der Laminat- und Parkettabteilung öffnet sich der Markt zu einer Badezimmerschau. Duschkabinen stehen dort, schwere Muschelformduschen aus Granitstein und einige Badewannen. Ich laufe zu einer hin, werfe mich hinein und pfeife in fiktivem Wasser, als die Frauen mich erspähen.

»Da liegt dein verrückter Mann in der Wanne!«, sagt Susanne, und Caterina läuft zu meinem Thron.

»Ich vermisse dich so«, sage ich und mache einen Hundeblick.

Caterina überlegt einen Moment, was sie davon halten soll. Dann wuschelt sie mir durch die Haare und sagt: »Oh, wuschi wuschi wuschi!« Ein älteres Ehepaar kommt vorbei und schüttelt den Kopf.

»Wir machen den Teich«, sagt Susanne, die ihre Tarnarbeitskluft trägt und mittlerweile variable Firmenschilder erfunden hat. »Teichtechnik Angermann« steht heute auf ihrem Anzug. Ich fühle mich, als fielen Staub und Müdigkeit von mir ab, packe Caterina an den Armen und ziehe sie zu mir in die Wanne. Da liegt sie nun auf mir in der Emaille, mitten im Baumarkt, und wir küssen uns.

»Hallo!«, sage ich.

»Hallo!«, sagt sie.

»Wann kommt ihr endlich vorbei!«, sage ich, hastig atmend zwischen den Küssen. Sie züngelt noch einen Moment weiter, lässt dann ab, dreht neckisch die Augen nach oben, sieht mich wieder an und sagt: »Wenn Tapeten und Böden fertig sind!« Dann schaut sie zu Susanne: »Oder?«

Susanne winkt ab: »Unrealistisch. Oder willst du erst wieder in 9 ½ Wochen Sex haben?«

Caterina überlegt erneut.

Susanne sagt: »Beweist uns an einem Zimmer, dass dieses Haus eines Tages unser Zuhause sein kann.«

Caterina nickt, dann knutschen wir weiter. Susanne schaut den Gang entlang und sagt: »Bist du allein hier?«

Ich nicke, während Caterina mir unters Hemd geht und ich ihr unterm T-Shirt den nackten Rücken kraule.

Susanne starrt weiter den Gang entlang, als stelle sie sich vor, jetzt mit Hartmut in eine andere Wanne zu springen, und sagt: »Da vorne sind irgendwie Tumulte.«

Ich winke, schon tief in die Wanne gedrückt, mit der Hand aus der Emaille und sage, Caterinas Zunge im Mund, »Meim, meim. Meime Tumulte!« Dann toben wir weiter, und die Wanne gerät ins Schwanken.

»Hey!«, ruft ein Angestellter der Bade- und Sanitärabteilung, dem das ältere Ehepaar Bescheid gesagt hat, und Caterina und ich lassen voneinander ab und steigen aus der Wanne.

»Ganz schnell bezahlen und raus!«, sagt der Mann. Caterina und Susanne sortieren sich, und ich begleite sie zur Kasse. Als der Sittenwächter weg ist, gehe ich in die Bodenabteilung zurück, wo immer noch diskutiert wird. Die Menschenmenge ist angewachsen, die Letzten sitzen oben auf den Laminatbergen wie Love-Parade-Besucher auf Ampelmasten und lassen die Beine baumeln. Die Bauhaus-Wächter wollen die Truppe jetzt nicht mehr verjagen. Sie diskutieren mit. Der Windenergie-Flugblattverteiler und seine Tochter sind weg. Torsten sitzt neben dem PVC mit Glockenblumenmuster und wird von Tito getröstet.

»Ein Zimmer! Wir machen zuerst ein Zimmer fertig! Komplett!«, sage ich, so laut, dass die Runde verstummt und mich ansieht. Mir schmerzen meine Familienspeicher. Ich spüre immer noch Caterinas Zunge, Lippen und Fingerspitzen.

»Boden, Tapeten, Strom, Lampen, Möbel. Ein Raum.«

Die Menge nimmt die Information auf und denkt nach. Dann geht es wieder los.

»Als Erstes müssen Sie Schächte kloppen.«

»Und denken Sie an Verteilerdosen. Wenn man das Netz durchzieht und sich den N raussemmelt, muss man hinterher jede einzelne Dose prüfen.«

»Ziehen Sie Sat-Kabel runter.«

»Sie haben Frauen. Am besten verlegen Sie die Kabel unter den Fußleisten.«

»Dann nimmt er Gummileisten.«

»Um Himmels willen, Holz, immer Holz!«

»Dann vergisst du ein Kabel und musst alles wieder aufreißen!«

»Und denken Sie an die Steckdosen. Man kann gar nicht zu viele Steckdosen haben.«

»Von zu viel Elektrosmog sterben die Kakteen.«

»Aber sie wollen doch gar keine Kakteen!«

Hartmut und ich haben uns derweil schon von der Menge entfernt und hinter den Bohrern und Sägen versteckt. Ich erzähle ihm, dass ich Susanne und Caterina gesehen und was sie gesagt haben. Hinten tobt die Menge, die Besserwisser auf dem Laminathügel gestikulieren in Richtung Erdboden wie kleine Franzosen auf Burgzinnen. Eine rothaarige Frau geht zu den Bits und Adaptern der Bohrer, fährt mit dem Finger eine am Regal angebrachte Liste ab, nimmt zielgenau eine Packung aus dem Regal, schenkt uns ein Lächeln und sagt: »Wenig Arbeit ist eine Illusion.«

Dann schiebt sie ihren Wagen zu einem Regal mit H-Profilen.

»Wir brauchen Leuchtenberg, oder?«, fragt Hartmut.

»Wir brauchen Leuchtenberg«, sage ich.

*

Nachdem wir im Baumarkt eine Bestellung samt Lieferung aufgegeben haben – eine langwierige Prozedur inklusive Wärmedämmungstapeten –, erwischen wir einen Bus zurück nach Schrozberg. Von dort aus geht kein Bus mehr ins Dorf, und wir laufen die 7,5 Kilometer mit Ernst, Siegmund, Tito und Torsten, stramm über die dunkle Landstraße, Siegmund bei jedem Schritt ein Geräusch hinterlassend, das die Vögel der Nacht aufschreckt und das die Käuzchen im Wald weitererzählen.

»Ich kann nicht mehr«, sage ich, während der Abendwind durch Stachelzäune weht, die in alten, groben Pfosten knirschen.

»Jetzt ist erst mal Feierabend«, sagt Hartmut, und ich wünsche mir eine Frittenbude schräg gegenüber, so wie früher. In unserem Dorf gibt es keine Frittenbude. Keinen einzigen Kiosk. Kein nichts.

»Nur noch ins Bett«, sage ich.

»Ich schlafe auf Heu«, sagt Siegmund, und ich nehme mir vor, mir eines Tages sein Haus anzusehen.

»Enya ...«, flüstert Torsten, und Tito sagt, was er ihm schon die ganze Zeit gesagt hat: »Schreib ihr, wenn du dich nicht traust.«

Dann gehen wir wieder einen Kilometer. Ich finde einen Rhythmus zwischen den Schritten und dem Wehen des Windes in den Tannen, bis das Dorf am Horizont auftaucht, einen gelben Lichtkegel über sich.

»Was ist denn da los?«, fragt Ernst und beschleunigt seinen Schritt, »das ist doch zwischen unseren Häusern!« Als wir die Kreuzung passieren und unsere Straße erreichen, sehen wir, was los ist. Vor unserem Haus sind Flutlichter aufgebaut und erhellen eine Gruppe von ca. 25 Männern, die in der Hocke sitzen und Sperrmüll sortieren. Sie haben unseren Sperrmüllberg bis an den Rand aller Häuser ausgebreitet, bis zu Berits und Ernsts Tür, bis zur Scheune. Nägel und Dübel liegen auf Tüchern in Reih und Glied, sortiert wie Schmetterlinge in einer Sammlung. Es scheinen so viele Tücher wie Kategorien zu sein, neben dem Gartenzaun sehe ich ein Einzeltuch mit dem verschimmelten Käsebrot darauf. Ein junger Mann zieht gerade einen Dübel aus einem Brocken Schutt. Dann kratzt er mit einer feinen Nadel Krümel von Putz aus dem Dübel, pustet ihn durch und streicht das Putzpulver von einem Tuch in ein Glasgefäß. Hartmut schaut ihm wie ein ethnologischer Forscher dabei zu. Ein dünner Mann mit faltiger Gesichtshaut kommt auf uns zu. Er trägt eine Schirmkappe wie die Postbeamten bei Lucky Luke und streckt Hartmut seine knochigen Finger hin.

»Guten Abend, Müllkommission, Vogel. Sie hatten Trennung bestellt.«

Hartmut gibt ihm die Hand und beobachtet dabei das Treiben zwischen den Häusern.

»Ja…«

»Lohnt sich, lohnt sich«, sagt der Schirmkappenträger und ruft einem jüngeren Mülltrenner zu: »Was ist das für ein Dübel?«

»Spreizdübel, Herr Vogel.«

»Und wo haben Sie ihn einsortiert?«

Der junge Mann schaut auf die Tücher. »Oh«, sagt er und nimmt ihn von einem Tuch weg zum anderen.

Herr Vogel sieht uns wieder an: »Man kann nicht alles erwarten für 1,01 Euro.«

»1,01 Euro?«, fragt Hartmut.

»Nachttarif«, sagt Herr Vogel. »Wir werden noch unsere Zeit brauchen.«

Hartmut nickt. »Das Amt ist schnell«, sagt er.

»Das Amt handelt, wenn es handeln kann«, sagt Herr Vogel.

Siegmund schüttelt den Kopf.

»Habt ihr doch auf mich gehört«, sagt Berit aus ihrem Fenster, eine Kippe zwischen den Lippen.

Wir sehen gar nicht erst hoch, verabschieden uns von den anderen, kriechen im Garten ins Zelt und schlafen sofort ein.

In der Nacht weckt mich ein Knacken wie von Kartoffelchips. Ich öffne die Augen und sehe, wie Yannick auf dem Kissen neben mir eine große Spinne verspeist, die Augen dabei halb geschlossen, als handele es sich um eine Delikatesse.

»Du Ferkel!«, sage ich und springe auf. Er hüpft von dem Kissen und huscht mit seiner Beute in die wilden Büsche des Gartens. Die Matratze neben mir ist frei, und durch die Zeltplanen dringt Licht. Ich krabbele heraus, bleibe barfuß und gehe über die harten Wurzeln des Gartens ums Haus. Die 25 Sperrmüllsortierer und ihr mobiles Sortierlabor sind immer noch da. Ich frage mich, was allein die Flutlichtmasten kosten, die aus schmutziggelben, brummenden Anhängern mit je zwei Rädern und Stabilisierungsarmen ragen. Hartmut steht vor einer der Sortierinseln und hält ein Teil in der Hand. Er zeigt es mir, als er mich erspäht, als sei es ganz normal, dass er um 3 Uhr nachts wach ist. In fünf Stunden muss ich wieder arbeiten. Schlaf zählt nicht viel in unserer neuen Heimat.

»Was ist das?«, fragt Hartmut.

»Weiß nicht«, sage ich. »Ein abgebrochener Schrankfuß?«

»Ganz genau. Ein abgebrochener Schrankfuß. Nur: Kann man immer noch Schrankfuß dazu sagen, jetzt, wo er keinen Schrank mehr hält? Ist es nicht jetzt etwas völlig anderes?«

Ich gähne. Yannick trabt an uns vorbei, eine Assel jagend.

»Jetzt ist es ein kaputter Schrankfuß«, sage ich.

Hartmut schüttelt den Kopf. »Nein, nein. Eben nicht. Phänomenologisch ist es jetzt etwas Eigenständiges, etwas, das keine Funktion mehr hat. Kunst, so gesehen. Es steht außerhalb des Äquivalenzzwangs. Es macht uns bewusst, wie sehr wir immer alles zuordnen wollen. Einer Aufgabe, einem Zweck, einem Wert.«

»Dann ist jeder Müll Kunst«, sage ich, erstaunt darüber, dass ich ihm folgen kann. Ich bin rauschhaft, wenn ich mitten in der Nacht geweckt werde.

»Eben!«, sagt er und zeigt auf die Sortierinsel und den arbeitenden Mann vor ihm. »Hier landen die Teile, die sich zu nichts mehr zuordnen lassen.« Er nimmt ein paar auf. »Ist ein Schirm ohne Bespannung noch ein Schirm? Oder was ganz anderes? Was ist ein Schlüssel, zu dem es kein Schloss mehr gibt? Eine Sohle ohne Schuh?«

»Ein Philosoph ohne Zuhörer?«, frage ich und drehe mich um, um wieder ins Bett zu gehen. Yannick rast wieder an mir vorbei, gejagt von 200 Asseln. Müllchef Vogel tritt zu uns, gibt Hartmut ein Clipboard, um etwas zu unterzeichnen, und sagt: »Wir sind gleich verschwunden. Die Kanalisationsarbeiter kommen dann in zwei Wochen.«

»Kanalisation?«, fragt Hartmut.

»Ja, Sie brauchen doch einen Anschluss.«

»Wir haben doch gar keinen Antrag gestellt.«

Herr Vogel zwinkert. »Das Amt tut, was das Amt tun kann.«

Dann klopft er in die Hände, und seine Leute packen in Windeseile zusammen, es wirkt wie ein Zeitraffer und macht mich schwindelig. LKWs koppeln die Flutlichthänger an, die 1,01-Euro-Sortierer verschwinden in einem Transporter, Herr Vogel setzt sich ans Steuer.

Kaum, dass sie fertig sind, fragt Hartmut: »Dr. Vogel, einen Augenblick. Kennen Sie Herrn Leuchtenberg?«

»Ich bin kein Doktor«, sagt der, winkt einen letzten Sortierer herein und gibt Gas.

14

Die ganze Woche über arbeiten wir.

Die ganze Woche über arbeite ich.

Morgens laufe ich zu meiner Arbeit im Getränkeladen oder fahre mit dem Bus, wenn er mal zufällig kommt, was bisher nur ein Mal vorkam. Im Prinzip mag ich diese Spaziergänge, aber wenn ich um 18 Uhr abends heimkomme und weiß, dass ich ein ganzes Haus vor mir habe, werde ich sauer. Die Jungs sind fleißig, man kann nichts sagen. Tito, Torsten und Spritti arbeiten viel; einmal habe ich ein Taxi gerufen und Spritti 20 Kästen Bier mitgebracht. Doch soviel sie auch arbeiten, so schlecht geht es voran. Ein Raum soll fertig werden für den Besuch der Frauen, ein einziger, aber keiner lässt es zu. Die Zimmer wehren sich gegen ihre Renovierung. Das Wohnzimmer kann man nicht tapezieren, es sei denn, man überklebt den mannsbreiten Riss in der Wand einfach mit Tapete und hofft, dass kein vorbeikommendes Kind jemals mit dem Finger hindurchstupst. Der Klavierraum hat einen schiefen Boden, und in der Küche steht immer noch der gigantische Gasherd, das einzige Objekt, das wir nicht verschrottet haben, da niemand sich traut, ihn abzumontieren. Außerdem macht die Musik nur Ärger. Besonders Torsten und Tito tragen immer neue CDs zum farbverschmierten Renovierungsrekorder, nordischer Pagan- und Wikinger-Metal von Gruppen, deren Namen allein klingen wie das Ragnarök an Ernsts Wohnzimmerwand oder die letzten Tage der Erde in den vereisten Bergen. Menhir, Vintersorg, Falkenbach, Thyrfing. Songs wie »Warrior Of The North« oder »Die Auserwählten« machen es Hartmut nicht leicht, seine Ängste abzubauen, und den ganzen Tag Finnisch ist auch keine echte Alternative. Erst gestern haben wir ein Zimmer gezähmt, das Schlafzimmer, das eines Tages das Reich von Caterina und mir werden soll und das den Schrank mit den klebenden Socken beherbergte. Es lässt sich renovieren, es stößt uns nicht vom Sattel. Doch es ist noch nicht fertig, denn heute, ja, heute müssen wir wandeln.

Und so schlagen wir uns gerade durch den Wald, Ernst, Siegmund, Hartmut und ich, der Ex-Kölner Manfred, der kleine, stupsnasige Hans und die ganze Horde Wandelgermanen. Ich halte es nicht für günstig, dass jetzt gewandelt wird, aber wenn es schon sein muss, gehe ich einmal mit, da ich nicht einsehe, mit dem renitenten Haus zu kämpfen, wenn Hartmut nicht dabei ist. Das Unterholz sticht in die nackten Füße, und ich spüre, wie sich mit jedem Schritt Hornhaut bildet. Das ist ein Unterschied zwischen wandeln und wandern: Ernst und seine Leute gehen niemals gekennzeichnete Wege, und sie gehen niemals in Schuhen. »Respektlos« sei das, hat er uns erklärt, respektlos gegenüber Mutter Natur, der wir durch Berührung unseren Dank aussprächen und uns offenbarten, deren Wege wir so nähmen, wie sie sind, und nicht wie Herren darübertrampelten, künstliche Sohlen unter den Füßen. »Wer wandelt, gibt sich ihrem Willen hin«, sagt Siegmund, »wer wandert, zwingt ihr seinen Willen auf.«

Hartmut hört derlei mit Interesse, auch wenn er immer noch misstrauisch ist. Er muss sich sicher sein, nicht mit Nazis zu wandeln. Er kann sich nicht sicher sein, nicht mit Nazis zu wandeln.

Manfred trägt eine Zither auf dem Rücken. Hans späht durch den Wald, als suche er nach Beute. Wir sind auf dem Weg zur »großen Ebene«, wie die Wandelgermanen es nennen, einem ganz besonderen Ort. Wir gehen querfeldein, und ich rege mich auf. Wenn man sich aufregt, verengen sich die Blutgefäße, weil sich der Körper auf einen Kampf einstellt. Das sind archaische Mechanismen. Ich wandle hinter Siegmund, der mit seinen großen Hornhautfüßen den Weg freitrampelt, und kann mir glatt vorstellen, wie wir gleich einem gegnerischen Stamm begegnen und die Keulen zücken müssen. Siegmund trampelt mit seiner Hornhaut selbst spitze Äste platt. Es ist paradox, denke ich: Er hat diese Füße bekommen, weil er sich Mutter Natur hingab, und jetzt sind sie so fest wie die Schuhe, die Mutter Natur missachten. Ich beginne, wie Hartmut zu denken. Ich rege mich auf.

»So kommen wir ja gut mit dem Haus voran«, sage ich und biege einen Ast weg, Hartmut neben mir.

»Wer war denn dafür, sich ihnen anzuschließen? Weil sie Fußbäder machen und Schweinebraten?«

Ich grummele. Ich will doch nur einen Raum fertig kriegen, nur einen. Stattdessen stapele ich unter der Woche Getränkekisten und wandele am Wochenende durch die Wälder. Nächste Woche ist wieder Wehrsport angesetzt. Es gibt Zugezogene, die sind bloß im Schützenverein.

»Da vorne wird's eng«, sagt ein Wandelgermane und zeigt auf eine sehr dicht bewachsene Stelle. Dornenbüsche. In jede Richtung.

Die ersten Wandelgermanen nehmen den Kopf tief und drücken sich hindurch. Unter einem fast lustvollen Stöhnen verschwinden sie im Dickicht und arbeiten sich voran. Es raschelt dort, wo sie gerade sind, und die obersten Spitzen des Busches wackeln, als kaute er sie gerade genüsslich durch.

»Warum gehen wir nicht außen rum?«, fragt Hartmut, und Siegmund hebt den Zeigefinger. »Die Natur hat sich entschieden, dass der Weg ist, wie er ist. Das ist eben wandeln.«

Hartmut rümpft die Nase. »Wir haben uns entschieden, dass der Weg ist, wie er ist. Wir können uns auch umentscheiden.«

Siegmund sieht ihn an, kurz vor dem dichten Gestrüpp. Während sie diskutieren, verschwinden die Wandelgermanen reihenweise im stacheligen Gedärm. »Können wir«, sagt Siegmund. »So, wie wir uns entscheiden, Flüsse zu begradigen, wenn uns ihr Lauf nicht passt.«

»Das ist doch ganz was anderes.«

»Ja?«

Manfred tritt hinzu wie ein Fremdenführer. »Es ist ein Ritual«, sagt er. »Unsere Respektsbekundung.« Er strahlt. Der gute Manfred, geflüchtet vom Karneval, der ihm nicht mehr Ritual genug war. In Siegmunds Bart haben sich im Laufe der Wanderung zwei Spinnen, ein Tausendfüßler und ein Hornkäfer verirrt, zusätzlich zu den Stammbewohnern. Es kreucht und fleucht. »Du hast Tiere im Bart«, sagt Hartmut und nennt zum ersten Mal das Offensichtliche. Es scheint ihm grimmige Freude zu machen, so, als sei es bislang ein Tabu gewesen, das er jetzt bricht.

»Wer bin ich, ihnen den Lebensraum streitig zu machen, wenn sie ihn sich genommen haben?«, sagt Siegmund.

Hartmut schüttelt den Kopf.

Sie sind verrückt, denke ich, aber sie haben eine klare Haltung. Außerdem führen diese Debatten zu nichts. »Ich gehe da jetzt durch«, sage ich, nehme die Arme hoch und presse mich durch den Busch, bevor Hartmut mich aufhalten kann. Es ist das erste Mal in meinem Leben, dass ich mich freiwillig durch dichtes Dornengestrüpp arbeite, um der Natur Respekt zu zollen, und auf halbem Wege frage ich mich, ob es vielleicht doch keine gute Idee war und wann dieser Busch mal endet. Meine Unterarme sind aufgerissen und schützen halbwegs mein Gesicht, ein Zweig nimmt Teile meiner Wange mit. Der Busch ist so dicht, dass man die neben und hinter einem Arbeitenden kaum sieht. Nur einmal erkenne ich einen langen Bart, von dem Insekten abspringen, um im Busch zu bleiben, während neue aufspringen, die anderen abklatschend wie Baseballspieler. Ich presse mich weiter, ignoriere den Schmerz, nehme den Schmerz an, versuche alles Mögliche mit ihm, um ihn erträglich zu machen, und höre plötzlich Stimmen. Sie sind vor uns, was bedeutet, dass wir uns dem Ende nähern. Sie sind laut und durcheinander, was heißt, dass neuer Ärger warten könnte. Ich gebe meinem Körper einen letzten Stoß und falle fast zeitgleich mit Siegmund aus dem Gestrüpp, vor die Füße einiger Wandelgermanen, die alle bluten und einer Gruppe japanischer Wanderer mit Jack-Wolfskin-Jacken gegenüberstehen, die sich ängstlich an den Rand eines gekiesten Wanderweges gepresst haben und laut aufschreien, als sie Siegmund sehen, der sich langsam aufrichtet und sie anblickt. Sein Bart entrollt sich dabei; mit jedem Zentimeter gibt er in seinem Haar neue Rieseninsekten preis. Ich hebe die Arme, um die Japaner zu beruhigen, aber es hilft nichts, da meine Arme blutüberströmt sind und es aussehen muss, als trete ein Schlächter aus dem Gewächs. Die Asiaten kreischen und quieken, flüchten den Weg hinab und hinauf. Manche hasten auf Bäume, andere wissen nicht, wohin, und stehen einfach schreiend auf der Stelle, vor allem die Frauen. Hartmut fällt aus dem Busch und regt sich furchtbar auf, was die Fremden noch mehr ängstigt.

»Es ist ein Ritual! Es ist ein Ritual!«, äfft er Manfred nach und springt dabei auf einem Bein herum. Mein Handy klingelt.

Caterina ist dran. »Sie will jetzt Sonnenblumen mit Insekten drauf. Sonnenblume mit Biene. Sonnenblume mit Spinne. Sonnenblume mit Blattlaus.« Ich seufze. »Du weißt, dass ich nicht gerne Insekten male. Und überhaupt. Ich sitze jetzt am 28. Ölgemälde. Sie sagt, sie habe ja nicht mehr lang. Der Doktor sage ja nie die Wahrheit, weil er sie schonen will. Aber sie wolle nicht geschont werden.« Caterina macht einen Moment Pause. »Was ist denn da los? Wo bist du?«

Würde ich die Wahrheit berichten, müsste ich sagen: »Ich stehe gerade vor einem Rudel hysterischer japanischer Touristen, die eine Heidenangst vor mir haben, da ich mit einer Gruppe Wandelgermanen, denen Insekten im Bart hängen, aus Respekt vor Mutter Natur einen Dornenbusch durchquert habe und aus allen Poren blute.« Stattdessen sage ich: »Hartmut probiert den Fernseher aus. Japanischer Horrorfilm. Kommt nur Tele 5 rein.«

Caterina seufzt, als wolle sie sagen, dass man erst mal unwichtige Dinge wie Tapeten und Boden erledigen sollte, bevor man an den Fernseher geht, und sagt dann: »Das kann so hier nicht bleiben. Ich kriege einen Sonnenblumenkoller. Und Susanne saugt schon seit Stunden den Teich. Du kannst dir nicht vorstellen, wie viel böser Schlamm da unten drin ist. Der ph-Wert ist total im Keller, und jetzt, wo unsere Pensionswirtin weiß, dass ihre Fische noch leben, macht sie sich umso mehr Sorgen um sie und fragt ständig, ob es nicht schneller geht.«

»Zieeeeeeeeeek«, macht ein kleiner Japaner, der von zwei Wandelgermanen verfolgt wird, weil er sie geknipst hat. Sie hasten hinter ihm her wie Wildhunde.

»Ich muss jetzt auflegen, Hartmut vom Fernseher wegholen, damit wir endlich wichtige Dinge tun, wie Tapezieren etwa.«

»Ja!«, sagt sie und klingt etwas fröhlicher.

»Ein Raum komplett!«, sage ich.

»Ein Raum komplett!«, sagt sie und fügt hinzu: »Beeilt euch ...« Es klingt verlockend, wie sie das sagt, meine arme Sonnenblumenkönigin.

»Machen wir«, sage ich.

Der Tumult hat sich derweil nicht gelegt. Ich sehe Ernst und Siegmund, wie sie die Arme heben, um die Asiaten zu beruhigen, doch diese werten es als Angriff, was wenig wundert, wenn die Armheber barfuß, dreckig und blutüberströmt sind. Hartmut, der Aufklärer und Vertreter der humanistischen Vernunft und Völkerverständigung, könnte helfen, hinge er nicht gerade mit dem Bauch über der Lehne einer knorrigen Sitzbank für Spaziergänger, die Arme auf dem Unterholz dahinter und die Beine auf dem Weg davor, und würde unter Schreien heiße, flirrende Stöße aus seinem in diesem gleichschenkligen Dreieck die Spitze bildenden Hintern entlassen.

Die Japaner sind eingekesselt zwischen großen und kleinen Germanen in beiden Richtungen des Weges, Hartmuts olfaktorisch gezogener Wegesgrenze auf der einen und einem riesigen Dornengestrüpp auf der anderen Seite. Die Japaner schnattern, die Germanen murmeln, Hartmut stößt und stößt. Wie ein Bunsenbrenner.

»Er ist besessen«, sagt ein Germane.

»Er hat Flatulenz«, sage ich.

»Kümmel essen«, sagt Siegmund. »Das hilft. Sorgt für einen gleichmäßigen Abfluss statt einiger weniger Ausbrüche. Ist ja kein Zustand so was.«

»Nein«, jammert Hartmut und poltert noch zweimal auf der Bank nach, den Hintern gen Himmel. Man bekommt den Eindruck, dass er die Gase von Jahren freilässt. Bei den letzten Stößen zucken die Japaner wie Gänse mit. Dann arbeitet sich Hartmut langsam von der Bank herunter. Ich bitte die Germanen, zur Seite zu gehen und den Weg für Asien freizumachen, wende mich den Japanern zu, ziehe mein Handy aus der Tasche, halte es in die Luft und lasse ein paar Klingeltöne und die neue Version von Tetris ablaufen. Sie nähern sich ein Stück, um sich zu vergewissern, dass sie sehen, was sie sehen, und verstehen langsam, dass wir doch keine wilden Urwesen, sondern Menschen sind. Die Technik beruhigt sie, und sie ziehen durch die von mir geschlagene Schneise, nur noch skeptisch guckend. Vielleicht hat Siegmund doch recht, was die Menschheit angeht. Vielleicht hat er doch recht.

Am Abend erreichen wir die große Ebene. Es ist tatsächlich die größte freie Ebene der Gegend, wie zehn Fußballfelder liegt sie da unter dem Abendhimmel. Wir laufen aus dem Wald in sie hinein, und ich stelle mir vor, wie ein Kamerahubschrauber uns filmt, in die Totale zieht und man uns von oben auf der Ebene wandeln sieht wie die Gefährten im Herrn der Ringe, Siegmund unser Gandalf mit seinem endlosen Bart, der blonde Manfred ein kurzhaariger Legolas in Frührente und die barfuß wandelnden Germanen lauter Hobbits und Zwerge. Einige der Germanen laufen jetzt ein Stück vor und rennen zu einer Stelle, wo sie sich im Kreis aufstellen. Aus der Ferne ist dort nichts zu erkennen, aber als wir näher kommen, sehe ich ein paar alte Steine und Felsen, die mit viel Fantasie wie verwitterte Mauerreste aussehen. Sie verteilen sich über ungefähr 50 Meter in alle Richtungen.

»Dieser Platz ist uns heilig«, erklärt Ernst. »Hier haben früher Germanen gelebt.«

»Woher wisst ihr das?«, fragt Hartmut.

»Wir kennen unsere Vorfahren«, sagt Siegmund und stampft mit seinen nackten Füßen auf, »wir spüren, wenn wir auf gemeinsamem Boden laufen.«

Hartmut ignoriert ihn und hält sich weiter an Ernst: »Nein, mal ehrlich, wenn das wirklich eine alte germanische Ruine wäre, dann wäre sie doch eingezäunt, restauriert, beschriftet, eine Touristenattraktion.«

Die Germanen rudeln wieder herum und werden laut, ein paar heben Stöcke und Steine. Ernst hebt die Hand. »Das würden wir niemals zulassen«, sagt er.

»Wurde es denn versucht?«, fragt Hartmut.

»Nein.«

»Dann ist es vielleicht keine.«

Er sollte sie nicht so provozieren.

Ernst dreht sich herum, sodass seine Germanen mitbekommen, was er uns Laien erklärt. »Sie würden es doch niemals verraten, selbst, wenn es so wäre!«

»Sie?«

Ernst lacht spöttisch. »Ja, wer macht denn Tourismus?«

Hartmut nickt halbherzig.

»Dieselben, die euch verkaufen wollen, man könnte Fachwerk nur mit Herrn Leuchtenberg restaurieren. Dieselben, die definieren, was ein Naturpfad ist und was nicht, was geschützt werden darf und was Unkraut heißt. Den Limes, jaaaa, den restaurieren sie.«

»Den Limes?«

»Die alte römische Wallanlage, die durch Germanien geht. Damit haben die Römer damals unsere Vorfahren eingezäunt. Zivilisiert, würden sie sagen. Den ganzen Mist haben sie eingeführt. Religion, Tauschhandel, Wirtschaft. Und die Germanen haben es fast 200 Jahre mitgemacht, weil sie ihnen militärisch unterlegen waren. Sie haben trotzdem noch ihre alten Rituale gepflegt, wenn auch heimlich. Die meisten blieben Heiden. Später haben die Alemannen die Besatzer zum Teufel gejagt.

Das will keiner mehr wissen. Deshalb bauen sie den römischen Limes aus, mit Kastellen, Wachtürmen. Kinder spielen darauf herum und lernen aus der Geschichte, von guten Römern und barbarischen Germanen.«

»Was früher die Römer waren, sind heute die Amis«, sagt Manfred. »Von deutscher Kultur darf niemand mehr sprechen; stattdessen liegen sie irgendwelchen Negern zu Füßen, die in Sprechgesang davon berichten, dass sie einen Harem im Wohnzimmer haben.«

Hartmut zuckt kurz zusammen. Ich denke an seine Aktion damals auf dem Fußballplatz gegen die Rassisten. Mir wird unwohl. Nicht auch noch so was.

»Sie brechen Wege in den Wald, damit Menschen aus Japan herfliegen und zigtausend Liter Kerosin verbrennen. Den Wald, den sie sich dann ansehen, haben sie schon bei der Anreise abgeholzt.«

»Gibt es denn keine Wälder in Japan?«

Während die Germanen durcheinanderreden, macht einer von ihnen ein Feuer. Es knistert leise.

»Es sind doch Nazis«, flüstert Hartmut, und ich bin zu müde, um etwas zu antworten. Hans verteilt Met aus Rucksäcken.

»Das Schlimme ist doch, dass sie nicht mal mehr ihre eigene Kultur kennen. Frag einen jungen Japaner nach der Vergangenheit, und er wird vom ersten Spielcomputer sprechen.«

»Wie wir«, sagt Manfred, »wie wir. Unsere Geschichte ist ausgelöscht. Und wo letzte Reste auftauchen, wie beim Karneval, sorgen sie ganz schnell dafür, dass wir sie vergessen und für Schnaps, Schlager und amerikanische Kostüme eintauschen.«

Hartmut will etwas erwidern, aber Manfred ruft laut: »Apropos Kostüme. Ist alles da?« Ein paar Germanen nicken, und Hans macht ein etwas missmutiges Gesicht.

»Macht's euch gemütlich«, sagt Ernst. »In einer Viertelstunde geht's los.«

»Was?«

»Des Hammers Heimholung«, sagt Ernst.

»Des Hammers Heimholung«, sagt Hartmut.

Wir wissen nicht, was auf uns zukommt, und setzen uns erst mal. Das Feuer wärmt, denn es wird kalt auf der Ebene, und die Germanen reichen Flaschen mit Met herum. Es knistert, und ich fühle mich wohl, ich habe lange nicht mehr an einem Lagerfeuer gesessen, und es ist mir egal, was das hier für Leute sind, auch wenn ich Hartmut seine Nervosität ansehe. Wahrscheinlich hat er Angst, dass er gleich einem politisch unverantwortlichen Ritual beiwohnen muss. Siegmund wirft einen neuen Scheit ins Feuer, sieht zu uns und sagt: »Wir nehmen nur totes Holz für die Feuer. Wir sägen niemals etwas ab. Die Bäume. Sie leben.« Es klingt nicht ironisch, wie er das sagt, und es klingt auch nicht so, als meine er nur das pflanzliche Leben damit. Ich schaue zum Wald hinüber und bemerke einen Baum, der aussieht wie ein Riese, der etwas vom Boden aufnimmt. Hartmut stupst mich an und lenkt meinen Blick zum Feuer. Er weiß nicht, ob er lachen soll. In dem erleuchteten Rund stehen Manfred und Hans, verkleidet. Manfred sieht aus wie ein Krieger, Hans trägt altertümliche Sachen, wie es Diener getan haben mögen. Die Germanen verstummen. Eine Grille zirpt in die Ruhe. Dann legt Manfred sich auf den Boden und tut so, als ob er schliefe. Hans tritt ab. Ein Germane steht auf und deklamiert: »Wild ward Wing-Thor, als er erwachte / Und seinen Hammer vorhanden nicht sah.« Manfred dreht und wälzt sich auf der Erde, gähnt laut, tastet neben sich und macht große Augen. »Er schüttelte den Bart, er schlug das Haupt / Allwärts suchte der Erde Sohn.« Manfred spielt, was die Verse sagen, tobt und sucht, und man sieht ihm den Spaß an, den er bei dem Theater hat. Hätte er das beim Kölner Karneval auf der Straße aufgeführt, wäre er wahrscheinlich verhaftet worden.

»Und es war sein Wort, welches er sprach zuerst: ›Höre nun, Loki, und lausche der Rede: / Was noch auf Erden niemand ahnt / Noch hoch im Himmel: Mein Hammer ist geraubt.‹« Hartmut lacht lautlos. Man merkt es daran, dass sein Körper leise auf und ab hüpft, nur wenige Millimeter. »Kastrationsmetaphorik«, flüstert er.

Es ist das Thrym-Lied, wie ich von Siegmund erfahre, der uns ermahnt, mit dem Wispern aufzuhören. Im weiteren Verlauf der Geschichte leiht sich Loki bei der Göttin Freyja ein Federhemd, um zu dem Riesen Thrym zu fliegen. Sie findet heraus, dass er den Hammer hat und ihn nur demjenigen übergeben wird, der ihm Freyja als willige Braut vorbeibringt. So ist das halt bei den germanischen Göttern. Freyja tobt und verkündet, dass sie sich dem lüsternen Sack sicher nicht ausliefern lassen wird, woraufhin der Ase Heimdall eine gute Idee hat. Thor soll sich als Frau verkleiden und den Riesen Thrym als Freyja austricksen. Manfred, also Thor, ist empört: »Mich würden die Asen weibisch schelten / Legt' ich das bräutliche Linnen mir an.« Hans springt wieder hinzu, den Loki gebend: »Schweig nur, Thor, mit solchen Worten. Bald werden die Riesen Asgard bewohnen / Holst du den Hammer nicht wieder heim.«

Ich sitze in einer Samstagnacht im Hohenlohe auf einer Ebene am Lagerfeuer, barfuß, mit zerkratzten Armen, und beobachte einen ehemaligen Kölner Straßenbahnhaltestellenreiniger und einen kleingewachsenen Mann mit Stupsnase, wie sie als Thor und Loki verkleidet ein germanisches Götterlied nachspielen, und der ehemalige Straßenbahnhaltestellenreiniger spielt gerade den Thor, wie der die Freyja spielt. Wäre das Haus fertig und dürften unsere Frauen von diesen neuen Bekanntschaften wissen, ich würde mich glatt wohlfühlen.

Ich beobachte, wie Thor am Hofe des Riesen Thrym ankommt, der von Ernst gespielt wird, und wie jener ein Hochzeitsmahl ausrichtet. Da Thrym ein wenig debil ist, wundert er sich zwar während des Essens, wie viel diese »Frau« verspeisen kann und wie männlich ihre Augen glühen, denkt sich aber nichts dabei und gibt ihr als Brautgeschenk den Hammer. Thor enttarnt sich und beginnt zu toben, zertrümmert zuerst Thrym und dann sein ganzes Gefolge. Es wirkt ein bisschen hölzern, wie sie das nachbilden. Ernst ist nicht mehr der Jüngste, aber er gibt alles bei seinem Stunt, und die Germanen, die Thryms Gefolgschaft spielen, werfen sich leidenschaftlich in den Staub wie Kinder, die A-Team spielen. Der Sprecher schließt mit den Worten: »So holte Odins Sohn seinen Hammer wieder.«

»32 Strophen, alle auswendig«, sage ich, denn ich habe mitgezählt.

»Heiliger Bimbam«, sagt Hartmut und starrt auf den Platz um das Feuer, auf dem verstreut Germanen liegen und sich tot stellen.

Den Rückweg legen wir still zurück, jeder in seinen eigenen Gedanken. Den Dornenbusch kreuzen wir nicht mehr. Als Siegmund in eine leere, aufgeschnittene Dose Cola tritt, die ihm im Fuß hängen bleibt, zieht er sie einfach hinaus, steckt sie in seinen Rucksack, schüttelt den Kopf und sagt mit schwarzer Galle in der Kehle: »So machet Euch die Erde unterthan.« Dann geht er weiter, einen winzigen Tropfen Blut hinterlassend.

15

»Es sind Nazis«, sagt Hartmut, als er den letzten Zipfel Tapete anklebt. Das Zimmer für den Empfang der Frauen ist fertig; Tito, Spritti und Torsten haben ihr Bestes gegeben, es ist Freitagabend, und wir sind wieder allein. Ich schraube an einer Steckdose.

»Wieso?«, frage ich. »Weil sie Kostümfeste feiern?«

Hartmut drückt die Tapetenecke an, Kleister glubscht ihm über die Finger. Die Ecke geht wieder ab. »Sie spielen die Sagen der Edda nach. Sie preisen irgendeine komische Naturreligion. Schau dir unsere zerkratzten Arme an. Wie sollen wir das den Frauen erklären?« Ich schaue zu Yannick rüber, der in der Tür steht, seine Krallen zeigt und mir zuzwinkert. »Das soll unser geringstes Problem sein«, sage ich.

Hartmut kommt von der Leiter. »Irrationalismus und Naturverherrlichung sind der Keim reaktionärer Ideologie«, sagt er, wischt sich die Finger an einem alten Tuch ab und nimmt einen Schraubenzieher, um den Gurtkasten des Rollos anzuschrauben. »Führe einfach alles auf Naturprinzipien zurück, und du bist ganz schnell bei Blut und Boden und Volk und Führung. Hör dir doch mal an, was die singen. Eltern wie Söhne. Die ganzen Edda-Lieder, dieser komische Heiden-Metal von Torsten. Sie glauben an das Schicksal! Weißt du, was

Ernst mir erzählt hat, als es vorgestern auf einmal zu regnen anfing?«

»Nein«, sage ich und nehme ein Teppichmesser, um die Kontakte der Steckdose von getrockneter weißer Farbe zu befreien. Jetzt weiß ich, warum man beim Streichen gut abkleben soll. Wir haben viele Steckdosen gemacht. Man kann nie zu viele Steckdosen haben.

»Es sei der Wille der Götter!« Hartmut wirft den Kopf in den Nacken wie eine Frau, die auf Empfängen Piccolo trinkt und schlecht Golf spielt. »Außerdem sei es Schicksal, dass wir hierher gezogen sind und dieses Haus gekauft haben. Alles habe seine Bestimmung. Er hat mir vom Fimbulwinter erzählt, vom Weltuntergang. Germanen sind Fatalisten.«

»Für mich hört sich das plausibel an«, sage ich, und es macht schlimme Geräusche, als das Teppichmesser über die Kontakte kratzt. Eigentlich hört es sich genauso verrückt wie plausibel an, aber wenn Hartmut sich aufregt, nehme ich gerne die Gegenposition ein. Besonders jetzt, wo er uns all das eingebrockt und keine Probleme hat, sich von den Leuten helfen zu lassen, die er für so gefährlich hält.

»Schicksalsergebenheit, Bestimmung, Pantheismus – das sind Wurzeln von Diktaturen«, sagt er und surrt fast mit in die Höhe, als ihm das Rollo aus der Hand rutscht. Er zurrt es schnaufend zurück. »Der Mensch gibt die Verantwortung aus der Hand statt klarzukriegen, dass er selbst die Dinge in der Hand hat.«

»Wie wenn er Schneisen in den Wald schlägt oder Dämme staut?«, frage ich und schiele zu Hartmut, um seine Reaktion zu sehen. »Oder Atomkraftwerke?«

»Ach, du!«, sagt er.

Ich stehe auf und fuchtele mit dem Teppichmesser. Wir stehen auf frisch gereinigten Dielen, in einem gestrichenen

Zimmer mit Steckdosen und sauberen Fenstern. Ich finde es auch toll, was Menschenhand kann, aber ich habe Lust, ihn zu triezen.

»Ist man neuerdings Nazi, wenn man für die Natur schwärmt?«

Hartmut presst den Gurtkasten in sein Loch und steckt schnell eine Schraube rein. »Ha!«, sagt er. »Hast du mal Siegmunds Behausung gesehen? Er hat bei der Hütte das Dach verschoben, weil ein Baum schräg auf das Haus zuwächst. Er ist dem Baum ausgewichen!«

»Find ich sympathisch«, sage ich.

Die Schraube schießt wieder aus dem Loch, und Gurt wie Rolle rasen erneut nach oben. Hartmut flucht ohne Worte und schnauft. »Ich hab mal was über so Leute gelesen«, sagt er. »Bei Jutta Ditfurth. Heidnische Naturfreaks und so. Ökofaschisten hat sie sie genannt. Ich hätte nie gedacht, dass es das wirklich gibt.«

»Jetzt sind sie unsere Nachbarn«, sage ich.

»Ja«, sagt Hartmut und keckert dabei. »Scheint dir ja nichts auszumachen als Soldat der örtlichen Wehrsportgruppe.«

Ich werfe eine Steckdose nach ihm. Sie prallt an der Wand ab und fällt auf die Dielen. Hartmut zeigt mit dem Schraubenzieher auf die Stelle.

»Bei Laminat hätten wir jetzt eine Macke«, sagt er.

»Gut, dass im Baumarkt ein richtiger Öko vorbeikam, was?«, sage ich.

»Ja«, sagt Hartmut, »wahrscheinlich der einzige im ganzen weiten Landstrich Hohenlohe.«

»Und Torsten steht auf seine Tochter.«

»Na, wenigstens machen wir schon Klatsch und Tratsch über das Liebesleben der Nachbarn«, sagt er.

Ich lache. Die Sonne scheint auf die sauberen Dielen. Der Raum ist fertig. Der einzige in einer sonst nur grob freigehauenen Bauruine. Es wirkt wie eine Paralleldimension. »Brauchst du Hilfe beim Rollo?«, frage ich, und wir vertragen uns wieder. Dann hupt es, und vor der Tür stehen Spritti und Tito mit den Wassertanks und dem Toilettenwagen.

Als die Frauen kommen, ist alles vorbereitet. Im Garten neben unserem Zelt steht ein gemieteter Wagen mit Dusche und Klo, da wir noch keinen Kanalisationsanschluss haben und das »Bad« im Haus nur braunes Wasser spuckt. Vor der neu eingehängten Haustür liegt eine Fußmatte mit Herzchen und Blumen darauf. Der Garten ist gemäht und gejätet, so gut Hartmut es in der Woche leisten konnte, während ich im Ort Getränke verkaufte. Dabei aß er unablässig Kümmel mit Atemfrischpastillen. Die Frauen nehmen die Blumen von der Fußmatte und sehen am Haus hoch. Susanne skeptisch, Caterina eher mit Vorfreude.

»Hallo!«, sagt sie.
»Hallo!«, sage ich.
Dann halten wir beiden die Augen zu.
»Nur ein Raum komplett«, sagen wir, um sie an unsere Abmachung zu erinnern, und führen sie die knackende Treppe hinauf in das fertige Zimmer. Als wir die Hände wegnehmen, machen sie »Ohhhhhh!!!!«.

In der Mitte des Zimmers haben wir einen Tisch aufgestellt, den wir von Ernst geliehen haben, ein Teil der germanischen Festtafel. Die Runen an den Seiten kann man nicht sehen, da eine Tischdecke aufliegt, auf der ein Candle-Light-Dinner aufgebaut ist, komplett mit Käse und Häppchen und Obst und Wein aus noblen Dekantierern, die ich aus dem Glasschrank unserer Weinabteilung mitgebracht habe. Ein CD-Player gibt leise Miles Davis von sich. Vom Tisch hüpft Yannick, rennt auf Caterina zu und springt ihr in den Arm. Die neue Tapete und der saubere Boden sehen im Dämmerlicht edel aus. Wie ein Burgzimmer ohne antiquarischen Mief.

»Das ist toll«, sagt Caterina und gibt mir einen Kuss, während Susanne ihrem Hartmut an der Kotelette zwirbelt und ihn anerkennend von der Seite mustert. Dann dinieren wir.

Während des Essens klagen die Frauen ihr Leid über die Pensionswirtin, und wir erfahren alles über die Physiognomie der Sonnenblume und die Komplexität von Teichtechnik und Fischhaltung. Während Susanne erzählt, sehe ich, wie ihr Blick im Raum lauter kleine Fehler erspäht, auf die ich erst durch ihre Augenbewegung aufmerksam werde. Dort, wo Hartmut die letzte Bahn Tapete geklebt hat, rollt sich langsam wieder eine Ecke von der Wand. Eine Steckdose steht etwas hervor. Es gibt eine Falte in der Tapete, auch wenn sie mir vorher nicht aufgefallen ist. Susanne merkt, dass ich merke, dass sie es merkt, aber sie sagt nichts. Sie will uns nicht demotivieren. Stattdessen erklärt sie uns den Unterschied zwischen Elritzen und Goldorfen. Hartmut und ich hören aufmerksam zu, aber ich weiß, dass auch er sich fragt, wie wir die Frauen überreden können, heute Nacht zu bleiben, obwohl es nur einen Raum und zwei Matratzen gibt und mindestens ein Paar sich somit im Zelt vergnügen müsste. Es erfordert Timing, Rhythmus, Charme und eine komplexe psychologische Manövrierfähigkeit, dieses Ziel zu erreichen. Als Hartmut Wein nachgießt, fragt er daher: »Können wir euch dazu überreden, heute Nacht zu bleiben, obwohl es nur einen Raum und zwei Matratzen gibt und mindestens ein Paar sich somit im Zelt vergnügen müsste?«

Die Frauen sehen sich an und kauen Käse. Dann sagt Susanne: »Lasst uns doch mal das ganze Haus ansehen, ohne verrückte Verkäuferin.«

Wir führen sie durch das Haus und betonen in jedem Raum, wie schwer es war, die Teppiche rauszukriegen oder die Tapeten abzureißen, geschweige denn, die Wände neu zu verputzen, auch wenn wir damit nicht fertig sind. Ich frage mich wieder, wie sie glauben können, dass wir die Entkernung in drei Wochen allein geschafft haben, während ich tagtäglich im Laden arbeiten muss. Sie trauen uns zu viel zu. Das ist für einen Mann strategisch ungünstig.

»Nicht schlecht, nicht schlecht«, sagt Susanne und pfeift. »Aber eins habt ihr noch vergessen.«

»Was?«, fragen wir.

»Die ekligen Teppiche wegzumachen.«

»Die Böden sind blank!«, protestiert Hartmut.

Susanne geht ins Dinnerzimmer zurück, schenkt sich selbst Wein ein, schwenkt ihn gegen das Licht, trinkt und zeigt auf den Zwischenraum hinter der Treppe, die auf den Speicher führt. Das kleine Stück Wand bis zum Beginn der Dachschräge ist an dieser Stelle tatsächlich noch mit alten Teppichen abgehängt. Die Stelle ist dunkel. Wir haben sie übersehen.

»Und um ehrlich zu sein ...«, sagt Caterina jetzt und sieht mich mit ihrem Klein-Mädchen-Augenaufschlag an, wie sie es immer tut, wenn sie mir eine unangenehme Wahrheit mitteilen muss, obwohl ich mich bemüht habe: »Das Haus stinkt immer noch.«

»Was auch an den Teppichen liegen mag ...«, sagt Susanne und rollt die Augen nach oben, während sie den Zeigefinger an die Lippe hält.

»Aber sonst habt ihr es heute wirklich schön gemacht«, sagt Caterina, und ich schaue auf ihr süßes Näschen. Die rote

Locke fällt ihr ins Gesicht. Mein Herz klopft. Auch andere Teile klopfen.

»Wenn wir die Teppiche wegmachen und ganz doll lüften, wenn wir das alles sofort machen, bleibt ihr dann eine Nacht?«, bettele ich, subtil und strategisch.

»Vielleicht«, sagt Caterina und lässt ihre Hand für eine Millisekunde ganz zufällig meine Hose passieren, während sie mir in die Augen sieht.

»Hartmut, ich reiße jetzt auf der Stelle die Teppiche ab!«

Hartmut grinst und berührt seine Susanne am Arm: »Da mache ich doch glatt mit!« Wir kriechen in der Hocke auf die Teppiche zu, während die Frauen am Absatz der Treppe stehen und Sicherheitsabstand halten. Vorsichtig nähern wir uns dem ersten müffelnden, angefaulten Teppich, der mit zwei rostigen Nägeln in die Balken geschlagen ist.

»Zange?«, frage ich, und Hartmut überlegt schnell, wo wir das Werkzeug haben. Ich fummele derweil mit der Hand an einem der rostigen Nägel herum, als der morsch zu Krümeln zerfällt, der Teppich an einer Seite abrutscht, herumschwingt und in seiner ganzen Breite auf Hartmut zurast. Die Frauen und Hartmut quietschen, ich mache ein ersticktes »Wah!«, und schon wird Hartmut von dem schweren Teppich von den Beinen gefegt und landet Staub und Dreck aufwirbelnd auf den Planken. Unten an der Treppe kommt jetzt auch Yannick um die Ecke gestürmt, um zu sehen, was oben vor sich geht. Hartmut strampelt sich frei und wedelt mit den Händen. »Alles klar, alles klar!« Dann rollen wir mit angehaltenem Atem den stinkenden Teppich zusammen, tragen ihn durch das andere Schlafzimmer zum Fenster und werfen ihn nach draußen vors Haus, wo einst der Sperrmüll lag.

Ich sehe Berit im Fenster den Kopf schütteln und an der

Zigarette ziehen. Wir kehren, unsere Sachen abklopfend, in den Zwischenflur zurück, sehen die Treppe hinab und vernehmen, wie unsere Frauen und der Kater dort applaudieren.

Der zweite Teppich ist schlimmer. Im zentralen Kreis seines Musters ist ein Schimmelfell entstanden. Ich frage mich, warum wir das nicht gemerkt haben. Wir nähern uns dem Textil, als wäre es ein bissiger Hund, und trauen uns nicht, es zu berühren.

»Na los, ran!«, rufen die Frauen, ihre Weingläser in der Hand.

»Ich hab eine Idee«, sagt Hartmut. Er schiebt mich zum Treppenabgang zurück, bittet Susanne und Caterina, ein paar Stufen hinabzugehen, zieht seinen Schuh aus, zielt auf einen der rostigen Nägel und wirft. Der Schuh trifft das Relikt, der Nagel zerbröselt augenblicklich zu Moder, und der Teppich fällt auf dieser Seite ab. Der zweite Nagel kann das Gewicht nicht mehr halten und löst sich ebenso auf.

Der Teppich fällt wie ein Vorhang und gibt den Blick auf die Wand dahinter frei.

Dann beginnen wir alle zu schreien.

Die Frauen lassen ihre Gläser fallen, Yannick rast aus dem Flur, und Hartmut und ich stürzen fuchtelnd ineinander und machen kehlige Geräusche wie Menschen, die bemerken, dass ihnen ein Finger abgerissen wurde.

Der Grund unseres Getöses ist ein Loch in der Wand, das derart dicht mit Spinnweben und Staub zugesponnen und verstopft ist, dass das dunkle Gewebe wie massiver Beton wirkt. In dem undurchdringlichen Geflecht kleben Leichen von riesigen Spinnen und ihren Opfern. Ein großer schwarzer Fleck bewegt sich jedoch darin, und das Gewebe zuckt einen Moment wie das Zwerchfell eines Organismus'.

Hartmut und ich stolpern rückwärts, halten uns gegenseitig fest und fallen beinahe die Treppe hinunter. Die Frauen sind schon unten angelangt, reißen die Tür auf und rennen aus dem Haus. Ich habe sie noch nie so erlebt, vor allem Susanne nicht, aber dieser Anblick war wirklich zu viel. Es war, als würde sich der Schrecken aller jemals im Leben erblickten verspinnten Kellerecken zu einem einzigen schwarzen Loch zusammenziehen.

»Wartet!«, rufe ich, aber sie rennen bereits auf die Bushaltestelle zu, die eher als Dorfplatz dient, da der Bus ja ohnehin höchstens einmal am Tag kommt, zu irgendeiner Zeit, wie es hier Sitte ist. Zu meinem Entsetzen biegt er genau in dem Moment um die Ecke, als die beiden Frauen schreiend durch den roten Abendhimmel hüpfen, was an ein Gemälde von Edward Munch erinnert. Der Bus hält, die Türen zischen auf, und unsere geliebten Freundinnen werfen sich ohne einen Blick zurück hinein, wie man es in Albträumen tut. Dann sind sie nur noch zwei Köpfe in der Rückscheibe eines Fahrzeugs, dessen Existenz wir jeden Morgen neu anzweifeln.

Ich bleibe noch einen Moment auf der Vortreppe unseres Hauses liegen. Dann drehe ich mich um, gehe außen herum in den Garten und suche mir einen besonders langen Holzscheit vom Stapel. Ich umwickle ihn mit einer Zeitung aus dem Zelt, gehe wieder nach oben, entzünde meine selbstgebastelte Fackel an den Kerzen unseres Candle-Light-Dinners, gehe mit dem flammenden Stab zum Spinnenloch und brülle animalisch: »Ich räuchere sie aus!« Hartmut zerrt mir am T-Shirt und plärrt: »Nein, nein, was machst du denn, hier ist doch alles aus Holz!« Die Flamme meiner Fackel berührt Wände, Schrägbalken und die Treppe zum Dachboden, ich bemerke das alles, kümmere mich aber nicht darum. Schwarze Verfärbungen entstehen in Sekunden. »Wenn du das Loch anzündest, brennt die ganze Wand mit ab und damit unser komplettes Haus!!!«, schreit Hartmut und zieht an meinem Arm, ich mache mich los, halte die Fackel gerade und brülle: »Unser Haus stand in Bochum und hatte eine Bombe im Keller! Es hatte eine Wanne und eine Playstation und eine wunderbare Pommesbude gegenüber!«

Hartmut steht mit einem Mal starr. Oh nein, denke ich. Eine Stresssituation. Es wird wieder losgehen mit der Flatulenz. Er wird sich entladen, und die Fackel wird mit dem Gas reagieren. Doch es entlädt sich nichts. Er sieht mich nur traurig an, als habe er soeben auf der Innenseite seiner Augen den Film der letzten Jahre durchlaufen lassen, und sagt: »Aber es ist abgerissen worden. So oder so.«

Ich sage nichts und versuche, meine Gedanken zu ordnen, die um Caterina kreisen, die Scheune, den Getränkeladen, die Wandelgermanen, Thor und Thrym, dieses Haus mit seinen Filzbroten und seiner Gegenwehr gegen die Restaurierung.

Ich betone meine Worte mit der Fackel, als ich sage, dass wir diesen Restaurateur Leuchtenberg brauchen. Nicht irgendwann, nicht irgendwie, sondern sofort. Unsere Gesichter flackern rot wie bei eingeschlossenen Bergleuten.

Hartmut nickt, drückt sanft meinen Arm mit der Fackel nach unten und verspricht mir, dass wir morgen früh um sieben bei Steinbeis stehen und ihm die Hölle heiß machen werden.

Dann gehen wir nach unten und tunken die brennende Fackel in einen der Eimer, mit denen wir das Klo spülen.

16

Dieses Mal versuchen wir, Herrn Steinbeis zu überraschen. Kein Umweg über das Hildchen in der Bibliothek, keinen Termin zum Terminmachen, keine Wartezeit. Einfach zur Tür und klopfen. Das sei die beste Methode, sagt Hartmut, so habe er es damals bei seinen Professoren an der Uni gemacht, immer außerhalb der Sprechzeiten, und nie habe er deshalb Ärger bekommen, sondern immer einen Kaffee und mehr Zeit als üblich. Nur: Hartmut konnte seine Professoren finden. Wir hingegen irren jetzt schon seit einer halben Stunde durch das verdammte Schloss.

»Amt für Gartenbau, Abteilung Mulch«, liest Hartmut an einer Tür. Die nächsten Türen sind für Torf, Rasen und Muttererde.

»Hier waren wir schon«, sage ich und erkenne einen flachen Tisch mit Gummipalme und einen dieser tiefen Nordseepensions-Sessel mit Holzgestell und Cordbezug.

»Es sieht alles gleich aus«, sagt Hartmut.

Eigentlich kann man sich nicht verlaufen, da es ja nur diesen einen Eingang gibt, den winzigen Raum und den dünnen, langen, türlosen Flur, der aus ihm ins Schloss führt wie ein Windkanal oder eine Turborutsche, als müsste man Anlauf nehmen, da man innen ohnehin genug ausgebremst wird. Ich spüre wieder diese Müdigkeit, die mich hier drin überfällt und mir eine gewisse Ruhe und Zufriedenheit eingibt, als hätte es schon alles seine Richtigkeit. Hartmut biegt wieder um eine Ecke und stöhnt.

Der nächste Flur hat viele Türen und macht eine lange, flache Kurve, an deren Ende zwar die Türen verschwinden, man aber das Gefühl hat, bis zum Scheitelpunkt noch zwei Tage wandern zu können. Hartmut liest schnell die Aufschriften der Türen, ich überlasse es ihm, da mir die Schrift ein wenig vor Augen verschwimmt. Mir fällt auf, dass es dunkler wird, je weiter wir kommen. Dann halte ich an und sehe, dass die Fenster ganz oben in die Wand eingelassen sind, knapp unter der Decke. Das Licht schwappt zwar hinein, verteilt sich aber nur an der Decke, wie Wasser, das auf den Boden fließt, während wir auf dem Kopf stehen.

»Das ist doch albern«, sagt Hartmut.

»Weitermachen«, sage ich. »Das Haus hat gestern unsere Frauen vertrieben. Es muss gezähmt werden.«

Wir folgen weiter dem Flur. Lange, bevor seine Biegung endet, passiert er eine Kreuzung. Rechts geht es noch fünf Türen entlang in einen kleinen Gang, der an einer kahlen Wand endet, vor der ein kleines Tischchen mit Decke und Trockengesteck steht. Links leuchtet fahl eine Milchglastür, der Weg zu ihr nur noch durch Teeküchen und Klos gesäumt. Wir biegen ein, öffnen die Tür und stehen wieder in dem kleinen Vorraum mit den Sesseln, den Prospekten und dem schmalen Flur ins Schloss.

»War diese Tür immer schon da?«, fragt Hartmut.

»Das ist völlig unlogisch«, denke ich laut und versuche zu verstehen, wie wir gelaufen sind.

»Was machen wir jetzt?«, fragt Hartmut, und es klingt schon wieder so, als suche er nach Gründen, den Steinbeis- und Leuchtenberg-Quatsch sein zu lassen. Aber es ist kein Quatsch. Es ist der Schlüssel. Ich weiß das.

»Wir versuchen es nochmal!«, sage ich und betrete den schmalen Flur wie in einem Videospiel, in dem man den Level neu startet. Ich eile durch die Gänge, vorbei an der Gummipalme, dem Sessel und dem Spezialamt für Mulch, nehme exakt den gleichen Weg wie zuvor, biege ab und stehe nicht vor der merkwürdigen Milchglastür, sondern vor der Treppe zur Bibliothek. Das Hildchen steht in der Tür und sieht mich, jetzt wissen sie, dass wir im Gebäude sind.

»Das kann doch nicht sein ...«, sagt Hartmut, der hinter mir ankommt und sich in den Gang zurückdreht, aus dem wir gekommen sind.

»Kann ich Ihnen helfen?«, fragt das Hildchen.

Hartmut wendet sich mir zu und flüstert: »Das war's dann wohl mit dem Überraschungseffekt. Wie scheinheilig sie fragt. Die weiß doch genau, warum wir hier sind.«

»Dann fragen wir eben«, sage ich und betrete die Bibliothek, in der das Hildchen schon wieder hinter ihrer Theke Platz genommen hat.

Die kleinen Jungs sitzen immer noch auf ihrem Spielteppich, der eine simuliert gerade einen mehrfachen Überschlag, er hört gar nicht mehr auf damit, lässt den Wagen an der Bäckerei, der Kreuzung und dem Zoo vorbei über den Rand der Spielwelt hinausstürzen, krabbelt weiter und macht mit aufgeblasenen Backen knirschende Geräusche. Er kriecht hinter seiner Hand her, die den Wagen fast schon im Alleingang dreht und dreht, krabbelt unter den Stuhl und lässt den Wagen sogar noch an der Wand weiterüberschlagen, wie eine Endlosschleife in einem Videospiel, in dem sich das Auto in der Grafik verhakt hat. »Krssschhh, krhhzzscchhh!«, macht der Junge, und in seinen

Augen sehe ich, wie er sich vorstellt, dass die Insassen bis auf den letzten Krümel zermalmt werden. Der andere sitzt auf den Fersen zwischen dem Restverkehr und wartet. Das Hildchen spielt mit einem Kuli. Heute hat sie Vangelis angemacht, ich glaube, sie hat ein Pathosproblem. »Er ist nicht wiedergekommen«, sagt sie. Wir sehen sie still an. Auf dem Pult liegen veraltete Sachbücher. Sie zeigt mit dem Kuli auf den Jungen, der unter dem Stuhl zappelt und Unfallinsassen zerteilt. »Der Vater«, sagt sie. Ich nicke. Natürlich.

Hartmut wirkt ungeduldig. »Wo finden wir noch gleich das Büro von Herrn Steinbeis?«, fragt er, und das Hildchen klemmt sich den Kuli hinters Ohr. »Haben Sie einen Termin?«

»Ja«, lügt Hartmut.

Das Hildchen nimmt den Kuli wieder hinter dem Ohr weg, zeigt mit ihm auf Hartmut und schaut, so verwegen sie kann: »Sie listige Figur.« Dann schaltet sie von verwegen auf unwirsch. »Sie haben keinen Termin.«

»Ach, nein?«

»Nein. Das wüsste ich.«

»Sie sind die Bibliothekarin!«

Die Frau sieht langsam auf und schaut Hartmut an wie jemanden, der das Offensichtliche nicht versteht.

Ich setze mich in einen Sessel und nehme ein Buch. Ich bin ganz ruhig. Wir haben doch Zeit. Das Buch handelt von edlen Trinkgläsern und Kristallformen. Ich lese eine Seite und fühle mich gut. Hartmut hat mir den Trick verraten. Man beschäftige sich 15 Minuten am Tag mit Themen, für die man sich noch nie interessiert hat. Das ist wie eine Frischzellenkur fürs Hirn. Stretching. Ich lese. Hartmut regt sich auf.

»Wir waren schon mal hier, erinnern Sie sich? Da haben Sie uns ohne Termin zu ihm gebracht.«

»Das bedeutet gar nichts«, sagt sie.

»Wir sind die vom Fachwerkhaus.«

»Ich weiß, wer Sie sind«, sagt das Hildchen und schreibt etwas auf einen Block.

Der Stift kratzt. Die Uhr tickt.

»Wir brauchen diesen Restaurateur!«

Das Hildchen knallt ihren Stift auf die Platte wie eine Lehrerin und sieht uns ruckartig an: »Alles zu seiner Zeit!«

»Kabeeeeng!«, quäkt jetzt der andere Junge auf dem Teppich und versucht, seinem Kameraden in Sachen Inszenierung von Unfällen nachzueifern. Der schaut sich das Spiel kurz an, wartet, bis der andere den Unfall beendet hat, und schlägt ihm mit der spitzen Kante eines Autos gegen das Jochbein. Der Geschlagene fängt an, langsam und sehnig zu fiepen. Dann geht es in Geschrei über.

Das Hildchen seufzt, zuckt mit den Schultern und sagt: »Er mag es nicht, wenn andere ihn übertreffen wollen.« Dann geht sie zu dem geohrfeigten Jungen und nimmt ihn auf den Arm wie ein Baby.

»Sagen Sie, Hildchen«, hören wir plötzlich eine bekannte Stimme in der Tür und sehen Steinbeis, wie er in einem Papier blättert, »dass wir für die Gründung einer Baumschule die Vorlage eines Lehramtsstudiums verlangen, erscheint mir nicht ganz glaubwürdig. Ah!« Steinbeis wirbelt seine Papiere auf und nimmt die Hände nach oben, das Hildchen schaut schockiert auf ihren ungeschützten Chef, und der macht auf dem Absatz kehrt und rennt den Flur hinab. Hartmut rennt ihm nach, ich folge ihm. Das Hildchen ruft »Nein!« und versucht, mich noch am Hemdzipfel zu packen, kommt aber aus dem Gleichgewicht, da sie den Jungen auf dem Arm hat.

Wir folgen Steinbeis durch die Flure und sind erstaunt, wie

schnell der Mann laufen kann. Häufig biegt er bereits um die nächste Ecke, wenn wir gerade mal den Flur erreicht haben, meistens ist er nur ein schwarzes, grotesk hüpfendes Männchen am Ende eines langen Korridors. Die Gänge werden länger, je mehr Zeit vergeht, und auch ihr Inneres verändert sich. An manchen Stellen wachsen die Pflanzen aus den Töpfen die Decke hoch, an anderen gibt es keinen Putz, und wir laufen an massivem Backstein entlang, vor allem dort, wo die Flure einen langen Rundbogen machen. Ich trabe mit Ausdauer und Geduld, während Hartmut rennt wie ein Mann, der es indiskutabel findet, einem Beamten durch nicht enden wollende Flure hinterherzuhasten. »Lassen Sie mich!«, hören wir den Flüchtenden aus der Ferne rufen, dann rollen uns Murmeln entgegen, die er hinter sich geworfen hat und denen wir ausweichen. »Er wird müde«, sagt Hartmut und beschleunigt seinen Schritt. Nach einer Stunde biegt Steinbeis in einen Gang ein, der nur noch auf eine Tür zuläuft, und somit eine Falle darstellt. »Nein«, hören wir ihn rufen und sehen noch, wie er durch die schwere, alte Tür steigt und sein Bein nachzieht. Dann erreichen auch wir das Portal, das mit Motiven der Arche Noah verziert ist, öffnen es und gehen hindurch. Wir stolpern, als dahinter eine Stufe nach unten führt, und landen auf kaltem Gestein. Wir rappeln uns auf und sehen nach oben. Ein verziertes Gewölbe im Halbdunkel, ein Taufstein, Sitzbänke. Eine Kirche. Aus einem Beichtstuhl dringt leises Gewimmer. Hartmut steht auf und stampft in Richtung des hölzernen Kastens zur Gewissenserleichterung. Er kocht vor Wut. Er reißt die Tür des Beichtstuhls so heftig auf, dass das ganze Ding ein Stück auf dem Kirchenboden rutscht, und beugt sich über Herrn Steinbeis, der den Vorhang der Tür abgerissen hat und ängstlich hinter dem Stoff hervorguckt. »Uhhh!«, macht er, und sein Kiefer rasselt. Seine riesige Brille sitzt schief über den verschüchterten Augen.

»Sagen Sie mal ...«, brüllt Hartmut und sucht nach Worten. Er japst und versucht selbst erst mal, all das zu verstehen. »Was ist das denn? Was ist das? Was ist das???« Ich glaube, er wird hysterisch. Er macht »Pfiiiiiüüüüüü!«, ein Geräusch, das ich noch nie aus seinem Mund gehört habe, und rüttelt von innen an dem Beichtstuhl, sodass er mit ihm und Steinbeis darin ein paar Fliesen weit durch die Kirche hüpft. Dabei stößt Hartmut mit jedem Hüpfer kurze, trockene Winde aus. Dann packt er den Mann am Kragen.

»Ich will Leuchtenberg! Sofort!«

Steinbeis wimmert, verkriecht sich tiefer in dem Beichtstuhlvorhang und sieht in die Kirche hinaus, als prüfe er, ob jemand Hartmuts Worte gehört hat.

»Wissen Sie, was passiert, wenn ich Stress habe?«, brüllt Hartmut und rüttelt den armen Mann, bis dessen Brille auf die Nasenspitze rutscht, »ich bekomme schlimme, grauenhafte Anuskrämpfe, die mich für 10 Minuten in diabolische Zuckungen versetzen und sich dann in einem Armageddon der Darmaktivität entladen. Früher nannte man so was nicht ohne Grund Teufelsgas! Und glauben Sie mir, Sie wollen das nicht erleben, nicht hier mit mir in diesem Holzkasten!«

»Ich kann es doch nicht tun«, weint Steinbeis, und sein Kiefer macht kreisende Bewegungen. »So funktioniert es doch nicht.«

»Und wie das funktioniert!«, tobt Hartmut, und ich sehe schon vor mir, wie er Steinbeis gleich schlagen wird. Er kriegt einfach zu viel. Er wird einen Staatsdiener in einem Beichtstuhl misshandeln.

»Man kann Leuchtenberg nicht rufen, man kann ihn nicht

drängen. Er entscheidet, wann wir bereit sind für seine Ankunft. So machen Sie alles doch nur noch schlimmer!«

Hartmut rüttelt noch einen Moment nach, dann lässt er von dem Mann ab wie ein CIA-Agent, der überzeugt wurde, dass sein Gefangener doch nichts weiß. Langsam löst er sich von dem ins Holz gedrückten Steinbeis, kommt aus dem verbogenen Beichtstuhl und zieht die Nase hoch.

»Wir gehen«, sagt er, und ich folge ihm.

Vor dem Schloss fahren Menschen in Autos und schließen ihre Fahrräder ab. Die Tür zu einer Apotheke geht klingelnd auf, die Sonne scheint auf die Duschgelangebote einer kleinen Drogeriefiliale. Wir gehen auf die andere Straßenseite, um einen besseren Blick auf das Schloss zu haben, gehen nach links, gehen nach rechts, schauen über den Schlosspark in das leicht abfallende Tal dahinter. Es ist keine Kirche zu sehen. Ich starre immer noch ins Tal, als Hartmut mich antippt und zur Kreuzung zeigt. Ein schicker Volvo steht dort, dem klassische Musik entströmt, und neben dem gutgekleideten Fahrer sitzen unsere Frauen und lachen. Es ist derselbe Mann, der sie damals mit in den Ort genommen hat, in der ersten Nacht. Die Ampel wird grün, und sie fahren Richtung Bahnhof und biegen rechts ab. Mein Bauch wird heiß, und es fühlt sich an, als stiege mir warme Luft unter die Ohren. Hartmut schaut dem Auto nach und blickt so überlegt drein wie bei der Interpretation von Theaterstücken.

»Ich muss arbeiten«, sage ich, gehe zum Getränkeladen, grüße meine Chefin, ziehe meine Kluft an, gehe in den Kühlraum und öffne erst mal ein Bier.

*

Gegen Mittag ist mein Bauch nicht mehr wegen der Frauen warm, sondern wegen des Biers. Ich verliere mich in der Arbeit, auch wenn das Bild Caterinas auf dem Beifahrersitz dieses Mannes an meinem Rückgrat entlangkriecht wie ein Wurm. Ich nehme eine Bierflasche mit Oettinger-Etikett aus dem Hasseröder-Kasten und stelle sie zu den anderen. Fachlich gesehen ist es Irrsinn, Leergut gleichen Flaschentyps auch noch nach Marke zu sortieren, aber ich genieße die Macht über die Ordnung, die ich hier habe. Nur Tausende von Kästen und ich. Meine Chefin schmunzelt hinter der Kasse, als ich ein wenig jubele, weil ich genau zwanzig gleiche Flaschen zusammenhabe, und gibt der kleinen Tochter einer Kundin einen Chupa-Chups-Lutscher. Bei uns im Laden läuft Radio, wie im Baumarkt, nur dass wir den Lokalsender unterstützen, der auf jugendlich getrimmt ist und in dem 29-jährige Frauen wie kieksende Teenager moderieren. Dann geht wieder die Tür auf, und eine neue Familie kommt mit einer Menge Leergut auf dem Wagen herein. Ich eile hinzu, grüße sie und räume ihren Wagen ab, während meine Chefin die Pfandsummen eintippt. Die drei leeren Kästen Bier sind allesamt alkoholfrei. Der Vater steht noch an der Kasse und nimmt den Bon entgegen, als seine Frau und die beiden Kinder schon im Gang mit den teuren Säften verschwunden sind. Ein Rentnerpaar steht ratlos vor dem Weinregal. Zwei junge Frauen mit Reiserucksäcken suchen sich kleine Flaschen für unterwegs zusammen. Ich frage mich, ob sich solche Touristen vorstellen können, was hier in den Wäldern und Dörfern los ist, und wuchte den letzten Apfelsaftkasten auf den Stapel, als mein Handy klingelt.

Caterina ist dran und sagt: »Ich bin's.« Ich weiche instinktiv in den Gang zu den Privaträumen zurück, vor deren Tür nur noch die kleinen Schnäpse stehen, weil ich nicht will, dass die

Kunden einen Streit mitkriegen. Ich weiß natürlich nicht, ob es ein Streit wird, aber mir rutscht das Herz in die Hose, und ich komme kaum mit dem Atmen hinterher. Ich bin so was immer noch nicht gewöhnt.

»Ich hab dich in dem Auto gesehen. An der Kreuzung.«

Caterina bleibt still. Hab ich was Falsches gesagt? Ist es ein Verbrechen, wenn man sagt, was man gesehen hat? Überlegt sie gerade, ob sie es nötig hat, sich zu verteidigen? Und wenn ja – hat sie?

»Die Wirtin war nicht mehr tragbar«, sagt sie nach einer Weile. »Sie wollte am Ende Sonnenblumenskulpturen. Susanne sollte einen zweiten Teich anlegen, eine Ebene tiefer, mit einer Verbindung durch einen Wasserfall. Die alte Frau hatte es in dem Buch über Teichtechnik gelesen, das Susanne gekauft hat. ›Das wär ja schön‹, hat sie gesagt, ›auf meine alten Tage. Aber das kann ich nicht von Ihnen verlangen. Sie sind schon so gut zu mir. Aber schön wär das ...‹«

»Und jetzt?«

»Jetzt wohnen wir bei Pierre.«

Pierre. Der Mann im Volvo. Ein Name wie Manschettenknöpfe.

»Pierre ...«

»Der Mann, der uns mitgenommen hat. Am ersten Abend.«

»Ich weiß, wer das ist.«

»Wir hatten noch seine Nummer.«

Ein kleines Mädchen steht neben mir und hört dem Telefonat zu. Sie steht auf einer Palette mit einem halb abgetragenen Berg kleiner bunter Schnapskartons. Ich mache »schhhh«, wie man es tut, um Katzen zu verscheuchen, und schneide dabei Grimassen. Es klappt.

»Es ging nicht mehr«, sagt Caterina, und sie sagt es so warm, so leidend, so um Verständnis bittend, dass ich ganz weich werde und mich ärgere, dass ich bis eben Pierre in Schnapsbrennereikesseln ertränken wollte.

»Ohhhh, mein Armes«, sage ich mit meiner unmännlichen Stofftierstimme. Meine Chefin winkt mich herbei, um einen Lieferschein zu prüfen. Neben ihr steht ein bulgarischer Lieferant mit Nietzsche-Bart und wartet auf die Bestätigung. Ich schaue auf das Blatt, prüfe die Summen und nicke.

Caterina sagt: »Vermisst du mich eigentlich nicht?«

»Doch!!!!!!!!«, jammere ich, und der Lieferant macht große Augen über seinem Schnauzer. Ich gehe ein Stück in den Gang mit den Limos, wo die Touristen stehen. Caterina sagt nichts und atmet. Ich sage: »Miu Miu?« Die Touristenfamilie dreht sich zu mir um, die zwei jungen Frauen nehmen sich hippes Wasser mit Apfel-Lemon-Geschmack, kompletter Kalorienfreiheit und dem 48fachen an Sauerstoff und kichern. Es gibt nicht viele Männer, die in der Kommunikation mit ihren Frauen regelmäßig merkwürdige Lautfolgen wie »Miu Miu« von sich geben. Hartmut pflegt eine andere, seine klingt eher nach »Weo Weo«, geht noch stärker ins Klagende und wird von einem noch erbärmlicheren Blick begleitet.

»Miu Miu«, sage ich nochmal.

Wieder nur Atmen.

Mir gehen zwanzigtausend Dinge durch den Kopf, die ich würde sagen wollen, von dem Haus und Leuchtenberg und der Wehrsportgruppe und dass diese merkwürdige Bekanntschaft sein muss, weil sie uns so doll helfen, und dass ich weiß, dass Caterina nichts von Kriegsspielen hält, und dass ich den Bauern auch noch aus der Scheune kriege. Ich habe ein schlechtes Gewissen, und Caterina ahnt nicht mal, warum. Es springt auf die

Limokästen, knibbelt ein paar Etiketten ab und baut sich einen Unterstand auf.

»Glaub ich nicht«, sagt Caterina jetzt, und ich spüre durchaus, dass sie mich nur necken will. Dennoch bleibt mein schlechtes Gewissen auf dem Limokasten in seinem Unterstand und winkt jetzt mit Gewehr und Soldatenhelm aus einem Zelt.

»Was glaubst du nicht?«, frage ich, damit ich mich nicht noch mehr mit Schweigen verdächtig mache.

»Dass du mich vermisst.«

»Doch!!!!«, jaule ich erneut. Ein paar Kinder strecken ihre Köpfe durch eine Reihe Kisten.

»Du hast ja nicht mal Sehnsucht nach Sex«, sagt Caterina, und ich rufe: »Das ist nicht wahr, das ist ja schon überhaupt nicht wahr!!!«

Die Rentner haben eine Flasche Wein für ihre Gäste gefunden und somit nun auch Zeit, mich beim Telefonieren zu beobachten. Der kleine Flur bietet überhaupt keinen Schutz, ganz im Gegenteil, man sitzt wie die Maus in der Falle.

»Beweise es!«, sagt Caterina.

»Was?«, frage ich.

»Dass du Lust auf Sex hast!«, sagt Caterina. Ihre Stimme wird neckischer, und das allein erzeugt schon einen Beweis in meiner Hose, aber den kann sie ja nicht sehen.

»Wie?«, frage ich.

»Beschreib es«, sagt sie. »Wie es sich anfühlt, die Sehnsucht.«

»Ich bin auf der Arbeit«, sage ich.

»Du liebst mich nicht«, sagt sie.

»Nein, nein, okay, okay«, sage ich, und die jungen Frauen, die Touristenfamilie, die Rentner und die Kinder versuchen geschickt zu verbergen, dass sie mithören.

»Ich …«, fange ich an und spüre, wie mein Herz wieder aus der Hose bis in den Hals hinaufwandert, »ich denke daran, wie ich …«

»Jaaaa?«, fragt Caterina vergnügt, und ich finde es erregend, dass auf einmal wieder alles gut ist und sie einen Spaß mit mir macht, allerdings einen ernsten Spaß, den ich mitspielen muss, auf jeden Fall mitspielen, ohne jeden Ausweg.

»Ich denke daran, wie ich deine Füße streichle«, sage ich und frage mich, warum ich ausgerechnet damit anfange, was sollen die Kunden denken, denke ich, und muss doch von den Füßen reden, von diesen süßen Füßen reden, bei denen ich so gerne anfange. »Ich streichle sie und küsse deine Zehen …«

»Wie?«, fragt sie, und ich höre mein Herz von innen »Hallo« sagen. Ich sage: »So, wie ich es gerne mache.«

»Beschreib es!«, sagt sie.

Ich schlucke. Die jungen Frauen entscheiden sich für ein anderes Wellnesswasser. Der Vater studiert aufmerksam ein Etikett. »Ich lutsche sie …«, sage ich und hauche dabei.

»Ja?«

»Und währenddessen spiele ich mit der Zunge von unten an ihnen herum, bis du kicherst«, sage ich.

Caterina sagt nichts und atmet wieder, diesmal aber anders, als wenn sie mir böse zu sein scheint. Ganz anders.

»Ich hege deinen Fuß einen Moment in meiner Hand, wie eine Ehre, dann wandere ich dein Bein hinauf, Kuss für Kuss, Zentimeter für Zentimeter. Du streichelst mich dabei auf dem Kopf, wartest, wartest, bis ich jeden Millimeter geküsst habe, und bevor ich …«

»Ja?«, sagt sie leise und atmet dabei weiter.

»Bevor ich, bevor wir ganz unanständig werden, ziehst du mich sanft am Kragen hoch und küsst mich fast, aber nur fast.

Ich fühle schon fast deine Lippen, aber dann drückst du mich noch einmal weg, und ich küsse deinen Hals, spiele den Vampir und berühre dich überall, und dann ...«

Meine Chefin schaut jetzt auch schon um die Ecke, um sich zu vergewissern, dass sie hört, was sie hört. Ich stehe derweil in einer Haltung im Flur, die der Außenstehende bestenfalls als entrückten Hippietanz bezeichnen dürfte, und muss aus der Wäsche schauen, als hätte ich Substanzen genommen.

»Dann«, fahre ich fort, »dann ziehst du mich wieder nach oben und rammst mir die Zunge in den Hals, wir küssen uns so feucht, so feucht wie der ganze Laden hier nicht sein könnte, selbst, wenn keine Flaschen um all die Flüssigkeiten gebaut wären.«

Caterina kichert und stöhnt zugleich ein wenig, ich kann mich nicht mehr halten und merke plötzlich, wie ich sogar aus dem Flur trete, da mir ohnehin schon alle zuhören, und schreie fast: »Ja, und dann lutschen wir und schlecken und schlucken und beißen, bis wir gottverdammt nicht mehr spüren, wo der eigene Körper anfängt und der andere aufhört, und das so lang, bis mehrere Monde über Hohenlohe gegangen sind und bis man uns noch rauf bis nach Gaildorf hört, wenn wir irgendwann in einem lauten Schrei zusammen ...«

»Hmmmmmmm«, sagt Caterina und japst ein ganz klein wenig, »okay, okay, ich gebe zu: Du vermisst mich!« Dann kichert sie, und es klingt wie ein respektvoller Applaus. Ich kann gar nichts mehr sagen, da ich spüre, wie ich kurz davor war, freihändig und auf dem Arbeitsplatz zu kommen, japse einfach nur und höre, wie sie fragt, ob ich am Samstag auf das Gossenfest in Ebersbach kommen will. Ein großes Ding, zigtausend Menschen von überallher, auch Pierre spiele da mit seinem Streichquartett, und wir könnten uns das ansehen und danach vielleicht mehr anstellen. Ich denke daran, dass Samstag Wehrsporteinsatz ist, sage aber sofort: »Ja!« Ich finde schon einen Weg. Dann jubeln wir beide einen Moment, ich lege auf, stecke das Handy ein, sehe in die Augen der Kunden und meiner Chefin, räuspere mich einmal, lächele breit und sage: »Anruf der Freundin.« Dann packe ich mit steifem Schritt Leergut zusammen.

17

Ich habe kaum drei Paletten geschafft, als es wieder klingelt. Ich nehme ab.

»Leih dir schnell einen Wagen und komm hierher!«, ruft Hartmut, und es klingt ernst. »Yannick muss zum Tierarzt.« Ich lege auf, renne ins Büro, reiße den Schlüssel unseres Firmentransporters vom Brett, während ich frage, ob ich den Schlüssel unseres Firmentransporters vom Brett reißen darf, und haste in den Hof. 15 Sekunden später bin ich auf der Straße in Richtung unseres Dorfes.

Yannick liegt oben neben dem entsetzlichen Spinnennest-Loch, das sich hinter den Teppichen aufgetan hat, und jammert. Er krümmt sich und maunzt, und Hartmut hockt daneben, ratlos wie ein Student.

»Er hat aus dem Loch gefressen«, sagt er, und ich denke daran, wie Yannick nachts im Zelt neben mir eine Spinne knusperte. Katzen können merkwürdig sein. Hartmuts Blick ist schief, er kann sich nicht vorstellen, dass so ein niedliches Wesen wie Yannick Spinnenleichen aus einer Höllenwunde in der Hauswand fressen kann, als sei nichts dabei. Er kann sich wahrscheinlich auch nicht vorstellen, dass mein Major einem jungen Kameraden den Magen eintreten und vier Tage später mit ihm unten im Garten stehen und Bier trinken kann. Hartmut ist manchmal immer noch ein bisschen naiv. Ich nehme Yannick auf den Arm, streichle seine Katzenohrrandhärchen und trage ihn die Treppe hinab zum Wagen. Aus dem Fenster nebenan rieselt die Asche.

»Ein Tierarzt!«, rufe ich zu Berit hoch, »wo gibt es hier den nächsten Tierarzt?«

Berit sieht Yannick an und schüttelt den Kopf. »Da braucht ihr keinen Tierarzt. Der hat sich nur klassisch den Magen verdorben. Da nehmt ihr zwei Tropfen ...«

»Kein Rat, kein Kommentar, nur eine Adresse!«, brülle ich und wundere mich selbst, wie aggressiv sie mich macht. Sie enthält uns die Scheune vor. Sie raucht im Fenster. Mehr tut sie nicht, das ist ihre Existenz. Gustav kommt aus der Scheune gestürmt, um seine Schwester zu verteidigen, und rennt ungelenk auf mich zu. Ich gehe in Kampfhaltung, auch wenn er keine Chance gegen mich hat, doch Berit hebt nur die Zigarettenhand, und er stoppt seinen Lauf.

»Dr. Graf«, sagt sie, und ich sehe, wie ihr Blick ganze Tabakfelder verbrennt. »Im Wald am Rande des Jagsttals. Könnt ihr nicht verfehlen.«

Dann laufen wir zum Transporter, steigen mit Yannick ein und lassen die Raucherin und das Haus mit dem Höllenloch hinter uns.

*

»Und er hat wirklich aus diesem Geflecht heraus eine Spinne gefressen?«, fragt Dr. Graf. Er sieht uns an und streichelt dabei den auf dem Behandlungstisch liegenden Yannick. Sein Kittel ist das einzig Weiße in seinem Haus, das ansonsten nur aus antikem Braun besteht. Es ist der einzige Raum der Gegend, in dem nicht ungefragt Musik läuft. Der Tierarzt zeigt mit seinem großen Finger auf unseren Kater und spricht mit einer Stimme, mit der ältere Onkel bei Familienfeiern sprachen, spät am Abend, wenn fast alle weg waren und man noch im Schlafanzug auf der Couch sitzen durfte.

Hartmut schämt sich.

»Ich meine, ich wundere mich weniger darüber, dass dieser Kater eine kontaminierte Spinne aus Ihrem Wandloch gefressen hat, als vielmehr, dass Sie ein Wandloch von dieser Verfassung haben.« Dr. Graf spricht sehr ruhig. Hartmut steht ihm gegenüber an dem kleinen Behandlungstisch, der in die vertäfelte Ecke des großen Erdgeschosses eingelassen ist. Es ist eher ein Erker als eine separate Praxis. Ein großes Bild von Wald und Flur hängt an der Wand, ein Heimatgemälde, das es schafft, stilvoll zu sein. Yannick stupst die Hand des Doktors an, damit er weiterstreichelt. Ich gehe leise umher und werfe einen Blick auf die Schränke, Kommoden und alten Regale. Draußen vor dem Fenster schläft der Wald, das Anwesen ist mitten in ihn eingelassen, ein Weg mit breiten Schieferplatten führt zum wohlig ausgeleuchteten Eingang. Eigentlich handelt Doktor Graf mit antiken Möbeln, aber es werden nicht genug antike Möbel in der Gegend gekauft, weil die vorhandenen Inneneinrichtungen selbst noch antik sind. Also geht er außerdem seinem erlernten Beruf nach, unter Bildern von Wald und Flur. Yannick springt ihm vom Tisch und läuft an mir vorbei zur Sitzgruppe vor den Bücherregalen. Hartmut will ihn aufhalten, aber der Doktor schüttelt lächelnd den Kopf. »Lassen Sie ihn nur. Lassen Sie ihn.« Yannick hüpft auf die Couch und rollt sich dort ein, so ein tolles Haus hat er noch nie gesehen. Die Bibliothek, die im rechten Winkel die Couch umschließt, reicht bis unter die hohen Decken. Es gibt keinen Fernseher in dem großen Raum. Ich gehe an den Büchern entlang und wundere mich über so manchen Titel. Fromm, Sartre, Voltaire. Sogar Marx. Der Mann ist gebildet. Aber eine Edda steht hier nicht.

Dr. Graf geht zu einem Beistelltisch und gießt uns ungefragt drei Cognac ein. Wir setzen uns auf die Couch und stoßen mit dem Arzt und Antiquitätenhändler an, auf Yannick und auf Hohenlohe.

»Gefällt es Ihnen denn hier?«, fragt er, und der Sessel knarzt, als er sich zurücklehnt.

»Sehr«, sagt Hartmut.

»Man langweilt sich nicht«, sage ich.

Dr. Graf stellt sein Glas ab, verschränkt die Hände hinter dem Kopf und sieht an die Decke.

»Ich weiß noch, wie ich damals aus München hergekommen bin. War mir zu konservativ dort.«

Hartmut und ich sehen uns an. Gut, München hat die CSU, aber hier haben wir Wandelgermanen.

»Meine Schwester ist hierhergezogen und rief mich an. Das müsse ich sehen, hat sie gesagt, so viel Land und Landschaft, und doch so sehr auf unserer Linie.«

Hartmut lässt sich Cognac nachschenken und sieht Dr. Graf über dem rötlichen Strom an. Der lacht: »Ach so, ja. Meine Schwester und ich waren, wie soll ich sagen, die Kinder von Joplin und Dutschke.«

Hartmut fixiert den Mann im Sessel. Yannick zupft am Teppich, aber Dr. Graf stört es nicht.

»Wir waren schon so drauf, damals. Kommune und so. Umweltschutz, Sturz des Kapitals. Wohin dann, wenn nicht hierher?«

Wir rutschen auf der Couch herum und verstehen nicht. Dr. Graf verschränkt die Arme und blickt wieder verträumt ins Leere. »Als Daimler hier in Boxberg eine Teststrecke bauen wollte, haben wir mit den Bauern dagegen gekämpft. Die Bundschuh-Bewegung lebte noch einmal auf. Es war toll. Was für manche Startbahn-West, war für uns Testbahn Daimler.«

Hartmut macht ein Geräusch wie ein Prüfling, dem fünf Minuten vor Abgabe die Lösung einfällt. »Die Bundschuh-Bewegung«, sagt er und steht auf.

»Ja. Interessieren Sie sich dafür?«

Hartmut nickt, auf dem alten Teppich auf und ab gehend. »Anarchisten ...«, murmelt er.

»Ja«, sagt Dr. Graf, »das sind sie hier bis heute. Vor allem die Landwirte. Ich habe es ja selbst nicht geglaubt. Es ist die Wiege des Ökolandbaus. Solarenergie, Windkraft, es ist ein Traum. Können Sie sich vorstellen, wie das für mich als Bayer war, vor allem damals? Ein Landstrich fast nur mit Dörfern, so idyllisch wie daheim, aber komplett grün. Im doppelten Sinne. Herrlich.«

Ich sehe Hartmut an, der in der Mitte des Teppichs steht, der ein Mandalamuster hat. Die Koteletten stehen ihm ab, es fehlt nur noch ein Gewand, dann wäre er ein Guru.

»Hier«, sagt der Doktor und zieht einen schweren Band aus dem Bücherregal. »›Des Geyers schwarzer Haufen‹«, zitiert er den Titel, »›die revolutionären Bauern aus Hohenlohe.‹« Er wiegt das Buch in den Armen. »Toll, toll, toll«, sagt er. »Aber wissen Sie, was das Witzigste ist?«, er stellt das Buch wieder ein. »In dieser ganzen Gegend, in all den Hunderten von Quadratkilometern, gibt es ein Dorf, das nicht alternativ ist.«

»Ach«, sagen wir.

»Ja. Es gibt da einen Verein, irgend so ein Club; wie nennen sie sich noch gleich? Wandelgermanen! Ha, Wandelgermanen!« Er hopst auf dem Sessel herum und kleckert mit seinem Cognac. »Wahnwitzige Mystizisten. Ziehen durch die Wälder und pflegen altgermanische Rituale. Oder das, was sie dafür halten. Neuheiden, wissen Sie? Total neben der Spur!«

»Ist ja ein Ding!«, sage ich und sehe dabei Hartmut an, der fast im Teppich versinkt.

»Lassen Sie es 50 Mann sein, vielleicht 100. Ist das nicht großartig? Eine Gegend, in der die Reaktionären die Außenseiter sind? Dass ich das noch erleben darf, darüber bin ich bis heute froh.«

»Das kann ich verstehen«, sage ich. »Kann einen ja auch wahnsinnig machen, als Linker unter solchen Leuten zu wohnen.« Hartmut vergräbt heimlich das Gesicht in den Händen. Der Kümmel, den er seit dem Zwischenfall mit den Japanern kaut, zeigt langsam Wirkung. Es knallt nicht, es zischt nicht, es gibt keine Krämpfe. Nur ein Geruch löst sich von ihm ab, den Dr. Graf entweder aus Höflichkeit ignoriert oder den nur ich bemerke, weil ich Hartmut riechen kann. Dr. Graf sagt: »Die örtliche Polizei beschattet sie ab und zu, aber sie sind harmlos. Manchmal gibt es Beschwerden wegen Feuern oben auf der großen Ebene, wo sie ihre Spiele abhalten. Sie glauben, dass dort eine Ruine steht, dabei sind es bloß ein paar Steine. Das hat aber bald ein Ende.«

»Ach«, sage ich.

»Ja. Die Initiative für Windenergie will dort einen kleinen Windpark bauen. Die Frage ist nur noch, ob sie das Gelände kriegen. Offiziell gehört es der Stadtverwaltung, und die Bestimmungen für die Vergabe sind, nun ja, kompliziert.«

»Vielleicht auch geheim?«, frage ich.

Dr. Graf lupft die Brauen. »Ja. Woher wissen Sie das?«

Ich denke an die Amtsflure und sage: »Och ...«

Yannick ist derweil mit dem Teppich fertig und hat sich an der breiten Mittelstrebe des Regals hochgearbeitet.

»Ho, ho, ho«, sagt Dr. Graf und hängt den im Holz verhakten Kater wie ein Bild ab, bevor dieser ein altes Buch zerkratzen kann. »Grüne Avantgarde«, steht darauf. »Das Modell Hohenlohe.«

*

»Was regst du dich so auf?«, sagt Hartmut, als er im Zelt seine Socken auszieht und in seinen Schlafsack kriecht. Ich liege komplett in meiner Textilwurst, inklusive Kopf und Gesicht. Yannick ist mit hineingekrochen und schnurrt an meiner Hüfte. Wenn ich spreche, spricht nur der Sack. »Ein ganzer Landstrich nur mit Linken, und du bringst es fertig, ein Haus im einzigen Freilaufbiotop für Neuheiden und Paramilitär zu kaufen.«

»Eigentlich müsste *ich* mich aufregen«, sagt er und raschelt.

»Du musst Samstag auch nicht Wehrsport machen, während deine Frau auf dem Gossenfest auf dich wartet.«

Er seufzt. »Ich werde da sein und die Frauen unterhalten«, sagt er. »Bis du kommst.«

»Wenn ich komme«, sage ich. »Vielleicht liege ich aber auch im Unterholz, das Bein weggefetzt. Du weißt, wie Krieg so ist.«

Er dreht sich auf die Seite, in meine Richtung. Wäre ich eine Frau, würde er mir den Kopf streicheln und mich dabei nachdenklich ansehen. Aber ich bin eine sprechende Schlafsackwurst.

»Wir schaffen das schon«, sagt er, und mir fällt ein, dass er sich ohne weiteres in seinen Schlafsack gelegt hat. Sonst macht er immer großes Tamtam, als wohnten wir schon ernsthaft hier, putzt sich mit braunem Wasser die Zähne, zieht sich einen Schlafanzug an, macht Spätsport. Heute nicht. Ich habe keine Kraft mehr, darüber nachzudenken oder etwas zu antworten, und tue so, als wäre ich schon weggedöst. Ich warte ein paar Minuten und denke, dass er mir jetzt böse ist. Dann höre ich, wie er zu schnarchen beginnt. Der Birnbaum macht Schattenspiele auf der Zeltwand, aber die Laterne vorn an der Kreuzung scheint heute schwächer als sonst. Ich will schlafen. Mein Herz klopft. Erst elf. Noch nicht mal elf. Hartmut schnarcht, als wäre nichts gewesen. Ich weiß nicht, was ich tun soll. Meine Lider sind schwer, fallen zu. Ich atme ein paar Züge, habe das Gefühl, den Schlaf erwischen zu können, denke dann aber wieder an Caterina, den Einsatz am Samstag, das unfertige Haus. Im Zimmer, in dem wir mit den Frauen diniert haben, ist uns die Tapete wieder abgerollt, mit Wandstückchen daran, die feucht waren und sich im Boden festtreten. Wir müssen die Bausubstanz aufmotzen. Wir brauchen diesen Restaurateur. Ich erinnere mich daran, wie ich mir als kleiner Junge vorstellte, nachts aufzustehen und in die Felder zu gehen. Wie ich mich in der Fantasie dazu trieb, daran zu glauben, es wirklich tun zu können. Einmal war ich kurz davor, hatte schon einen Fuß aus dem Bett gestreckt, doch als er den Boden berührte, schlief ich auf der Stelle ein. Meine Mutter fand mich so, ein Bein aus dem Bett gestreckt, am nächsten Morgen. Ich hatte durchgeschlafen. Jetzt merke ich, wie meine rechte Hand den Reißverschluss des Schlafsacks aufmacht und mein rechter Fuß wieder Kontakt sucht, diesmal mit weniger Abstand zwischen Matratze und Boden. Er berührt den Zeltboden, und ich schlafe nicht ein, bin immer noch wach, richte mich auf und schäle mich ganz aus dem Schlafsack. Yannick streckt auch seinen Kopf heraus, huscht ganz hervor und schlüpft aus dem Zelt. Ich schleiche an der kaputten Gartenhütte vorbei zur Straße. Ich laufe barfuß, es hat was, Germanentum hin oder her. Die Straße ist asphaltiert, hat aber Risse und Spalten und viele kleine Kiesel, die wild auf ihr herumtollen. Ich schaue nach oben. Berit ist nicht im Fenster. Vor ihrem Haus liegt der Haufen aus Asche und alten Zigaretten, gut einen Meter hoch, wie eine Pyramide. Ich gehe zu dem Gebilde. Es stinkt wie eine Bahnhofshalle, nur säuerlicher. Ich stupse es mit den Zehen an, aber es fällt nicht zusammen, sondern wackelt wie Gelee. Ich bekomme eine Gänsehaut. Pures Nikotin, verhärtet zu Gummi. Ich wende mich ab und blicke die Straße hinab Richtung Wald. Das Getreide raschelt leise. Es ist so still, als hätte man eine Decke über diesen Teil der Welt gelegt.

Dann donnert es.

Ohne Regen, ohne Gewitter, mit einem Mal, und das auch noch von unten. Die Erde bebt, und ich schreie, spüre ein Grollen unter meinen Füßen und mache mich darauf gefasst, dass sich eine Erdspalte öffnet. Das Grollen entfernt sich in Richtung unserer Haustür. Ich laufe hinterher, biege um die Ecke und sehe, wie vor unserem Haus eine zweite Etage in die Erde gezogen wurde, riesige Spalten und Wege in fünf Metern Tiefe, über die Bretter und Baubrücken führen und deren Inneres erleuchtet ist. Die ausgehobene Erde stapelt sich an Hauswand und Scheune hoch, der Beton liegt umher wie zerbrochenes Erdbebenpflaster. Ich nähere mich den Schächten und blicke auf gelbe, sich bewegende Helme mit Lampen darauf. Tagebau, denke ich, sie starten auch noch Tagebau unter unserem Haus. Im Schacht wird gebohrt und gelärmt, zwei Laster nähern sich auf der Straße. Ich schaue auf die Uhr. Es ist drei. Ich muss doch ein paar Stunden geschlafen haben.

»Was machen Sie da?«, brülle ich einem Helm zu, der wie ein Käfer unter mir entlangzischt. Der Helm dreht sich nach hinten und schiebt ein Gesicht in den Vordergrund, leicht vernarbt und lebenserfahren. »Den Kanalisationsanschluss«, sagt der Mann. »Wie Sie bestellt haben.«

»Nachts?«

Der Mann sieht mich an, wie das Hildchen Hartmut ansieht, wenn er Fragen stellt, die uns selbstverständlich erscheinen.

»Müssen Sie vielleicht ... rein?«, frage ich und deute auf unser Haus. Sollen sie sich ruhig ausbreiten, wir schlafen ja ohnehin im Garten, wie es sich für Hausbesitzer gehört. »Läuft schon, läuft schon«, sagt der Mann, und ein muskulöser Azubi stapft aus der Haustür, unser altes Klo in der Hand, noch Fetzen vom Boden daran hängend. Hartmut steht gähnend am Gartenzaun; sein Hirn braucht noch zehn Minuten, um den Beobachtungen seiner Augen folgen zu können. Im Haus knallt etwas. Dann zischt es. »Nicht einfach, nicht einfach!«, brüllt der Mann aus dem Schacht, »aber wir schaffen das schon!« Ich stehe in tiefster Nacht vor unserem neuen Haus im Hohenlohe, in dem einzigen Dorf der Gegend, das nicht von Linken bewohnt wird, während eine von uns nicht bestellte Kanalbaufirma unser Haus unterkellert und die Nachbarin eine 1-Meter-Pyramide aus zu Gummi erstarrtem Nikotinmatsch vor ihr Haus geraucht hat. Ich beschließe, keine Fragen mehr zu stellen, drehe mich um, gehe in den Garten zurück, hebe die Hand, als Hartmut mich fragen will, was hier los ist, und schlüpfe in meinen Schlafsack zurück.

18

Während ich am Samstag mit Tito, Spritti, Ulrich und Torsten in der Deckung liege und ein paar Salven über uns hinwegfegen, denke ich immer noch darüber nach, wie ich am Abend unauffällig auf das berühmte Gossenfest komme. Die Übung besteht darin, dass die Kompanie zwei Einheiten bildet, die in den Wäldern bestimmte Punkte erreichen und ihre Fahne in den Boden stecken müssen. Tito und ich haben vorgesorgt und den Major davon überzeugt, dass der letzte Fahnenpunkt in Ebersbach liegt, im Wald am Hang, exakt über der kleinen Promenade, auf der das Fest stattfindet. »Man könnte uns sehen«, hat der Major gesagt, aber wir redeten ihm genau das als Herausforderung schön. Das sei doch eben die Kunst, Eroberung eines Hanges direkt neben den Häusern, ganz nah an den Zivilisten. Die Einheit, die das schafft, müsse Köpfchen beweisen und leise sein wie ein Schatten. Die Überredung gelang. Bleibt nur die Frage, wie ich nach Einsetzen der 4. Fahne schnell auf das Gossenfest komme, ohne mich zu enttarnen. Normalerweise ziehen wir nach einer Übung geschlossen ab. Ein weiterer Nachteil besteht in der Regel, dass man auch anders gewinnen kann, ohne Fahnen, einfach, indem man den Gegner stumpf dezimiert. Und genau das scheinen die anderen gerade zu versuchen. Die Hartgummigeschosse fetzen ein paar Rindenstücke aus dem Baum hinter uns. Wir bleiben in Deckung. Einerseits ärgert es mich, dass ich hier wieder kämpfen muss, statt mich in aller Ruhe auf den Abend mit meiner Frau zu freuen; andererseits hat so eine Übung etwas Beruhigendes. Einen klaren Rahmen, in dem man geborgen ist und weiß, was man zu tun hat – ganz anders als bei der Sanierung eines Fachwerkhauses. Man gewinnt oder man verliert, man befiehlt oder gehorcht, und im schlimmsten Fall erblindet man durch ein Gummigeschoss. Niemals aber hockt man auf einem kalten Kirchenboden und beobachtet seinen Freund dabei, wie er einen ängstlichen Beamten durchwalkt, der als Einziger den Restaurateur für den eigenen Lebensraum besorgen kann.

»Was machen wir jetzt?«, fragt Ulrich, den der Major extra in eine Gruppe mit Spritti und mir gesteckt hat. Es kostet ihn Überwindung, das zu fragen, denn eigentlich hätte er sicher seine eigenen Ideen, aber Spritti ist als Obergefreiter der Chef dieser Einheit, Tätowierung hin oder her. Er sieht ausdruckslos in den Wald und sagt den ersten Satz seines Tages: »Die sollen sich ausschießen, irgendwann müssen sie weiter.« Ulrich grunzt und lehnt sich wieder an den Wall zurück, ein wenig Dreck bröckelt über seine Schultern. Ein paar Schritte hinter uns liegt Tito im Unterholz, er war etwas zu langsam und musste eher in Deckung gehen. Er bleibt stoisch unten, man könnte meinen, dass er auf dem Bauch liegt und schläft. Unsere Gegner jagen seit einer halben Stunde Kugeln in unsere Richtung, wann immer Spritti den Stock mit dem Helm hochhält oder einen beblätterten Ast hochwirft. »Sie wollen sich das Gelatsche ersparen«, sagt Tito, den Kopf im Unterholz. Vielleicht sucht er auch nach neuer Füllung für die Wasserpfeife oder isst den Waldboden direkt pur. Spritti sagt: »Können sich nicht leisten, die ganze Munition zu verfeuern. Irgendwann müssen sie aufhören.« Ich als Neuling finde das logisch, aber Ulrich meckert, während er sich so steif gegen den Wall presst, als könnte jeden Moment ein Alliierter darüberspringen, den es mit dem Bajonett aufzuspießen gilt. »Vielleicht haben sie aber auch schon einen Teil ihres Trupps runter zum ersten Zielpunkt geschickt«, sagt er. »Vielleicht schießt da eine Selbstschussanlage auf uns, und sie sind bereits über alle Berge. Ich bleibe doch nicht hier sitzen und lass mich verarschen!« Er macht Anstalten aufzustehen, doch Spritti streckt seinen Arm aus, die Augen schwarz und uneinsehbar. »Bleib unten!« So habe ich ihn noch nie sprechen hören. Es klingt, als könne Spritti gefährlicher werden als alle Gegner, wenn seine Befehle verweigert werden. Man sollte sich von den Augen nicht täuschen lassen, denke ich mir.

Irgendwann hört das Feuer wirklich auf, und all das Gefuchtel mit dem Helm auf dem Stock erbringt keine Schüsse mehr. Ein Späher aus unserer Gruppe schaut durchs Fernglas hinüber und sagt: »Nichts zu sehen.« Wir schleichen uns aus dem Versteck, Tito steht mit dem hinteren Teil seines Körpers zuerst auf und hebt erst am Ende seinen halb dösenden Kopf vom Boden. Es sieht aus, als wenn sich ein Teppich aufrollt.

Wir marschieren, bis es dunkel wird, und halten uns an die Waldstücke. Wann immer eine Landstraße oder ein Feld kommt, hasten wir gebückt hinüber. Zum einen, weil wir in dem Moment die Deckung aufgeben, zum anderen, damit uns keiner sieht. Sollte jemals ein Zivilist unsere Übungen mitbekommen, würde das für uns wahrlich mehr als zivile Konsequenzen haben, brüllte der Major, und wir könnten noch froh sein, wenn es dann in den staatlichen Knast ginge, denn das wäre »ein Zuckerschlecken« gegen das, was er mit uns machen würde, »ein Zuckerschlecken«.

Wir schleichen gerade in ein neues Waldstück, als mein Telefon leise vibriert. Ich sage: »Kameraden, ich muss eben austreten, ich kann nicht mehr«, Spritti befiehlt Deckung und Stellung, und ich hocke mich ein Stück weiter hinter einen Busch.

»Wo bist du gerade?«, fragt Hartmut, und ich schweige. Im Hintergrund höre ich das Geklimper von Gläsern und eine Instrumentenprobe. Kinder toben umher, Männerstimmen erzählen aus der Firma.

»24 Grad Nord, 13 Grad West«, sage ich.

»Was?«, sagt Hartmut.

»Ja, was weiß ich denn, irgendwo bei Riedbach wahrscheinlich.«

»Ich bin schon auf dem Gossenfest«, sagt Hartmut.

»Das höre ich«, sage ich.

»Und, gewinnt ihr?«, fragt Hartmut.

»Weiß nicht«, sage ich. »Stell dich drauf ein, die Frauen hinzuhalten. Sag ihnen, die Installateure machen Überstunden.«

»Handwerkern muss man immer über die Schulter gucken«, sagt Hartmut und zitiert damit Susanne.

»Genau!«, sage ich.

»Granate!!!«, sagt Torsten, und ich frage mich, ob ich richtig höre, als ein schwarzes Ei in Tennisballgröße über meinen Kopf fliegt. Ich springe auf und werfe mich hinter einen Baum. Es knallt, und Unterholz fliegt durch die Gegend. Ich taste nach meinem Handy, aus dem Hartmut mich ruft.

»Ja, ja, bin noch am Leben.«

»Das ist ja entsetzlich«, sagt Hartmut.

»Nee, das ist Schwarzpulver mit Pfeffer«, sage ich.

»Viel Glück«, sagt er.

»Und achte auf Pierre«, sage ich.

Gegen Abend haben wir drei Fahnen einrammen können. An zwei Stellen der Route hatte der Feind schon seine Markierung hinterlassen. Die Fahnen einfach auszutauschen, wäre in diesem Sport schlimmer als jeder Bestechungsskandal im Fußball. Der Major musste nicht einmal brüllen, um uns klarzumachen, wie wir dann vor den Kameraden dastünden. Feindkontakt haben wir den ganzen Tag keinen. »Es wäre auch Unsinn, uns an einem Zielpunkt aufzulauern«, erklärt Torsten. »Dann müssten sie mit uns Nahkampf machen, und warum sollen sie ihre Leute dezimieren, wenn sie schon da waren?« Ulrich sieht das ganz anders und robbt auf jeden Zielpunkt zu, als könnte es jederzeit knallen. Wir spazieren dann hinter ihm her, während er sich wie ein Krokodil durch das Unterholz schlängelt, als würde uns der Major beobachten und Haltungsnoten vergeben. Sein Nacken ist steif dabei und sein Seitenscheitel sitzt immer am Platz. Ich habe so etwas noch nie gesehen, schließlich ist es keine dieser Frisuren, wie sie die Emo-Kids heute tragen. Nein, es ist ein unanständiger, alter Scheitel. Wäre er nicht blond, könnte er so nicht auf die Straße gehen.

Es ist bereits zehn, als wir uns dem entscheidenden Hang nähern. Wir liegen auf einer Hügelkuppe und schauen auf den Ort herab, in dem das große Volksfest stattfindet. Die Straßen, Gassen und Marktplätze sind erleuchtet, und Bratwurstlicht fällt auf sauberes Fachwerk. Ich sehe eine Bühne und einige Stände, dann noch eine Bühne und ein paar Straßen weiter eine dritte. Die ganze Stadt ist ein einziges Fest, 100 000 Menschen pilgern hierher, und ich wünsche mir so brennend, dort unten stehen zu können, einen Plastikbecher Wein in der Hand, den Arm um meine Frau und Pierre auf der Bühne an seinem Flügel, uns einen klimpernd. Ich muss die vierte Fahne einrammen.

Zwischen uns und dem Zielhang sind zwei große Felder. Steil fallen sie vom Wald bis zur Straße ab, von der man in den Ort einbiegt, der dort wie ein Dorf aus einem Siedler-Spiel im Tal liegt und feiert. Am Ende des Feldes sehen wir die Lichter einer Hofanlage. Noch ein Zivilist, der unser Erscheinen nicht mitkriegen darf. Ich habe uns wirklich eine harte Stelle ausgesucht. Der Hof ist dunkel, die Landwirte feiern wahrscheinlich im Ort. Die Luft scheint rein zu sein. Torsten geht ein wenig aus der Deckung und macht einen Schritt nach vorn, als ich ein leises Zischen höre und Ernsts Sohn wie ein Sack Mehl umfällt. Der Landwirt mag nicht auf der anderen Seite lauern, aber die andere Einheit. Damit haben wir nicht mehr gerechnet. Wir sind seit 16 Stunden auf.

»Scheiße, scheiße!«, stöhnt Torsten, und es klingt nicht gut. Spritti und ich robben sofort zu ihm und sehen zwischen den Ähren, wie er sich das Auge hält. »Wir müssen hier aus dem Feld raus!«, flüstert Ulrich, so laut er kann, und robbt Richtung Wald. Wieder ein Zischen. Die Gummipatrone schlägt in eine Feldfurche ein, der dumpfe Aufprall ist deutlich zu hören. Die Dinger sind viel zu hart, denke ich mir, und finde es nicht mehr lustig. Das muss alles aufhören. »Kommt!«, zischt Ulrich uns zu, »nach vorn in den Wald.«

»Nein!«, ruft Tito, der in einer Furche hockt und den ich beinah nicht gesehen habe. »Da sind die letzten Schüsse hergekommen. Sie sind da und da. Auf beiden Seiten.«

»Sie kesseln uns ein«, sagt Spritti, und ich denke daran, wie wir damals immer Demonstrationen auf Jochens Balkon beobachteten. Jetzt werde ich selber gekesselt, und das direkt als Soldat. Das ruhige Landleben.

»Es gibt eine Stelle, wo sie nicht sein können, außer sie verletzen absichtlich die Spielregeln«, flüstere ich ihm zu und deute hinüber zum Bauernhof. Torsten wimmert und hält sich das Auge. Ich frage mich, ob wir nicht einfach aufstehen und abbrechen können. Wir sind doch nicht im Krieg.

»Okay«, sagt Spritti, pfeift und bedeutet uns, dass wir zum Hof robben sollen.

»Nein«, schreit Ulrich viel zu laut, »nein, das machen wir nicht! Das sind zivile Gebäude, du weißt, was der Major gesagt hat, du kennst die Regeln.«

Pfupp, pfupp, pfupp. Das Lamento von Ulrich hat den Schützen Orientierung gegeben, es schlägt überall neben uns ein, Tito wird am Bein getroffen, und ich sehe, wie ganze Ähren abfallen.

Spritti wirft einen bösen Blick zu Ulrich und winkt wieder, dann rennen wir zum Hof. »Nein«, schreit Ulrich wieder, »das ist gegen die Regeln!«, und er ist so laut, dass er direkt einen Scheinwerfer auf uns lenken könnte. Doch wir laufen bereits, die Angeschlagenen untergehakt, Furche für Furche durch das unwegsame Feld, immer näher auf den Hof zu. Als wir den Rand des Getreides erreichen, stehen wir direkt vor der Flanke der großen Scheune, neben der sich der Hof öffnet, in dem Trecker und schweres Gerät unter Überdachungen stehen. Spritti hält uns zurück und befiehlt Deckung, ich bete, dass die Landwirtfamilie wirklich im Ort bei der Feier ist. »Glückwunsch, wir sitzen in der Falle«, sagt Ulrich und scheint sich zu freuen. Ich ertappe mich dabei zu denken, dass er dem Feind unsere Route verraten hat. Es gibt viel zu viele Möglichkeiten, die Zielpunkte zu erreichen. Torsten stöhnt wieder und hält sich das Auge. Spritti schaut zum Hauptgebäude hinüber und kämpft mit sich.

»Ich muss mir das ansehen«, sagt er schließlich, verlässt den Feldrand und löst die Kontaktscheinwerfer aus, welche die kleine Straße und den Innenhof erleuchten. »Keinen Schritt weiter!«, sagt Ulrich plötzlich und steht am Feldrand mit dem Gewehr auf Spritti gerichtet. »Ich lasse nicht zu, dass wir hier alle wegen dir in den Knast gehen.«

»Torsten ist verletzt!«, sagt Spritti. »Vielleicht ist es was Ernstes, und dann hören wir auf. Vielleicht können wir das hier regeln und haben noch eine Chance.«

»Du gehst nicht da rüber in den Hof«, sagt Ulrich und macht keine Anstalten, sein Gewehr zu senken.

»Du bist doch krank«, sagt Spritti. Er hat wieder Pupillen. Er ist wie ein Chamäleon, das nur aufwacht, wenn es darauf ankommt.

»Nicht mehr als du, du tätowierter Prolet«, sagt Ulrich.

»Leute«, sage ich, aber Spritti hebt nur den Arm.

»Gefreiter Schlüter, ich befehle Ihnen, das Gewehr runterzunehmen«, sagt Spritti.

»Gefreiter, Gefreiter, ja, das gefällt dir, nicht wahr«, sagt Ulrich.

»Uhuhuhu«, jammert Torsten.

»Hey, würde sich mal jemand um sein Auge kümmern?«, sage ich.

»Was ist denn hier los?«, sagt der Hofbesitzer, der plötzlich mit einer Flinte im Anschlag vor uns steht. Im Fenster sehe ich seine Frau. Im Gegensatz zu unseren ist sein Gewehr scharf. Der Bauer zielt auf Ulrich, Ulrich zielt auf Spritti. Das ist billig, denke ich mir. Einfach billig.

»Was soll das Theater?«, fragt der Bauer.

»Wir haben einen Verletzten«, sagt Spritti, und Ulrich sagt »Wegen ihm« und deutet mit der Gewehrspitze auf Spritti.

»Nein, weil wir unter Beschuss genommen wurden«, sagt der.

»Unter Beschuss?«, sagt der Bauer und schaut ins Feld, als frage er sich, ob der Krieg schon wieder angefangen hat. Dann vibriert mein Handy, ich ziehe es aus der Tasche, sehe alle Gewehre auf mich gerichtet, schreie »Nur Handy, nur Handy!«, nehme ab, höre Hartmut, will sagen, dass ich keine Zeit habe und schiele instinktiv über das Feld ins Tal. Irgendwo da unten steht er, den Hörer am Ohr.

Der Bauer beugt sich zurück zum Fenster und ruft seiner Frau zu, dass sie die Polizei rufen soll.

»Da hast du es geschafft«, sagt Ulrich zu Spritti, immer noch das Gewehr im Anschlag. Ich sehe zwischen den Männern hin und her, kann das alles nicht glauben, sehe Torsten, wie er sich das Auge hält, den Bauern mit seiner dicken Flinte. Eine Motte flattert in dem Bewegungsscheinwerfer, der am Hof angebracht ist, und ich stelle mir vor, wie ich gleich wieder aufwache, weil es so was einfach nicht geben kann. Ich erkläre Hartmut in knappen Worten die Situation und sehe schnell in das Rohr des Bauern, der unmissverständlich »Aus damit!« sagt.

Ich packe das Telefon weg, strecke meine Brust raus, beherzige, was Hartmut mir eben gesagt hat, und flüstere dem Bauern zu: »Ich muss Ihnen etwas sagen.« Meine Tonlage wirkt. Der Bauer kommt ein wenig näher und kneift die Augen zusammen, als prüfe er, ob ein wildes Tier im Wald steckt. Als er nahe genug dran ist, dass er mich immer noch in Ruhe bedrohen, ich aber bereits flüstern kann, sage ich: »Es ist eine Anti-Aggressionsmaßnahme.«

»Was?«, zischt er und sieht einen Moment an mir vorbei zu Spritti und Ulrich, die ihre Gewehre schon nicht mehr ganz so gerade aufeinander richten. »Diese Männer da«, sage ich, »werden von mir behandelt. Es ist eine besondere Art des Trainings.

Man spielt mit ihnen Krieg, damit diese Fantasien den Reiz des Verbotenen verlieren, verstehen Sie?« Der Bauer versteht nichts und nickt. »So verlieren sie das Interesse daran. Zu Anfang haben sie sich prügeln dürfen, jetzt sind sie schon weiter im Kurs, fast schon am Ziel. Ein unglücklicher Zufall, dass wir Sie erschreckt haben. Aber wenn jetzt wirklich die Polizei kommt, kann das bei den Männern echte Panik auslösen. Und das würde alles zunichte machen.« Ich sehe, wie es im Bauern arbeitet. Ich greife vorsichtig in meine Hosentasche, ziehe eine von Hartmuts Visitenkarten zur Lebensberatung heraus und reiche sie dem Bauer. »Hier, meine Karte. Bitte, lassen Sie uns einfach gehen und ich bringe den Kurs dort zu Ende, wo es niemanden stört.«

Der Bauer schaut auf die Karte und überlegt. Wahrscheinlich ist es ihm langsam auch einfach zu kalt hier draußen. »Hauen Sie ab mit Ihren Verrückten da«, sagt er schließlich, bewegt sich langsam mit seinem Gewehr rückwärts zum Haus und geht hinein. Als sich die Tür schließt, atme ich aus, drehe mich herum, passiere die schweigenden Soldaten und drücke im Vorbeigehen Ulrichs Gewehr nach unten. »Hier die Straße runter, vorne rechts in den Wald, behandelt den Verletzten. Wenn wir erschossen werden, werden wir halt erschossen«, sage ich. »Wenn nicht, rammen wir die verdammte letzte Fahne ein.« Ich gehe einfach weiter wie Eltern, die sicher sind, dass ihr Kind dann nachkommen wird, und sehe mich nicht um. Nach einer Minute kommt immer noch kein Protest, nicht mal von Spritti, dem Anführer. Ich biege sofort in den Wald, als der erste Baum erscheint.

Die vierte Fahne muss in die Mitte einer winzigen Lichtung, ganz nah am Ort, mir war nicht klar, wie nah. Im Grunde ist es so, als würde man 50 Meter über einer Autobahn im Wald rumtoben und hoffen, dass einen die Fahrer nicht sehen. Dort unten sind keine Fahrer, was das Ganze noch schwerer macht. Torstens Auge ist wieder in Ordnung; Tito hat aus ein paar Wurzeln und Unkraut eine Paste gemacht. Jetzt presst er sich flacher an die Erde als Katzen im Kornfeld. Ulrich liegt etwas abseits und schmollt, als gehöre er nicht dazu.

»Meint ihr, die anderen sind hier?«, flüstert Tito, da die Gegner ihre Fahne noch nicht eingesteckt haben. Es könnte ein Hinterhalt sein. Nach dem Zwischenfall bei dem Bauern hat keiner mehr geschossen. Wäre ich sie, würde ich irgendwo drüben hocken und jeden Einzelnen, der die Fahne einbringen will, beschießen. Und umgekehrt. Es ist ein Nervenspiel. Ich schaue auf die Uhr. Schon halb zwölf. Caterina wartet. Was soll sie bloß denken?

»Ich mach das jetzt!«, sage ich, nehme die Fahne und springe auf. Es ist mir egal, verlieren wir eben, Hauptsache, es findet ein Ende. Torsten startet mit mir und gibt mir Deckung. Kaum sind wir der Stelle nahe, surren wieder Kugeln um uns. Der Waldboden macht kleine Hüpfer, Äste splittern, und wir springen nach rechts in Deckung, ohne daran zu denken, dass es dort abwärts geht. »Nein!«, hören wir Spritti rufen, und Ulrich lacht, als wir ins Leere fallen, auf der Schräge aufkommen und wie Baumstämme mit steigendem Tempo den Hang runterrollen, auf das Volksfest zu. Falls Caterina jetzt den Blick nach oben richtet und versonnen zum Mond schaut, wird sie zwei Männer sehen, die knackend den Hang herunterrollen, und einer davon wird ihr eigener sein. Wir würgen und husten, als uns Zweige, Blätter und Käfer in Nase und Mund dringen, rollen und schürfen, plumpsen und fallen und landen schließlich in einem kleinen Bach, der die erste Reihe Häuser vom Wald abgrenzt. Wir halten einen Moment still. Es hat uns niemand gesehen. Torsten greift in seinen Rucksack, der nicht gerissen ist, und zieht ein Fernglas hervor, um zurück auf den Berg zu sehen. »Mist!«, ruft er und wirft mich zur Seite, als zwei Kugeln in den Bach einschlagen. Wir hasten die Uferböschung hinauf und pressen uns an die Wand eines Hauses, in dem die Fenster eines Restaurants kleben. Gutgekleidete Städter essen Lammkoteletts in orangenem Licht und ahnen nicht, dass zwei Zentimeter neben dem Fenster Soldaten stehen. Musik dringt hinter der Hausecke an mein Ohr. Klassische Musik. Ich schaue in soldatischer Manier um die Ecke, das Gewehr in der Hand. Ein kleiner Marktplatz, eine Bühne, Weinstände, ein Pianist und sein kleines Orchester. Pierre. Caterina und Susanne stehen an einem kleinen Tisch und trinken Wein mit Hartmut und diesem Mann von der Windenergie, den wir im Baumarkt getroffen haben. Seine Tochter steht bei ihm, die große Blonde, auf die Torsten so abfährt. Ich rutsche wieder in Position zurück, mit Torsten an ein Stück Hauswand gepresst, zwischen Restaurantfenster und Marktplatz, oben ein paar Scharfschützen, die uns im Visier haben.

»Ich mach jetzt Feierabend«, sage ich, stelle mein Gewehr ab und ziehe meine Uniform aus.

»Was?«

Unter der Uniform trage ich zivile Kleidung, ein wenig abgewetzt, als käme ich vom Renovieren beziehungsweise der Beaufsichtigung der Installateure.

»Da drüben stehen Hartmut und unsere Frauen, die übrigens nicht wissen sollten, was wir hier treiben, weil sie Pazifistinnen sind, ob uns das passt oder nicht.«

Torsten will um die Ecke schauen, aber ich halte ihn zurück. »Du bleibst hier und gibst mir Feuerschutz.« Dann biege ich ums Eck, pitschnass, aber in Zivil.

»Es tut mir sooooooooooo leid«, sage ich, als ich auf Caterina zulaufe und sich das Festvolk zu mir umsieht. Sie sehen wirklich alle wie Grüne aus; gesittete, linke Bildungsbürger mit Lehramt und Eigenheim, dazwischen kernige Bauern.

»Was ist denn mit dir passiert?«, fragt Caterina und streichelt mich besorgt.

»Die Installateure hatten Probleme. Rohrbruch.«

Die Frauen schauen erschrocken.

»Keine Sorge, außen, alles außen. So ein Anschluss an die Kanalisation ist kein Pappenstiel. Ich wollte mich gerade abtrocknen, als der Bus kam. Und ihr wisst, dass man die Chance nutzen muss.«

Susanne drückt mir einen Wein in die Hand.

»Warum arbeiten die überhaupt noch so spät?«, fragt sie.

»Wir wollen das so«, sagt Hartmut und kuschelt sich an. »Unser Heim soll doch schnell fertig werden.« Die Frauen kichern, Pierre treibt seine Musiker zu einem Fortissimo. Hinter dem Restaurant sehe ich eine Hand winken, immer wieder. Kleine Splitter fliegen daneben aus der Wand, man kann es kaum erkennen.

»Entschuldigt«, sage ich und eile wieder zum Haus. Torsten ist unter Beschuss. Kugeln zischen vom Hügel herunter und klatschen gegen die Wand des Restaurants.

»Können die nicht mal Feierabend machen?«, frage ich, nehme mein Gewehr, gehe in Stellung und feuere zurück. Hinter der gefärbten Scheibe des Restaurants werden Desserts serviert. Torsten rutscht ein Stück zur Seite und späht um die Ecke. »Oh Gott«, sagt er und rutscht zu mir zurück. Ich mache kurz Feuerpause. »Da steht sie!«

»Wer?«

»Enya!«

»Deine Angebetete.«

»Ja!!!« Torsten macht ein weinerliches Gesicht. Dann strafft sich seine Miene. Wir sind im Krieg, sind Soldaten. Das macht männlich. Und entschlossen. »Ich gehe jetzt zu ihr«, sagt er. Zwei Kugeln prallen von der Dachrinne ab. Eine erwischt fast das Fenster.

»So? In deiner Montur?«

»Ich will diese Frau!«

Ich denke an die Eiche in seinem Zimmer.

»Wir sind noch im Einsatz«, sage ich.

Er guckt wie ein Dachs. Hinter dem Fenster klimpern leise die Gläser. »Hier«, sage ich und ziehe mein T-Shirt und meine Hose aus. »Zivilkleidung, du hast fünf Minuten.« Ich muss verrückt sein. Es ist Samstagnacht und ich entkleide mich schwer bewaffnet hinter der Mauer eines gutbürgerlichen Restaurants, um einem Soldaten einer paramilitärischen Einheit, deren Mitglied ich bin, die Chance auf eine Liebeserklärung in Zivilkleidung zu geben, während meine eigene Frau mit meinem Glas Wein auf mich wartet, weil ich offiziell nur schnell auf der Toilette bin.

»Danke«, sagt Torsten dramatisch, und es fehlt nur noch der Regen und eine Komposition von Hans Zimmer, damit ich vor Pathos vergehe. Dann verschwindet mein Kamerad um die Ecke. Fünf Minuten später taucht er wieder auf. »Mist!«, sagt er. »Sie will nichts von mir wissen.«

Kugeln schlagen weiter ums uns ein. Der Stoizismus dieser Leute ist nicht zu fassen. Es ist wie im Videospiel, wenn man seine Figur nicht bewegt. Der Beschuss geht einfach weiter, wie ein Programm. Ich schieße zurück, fast schon beiläufig, in Unterwäsche. Torsten zieht meine Sachen aus.

»Was hast du gesagt?«, frage ich, zwei Salven abgebend. Zu

meiner Überraschung treffe ich, und ein Mann rollt schräg den Hang herunter, weg vom Dorfplatz. Er bleibt in einem dichten Rhododendronbusch hängen.

»Ich habe ihr gesagt, dass ich sie liebe und dass ich verrückt nach ihr bin.«

»Das war direkt«, sage ich. »Noch was?«

»Na ja ...«

Er zögert, und ich gebe wieder eine Salve ab, einfach blind in den Wald, wie damals, als ich *Rollcage* gewann, weil ich mich nicht konzentrierte. Wieder fällt ein Mann aus dem Busch.

»Was hast du ihr gesagt?«, frage ich.

»Nun ja ... ich habe ihr gesagt, dass in meinem Zimmer eine Eiche wächst, die in unserem Haus stehen soll und auf deren Ästen das Mädchen und der Junge herumtollen werden, weil das Schicksal es so möchte.«

Ich sehe ihn an. Zwei Geschosse dreschen links und rechts an meinen Ohren vorbei. Torsten hebt entschuldigend die Hände.

»Ich hatte doch nur fünf Minuten!«

Ich nehme meine Sachen und ziehe mich wieder an. »Ich gehe jetzt zu meiner Frau«, sage ich, »mäh du den Hang zu Ende.«

Als ich zum kleinen Tisch vor der Bühne stürze, steht Hartmut alleine mit seinem Wein.

»Wo sind die Frauen?«, frage ich.

»Gefahren«, sagt Hartmut. »Pierre musste los.« Die Bühne ist verwaist, und an den Ständen stehen nur noch wenige Leute.

»Pierre musste los«, spreche ich nach und spüre, wie Wut in mir aufsteigt. »Pierre musste weg. Verdammt nochmal!« Ich werfe ein Glas vom Tisch auf das Kopfsteinpflaster. Ein paar Männer, die einen Stand abwischen, schauen sich um. Das Licht auf den Fachwerkhäusern sieht wunderschön aus. Es ist keine

Nacht, um wütend zu werden. »Das kann doch alles nicht wahr sein!«, sage ich. »Unsere Frauen wohnen bei diesem, diesem ... Schnösel, während ich seit heute Morgen um sechs Fahnen in den Wald ramme und die letzte halbe Stunde damit zugebracht habe, hinter dem Restaurant dort ein Gefecht auszutragen.« Hartmut schaut zu dem Haus hinüber. Es rollen Männer vom Hang. Enya und ihr Vater treten zu uns. Er hat Faltblätter in der Hand.

»Für den Windpark auf der großen Ebene«, sagt er und drückt sie uns in die Hand. Auf dem Hügel ganz oben wird eine winzige Fahne in den Boden gerammt.

19

»Macht es dir eigentlich nichts aus, dass die Frauen bei diesem Musiker wohnen?«, frage ich Hartmut, der im renovierten Zimmer steht und versucht, die abgerollte Tapete wieder anzukleben. Sie wellt sich über ihm, staubigen Putz von sich gebend. Das Zimmer fällt wieder auseinander. Nicht einmal ein Dinner lang hat es gehalten. Ich drücke die Wahlwiederholung auf meinem Handy, um Caterina anzurufen. Sie geht einfach nicht ran, immer nur die Mailbox.

»Ist doch nur vorübergehend«, sagt er.

»Nur vorübergehend«, brülle ich und stampfe auf den Dielen herum. »Der Mann hat ein Haus im Nordviertel. Das ist die Gegend der Zugezogenen. Derer, die Geld haben. Meine Chefin hat mir erzählt, wie die Menschen dort leben. Riesige Räume, Parkett, viel Glas, frei schwebende Treppen, schönste Konzertflügel. Weißt du, wie unsere Frauen sich bei ihm fühlen müssen?«

Hartmut drückt stoisch auf der Tapete herum, obwohl er längst weiß, dass es keinen Sinn hat. »Glaubst du, sie sind so materialistisch?«, fragt er.

Ich seufze. Es macht einen Unterschied, ob man eine Wanne hat oder nicht. Ob Wände schimmeln oder sauber erstrahlen. Ob man sich frei bewegen kann oder Angst haben muss, dass der Boden einbricht. Es ist nicht materialistisch, sich wohlfühlen zu wollen. Es ist ein Menschenrecht. Hartmut drückt und schiebt an der Tapete. Es macht mich wahnsinnig. »Hör auf!«, sage ich, und er macht »Boah« im Tonfall eines Mannes, dessen Frau nach der kompletten Übernahme des Spülens durch ihn erklärt, dass das Geschirr falsch eingeräumt ist.

»Wir können kein Haus restaurieren, von dem nicht mal die Statik geklärt ist!«, schreie ich, und Hartmut funkelt mich an, wie er es noch nie getan hat. Er weiß, dass er uns das alles eingebrockt hat, aber er will es nicht mehr hören, auch nicht unterschwellig.

»Was machen wir denn dann?«, brüllt er, und ich schrecke einen Moment zurück.

Es macht einem Angst, wenn Menschen wie Hartmut wütend werden.

Ich weiß nicht, was ich sagen soll. Dann gehe ich in den Flur, wo Werkzeug herumsteht, komme mit Hartmuts großem Gummihammer wieder und sage: »Wir entkacheln!«

Hartmut lässt die Tapete los.

»Wir hauen die Fliesen von den Wänden. Unten, im Bad!«

»Die Kanalisationsleute sind noch nicht fertig«, sagt er. »Sie erneuern auch die Anschlüsse.«

»Wir hauen jetzt die Fliesen raus«, sage ich wieder, und Hartmut setzt an, um weiterzudiskutieren. Ich hebe die Hand und nehme den Hammer: »Es ist alles gesagt«, sage ich und gehe nach unten.

Still stehen wir beide vor der Tür des »Bades«. Hartmuts Zahnputzglas thront immer noch auf seinem Deckchen, ein Deo daneben. Den kaputten Boiler haben Tito und der Latino herausgerissen, gegen den ich beim ersten Training kämpfen musste.

Jetzt sind da drin nur noch die Wanne mit der krustigen Dreckschicht, der Holzverschlag davor und die Kacheln an den Wänden, die wir gleich abschlagen werden. Wir trauen uns nicht hineinzugehen, weil Hartmut vorgestern Abend beim Zähneputzen eine Riesenspinne gesehen hat, die sich irgendwo da drin verbergen muss. Man bildet sich immer ein, sie sitze direkt über dem Eingang und ließe sich in den Nacken fallen, sobald man den Raum betritt, oder ins Gesicht, wenn man erst den Kopf reinstreckt und ängstlich nach oben schaut. Leider muss man zugeben, dass solche Dinge passieren, so wie die Spinne damals in Hartmuts Nase krabbelte, als wir im Keller übernachteten, einer Schlafstätte, die nicht schlechter war als unser ganzes Fachwerkhaus hier, und das im Keller eines Gebäudes, das sie wegen baulicher Schande abgerissen haben. Wir können nichts mehr falsch machen, denke ich. Wir sind Mitglieder bei den zwei einzigen reaktionären Gruppen des Landes, unser Haus lässt sich nicht restaurieren, Leuchtenberg ist eine Legende, und die Frauen sitzen gerade am Frühstückstisch eines wohlhabenden Pianisten und bekommen Croissants serviert. Mit Orangenmarmelade.

Ich hebe den Hammer, gehe hinein und schlage zu. Schlage auf die Wände ein, als würde das irgendetwas ändern, werde heiß im Gesicht und wundere mich, welchen Zorn ich entwickeln kann. Die alten, verschmierten Kacheln springen mit großem Getöse in Stücke, kleine, scharfe Splitter fliegen an meinen Armen vorbei, manche bleiben an der Wand kleben. »Ahhhhh!!!« Ich schreie und schlage, schlage und schreie, und Hartmut steht in der Tür wie ein Klinikarzt vor der Zelle. Ich dresche weiter auf Stellen ein, die schon fliesenfrei sind, haue Dellen in die Wand und will einfach nur nach Hause. Bis es knackt. Ich lasse von der Wand ab und trete einen Schritt zurück. Ein Riss entsteht und setzt sich fort, einmal rund ums Becken. Dann löst sich das gesamte Stück Wand samt Becken und Rohr, das Haus bricht es aus wie Yannick seine eigenen Haare, und dickflüssige, stinkende, glucksende Geräusche machende Brühe, die irgendwann mal Wasser war, schwappt aus der Wand und stößt mir vor die Brust.

Unnachgiebig bricht eine Flut aus der Wand, schwemmt mich wie ein Erdrutsch aus dem Bad, reißt Hartmut mit um und spült uns beide in den Raum, der früher das Holzlager war. Ich schreie, dass wir das Wasser abstellen müssen, und klammere mich am Türrahmen fest, um nicht weiter vom Fluss fortgerissen zu werden, der vor der Tür bereits in den Lagerraum und rechts an ihm vorbei aufs Klo zuströmt, als wolle er sich mit dem Abwasser vereinen. Hartmut arbeitet sich zur Tür, die zum Hausflur führt, und rammt sie zu. Das Loch, an dem unser Klo angeschlossen war, gluckst, als die Brühe in ihm versinkt. Ein neues Klo haben die Kanalbauer noch nicht mitgebracht; Hauptsache, das alte ist erst mal ab. Ich schlucke Brachwasser und sehe Pierre über der braunen Flut, wie er sich nach dem Frühstück ans Klavier setzt und unseren Frauen was vorspielt, die frische Orangenmarmelade steht noch auf dem Tisch. Ich rudere gegen den Strom ins Bad zurück. Der Wasserstand hat mittlerweile Kniehöhe erreicht, und ich taste in der Flut nach dem Gummihammer. Ich finde ihn, richte mich mit aller Kraft wie das Sumpfmonster aus dem Fluss auf und breche nun auch den albernen Vorbau entzwei, der neben der Wanne hängt und überhaupt keinen Sinn hat. Das Holz gibt knackend nach, und ein paar Kartons fallen heraus, werfen mich um und werden mit mir in den Holzraum zurückgeschwemmt, wo Hartmut mittlerweile auf einem alten Brett sitzt wie auf einem Floß. Das Wasser steigt langsamer, aber es steigt. Nur wenig davon presst sich durch die Ritzen unter der Tür, da diese mit Schlamm verstopfen. Das Kloloch ist als Abfluss schon unbrauchbar geworden und wirft Blasen. Ich krieche zu Hartmut auf das Floß und lasse die Beine ins Wasser hängen.

Da sitzen wir nun auf dem Ding, um uns die sacht steigende Flut und ein paar Kartons, die auf dem Wasser wackeln wie Enten. So sieht also das Ende aus. Kein Ragnarök, keine Schlacht, kein Kometenregen. Nur eine Sintflut und dann noch so eine würdelose. Wir schaukeln auf braunem Wasser.

»Vielleicht sollten wir beten«, sagt Hartmut, und ich drehe den Kopf zu ihm. So was hat er noch nie gesagt.

»Na ja, du hast Steinbeis doch gesehen in dem Beichtstuhl. Vielleicht hat es doch alles sein eigenes Gesetz.«

Es regt mich auf, dass er das sagt. Wenigstens ihn sollen sie nicht so weit kriegen. Ich greife nach einem Karton, um abzulenken, und ziehe ihn heran.

»Wo kommen die her?«, fragt Hartmut, die Hände schon fast gefaltet.

»Sind hinter dem Verschlag aufgetaucht«, antworte ich. Ich öffne den Karton. Es sind Gläser darin, fein aufgeteilt in kleine Pappwaben.

Ich ziehe eines heraus. Altes Kristallglas mit Stielen. Ich halte das Glas ins Licht.

»Das kann nicht wahr sein!«, sage ich atemlos.

»Was?«, fragt Hartmut und wippt mit den Beinen.

Ich drehe das Glas im Licht und erinnere mich daran, was ich in dem Buch in der Bibliothek gelesen habe, als Hartmut mit dem Hildchen diskutierte. Einmal am Tag soll man etwas lesen, von dem man keine Ahnung hat.

»Keine Nahtstellen«, sage ich, »nirgendwo. Dazu diese elegante, schlichte Form.«

»Wovon sprichst du?«

»Gib mir mal noch eins«, sage ich, blind mit der linken Hand winkend, immer noch das Gefäß in meiner erhobenen Rechten mit Kennerblick inspizierend. Ich spüre das kühle Glas eines zweiten Stückes in meiner Hand, hebe es hoch und sehe den Aufkleber an seinem Fuß. Das ist der Beweis.

»Echt Bleikristall!«, sage ich. »Das sind Franzensbad-Badebecher. Mit Sternbodenschliff.«

Hartmut sieht mich an, seinen Mitbewohner, der in der Sintflut auf einem Floß sitzt und Fachchinesisch redet, als wüsste er schon seit Jahren über die Kunst der Gläserherstellung Bescheid. Ich genieße den Moment und rede weiter, mit leicht schwülstigem Ton, wie ein Weinkenner: »Glockenförmige, facettierte Cuppa«, murmele ich, »bernsteinfarbener Überfang. Linse mit H1 geschnitten.«

Hartmut versteht die Welt nicht mehr. Man merkt sich gut, was man liest, wenn es Dinge sind, die man vorher gar nicht kannte. Ich erlöse ihn und sage: »Hartmut, dieser Karton ist eine fünfstellige Summe wert!«

Hartmuts Ziegenbart senkt sich, seine Koteletten tropfen. »Seit wann bist du Glasexperte?«

»Seit du mir den Tipp gegeben hast, in der Bibliothek immer das zu lesen, wovon man gar keine Ahnung hat, damit neue Synapsen sprießen«, sage ich, springe mutig vom Brett und wate zum Fenster, damit sich das Licht noch besser im Glas bricht. Das Wasser reicht mir schon bis zum Bauch. Das Glas bricht das Licht, und es verteilt sich in Punkten im Raum, spielt zwischen uns und lässt uns fast vergessen, in welcher Lage wir sind. Dann wird es heller und stärker. »Was ist das?«, fragt Hartmut, fällt vom Brett und hält sich die Hand vor die Augen. Aus dem Nichts ertönt eine Musik, schön und rein wie der erste

Morgen, und der Raum flimmert in einem Glitzern, das Wasser teilt sich und fließt ab, die Musik kommt zu einem Höhepunkt, und in einem flirrenden Crescendo verklingt das Licht, zieht unsere Köpfe hinter den Gläsern hervor und gibt den Blick frei auf einen schlaksigen, großen Mann mit Kinnbart und spitzbübischen Augen, der die Hände gehoben hat, und hinter dem links und rechts abgespreizt wie ein Dreieck je sechs kleinere Männer stehen. Sie tragen Karten, Instrumente und Werkzeugkästen. Das Wasser verschwindet in Ritzen und Rohren, der letzte Ton der Musik verdämmert, das Licht schmilzt wieder auf Zimmerlautstärke, und in der neuen, klaren Luft des Raumes sagt der Mann: »Schönen guten Tag, ich bin Herr Leuchtenberg, Ihr Restaurateur. Und das sind meine Helfer.«

20

»Warte, ich kann auch Rammstein«, sage ich, klimpere ein paar Töne auf dem Klavier, das im Garten steht, und schiele mit Schweißperlen auf der Stirn ins Obergeschoss unseres Hauses, wo Herr Leuchtenberg und seine zwölf Helfer die Lage prüfen, Vermessungen vornehmen, Notizen machen und auf jene schnelle, professionelle und unbestechliche Art arbeiten, die wie eine Erlösung ist. Tito und Torsten dürfen ihn nicht sehen, daher lenke ich sie ab, aber sie sehen mich schon an wie einen kleinen Bruder, der nicht weiß, wann es gut ist. »Und der Mann sieht in das Wasser!«, singe ich im Tenor und rolle das »r«, und Tito klopft mir auf die Schulter. »Ist gut jetzt, wir gehen renovieren.« Ich springe auf und suche nach Ausreden, doch Tito steigt bereits über den Kanalarbeiter, der ein letztes Mal unsere Grube leer pumpt. In dem Moment, wo er die Küche betritt, verschwindet einer von Leuchtenbergs Helfern gerade hinter der Tür. »Wollt ihr den Herd eigentlich behalten?«, fragt Tito und scheint heute übermütig. »Frauen mögen doch Einbauküchen.«

»Es sind nicht alle Frauen gleich«, sage ich und sehe durchs Wohnzimmer, wie Leuchtenberg und Anhang die Treppe herunterkommen und daraufzusteuern.

»Doch«, sagt Torsten und sieht bitter durch die Wand.

»Frauen hassen Gasherde«, sagt Tito und rüttelt leicht an dem riesigen, alten Ding, um zu testen, ob es überhaupt zu bewegen ist. Leuchtenberg prüft derweil den Riss und das Fensterloch im Wohnzimmer. Tito müsste sich nur umdrehen, um ihn durch die Tür zu sehen, doch Leuchtenberg ist ganz ruhig und konzentriert, als habe er alle Zeit der Welt und sei unsichtbar. Tito bückt sich und kriecht hinter den Herd, um die Anschlüsse zu überprüfen. Man sieht nur noch die Beine und seinen drallen Hintern, dann zuckt er und kommt wieder hervor. Er macht ein müdes Gesicht und deutet auf seine Stirn, auf der sich eine untertellergroße Spinne festgekrallt hat wie eine Katze in einem Vorhang. Er nimmt sie seufzend ab und wirft sie auf den Boden. Yannick kommt herangeschossen, schnüffelt daran und schüttelt dann das Köpfchen. Tito stemmt sich auf: »Machen wir erst mal im Wohnzimmer weiter«, sagt er, und ich will gerade Mätzchen machen, als ich sehe, dass Leuchtenberg und seine Leute schon um die Ecke gebogen sind. Als sie den Flur zum Bad erreichen, der an der zweiten Küchentür vorbeiführt, haben Tito, Torsten und ich gerade das Wohnzimmer betreten. Das Timing ist perfekt, wie in einem Tanz. »Wir müssen endlich mal den Riss stopfen«, sagt Tito, und Torsten schlägt vor: »Ich stopfe mit Spritti den Riss, und du montierst nachher den Herd ab.«

»Nachher?«, frage ich.

»Wir müssen erst in die Stadt«, sagt Torsten, und seine Augen werden glasig dabei.

Tito sagt: »Basketball gucken. 2. Liga.« Dann beugt er sich zu mir: »Seine Perle spielt da.«

Enya. Tochter des Windrads, die ihn gerade zurückgewiesen hat. Mir soll es recht sein. Mehr Zeit für Leuchtenberg. Der betritt gerade hinter uns die Küche, und ich will die beiden

Kameraden schon aufscheuchen, als sie bereits von selbst Richtung Haustür gehen.

»Bis nachher«, sagt Torsten, und Tito beugt sich zu mir zurück. »Wünsch uns Glück«, sagt er. Dann schließt er die Tür, und Leuchtenberg steht neben mir, einen strahlenden Hartmut anbei. »Alles ist vermessen«, sagt Leuchtenberg, und der Satz lässt die Sonne aufgehen. »Wir machen jetzt eine Materialaufstellung und einen Ablaufplan.« Ich will ihn umarmen. »Kriegen Sie das Haus wieder hin?«, frage ich. Er nickt, die Augen sanft geschlossen. »Natürlich. Dafür wurde ich gesandt.« Man sollte sich eigentlich aufregen, dass es so lange gedauert hat und dass er seine Firmenadresse nicht mal dem Amt verrät, aber jetzt, wo Leuchtenberg da ist, ist jeder Zorn wie weggeblasen und alles erscheint richtig und gut. Bis auf die Tatsache, dass Ernst und Siegmund gerade am Fenster erscheinen. Hartmut grüßt und versucht, sie abzulenken. Sie müssen ihn sehen, denke ich, aber Leuchtenberg und seine zwölf Helfer stehen genau so zwischen den Fenstern und Türrahmen, dass sie von außen nicht erkennbar sind. Es ist, als würde er es planen, aber mit einer Beiläufigkeit, mit der Tom Cruise in *Mission Impossible* Laser-Bewegungsmeldern ausweicht.

»Ihr könnt mir etwas besorgen«, sagt Leuchtenberg jetzt und geht zur Stelle mit dem mannsbreiten Riss in der Wand. In dem Moment, wo er die Fenster passiert, sehen Ernst und Siegmund weg, abgelenkt durch einen Kanalisationsanschlusshelfer, der braun benetzt an ihnen vorbeigeht, fluchend, einen breiten Schlauch in der Hand.

»Das hier«, sagt Leuchtenberg, und seine Helfer scharen sich um ihn, »können wir nicht ohne Zusatz stopfen.«

»Zusatz?«

»Normalerweise stopft man Fachwerk mit Stroh und Lehm. Aber hier brauchen wir einen Zusatz. Spezialrotband Landglück. Bitte besorgt mir das. Drei Säcke davon.« Ich notiere es mir auf der Hand, während Hartmut sich im Fenster so breit macht wie irgend möglich, damit Ernst und Siegmund nicht sehen, was vor sich geht. Ihr Todfeind, den es gar nicht geben darf, ist in unserem Haus und hilft uns als erster Mensch systematisch und mit Kennerblick. Wir begehen Verrat. Ich bin nervös und habe Schweißfüße.

»Gut, ich hole es«, sage ich. »Darf ich Ihren Wagen benutzen?« Leuchtenberg schüttelt den Kopf, meint aber nicht den Wagen damit. »Ihr müsst beide fahren«, sagt er, und es klingt so, dass man nicht weiter nach Gründen fragt. »Aber«, sage ich und weiß nicht, wie ich es ihm erklären soll. Wie erklärt man einem Restaurateur, dass man noch andere Helfer hat, die ihn nicht sehen dürfen, ihn für eine Lüge des Schlosses halten und ihren Glauben verlieren würden, wenn sie ihm begegneten? Eher würden sie ihn aus dem Dorf jagen als eingestehen, dass wir das Haus doch nicht allein mit den Germanen restaurieren können. Wie erklärt man so etwas? Während ich noch überlege, spüre ich einen sanften Druck auf der Stirn. Leuchtenberg hat mir die Hand aufgelegt, vier Finger auf meinem Kopf, und sein Daumen drückt zärtlich meine Stirn. Er nickt, als habe er meine Gedanken gelesen, sei sich der Eitelkeiten der Menschen bewusst und wisse schon genau, was er tut. »Gehe hin und hole Landglück«, sagt er, nimmt sanft die Hand von meinem Kopf und gibt mir seinen Autoschlüssel. Wie in Trance gehe ich nach draußen, ziehe Hartmut hinter mir her und schließe den Wagen auf. Ernst und Siegmund bemerken es nicht. Sie reden mit der rieselnden Berit.

*

»Ist das toll!«, jubele ich, als ich den Wagen nach Schwäbisch Hall einlenke und bereits die 40 Meter hohe Werbung des Baumarktes sehe. »Leuchtenberg im Haus. Und wir fahren seinen Wagen!« Hartmut hat mich während der Fahrt angesehen wie jemanden, der einer Sekte verfällt. Wir haben eine CD gehört, die Leuchtenberg selbst gebrannt hat. »Love Is All You Need« war darauf, »Love Me Tender« und »Love Is All Around«. Es läuft »Always Love« von Nada Surf, als ich auf den Parkplatz des Baumarktes einbiege und neben den anatolischen Kartoffelverkäufern parke. »Es ist alles gut«, sage ich Hartmut und lege ihm die Hand auf die Schulter wie ein Pädagoge. Die Farben sind weicher als sonst.

Wenig später stehen wir in der Baustoffabteilung vor großen Säcken und machen »Hmmm«. »Rotband« steht auf den Dingern, es gibt nur eine Sorte, wir haben den Gang schon mehrfach durchquert und auch die ganze Abteilung umrundet. Nirgendwo eine Spezialsorte »Landglück« zu sehen.

»Es gibt 17 verschiedene Gartenschläuche, 10 verschiedene Dübelmarken und 5 diverse Teppichmessersets für einen Euro, die alle nicht halten, aber es gibt nur ein Rotband?«, sagt Hartmut.

Ich starre auf die Säcke. Mein Ohr saust.

»Wenn Leuchtenberg sagt, dass es Landglück gibt, gibt es Landglück«, sage ich.

Hartmut geht in die Hocke, zerrt an den untersten Säcken der Palette und liest deren Beschriftung. Alles Standard. »Wir fragen«, sagt er und sieht sich nach einem Angestellten um. Die Baustoffabteilung hat keine eigene Infotheke wie die Abteilungen für Tapeten, Sanitär und Strom. Wahrscheinlich denken sie, dass im Baustoff ohnehin nur die Könner einkaufen. Einen

Gang weiter frisst sich eine Säge durch Arbeitsplatten für Küchen. Da gehen wir hin.

Der Mann, der sägt, hat ungepflegtes weißes Haar, ein faltiges Doggengesicht und eine Säufernase. Er reagiert nicht, als wir ihn rufen, und sägt erst mal weiter. Im Sägeraum neben der Tür ist ein schlaksiger Mann in einem gestreiften Bademantel zu erkennen, der eine Bierflasche hält und auf den Sägenden einredet. Dann sieht er uns, tippt ihn an und zeigt mit der Bierflasche in der Hand auf uns. Der Sägemann schlurft an die Theke. »Ja?«

»Ist einer von Baustoffe da?« Die Grammatik leidet im Baumarkt, das ist selbst Hartmut klar.

»Nö«, sagt der Mann, und der Dünne im Bademantel prostet uns zu. Der Sägemann beugt sich über die Theke und schaut den Gang hinab. Dann zeigt er durch Sägen und Äxte. »Schauen Sie mal bei Eisenwaren, da müsste jemand sein.«

Wir gehen zur Infotheke der Eisenwaren, hinter der ein kleiner Bildschirm eine Nachmittagstalkshow zeigt. Kartons mit Schrauben, eine Schreibtischunterlage von 2003 mit Gekritzel darauf, angebissene Kulis, ein Kaffeebecher.

»Ob es hier eine Klingel gibt?«, fragt Hartmut und sucht die Theke ab.

Es gibt keine. Im Fernsehen spricht ein Laiendarsteller mit Piercings in den Augenbrauen. Er ist der Angeklagte.

Einen Gang weiter räumt ein Mann Arbeitskleidung und Handschuhe ein. Hartmut geht hin. »Sind Sie Eisenwaren?«

»Nein«, sagt der Mann und stöhnt, als müsste er Rinderhälften verladen.

»Ist jemand von Eisenwaren da?«

Der Mann blickt gebückt auf, Tränensäcke hängen ihm aus dem Gesicht. »Worum geht's denn?«

»Um spezielles Rotband.«

Der Mann lacht. »Das ist Baustoffe, da müssen Sie ...«

»Wissen wir«, sagt Hartmut, »bei den Baustoffen ist keiner, daher waren wir bei der Säge, und die Säge hat uns zu Eisen geschickt.« Ich liebe Baumarkt-Sprech, man sollte ein Buch drüber schreiben.

Der Mann muss den Satz verdauen, dann sagt er: »Und bei Eisen ist keiner?« Hartmut schüttelt den Kopf. Der Mann blickt halbherzig um die Ecke. »Da muss aber jemand sein.« Hartmut seufzt. Der Mann richtet sich auf und sagt: »Ich rufe Ihnen jemand da hin.« Wir bedanken uns und gehen wieder zu Eisenwaren. Auf dem kleinen Fernseher spricht jetzt der Kläger. Er ist nicht gepierct und studiert BWL. Im Nachmittagsfernsehen ist die Welt noch geordnet. Wir sehen uns die Show an. Niemand kommt. Ich gehe hinter die Theke und finde ein paar Limoflaschen unter dem Schreibtisch. Ich nehme sie und reiche Hartmut Zitrone. Ich stelle mir vor, wie schnell Leuchtenberg fertig werden kann. Vielleicht macht er auch die Scheune. Caterina kann kommen. Alles wird gut.

Eisen kommt nicht. Zitrone ist leer. Hartmut rülpst und stellt die Flasche ab. »Das ist doch albern«, sagt er und geht zur Zentralkasse vorne am Eingang. Ein türkischer Mann versucht gerade, Tiernahrung zu reklamieren. Es gibt Menschen, die verstehen die Baumärkte nicht.

»Hallo«, sagt Hartmut, und die Frau, die zugleich den Türken betreuen, Einkäufe bis zu acht Teilen kassieren und die Zentral-Info machen muss, sieht uns kurz an. »Wir brauchen jemand bei der Eiseninfo.«

»Ist da keiner?«, fragt die Frau und wedelt mit dem Zeigefinger über der Hundenahrung des Osmanen.

»Nein, sonst würden wir ja nicht fragen«, sagt Hartmut, und die Klangfarbe seiner Stimme verdunkelt sich langsam.

»Nix Rückgabe«, sagt die Frau, und der Türke sagt: »Sie können auch gerne Deutsch mit mir sprechen, ich bin da nicht so.«

»Können Sie uns jemanden rufen?«, fragt Hartmut. Die Frau nickt beiläufig. Sie hat schwarzes Haar und viele Falten in tiefbrauner Haut. Mit links drückt sie einen Knopf und beugt sich über ein Mikro.

»Ein Mitarbeiter bitte zur Eiseninfo. Ein Mitarbeiter bitte zur Eiseninfo.« Wir bedanken uns, und der Türke diskutiert weiter.

Nach zehn Minuten ist die Gerichtsshow zu Ende und die Eiseninfo immer noch verwaist. Hartmut grollt. Der Klang seiner Stimme ist jetzt schwarz. Er stapft zur Zentralinfo zurück. Der türkische Mann dort ist verschwunden, dafür liegen zehn Säcke Hundefutter auf der Theke.

»Es kommt kein Eisen«, sagt Hartmut.

Die Frau blickt auf. Sie hat sich einen Moment setzen müssen, wahrscheinlich waren die Säcke zu schwer.

»Bitte?«

»Die Eiseninfo, Sie haben gerufen, aber es kommt niemand.«

Die Frau schaut hinter ihrer Theke auf wie ein Straußenvogel. »Da müsste aber jemand sein.«

Hartmut platzt der Kragen. Sein T-Shirt fällt ihm daraufhin vom Oberkörper, als ob er sich häutet, und bleibt – noch in der Hose steckend – wie ein Kilt hängen. So ähnlich tragen es die Hooligans freiwillig. »Das ist Ihr aller Lieblingssatz, oder? ›Da müsste aber jemand sein.‹ Ihr ganzen Baumarktmenschen lebt nur in der Möglichkeitsform. Das müsste aber gehen, das müsste aber passen, da müsste aber jemand sein. Da ist aber niemand!«

Er haut auf die Infotheke, und der oberste Sack Hundefutter reißt auf, zigtausend kleine Bröckchen verteilend. »Sie sind genau wie die Politiker. Oh, das müsste aber passen mit der Steuerreform. Hat unsere Bombe danebengezielt, das kann doch gar nicht sein? Das müsste schon hinhauen mit zwei Lehrern auf 120 Schüler, es müsste, es müsste ...«

Die Frau hockt verängstigt hinter der Theke und drückt wieder einen Knopf, der diesmal aber unter dem Holz angebracht ist.

»Was wollen Sie denn?«, wimmert sie.

»Landglück!«, brüllt Hartmut und springt über die Theke in den gesperrten Bereich. Er drückt den Knopf für die Sprechanlage, hält seinen Mund davor und sagt: »Zwei junge Männer im Eingangsbereich fordern auf der Stelle drei Säcke Landglück!!!« Es kann so nicht weitergehen, denke ich mir und lese die Werbelogos auf der Stirnseite des Baumarktes, das macht uns alle verrückt. Der Sicherheitsdienst rückt an, sagt »Die kennen wir doch« und zerrt Hartmut hinter der Theke hervor, der sich wie ein Demonstrant wehrt und »Ich will doch nur Landglück!« schreit. Ein Mann in der normalen Kundenschlange schüttelt den Kopf und sagt: »Diese Öko-Aktivisten.«

Dann landen wir »mit einer letzten Verwarnung« auf dem Parkplatz vor den Kartoffelverkäufern.

Als wir heimkommen, ist Leuchtenberg bereits weg. Ein Zettel hängt an der Tür: »Wagen behalten. Wohnzimmer dicht. Bis morgen.« Wir nehmen ihn ab, gehen hinein und halten die Luft an, als wir das Wohnzimmer betreten. Sämtliche Wände sind verputzt und schnurgerade, das Fachwerk wirkt wie neu, und auch der mannsbreite Riss ist verschwunden. Hartmut strahlt, dann schiebt er die Augenbrauen nach unten. »Wohl doch kein Landglück nötig, was?«

In der Küche knirscht etwas. Wir gehen rüber und sehen zwei kurze Beine, den Rest des Körpers hinter dem Herd.

»Ich hab's gleich«, sagt Tito, und neben ihm steht Spritti und saugt eine Bierflasche leer. Dann zischt es kurz, als wenn man das Luftgerät aus einem Autoreifen zieht, und Tito kommt hinter dem Ungetüm hervor. In der Hocke grüßt er uns und zeigt auf Spritti. »Der Mann ist irre«, sagt er, und Spritti zwinkert uns mit einem seiner schwarzen Augen zu. »Verputzt mal eben das ganze Wohnzimmer allein, während ich mit Torsten in der Stadt bin.« Wir schauen die beiden an. Spritti kichert leise.

»Ja, irre!«, sagen wir.

»Ich hab euch den Herd abgeklemmt, ihr habt ja eure Campingkocher. Raustragen werde ich ihn aber jetzt nicht mehr.« Er klopft sich die Hände ab. »War ein harter Tag. Enya hat Torsten keines Blickes gewürdigt, obwohl er jeden ihrer Körbe lauter als die ganze Halle bejubelt hat.«

Wir schütteln die Köpfe. Es ist alles ein bisschen viel.

»Aber was das Schlimmste ist«, sagt Tito, lässt sich von Spritti ein Bier geben und japst, wie Männer eben japsen, wenn sie gerade renovieren, »in der Vorhalle hat ihr Papa Werbung gemacht. Mit dieser Energieinitiative für Windkraft. Die wollen die große Ebene mit einem Windpark bestücken, oben, wo die Ruinen liegen. Ernst tobt, kann ich euch sagen. Ernst tobt. Er sagt, wir sollen die Waldfront fit machen, auch, wenn es noch juristische Wege gibt.«

»Juristische Wege?«

»Das Land oben gehört offiziell dem Staat. Es gibt Bestimmungen, die erklären, wem es unter welchen Bedingungen zur Nutzung vermacht werden darf. Das Amt hat sie, es sollen komplizierte Schriften sein. Man munkelt, dass sie diese Texte absichtlich zurückhalten, damit das Land an die geht, die das Amt gern hätte.«

»Man munkelt aber auch, dass sie eine Anhörung machen«, sagt Ernst, der plötzlich im Wohnzimmer steht und mit offenem Mund die Wände betrachtet. »Wie habt ihr das denn jetzt so schnell hingekriegt?«

Tito, Hartmut und ich atmen ein und zeigen alle drei auf Spritti. Der guckt so ernst, wie er kann, und lächelt. Einen Augenblick lang sieht es aus, als ob Ernst uns nur testet. Als ob er Leuchtenberg und seine Leute gesehen hätte, während wir weg waren, und jetzt prüft, ob wir Verräter ihn auch noch schamlos belügen. Dann erhellt sich sein Blick, und er lacht: »Ein Teufelskerl!«, sagt er und geht auf Spritti zu. »Kein Wunder, dass der Major dich zum Obergefreiten gemacht hat.«

21

Am Samstagmorgen sind wir schon wieder um fünf auf den Beinen. Ich habe in den letzten drei Tagen Doppelschichten gefahren, um meine Fehlstunden auszugleichen; jetzt trage ich wieder ein Gewehr auf dem Rücken. Eigentlich sollte ich es hinwerfen, zugeben, dass ich sie nicht mehr brauche, weil Leuchtenberg da ist, und einfach abwarten, bis er das Haus fertig hat, aber das geht nicht. Wenn Ernst erfährt, dass nebenan der Feind arbeitet, sabotiert er uns noch den Fortschritt, Fußbäder hin oder her. Wobei momentan niemand arbeitet, denn Leuchtenberg ist seit seinem ersten Besuch nicht mehr aufgetaucht. Ich nehme es hin, wie ich alles hinnehme, nur eines nicht: dass die Frauen verstummt sind. Seit Tagen rufen wir sie an und kriegen immer nur die Mailboxen. Als ich nach der Arbeit im Nordviertel vorbeifuhr, war niemand in Pierres Haus. Sauber bepflanzte Hänge und ein ekelhaft perfekter Teich davor, mit Brücken und Wegen. Ich habe einen Zettel an die Tür gehängt. Keine Antwort. Und immer diese Mailbox.

Ich muss in einer Stunde an einer alten Scheune im Tauberholz sein, wo sich die Wehrsportgruppe heute zu einer besonderen Übung treffen wird, wie uns gesagt wurde. Wir sollen alle einzeln anreisen und verschiedene Wege gehen. Ich schnüre meine Stiefel und erwische mich bei der Frage, ob ich heute

Morgen bereits als Single in den Einsatz gehe. Irgendwie erfüllt mich der Gedanke mit einer Wut, die ich gern festhalte. Sie heilt nichts, aber sie gibt einem das Gefühl, wieder atmen zu können. Draußen haben die Vögel den ersten Zwitscherhöhepunkt des Morgens schon wieder überschritten. Die Luft riecht nach Tau und der kurzen Morgenkälte, die es hier auch im Sommer gibt. Yannick liegt im Gras vor dem Zeltausgang und spielt mit einem Ast. Ich muss an Caterina im Mozartweg denken und mache einen doppelten Knoten.

Hartmut packt Brote in seinen Rucksack, denn auch die Wandelgermanen sind heute unterwegs. Seine Füße stehen auf Wurzelwerk, er härtet sich schon mal ab.

»Wie steigen wir aus, wenn die Frauen hier sind?«, fragt er, einen Apfel essend.

»Weiß nicht«, sage ich. »Kommen doch eh nicht mehr.«

»Jetzt hör aber auf«, sagt er.

Oben macht es »Tuuut«, »Klick« und »Zeng«, dann wird neu gewählt. Hartmut soll nicht so tun, als mache er sich keine Sorgen. Er hat eine Frauen-Anruf-Maschine entwickelt, ein PC-Programm, das immer wieder Pierres Festnetznummer anwählt und auf dem AB einen Text hinterlässt, denn wir per Mikro eingesprochen haben. Außerdem wählt sie beide Mobiltelefone an, alles in zufälliger Reihenfolge, damit sie keinen Rhythmus erkennen und vielleicht doch mal rangehen. Wir haben beide unser Telefon mit. Sie ahnen nicht, wie wichtig es für uns wäre, wenn es da draußen klingeln würde. Männer wollen immer ihre Freiheit, denke ich, aber wenn sich die Frau mal vier Tage nicht meldet, rasten sie aus.

Ich lasse von meinen verschnürten Stiefeln ab und lade das Gewehr durch. Hartmut verzieht das Gesicht. In Bochum haben wir Friedensdemos gemacht. Besser: Er hat Friedensdemos gemacht, und Martin und ich sind biertrinkend mitgezogen und haben kleine Demonstrantinnen provoziert, indem wir ihnen mit den Standard-Psychotest-Fragen der Bundeswehr ihre Einstellung auseinandernahmen. Es war erbärmlich, wie einfach es ging. Die Vögel hüpfen über die Zweige, verschlafen knöpft die Sonne über dem Feld ihren Schlafanzug auf. Es fühlt sich ein bisschen so an, als könnten wir beide uns heute das letzte Mal sehen und irgendwo im Kriegseinsatz verschellen. Hartmut zieht seinen Rucksack zu, massiert seine Füße, streichelt Yannick über den Kopf und sagt: »Pass auf dich auf, okay?«

Ich nicke.

»Und lass dein Handy an.«

Eine Stunde später stehe ich in Reih und Glied in einer alten Scheune und versuche, nicht ständig auf die riesigen Spinnennetze zu starren, die oben in den Winkeln hängen. Die Scheune liegt versteckt hinter einem dreckigen Hang zwischen schwarzen Bäumen. Der Pfad, der zu ihr hinunterführt, muss vor vielen Jahrzehnten ein Wirtschaftsweg gewesen sein. Eine große Feldlampe hängt im Raum. An der abgeblätterten Wand der Scheune ist ein Lageplan angebracht. Uns gegenüber steht eine fremde Einheit, eine Wehrsportgruppe aus Bayern. In der Mitte stehen deren Major und unser Major, in freundschaftlicher Konkurrenz verbunden wie Fußballtrainer. Nur dass unser Spiel nicht legal ist, wie der Major nun zum wiederholten Male betont: »Und ich sage es nochmal. Bei allem Ehrgeiz, den Sie heute haben sollten – und ich verspreche Ihnen, wenn Sie ihn nicht haben, ziehe ich Ihnen die Fußnägel einzeln ab und klebe Sie in mein Münzalbum –, bei allem Ehrgeiz also ist das oberste Gebot dieser Übung, niemals Zivilisten zu begegnen. Das ganze

Gelände des Ettetals ist unser Übungsraum«, sagt er und macht eine ausgreifende Geste über die Karte an der Wand. »Wanderwege ziehen sich durch die Wälder, Reitwege, Trimm-Dich-Pfade. Ehe Sie sich versehen, stehen Sie mit Ihrem Gewehr in voller Montur vor einer Eis essenden Kleinfamilie, und das, meine Herren, darf niemals passieren. Niemand darf uns bemerken. Das ist oberstes Gebot.« Der Major macht eine kleine Pause, während er den Chef der Gastmannschaft ansieht, ein paar Schritte geht und dann fortfährt. »Die Sache sieht folgendermaßen aus. Der Gastgeber ist immer der Gejagte. Gebot der Höflichkeit und besseren Geländekenntnis. Wir bekommen einen Vorsprung von einer Stunde, in welcher wir uns ins Ettetal begeben, in die Wälder, die dort auf der Karte angegeben sind.« Er deutet auf die Karte. Das Gebiet ist eingezeichnet. »Unsere Gäste folgen uns nach. Ihre Mission ist, uns aufzuspüren und zu überwältigen. So lange es auch dauert.«

So lange es auch dauert, denke ich und wünsche mir, ich könnte wieder ins Bett. Gleichzeitig fühle ich mich wie in der Schule bei Feuer-Erde-Wasser, wenn die ganze Turnhalle zum Parcours umgebaut war. Ich habe es immer sehr ernst genommen. Ich sehe zu der fremden Einheit hinüber und denke an meine Truppe. Es ist, als sähe uns doch jemand zu, Publikum, das uns Profis bewundert und dem wir etwas bieten wollen. Die Frauen melden sich nicht, vielleicht nie mehr. Dann habe ich ja Zeit, denke ich grimmig und rücke mein Gewehr gerade.

»Haben Sie noch etwas zu sagen, Major?«, fragt unser Major jetzt seinen Kollegen von der gegnerischen Truppe, und der tritt tatsächlich ins Licht, rückt seine Schultern gerade und sagt: »Ich weiß, dass einige von Ihnen hier sind, um Geist und Körper zu trainieren, Disziplin zu erlernen, Widerstände zu überwinden.« Er sieht mich und Spritti an. »Aber lassen Sie mich sagen, dass wir eigentlich etwas viel Größeres tun. In der heutigen Zeit können wir uns auf niemanden mehr verlassen. Die offizielle Armee ist ein Haufen lustloser Wehrpflichtiger und rückgratloser Zeitsoldaten, die nur wegen des Geldes dabei sind. Doch davon abgesehen ist das, was sie zu beschützen geloben, nicht wert, geschützt zu werden.« Er verzieht dabei das Gesicht und spuckt auf den Boden. »Ein Staat, der von der Wirtschaft erpresst wird. Ein Volk, das keines mehr ist, das keine Identität mehr hat. In dem jeder nur für sich selbst kämpft.« Er sieht uns beim Sprechen nicht an, blickt vielmehr durch die Decke der Scheune in die Ferne. Mir wird warm. Gut, dass Hartmut das nicht hört. Können wir nicht einfach anfangen? »Glauben Sie nicht, dass deren Allianzen irgendetwas wert sind. Deren Allianzen sind geschrieben auf Scheckbüchern. Und wenn eines Tages der Amerikaner durch diesen Wald kommt, dann sind wir die Einzigen, die wissen, was Treue bedeutet. Loyalität. Die Einzigen, die wissen, was zu tun ist. In diesem Sinne: Kämpfen Sie hart, aber denken Sie daran, dass wir uns hier gemeinsam für etwas Höheres ausbilden.« Ich will etwas sagen, aber schlucke es runter. Ich bin wütend. Sollen doch unsere Frauen politisch korrekt sein, unten bei Pierre, der wahrscheinlich noch eine Begrüßungssonate spielt, wenn Enyas Vater die Windräder in den alten germanischen Boden rammt, Jürgen Trittin daneben und Daniel Cohn-Bendit, applaudierend, Greenpeace-Stände überall. Es regt mich auf, und ich habe Lust auf diesen Einsatz hier, auch wenn ich bei *Medal Of Honor* immer die Alliierten spiele.

Es ist erst halb sieben, als unsere Truppe die Scheune verlässt und sich mit ihrer Vorsprungszeit ins Ettetal aufmacht. Die Luft hat nicht ganz vergessen, dass sie noch warm werden muss. Ein paar Meter, und wir sind im Wald verschwunden, aus dessen verschiedenen Ausläufern wir bis zum Ettetal nicht mehr herauskommen werden. Das Unterholz knackt. Der Major geht voraus.

Nach einer Stunde sind wir im Tal angekommen und beginnen, uns zu verschanzen. Ich hocke mit Spritti hinter einem umgestürzten Baum und schnaufe; es war ein ganz schöner Gewaltmarsch hierher. Wir bleiben in Deckung und halten die Gewehre aktionsbereit, liegen mit dem Rücken auf Moos und werfen ab und zu einen Blick über den Stamm. Der Major pirscht ein paar Meter weiter im Gewächs herum und flucht leise, als er mit dem Arm einen Busch Brennnesseln streift.

»Sind nicht schlecht, diese andere Truppe«, sagt Spritti. »Gegen ein paar von denen habe ich schon mal gekämpft.« Er hat wieder Pupillen, obwohl er heute Morgen kaum zum Trinken gekommen sein kann. Ich sehe ihn von der Seite an, die lockere Spannung in seinem Körper, das Tattoo auf der Wade, das zwischen Stiefel- und Hosenrand zu erahnen ist. Ich nicke und mache ein Gesicht, wie man es aufsetzt, wenn man als Kind im Wald Krieg spielt und sich dabei völlig echt vorkommt. Ich fühle mich auf komische Weise wichtig, wie ein Mensch mit Backstage-Pass auf einem Rockkonzert. Der Major schleicht wieder in unsere Richtung, lächelt uns ein wenig scheel zu und verschwindet dann in der anderen Richtung, um zu spähen und zu forsten. Äste knacken leise unter seinen Sohlen. Wir halten die Stellung.

Nach einer weiteren Stunde Stellung halten rutsche ich ungeduldig mit dem Rücken auf dem moosigen Untergrund herum. Ich frage mich, ob sich unsere Jäger verlaufen haben. Spritti schaut wieder ins Leere, er könnte Visionen haben oder mit offenen Augen schlafen. Tito hockt hinter einer Wurzel und isst einen Regenwurm. Das macht er häufig, »beste Eiweiße« sagt er. Er ist der Einzige von uns, der Wochen im Wald überleben könnte. Goldbraunes Licht fällt durch die dichten Baumkronen auf sein Gesicht. »Soldaten hinterm Baumstamm, ein impressionistisches Gemälde«, würde ich jetzt scherzen, wenn Caterina mich so sehen würde. Ich spüre, wie mein Bauch diesen Gedanken aus dem Wald schieben will. Torsten trinkt Wasser aus seiner Feldflasche. »Das Wichtigste ist, dass wir wachsam bleiben«, sagt er. »Einmal hat eine Gruppe uns absichtlich damit zermürbt, dass sie uns bis zu ihrem Angriff stundenlang warten ließ. Sie tauchten auf, als wir gar nicht mehr damit rechneten. Du musst wachsam bleiben, das ist eine der wichtigsten Regeln im Krieg.«

Ich sehe ihn an. Wir liegen in einem Waldstück im Hohenlohe und proben den Krieg. Ich überlege, ob während der echten Kriege in dieser Region jemals etwas verwüstet wurde. Tito schluckt seinen Regenwurm, wischt etwas Sand von einer kleinen Wurzel und beißt sie ab wie eine frische Möhre aus dem Supermarkt: »Und wenn etwas raschelt«, sagt er kauend, »nicht direkt wie ein Bescheuerter draufhalten. Könnte ein eigener Mann sein. Oder ein Tier. Und selbst, wenn du den Gegner siehst, erst zielen, dann schießen. Es kommt nicht auf die Menge an oder die Panik, die du mit deinem Geballer verbreiten kannst. Es ist wichtig, möglichst wenig zu schießen.«

»Weil jeder Schuss zu viel deinen Standort verraten kann«, sage ich. In Sprittis Augen zeichnen sich wieder Pupillen ab. Er dreht den Kopf zu mir. »Je mehr du schießt, desto klarer wird dem Gegner, wo du hockst«, fahre ich fort. »Nicht zu schießen ist die beste Deckung. Und wenn, dann musst du treffen und am besten sofort den Standort wechseln, solange du kein Scharfschütze bist.«

Spritti scheint erstaunt, wie klar mir das ist, obwohl ich erst das dritte Mal dabei bin. Auf der Playstation bin ich schon seit Jahren dabei.

Ich rücke mich ein wenig gerade, um einen Grund zu haben, dass mein Gewehr leise klappert. Ich halte das für angebracht. Dann spreche ich weiter: »Natürlich möglichst wenig aufrecht laufen, um keine Angriffsfläche zu bieten, aber wenn ein Ortswechsel nötig ist, sollte man auch nicht zu lange zögern und einfach rennen. In manchen Momenten brauchst du diese Gedankenlosigkeit, es einfach zu tun. Wenn du immer überlegst, was dir passieren kann, hockst du im Ernstfall im Loch und wimmerst, bis sie dich holen.«

»Ja, genau so ist es ...«, sagt Spritti und sieht mich weiter so an, als wolle er fragen, ob ich doch schon mehr Erfahrung habe, als ich zugebe. Ich schweige und genieße es, die Antwort offen zu lassen.

Nach drei Stunden werde ich langsam ungeduldig. Vor allem, weil meine Blase drückt. Der Major hat uns befohlen, die Stellung zu halten, und gesagt, er arbeite sich ein Stück nach oben durch, um vom Hang ins Tal zu pirschen und zu schauen, ob der Gegner vielleicht gegen die Regeln von der Landstraße aus angreift. Er ist immer noch nicht zurück. Spritti sitzt locker an den Baumstamm gelehnt, Tito liegt wieder mit dem Gesicht nach unten im Unterholz und döst. Er sieht aus wie hinter dem Gasherd. Platt und leblos. Ich vermute, er hat noch nie auf dem Rücken geschlafen. Der Einzige, der seit all den Stunden straff in seiner Deckung sitzt und konzentriert in den Wald starrt, ist Ulrich. Vorhin in der Scheune hat er der Rede des gegnerischen Majors applaudiert, besonders an der Stelle, wo er davon sprach, dass die Wirtschaft den Staat knechte.

Ich betrachte ihn und frage mich, ob man einem Befehl so lange gehorchen muss, bis er wieder aufgehoben wird. Das würde bedeuten, dass wir uns nicht rühren dürften, bis wir etwas Gegenteiliges hören. Dabei könnte der Major im Ernstfall schon längst tot und der Befehl aufgehoben sein. Und was genau hieße es dann, die Stellung zu halten? Auch, dass man nicht mal austreten darf? Ich überlege, ob ich fragen soll, aber ich habe Angst, dass es so selbstverständlich ist, dass Spritti doch bemerkt, wie wenig ich weiß, und ich das Backstage-Gefühl verliere. Tito bewegt sich leicht im Unterholz und schnarcht. Weiter hinten gähnt einer. Ich sehe, wie Ulrich ein wenig die Augen verdreht, während er weiter das Gewehr im Anschlag hat. Ein paar Eicheln fallen aus einem Baum. Die Kronen tuscheln miteinander.

Dann klingelt mein Handy.

Titos Kopf schnellt hoch, und seine Augen erscheinen im Unterholz wie zwei weiße Punkte, ein paar Soldaten richten sich auf, und Ulrich reißt sogar kurz sein Gewehr herum, bis ich das Telefon hochhalte und entschuldigend mit den Händen winke. Er schlägt sich mit der flachen Hand gegen den Kopf und geht wieder in Stellung. Titos Augen verschwinden wieder im Holz. Spritti lächelt auf eine Weise, die mir zeigt, dass ich ihm so viele Jahre Wehrsporterfahrung nun auch nicht vormachen kann. Ich nehme ab und drücke mich beim Sprechen hinter den Stamm, als wolle ich im Waldboden verschwinden. »Ja?«

»Es ist so anstrengend, ich geh kaputt«, sagt Hartmut.

»Hartmut, ich hocke hier hinter einem Baumstamm!«, zische ich.

»Kackst du?«, fragt Hartmut.

Ich schnaufe. Hartmut jammert weiter: »Ich weiß nicht, wie die das machen. Die meisten hier sind doch schon Rentner. Ich habe das Gefühl, dass es immer nur bergauf geht. Und sie singen Lieder. Eins nach dem andern. Sie halten nie an, um mal Luft zu holen. Die Edda ist lang.«

»Der Krieg auch«, sage ich und höre, wie Hartmut »Au!« sagt. Ich kenne es, das war das Distel-Au. Gut, dass wir Stiefel tragen dürfen.

»Laut meiner Karte passieren wir gleich einen Wanderweg. Da ist sogar eine Hütte für Touristen. Man kann ihn nicht umgehen. Ich sehe es doch schon wieder vor mir, das Theater. Kreischende Kinder, antizivilisatorische Predigt ...«

»Haben die Frauen angerufen?«, frage ich.

»Nein.«

Ulrich sieht empört zu Spritti und wieder zu mir. Diesmal muss Spritti ihm recht geben. Er bedeutet mir, das Telefon auszumachen.

»Ich muss Schluss machen«, sage ich.

»Oh, mein Gott nein, wir beide gehören doch zusammen!«, ruft Hartmut, »lass uns darüber reden, wenn das hier vorbei ist.«

»Ich wollte sagen, ich muss auflegen, Hartmut.«

»Odin sei Dank«, sagt er. Im Hintergrund wird gesungen.

Ich schalte das Handy aus und schiebe es in die Seitentasche meiner Armeehose. Meine Kameraden schütteln leise den Kopf. Ich lehne mich wieder zurück und erinnere mich, dass ich pinkeln muss. Ich denke an einen Film mit Kiefer Sutherland, bei dem sogar Kriegsgefangene beim Schienenbau ohne großes Aufheben austreten durften, und beschließe, dass es bei Soldaten nicht anders sein wird. Es ist niemandem geholfen, wenn ich in die Hose mache. Außerdem ist es nur eine Übung. Ich wippe noch ein wenig verlegen hinter dem Baumstamm herum und stehe auf.

»Hey, was machst du da? Der Major hat befohlen, in Stellung zu bleiben! Sofort runter!«, sagt Ulrich, und ich sehe Spritti an. »Im Moment gebe ich hier die Befehle, Gefreiter«, sagt Spritti und gewinnt ein Blickduell mit Ulrich. »Aber er hat recht. Die könnten schon längst da hinten hocken und darauf warten.«

»Ich muss aber«, sage ich.

»Ich muss aber«, äfft Ulrich mich nach. »Das sind wahrlich soldatische Worte.«

»Ich kann auch direkt hier in unsere Kuhle pissen«, sage ich, so giftig es mir möglich ist, und Spritti muss eine Sekunde kichern. Dann steige ich über den Stamm. »Nein, das machst du nicht«, sagt Ulrich, und ein paar der anderen richten sich hinten auf, weil endlich mal was passiert, wenn auch nicht mit Gegnern. Ich gehe einfach weiter. »Der Major hat Befehl gegeben!«, brüllt Ulrich jetzt, aber Spritti fällt ihm ins Wort und sagt mit erhobener, aber nicht lauter Stimme: »Ihr Gebrüll lenkt den Feind stärker auf uns als jeder Austritt, Gefreiter, und jetzt halten Sie die Klappe und lassen den Mann pinkeln.« Ulrich verstummt, rümpft die Nase und legt sich, ein paarmal hin- und herrutschend, hinter seinem Gewehr zurecht, als erwarte er, mich gleich freischießen zu müssen, weil ich so leichtsinnig bin. Ich pirsche geduckt ein paar Bäume weiter, um mich zu erleichtern. Als ich gerade die Hose öffnen will, fällt mein Blick auf eine leere Punica-Flasche und eine frisch weggeworfene Capri-Sonne. Meine Ohren vernehmen das leise Geschnatter von Stimmen und das Klimpern von Gläsern. Ich lege mich ins Gehölz, robbe ein Stück weit in die Richtung, aus der die Geräusche kommen, und muss fast lachen, als ich am Rande eines Rastplatzes herauskomme, in dessen Lichtung eine hübsche kleine Hütte eingelassen ist, vor der zwei Familien bei Alsterwasser, Kaffee und Softeis Rast machen. Wir glauben, mitten im tiefen Wald zu liegen, und haben die ganze Zeit eine öffentliche Wanderroute samt Imbiss im Rücken. Was für ein Paramilitär. Ich erinnere mich daran, dass wir nicht auffallen dürfen, und presse mich flacher auf die Erde. Ein blaues Schild preist die Eissorten an. In Blumenkästen am Vorbau drehen sich kleine Windspielchen. Ein brummender, gutmütiger Wirt bringt ein Tablett heraus. Ich rieche die süßlichen Reste des Alsterwassers bis hierher. Die Menschen haben Urlaub. Als ich mich gerade wieder aufs Zurückrobben einstelle, höre ich, wie am anderen Ende des Platzes ein Busch knackt und eine tiefe Männerstimme mit dem Schimpfen beginnt. »Da! Eis, Bier, Werbeschildchen. Eine Schändung ist es, eine Schändung!« Die Familien schauen auf, und eine Mutter quiekt, während die Kinder den Mann mit den nackten, großen Füßen und den Käfern im Bart eher interessant finden. Hinter Siegmund arbeiten sich Ernst und Manfred aus dem Busch und Hartmut, dem ein Zweig in der Kotelette hängen bleibt. Der Wirt beruhigt die Familien und erklärt ihnen in zwei, drei Sätzen, was los ist. Der Busch spuckt weiter unablässig Germanen aus. Sie scheinen öfter an dieser Stelle durch das Gehölz zu kommen. Jetzt schauen die Familien nicht mehr verschreckt, sondern eher wie bei einer Safari, wenn man endlich den eingeborenen Stämmen begegnet. Wüssten sie, dass just in diesem Moment ein schwerbewaffneter Soldat mit drückender Blase fünfzig Meter weiter im Unterholz am Wegesrand liegt, würde ihre ethnologische Toleranz bezüglich der Sitten dieser Urlaubsgegend vielleicht schmelzen. Zwei ältere Touristenkinder, vorlaute Jungs von vielleicht zwölf Jahren, nutzen den Auflauf, um ohne Tadel von der Terrasse zu verschwinden, und kommen in meine Richtung. Ich drücke mich tiefer ins Gehölz, kann aber nicht wirklich weg, als ich sehe, wie sie anhalten und der eine dem anderen etwas zeigt. Sie lachen, nicken sich schelmisch zu und ziehen ein Feuerzeug heraus. Ich habe noch eine halbe Sekunde Zeit, mich darüber aufzuregen, dass jetzt schon Zwölfjährige wenige Meter neben ihren Eltern mit dem Rauchen anfangen, als ich sehe, was der Chef dieser kleinen Zweierbande wirklich in der Hand hat.

Einen Böller.

Chinakracher.

Größte Ausführung.

Ich will mit dem Kopf schütteln, will aus dem Gebüsch stürmen, will ihnen sagen, dass es der ungünstigste Zeitpunkt ist, um die Reste von Silvester zu verfeuern, aber ach, was kann ich tun? Wir dürfen uns den Zivilisten nicht zeigen. Ich zögere. Zu lang.

Die Jungs zünden. Und schmeißen.

Mitten hinein in den Wald, mit Schwung über meinen verborgenen Kopf hinweg in Richtung unserer Deckung, in der Tito, Ulrich und Spritti kauern und immer noch glauben, sie wären im tiefsten Wald, während die Straße wenige Meter hinter ihnen verläuft. Die winzige Hoffnung auf eine Fehlzündung zerfetzt mit dem ohrenbetäubenden Knall des Böllers, Vögel flattern hektisch aus den Bäumen, die Wandelgermanen zucken zusammen wie die Höhlenmenschen bei Stanley Kubrick, und die Familienväter fallen fast von den Bänken. Es dauert bloß eine Sekunde, bis meine Kameraden antworten.

»Es ist wichtig, möglichst wenig zu schießen«, hat Spritti noch gesagt. Doch jetzt prasseln die Hartgummigeschosse aus dem Wald auf die Hütte, die Wandelgermanen, die Familien und den Gastwirt nieder. Meine Kameraden glauben, sie schössen tiefer in den Wald hinein und nicht aus dem Wald heraus. Meine Kameraden glauben, der Chinaböller sei eine Granate vom Feind.

»Es ist wichtig, möglichst wenig zu schießen ...«

Die Hartgummigeschosse treiben die Familien von den Stühlen wie ein Hochdruckreiniger Dreck von den Fliesen. Die Ehefrauen fuchteln mit den Händen in Richtung ihrer Söhne, die sich längst professionell auf die Erde geworfen haben und bislang am wenigsten abkriegen. Sie robben auf den Waldrand und somit auf mich zu. Sie suchen die Deckung und sind äußerst achtsam, während ihre Eltern auf der Terrasse von Kugeln eingedeckt werden. Sie haben auch viel Playstation gespielt. Man weiß nie, wozu es gut ist.

Die Hartgummigeschosse prasseln auf das Eisschild ein, bilden Querschläger und zersplittern die Gläser mit Alsterwasser und die Fensterscheibe der Hütte, hinter der ich jetzt den Wirt hektisch in einer Schublade fuchteln sehe. Ein Vater versucht theatralisch, zu seinen Söhnen zu kommen, die sicher gedeckt am Waldrand robben, und fängt sich sofort ein paar Kugeln ein. Holzbänke gehen zu Bruch, Splitter brechen aus der Hütte, die unter dem Hagel langsam zu wanken beginnt. Es sind nur wenige Sekunden, welche die erste Salve meiner Kameraden dauert, aber sie kommen mir wie Minuten vor.

Jetzt scheinen sie nachzuladen oder horchen zu wollen, ob sie etwas getroffen haben. Die Wandelgermanen nutzen die kurze Feuerpause, um sich zu sammeln. Ernst winkt seine Germanen hinter das Geländer der Terrasse und die Flanke der Hütte, Hartmut trabt im Entengang hinterher, wild hin- und herblickend, woher das Gehämmer kam. Die Ehefrauen werden mitsamt ihren Männern in die Hütte gezogen, der Wirt drückt sie väterlich hinein und quetscht sich dabei selbst aus dem Ausgang, eine Schürze umgebunden und – ich kann es selbst nicht glauben – ein Gewehr in der Hand. Ich will wieder »Nein!« schreien, kriege aber keinen Ton heraus und sehe wenige Schritte neben mir die Jungs hocken, die mich immer noch nicht bemerkt haben. Ich sehe mit an, wie der Wirt die Ehemänner antreibt, weitere Gewehre an Ernst und ein paar ausgewählte Wandelgermanen zu verteilen, während er den kleinen Jungs zubrüllt, schnell wieder zur Hütte zu kommen. Die weigern sich vernünftigerweise, da sie von den Videospielen besser wissen, was passiert, wenn man in so einer Situation die Deckung verlässt. Der Wirt ist unschlüssig, da er nicht direkt über die Köpfe der Kids feuern kann, meckert unverständlich mit den Vätern, dass sie ihre Bengel holen sollen, und zuckt mitsamt den in der Deckung ihre Gewehre ladenden Wandelgermanen zusammen, als plötzlich zwei zischende Striche aus Rauch auf den Wanderweg fliegen.

Nebelgranaten.

Meine Kameraden werfen Nebelgranaten.

Sie denken immer noch, hier warte der Feind.

Die kleinen Jungs rufen »Scheiße, Nebelgranaten!«, die Hütte verschwindet im beißenden Qualm, und der Gastwirt sowie die Wandelgermanen beginnen, Warnschüsse in die Luft abzugeben. Es knallt gewaltig. Es sind echte Gewehre. Jagdschein. Ich höre es im Wald hinter mir splittern, schaue mich um und sehe, wie ein paar Silhouetten ihre Position wechseln. »Was soll das denn, die schießen scharf?«, höre ich Ulrich rufen, und Spritti schreit: »Wo ist unser Neuling?« Als ich mich wieder umblicke, sehe ich, wie die Jungs, die im Gestrüpp nebenan liegen, ein grimmiges Gesicht aufgesetzt haben und einen neuen Böller zünden. Einen Kanonenschlag, die eckigen, die mit massiver Kordel geschnürt sind. Deutschland ist komplett bewaffnet.

»Nein!«, brülle ich jetzt wirklich, aber es geht in den Warnschüssen der Wandelgermanen unter, und als der Kanonenschlag, präzise von den Jungs geworfen, hinter mir im Wald detoniert, höre ich noch, wie Ulrich giftig »Scheiße, jetzt reicht's mir!« schreit, bevor das Geräusch eines neu eingeschobenen Magazins ertönt, das nichts Gutes erahnen lässt. Als er feuert, weiß ich, dass es ein Fehler war, hierherzuziehen. Er beantwortet das scharfe Feuer der rastenden Wanderer und ihres Wirtes ebenfalls mit einer echten Salve, die Jungs halten sich jetzt endlich verschreckt die Ohren zu, großes Geschrei ertönt auf der anderen Seite des Weges, und die Kugeln bahnen sich mit trockenem »flupp-flupp« einen Weg durch das Gestrüpp. In all dem Lärm meine ich zu hören, wie Tito »Bist du wahnsinnig!?« schreit, aber Ulrich ballert einfach weiter, und während der Nebel der Granaten vergeht, sehe ich, wie die gesamte Wanderhütte samt Blumenkästen, Windspielen, Holzverkleidung und Dach nach und nach abgetragen wird, bis in der Stille des vergehenden Lärms nur noch eine Art Haus-Cabrio übrig bleibt, aus dem die Köpfe der eingeschüchterten Wandelgermanen, das Resthaar des Wirtes und die Gesichter der Familien herausspähen. Als die Seitenwand wie in einem Nachtrag langsam aus der Verankerung bricht und auch die Jungs neben mir sich dieses Schauspiel ansehen, nutze ich die Chance, renne wie ein Irrer blitzschnell in den Wald zurück, zeige meinen Kameraden den Vogel, verrate ihnen in schnellen Worten, dass sie dort hinter den Bäumen nicht den Feind, sondern beinahe ein paar Touristen und Ernsts Wandelgermanen zu Klump geschossen haben, sehe, wie schlagartig die Farbe aus allen Gesichtern weicht, und winke ihnen, so schnell wie möglich zu verschwinden.

Am anderen Ende des Waldes treffen wir auf den Major, der immer noch am Hang liegt und auf die Ankunft der Gegner wartet.

»Scheinen die Zermürbungstaktik zu fahren«, sagt er und bedeutet uns, uns gefälligst zu ducken.

Ulrich erklärt ihm in knappen, möglichst schonenden Worten, dass wir einen gewissen Zivilistenkontakt hatten und die Menschen aus Versehen erst mit Hartgummi weichgekocht und dann mit scharfer Munition eingedeckt haben.

Der Major sitzt in seiner Stellung wie ein Eremit, der schon seit Jahren nicht aus dem Loch gekommen ist, und sieht uns an, als würde er für den Rest seiner und unserer Tage nichts anderes mehr tun wollen. Als Ulrich dann noch verrät, dass auch die Wandelgermanen unter Beschuss geraten sind, brüllt er los, als sei jetzt ohnehin alles egal. Brüllt, was für geisteskranke Wahnsinnige wir eigentlich seien und dass wir nun alle zusammen die Seife aufheben würden. Brüllt, dass er uns jeden Tag im Knast durch die Gitterstäbe drücken werde, bis wir in Streifen vor ihm liegen. Brüllt, dass es ihm egal sei, ob man ihn hören kann, und dass er vor unserer Verhaftung seinen Gewehrlauf noch ein letztes Mal mit unseren Nieren putzen werde. Dann klingelt mein Handy, und niemand hört es in dem Gebrüll, ich gehe sachte ein paar Schritte rückwärts, hocke mich hin und nehme ab. Hartmut japst, keucht und stottert, als er sagt, ich solle jetzt bloß nichts sagen, denn er habe mir etwas vollkommen Unfassbares zu berichten. Richtig unfassbar wird es für ihn, als ich ihm sage, dass wir die Soldaten waren, die soeben die Imbisshütte im Wald abgetragen haben, und ihm erkläre, wie es so weit kommen konnte. Ich sage ihm, wie leid mir alles tut und dass ich bald im Knast die Seife aufheben werde und Angst um meine Nieren habe, als Hartmut ganz still wird und ich denke, dass ich nach Caterina nun auch meinen besten Freund verliere. Vorne brüllt der Major weiter, dass jemand, der auf die Wandelgermanen schießt, Abschaum sei, und dass er uns wünsche, als Opfergaben dargebracht zu werden, als Hartmuts Stimme wieder auftaucht und sagt: »Ich habe eine Lösung.«

Ich hocke still und bekomme Herzklopfen. Wie kann man in so einer Lage noch eine Lösung haben? »Das Eisbergprinzip«, sagt er und erklärt mir, was wir unternehmen können. Ich höre ihm zu, wie ich noch nie einem Menschen zugehört habe. Dann frage ich: »Und du glaubst, das funktioniert wirklich?«, er erklärt mir, dass es keine Alternative gibt, und ich sage leise: »Dann bis gleich.«

Ich stehe auf, drücke meine Brust raus, rolle die Schultern nach hinten und gehe an den krumm stehenden Soldaten vorbei auf den brüllenden Major zu. Es ist, wie im Sturm gegen den Wind laufen zu müssen, ich denke an Hartmuts rhetorische Grundregeln, stelle mich vor den brüllenden Major und sage, anstatt sein Gebrüll unterbrechen zu wollen, einfach gar nichts. Nach einer Weile hört er auf mit dem Geschrei und sieht mich an: »Was wollen Sie denn?« Es piept in meinem Ohr, als es für einen Moment ruhig ist. Ich sage: »Ich denke, dass wir noch eine Chance haben, der Sache heil zu entkommen, Herr Major!« Dabei brülle ich zwar im Standardton, sehe ihm aber gleichzeitig in die Augen wie ein erwachsener Mensch. Die Soldaten hinter mir murmeln, Ulrich zischt verächtlich, als sei ich doch letztlich an allem Schuld gewesen. Der Major lässt den Blick nicht los und sagt: »Sprechen Sie!« Dann erkläre ich die Strategie. Die Kameraden sagen gar nichts mehr. Sie denken sich wahrscheinlich, dass alles besser ist, als die Seife aufzuheben. Der Major brüllt mich an: »Sie wissen, dass Sie ein vollkommen verrückter Bastard sind?« Dabei halten wir den Augenkontakt, als wären die, die in uns brüllen, zwei andere Menschen.

»Jawohl, Herr Major!«

»Sie wissen, dass dies keine Strategie, sondern die Wahnvorstellung eines vollständig Irren ist?«

»Jawohl, Herr Major!«

Ich spüre, wie Ulrich in meinem Nacken grinst.

»Dann machen wir es so!«, brüllt der Major, und ich merke, wie Ulrich das Grinsen aus dem Gesicht fällt.

»Blatt, Weidner, Sie werden den Einsatz mit mir und diesem Verrückten dort bestreiten, der Rest zieht sich so leise wie möglich in die Scheune zurück und verschanzt sich dort. Sie wechseln in Zivil, verlassen die Scheune einzeln und in unregelmäßigen Abständen und gehen nach Hause.«

»Aber Herr Major«, setzt Ulrich an, der nicht zu denen zählt, die zum Einsatz gerufen wurden, und der Major geht ganz nahe an ihn heran, fast Stirn an Stirn, und brüllt: »Seien Sie froh, dass Ihre Kameraden so loyal sind, nicht verraten zu haben, wer genau hier scharfe Munition dabeihatte.« Dann reißt er ihm das Gewehr aus der Hand, entfernt das Magazin, hält es vor sich hin, lässt ein paar echte Kugeln herausfallen, wirft es vor Ulrich ins Gras, sieht ihn an und sagt: »Sie sind mit sofortiger Wirkung aus der Waldfront ausgeschlossen!« Ulrich sieht den Major an, und seine Pupillen verschwinden hinter einem steigenden Wasserspiegel. Sein Augenwinkel zuckt und zuckt. Dann sagt er: »Jawohl, Herr Major!« Seine Hand pocht beim Grüßen gegen seine Stirn, als hätte er Parkinson.

Wir ziehen die Oberteile aus und geben sie den Männern, rupfen die Armeehosen aus den Stiefeln und lassen sie darüberhängen, sodass sie auf den ersten Blick wie normale, kräftige Schuhe aussehen. Spritti trägt ein T-Shirt der Band Merauder unter seiner Kluft, auf dem »Masta Killa« steht, Tito ein schlecht sitzendes Holzfällerhemd aus dem Discountladen. Mittlerweile ist auch der Major entkleidet. Wir sehen einigermaßen zivil aus.

»Und jetzt los, Männer!«, brüllt der Major und winkt den einen, in Richtung Scheune zu verschwinden, und Tito, Spritti und mir, mit ihm zu gehen, um Hartmuts irrsinnigen Plan auszuführen. Dann gehen wir durch das Geäst in Richtung der zerschossenen Hütte.

»Oh, mein Gott, wir kommen zu spät!!!«, ruft der Major, als wir den Waldweg hinaufgerannt kommen. Der verstörte Gastwirt richtet sofort sein Gewehr auf uns, wir nehmen erschrocken die Hände hoch, und der Major ruft: »Oh nein, das ist ja Ernst mit seiner Wandelgruppe! Mein Gott, Ernst!«

»Stopp! Stopp!«, sagt Ernst und springt zu dem Gastwirt mit seinem Gewehr. »Ich kenne diese Leute, die gehören zu den Guten!« Der Gastwirt lässt sein Gewehr sinken und kneift die Augen zusammen. Hartmut springt auf mich zu, ich sage »Hartmut!«, und wir fallen uns in die Arme. Ich höre ein paar Streicher eine aufsteigende Melodie spielen. Die Familien, die wie nach einer Naturkatastrophe zwischen den Trümmern sitzen, sehen verwirrt zu uns herüber. Der Major geht auf Ernst zu, hechelt, als wäre er bis hierher gerannt, und sagt: »Es sind Amerikaner im Wald. Sie machen geheime Gefechtsübungen. Sie müssen euch für ihre Übungsgegner gehalten haben.« Die Familien blicken von dem Major zu Ernst, um zu sehen, was er antwortet. Der Major hechelt weiter: »Wir waren da unten spazieren, haben einen getrunken, da haben wir sie gesehen. Sie schießen scharf. Vollkommen wahnsinnig.«

»Verflucht«, sagt Ernst und schüttelt bitter den Kopf. »Ich habe es immer gesagt. Seit Jahren sage ich, dass der Ami nie aus Hohenlohe verschwunden ist.«

»Was reden Sie denn da?«, mischt sich ein Familienvater ein, der das Hemd ausgezogen und überall blaue Flecken hat.

»Amerikanische Truppen«, sagt Ernst. »Sie waren bis in die 80er hier stationiert und haben Übungen abgehalten, vor allem hier im Ettetal. Sie sind mit den Panzern durch die Dörfer gefahren, manchmal ohne Voranmeldung. Glauben Sie mir, es sieht nicht schön aus, wenn ein Panzer auf Ihr Küchenfenster zukommt.«

Der Familienvater steht mit seinem lädierten Brustkorb vor Ernst und dem Major und kratzt sich am Arm. Seine Frau und die beiden Jungs sehen zu uns auf. Ernst spricht weiter: »Diese Übungen waren legal, bis sich in der Bevölkerung Protest regte. Ich weiß noch, wie Bauer Klepp mit der Mistgabel hinter einem Panzer herrannte und schrie, dass die Yankees verschwinden sollen.« Ernst und der Major lachen, auch Titos Brustkorb wippt leise auf und ab. »Die Proteste waren so stark, dass die Landesregierung die Übungen verbot. Aber ich habe mir immer gedacht, dass sie nie damit aufgehört haben. Ich habe mir immer gedacht, dass der Ami noch irgendwo hier im Busch herumkriecht. Aber auf mich hört ja keiner.«

Der Familienvater überlegt einen Moment, ob er die Story glauben soll. Dann sagt er: »Die machen doch sowieso, was ihnen passt.«

Der Wirt stimmt ihm zu: »Wahrscheinlich üben sie für ihren nächsten Krieg. Herr Bush bekommt den Hals nicht voll.«

Es entsteht ein Gemurmel, die kleinen Jungs rufen: »Ich will auch mal einen Ami sehen.« Die Mutter fährt ihnen über den Mund: »So was sagt man nicht.«

»Soll ich einen Krankenwagen rufen?«, sage ich mit meinem Handy in der Hand zu der am Boden sitzenden Mutter, aber sie schüttelt den Kopf. »Wir haben noch versucht, Gesichter zu erkennen«, sagt der Major, »aber sie waren schnell, und wir mussten uns ja auch verstecken, damit die uns nicht sehen. Wer weiß, was die mit einem anstellen, wenn man sie bei irgendwelchen illegalen Übungen in unserem Land erwischt.« Der Wirt lacht bitter: »Vielleicht haben sie schon ihr eigenes Guantanamo hier irgendwo im Wald.«

»Und Sie sind sicher, dass es der Ami war?«, sagt der Vater noch einmal, seine blauen Flecke prüfend.

»Was denn sonst?«, sagt der Major. »Glauben Sie, deutsches Paramilitär kriecht hier in den Büschen herum und schießt auf Familien und Wandergruppen?« Der Vater sieht uns an und kaut auf der Zunge. Spritti kniet bei den Jungen und albert mit ihnen herum, Tito zupft einen Regenwurm aus dem Gras und neckt damit ein Mädchen. »Nein, natürlich nicht«, sagt der Vater. »Aber dass es so was gibt ...«

»Wir sollten damit sofort an die Presse gehen«, sagt Ernst. »Vielleicht löst das Druck aus, und man geht der Sache nach.«

»Das finde ich gut«, sagt der Familienvater, und wir nicken alle. »Und wer bezahlt meine Hütte?«, fragt der Gastwirt.

Ernst sieht ihn gütig an, denkt einen Moment nach, hat eine Idee und sagt: »Wir haben nächste Woche einen Vereinsabend. Da werden wir für dich sammeln. Geld. Und Männer, die gemeinsam deine Hütte wieder aufbauen. Ich kenne da so einige, die gut darin sind, Häuser zu renovieren.« Er lächelt uns an.

Siegmund will dagegen protestieren, als Germane für eine Hütte an einem künstlich angelegten Wanderweg sammeln zu müssen, in der Touristen Bockwurst mit Geschmacksverstärker essen, aber Ernst legt ihm die Hand an den Bart. Der Gastwirt sieht Ernst an. »Danke«, sagt er.

»Wir brauchen niemanden. Wir helfen uns gegenseitig«, sagt Ernst und sieht zum Waldrand hin. »Da kann der Ami machen, was er will.«

22

Caterina und ich stehen auf dem Dach eines Hochhauses und sehen uns den Abendhimmel an. Er ist blauviolett, mit Schleierwolken, toll gemacht. Die Musik ist leise und kaum hörbar, die Pflanzen in den Kübeln sind animiert.

»Da hinten ist das Meer«, sagt sie und macht ihre grünen Augen ganz groß und rund und mädchenhaft. Bis hierher aufs Dach haben wir es geschafft, alle Rätsel in den Etagen gelöst, alle Kräfte gesammelt, alle Zaubertränke geschluckt.

»Wagen wir es?«, frage ich, und sie nimmt meine Hand. Ganz fest. Sie nickt. Dann lassen wir uns fallen, erschrecken kurz, lassen den Wind unter unsere Körper greifen und fliegen.

»So!«, sagt Hartmut und weckt mich. »365 Karten. Für jeden Tag im Jahr eine.« Er zurrt den Jutesack zu. Die ganze Nacht haben wir geschrieben, in Schichten. Wer nicht auf elektronische Post reagiert, muss eben die alte Tour spüren. Am Zaun steht der Bote. »Alles in den Mozartweg?«, fragt er nochmal, und wir nicken. Wir wollen unsere Frauen zurück. Hartmut wuchtet den Sack auf das Fahrrad.

»Haben Sie das mit den Amis gehört?«, fragt der Bote, und hinter ihm rieselt Asche an Berits Hauswand herab.

»Die geheimen Übungen im Wald«, sagt Hartmut.

»Unglaublich, oder? Und wenn Sie mich fragen«, er beugt sein Rad, »haben die ihre Türme selbst in die Luft gesprengt.«

»Der Glaube versetzt Berge, aber er kann auch irreführen«, sagt Leuchtenberg, der wie aus dem Nichts aufgetaucht ist.

»Da sind Sie ja wieder!«, sagt Hartmut, und ich weiß nicht genau, ob es sarkastisch klingt. So ist das eben bei Leuchtenberg. Dafür verputzt er auch komplett an einem Tag. Wir schicken den kleinen Verschwörungstheoretiker auf die Reise. Leuchtenberg sieht auf den Sack, als wüsste er, was darin ist, lächelt und winkt seine Männer ins Haus. »Sagen Sie, wie haben Sie eigentlich …«, setzt Hartmut an und will ihn wohl fragen, warum er die Wände verputzen konnte, obwohl er kein Landglück hatte. Ich halte ihn zurück und flüstere, ohne dass Leuchtenberg es hören kann: »Nichts fragen, nicht hetzen, einfach geschehen lassen.« Er sieht mich nachdenklich an. »Du hast gebetet, kurz bevor er auftauchte«, sage ich. Hartmut wehrt sich: »Ich wollte beten«, sagt er. »Du hast«, sage ich, »du hast …«

Leuchtenberg steht im Wohnzimmer und zeigt auf den Fußboden. Seine zwölf Helfer haben sich wieder im Haus verteilt.

»Wir müssen die Böden begradigen«, sagt er. »Überall. Dieses Haus ist mal abgesackt, da hat nichts mehr Halt. Da ist Feuchtigkeit drin. Alles schief. Das sehen Sie auch oben, deshalb lösen sich die Dielen ab.«

Er macht eine ausholende Bewegung über den Boden hin. »Wir füllen den Boden neu, damit er schön eben wird. Dafür gibt es einen ganz speziellen Baustoff, den Sie mir bitte besorgen. Verteilt sich in alle Ecken, ist immens flexibel und passt sich den Gegebenheiten an, verhärtet aber auch schnell, wenn er einmal eine Form gefunden hat. Das Zeug heißt ›Breite Masse‹, gibt es nur in 70-Kilo-Säcken. Das brauche ich. Bis dahin machen wir schon mal die Decken.«

Hartmut hebt den Finger, aber ich halte ihn fest und flüstere: »Keine Fragen.«

Auf dem Parkplatz vor dem Baumarkt ist eine Menge los. Eine Bühne und Infostände sind aufgebaut, Frittenbuden und eine Hüpfburg. Die Menschen tragen Transparente und haben Banner aufgehängt, auf denen »Kein Krieg in unseren Wäldern« oder »Verschwinden Sie aus unserem Busch, Mister Bush!« steht. Zeitungen werden verteilt. Aufmacher: »Bush-Feuer. Wie das US-Militär den deutschen Wald als Übungsgelände missbraucht.« Auf der Bühne spielt eine schlechte lokale Rockband und singt »Kein Blut für Öl«, der Baumarkt beteiligt sich mit der Aktion »Friedenspreise: 20% auf alles, außer Tiernahrung.«

Wir gehen hinein und halten wieder auf die Baustoffe zu. In der Eisenwarenabteilung hält ein Mann eine schwarzgelbe Black & Decker hoch. Seine Frau zieht ihn weg und sagt: »Die nicht, die kommt vom Ami.«

Wir suchen Rotband, Rigips, Putz und Zement ab, finden aber nicht, was wir suchen. Der Mitarbeiter mit den Tränensäcken sortiert Styroporplatten auf einer Wareninsel. Ich gehe zu ihm. »Guten Tag«, sage ich, »wir suchen die ›Breite Masse‹.« Der Mann raschelt noch ein wenig dumpf mit den großen weißen Platten, dann runzelt er die Stirn. »Die ›Breite Masse‹?«

Hartmut tritt hinzu. Er sieht unglücklich aus. Für einen kurzen Moment frage ich mich, ob Leuchtenberg einfach ein Scherzkeks ist.

»Die haben wir mal gehabt«, sagt der Mann ernsthaft und klettert von dem Podest. Er legt den Finger ans Kinn, geht zu einer großen Tür und winkt uns zu folgen. Wir gehen hinterher und kommen in eine weitere Halle, kleiner und dunkler beleuchtet, ohne Preisschilder und Pomp. In der Mitte liegen

Säcke auf Paletten, sortiert nach Farben und Beschriftung. Dieser Teil des Marktes scheint nur für Händler zu sein, nicht für normale Kunden.

»Blaue Masse, rote Masse, Masse mit Kiesanteil, Masse mit Gummi.« Der Mann geht die Reihen ab und spricht laut vor sich hin. Dann nimmt er einen Ordner aus einem Regal neben einem kleinen Schreibtisch und blättert darin herum. Die Seiten sind eingeschweißt. »Ich weiß ja nicht, wen Sie da haben, aber soweit ich weiß, ist die Breite Masse spätestens in den 90ern aus dem Programm genommen worden.« Er blättert und schiebt die Zunge zwischen die Lippen. Er nickt. »Hm ... hm ... wie ich mir dachte.« Dann klappt er die Mappe zu. »Die Breite Masse gibt es nicht mehr. Nur noch individuelle Lösungen. Zig verschiedene Sorten für zig verschiedene Böden. Wir haben sogar eine Massenmischmaschine. Es gibt kalorienreduzierte Masse, sehen Sie?« Er zeigt auf einen Sack, auf dem ein Arschgeweih abgebildet ist.

Wir bedanken uns, verlassen die Halle und gehen langsam durch die Gänge hinaus. Die blauen, undefinierbaren Plastikdinger liegen in einem Regal, nochmals reduziert. Hartmut zeigt darauf und sagt: »Wenigstens haben wir eine Rapille!«

Ich wundere mich kaum, als wir heimkommen und die Böden bereits fertig sind. Begradigt, geschliffen und gewachst.

»Keine Fragen stellen, siehst du«, sage ich, und Hartmut zeigt mit den Handflächen nach oben auf den Boden. »Der spielt doch mit uns!«, sagt er. »Das ist nur fertig, *weil* wir weg waren«, sage ich und beginne, Leuchtenbergs Logik zu verstehen. Man wird verrückt davon, aber es hat seinen Charme.

»Tja«, sagt Spritti, der mit einem Bier aus dem Garten kommt, Tito und Torsten im Schlepptau, »da haben es mir die anderen aber mal gezeigt, was Jungs?« Wir nicken, während Tito und Torsten hinter ihm stehen und uns zuzwinkern.

*

Am Abend gibt es eine Konferenz bei Ernst. Uns sagt man eine Stunde vorher Bescheid, und als wir das Wohnzimmer betreten, sitzen schon alle in der Runde, die Füße in den heißen Trögen. Zwei sind noch frei. Johanna führt uns herein und dreht sich wieder um. »Sollten Sie nicht auch mal«, setzt Hartmut an, aber sie schließt die Augen, schüttelt den Kopf, zeigt die Treppe hoch und macht eine Schunkelbewegung. Ernst rollt mit den Augen und winkt uns heran.

Wir ziehen die Schuhe aus, krempeln die Hosen hoch und setzen uns. Tito, Torsten und Spritti sind auch da, sogar der Major selbst. Er planscht vergnügt herum, als er sich daran erinnert, ein ernstes Gesicht zu machen. Die Wandelgermanen murmeln und tuscheln, zigdutzend Füße plätschern wie Bergbäche.

»Die Energieinitiative will einen Windpark auf der Ruine bauen«, sagt Ernst. Ich mag es, wenn man sich Einleitungen spart. »Sie kann das Gelände nicht einfach so bekommen. Das Land muss es ihr überlassen. Also das Amt.«

Siegmund verzieht das Gesicht. Der Käfer in seinem Bart macht die Grimasse nach.

»Es gefällt mir auch nicht, aber in diesem Fall müssen wir uns an die Spielregeln dieser Gesellschaft halten. Das Amt hat angekündigt, eine Anhörung zu machen, komplett mit Presse und Häppchen und Öffentlichkeit. Man soll Eingaben machen, Nutzungsanträge.«

Siegmund schüttelt den Kopf. Die Germanen grummeln wie Männer, die einen Termin beim Hausverwalter im Erdgeschoss wahrnehmen sollen. »Das ist schon geschehen«, sagt Ernst, und das Grummeln wird leiser. »Entscheidend soll aber sein, was man am Tag der Anhörung vorbringt. Und dafür«, er spricht leiser, und es wirkt, als gingen die Krieger des Ragnarök hinter ihm in Deckung, »werden wir uns einen Vorteil verschaffen.« Die Runde sieht ihn gespannt an. Er lässt die Ruhe wirken. Dann sagt er: »Es soll ein Gesetz geben, verborgen im Schloss, das bestimmt, wie in diesen Dingen verfahren wird. Ich habe Grund zu der Annahme, dass die Windenergie-Leute es kennen, während man es uns vorenthält. Wir haben hier keine Lobby. Wir müssen dieses Ding einsehen, bevor die Anhörung stattfindet.«

Ich ahne, was kommt. Wieder lösen sich Flusen aus meinen Zehen. Es kommen täglich neue dazu.

»Das ist der Moment, wo die Generationen sich helfen müssen«, sagt Ernst, »ich habe alles mit dem Major besprochen. Die Waldfront dringt ins Schloss ein, findet das Gesetz, liest es, kopiert es, was auch immer, und bringt es hinaus.« Der Major nickt. Torsten ist sehr still. Hartmut zieht einen Fuß aus dem Wasser. »Also wirklich«, sagt er, »das ist Einbruch in ein Staatsgebäude.«

Die Wandelgermanen sehen ihn an wie ein Autobahnarbeiter einen Teller voller Chicoree.

»Ja, gut, es ist das Amt, ich hasse es auch«, sagt Hartmut, »aber das kann Gefängnis bringen.«

Der Chicoree verwandelt sich in Erbsen und Möhren. Immer noch nicht gut.

»Was ist denn so schlimm an Windkraft?«

Die Germanen werfen Arme und Füße hoch, Fichtennadelwasser spritzt umher, und es fliegen wieder Objekte.

»Ja, was eigentlich?«, sagt Torsten, und ich weiß, dass er leidet. Der Mann, der die Windräder bauen will, soll eines Tages einmal sein Schwiegervater sein.

Ernst sieht ihn traurig an: »Du auch, mein Sohn Torsten?«, sagt er.

»Aber ihr seid doch eigentlich dafür«, sagt Hartmut. »Umweltschutz und all das.«

Siegmund springt auf: »Die Umwelt schützt man nicht, die Umwelt verehrt man!« Er stapft auf der Stelle in seinem Trog herum: »Wie sich das schon anhört: ›Umweltschutz‹. Das klingt, als läge das Schicksal der Natur allein in unserer Hand, und da wir sie ja eigentlich nicht brauchen, gewähren wir ihr gnädig ein wenig Schutz, wo es uns gerade passt. Dabei hat sie uns in der Hand, sie uns! Diese ganzen Schein-Ökologen mit ihrem Technikwahn gehören doch derselben Kaste an wie die, die uns vom Geist der Erde weggebracht haben. Sie bauen und basteln an ihr herum, sie versetzen ganze Völker und entwurzeln Kulturen. Ein Landstrich ist für sie nur Gelände, dabei ist es ein Wesen, ureigen, gemacht für seine Bewohner, getränkt mit ihren Mythen, die vergessen werden, während neue in die Kinos kommen.«

»Und jetzt kommt die Aufklärungsschelte«, sagt Hartmut.

»Aufklärung war der letzte Schritt der Entfremdung!«, schimpft Siegmund.

»Aufklärung war ein roter Faden«, sagt Hartmut, »egal, wo man weiterknüpft.«

Ernst sieht Hartmut an wie einen Fremden oder einen Schüler, der vom Glauben abfällt.

»Wir werden dieses Gesetz holen«, sagt Ernst, und ich mache eine Geste, dass Hartmut ruhig sein soll. Wir können sie uns jetzt nicht zu Feinden machen. Noch nicht. Der Major steht auf, bleibt mit den Füßen in seinem Trog und erklärt den Plan.

23

Am nächsten Morgen wälze ich mich auf meiner Matratze. Kaum verlasse ich einen Traum, werfe ich mich so aus ihm hinaus, dass ich mit dem Oberkörper im nächsten lande. Zwischen den Traumblasen ist der freie Raum, durch den hindurch man in den Wachzustand und somit in die Realität fällt, und die will ich momentan vermeiden. Was hat sie mir schon zu bieten? Die Frauen sind nicht zu erreichen, ich bin Mitglied in einer Wehrsportgruppe, und heute Nacht muss ich in ein Amt einbrechen, um das Gesetz einzusehen. Um 7:14 Uhr sehe ich das erste Mal auf die Uhr, dann wieder um 8:34 Uhr, dann 12 Minuten später. Mein Körper suhlt sich in der leichten Lähmung, die der Halbschlaf uns schenkt, das Zelt wird langsam wärmer, und ich nehme mir vor, bis abends durchzuschlafen. Aber: Es klappt nicht. Ein durchdringender, mit Soßenlöffeln meine Magenwand umstülpender Geruch zwängt sich durch die Poren der Zeltwand. Hinter der Plane sehe ich Menschen mit Schläuchen und Hacken, eine Pumpe rattert mit schlecht justiertem Motor, und ein Mann ruft »Mist!«, als es knallt und drei Brocken sich hinter der Zeltwand abzeichnen, die immer größer werden, bis sich schließlich die Wand einstülpt und die Brocken sich flach und breit darauf verteilen. Ich nehme es mit der bitteren Wut eines Ehegatten hin, schäle mich aus meinem Schlafsack, öffne das Zelt, schaue an seiner Seite entlang und sehe drei bräunlichgrüne Flatschen Scheiße in der Nähe meines Gesichtes.

»Pumpfehler!«, ruft Hartmut, der mit den Männern vom Kanalisationsanschluss und Herrn Leuchtenberg vor der alten Grube steht. »Sie muss erst leer gemacht und gereinigt werden, bevor sie zugeschüttet werden kann.« Hartmut sagt solche Sätze, als wäre er seit Jahren Experte für Grubentechnik, dabei hat er es gerade erst selbst erfahren. Der Arbeiter mit der Pumpe steht neben dem Gerät wie ein Mann, der den Flusenfilter der Spülmaschine reinigen soll, sein Kollege steht auf dem Brett, das über die Grube zur Küche führt, und hält seinen Schlauch. Der Chef der beiden steht neben Hartmut und Leuchtenberg und kratzt sich am Hinterkopf. Als ich hinzutrete, fühlt er sich verpflichtet, mir den Stand der Dinge zu erklären: »Vorne ist alles fertig. Sie haben Wasser in Dusche und Bad, Sie haben Klospülung, alles. Aber die alte Grube hier muss weg, die wollen Sie doch sicher nicht lassen.« Er lächelt und zwinkert mir zu: »Wie sähe das denn aus, wenn Sie eine Party im Garten machen und das Essen über eine faulende alte Jauchegrube tragen müssen?« Ich lächele halbherzig. »Problem ist nur: Wir kriegen den Mist nicht da raus. Irgendwas klappt mit dem Abpumpen nicht.« Sein Angestellter auf dem Trittbrett meldet sich zu Wort: »Es ist ja so: Diese neuen Systeme sind einfach nichts. Der Druck lässt sich nicht richtig einstellen.« Er klingt eifrig und intoniert klar, wie ein Fremdenführer in einem Feuerwehrmuseum, das nur wenige Menschen besuchen. »Sie müssen sich das so vorstellen«, sagt er, doch bevor er uns aufklären kann, bricht das Trittbrett, und er fällt in die Grube. Es sieht nicht einmal so aus, wie es in Komödien aussehen würde. Es geht einfach schnell, der Mensch macht ein erstauntes Gesicht, und dann gibt es einen Ruck, weil er auf den flachen Füßen aufknallt und kaum abfedert, auch wenn hüfthohe Gülle den Aufprall bremst. Der Mann steht noch eine Sekunde überrascht, aber aufrecht im Mist; dann kippt er um, als sei es unlogisch und auch nicht denkbar, in einer Güllegrube zu landen und dann auf den Füßen stehen zu bleiben. Zu guter Letzt versinkt sein Gesicht im warm geweichten Kot. Herr Leuchtenberg steht daneben und sieht es sich an, interessiert, mit unmerklichem Amüsement, so wie ein Profitrainer sich die Teams der Landesliga ansieht. Der Amateur taucht wieder auf und kniept mit braun verklebten Augen, sein Chef und sein Kollege helfen ihm heraus und machen Geräusche wie moldawische Frauen bei der großen Jahresklage – dafür, dass sie Kanalisationen bauen, sind sie viel zu entsetzt. Der Gestürzte wird zum Gartenzaun gebracht. Er ist ganz ruhig, während seine Kollegen umherflattern und Reinigungsutensilien suchen. Er muss so ruhig sein, es ist wie bei Soldaten, deren Bein abreißt. Würden sie den Schmerz sofort zulassen, würden sie verrückt werden. Also pult er sich Kot mit Klopapierresten aus den Ohren, kratzt an kleinen, gelblichen Bröckchen, die ihm in die Zahnzwischenräume gelangt sind, und stülpt sich pfeifend seine Hosentaschen um, als suchte er nach Groschen. Zwei gut erhaltene Häufchen fallen heraus und bumpern auf den Rasen.

Leuchtenberg zeigt auf die Grube: »Selbst, wenn die die Grube leer kriegen, müssen die Wände und der Boden gereinigt werden, bevor man das füllt. Alles andere wäre so, als zöge man saubere Klamotten über einen seit Jahren nicht gewaschenen Körper.« Er sieht zu den Männern hinüber, die ihren Gestürzten mit dem Gartenschlauch und Desinfektionsmitteln behandeln. »Die werden diese letzte Reinigung nicht machen. Sie werden das auspumpen, ein bisschen mit Wasser ausspritzen und dann füllen.«

»Was wollen Sie uns sagen?«, fragt Hartmut, und Leuchtenberg schaut mit den Fingern am Kinn in die Grube. »Ich kann Ihnen diese Reinigung machen. Zwischendrin. Ich brauche nur ein spezielles Mittel dazu.« Hartmut und ich sehen uns an. Er wird uns wieder losschicken. Wir sollen wieder zum Baumarkt.

Leuchtenberg sagt: »Um Gruben von braunem Sud zu reinigen, benötigt man Abschaum.« Wir sehen ihn an wie Yannick, wenn er seinen naiven Katzenblick aufsetzt. »Keine Angst, ihr müsst nicht wieder zum Baumarkt. Das Zeug gibt es nur bei einer speziellen Firma in Schwäbisch Hall. Hier«, er gibt Hartmut eine Karte mit Ortsbeschreibung; es klingt chemisch, es klingt, als bekomme man damit eine alte Grube hygienisch sauber abgeschäumt. Es ist kein Baumarkt, diesmal muss es Hand und Fuß haben. Wir tun, wie uns geheißen, und fahren los.

Das Zielgebiet ist eine Mischung aus Gewerbe- und Wohnviertel. Die Besitzer haben ihre Häuser direkt neben ihre Firmen gestellt, meistens sind es echte Villen. Grünflächen liegen wie Tücher zwischen den Gebäuden, sanfte Hügel wirken wie Golfplätze ohne Löcher. Die Vorgärten sind individuell gestaltet. Einer hat einen Steingarten, in dem zwischen den Findlingen Pflanzen aus dem Mulch wachsen. Ein anderer Villenbesitzer hat sich einen japanischen Garten anlegen lassen, mit Wasserwegen und Steinhäuschen. Auf den Straßen stehen Audi TT, Mercedes und Bentley, in flachen Hallen zwischen den Wohnhäusern stecken verdunkelte Fenster, blaue Schriftzüge wie »Styrofoam« oder »Hanenkamp« daran. Die Straßen sind alle symmetrisch angelegt, wie auf einem riesigen Campingplatz, in dessen Zellen keine Wohnwagen, sondern Firmen und Villen stehen. Am Ende des Blocks sehe ich zwei Platzwarte, sie tragen schwarze Klamotten und Barette.

Die Firma, vor der wir anhalten, scheint wirklich Reinigungsmittel herzustellen. Auf einer Rampe stehen Paletten mit Kanistern, die Transporter zeigen ein Logo mit blauen Bläschen.

Hartmut geht zum Eingang und klingelt. Es ist ein kleiner, flacher Büroanbau mit Kakteen und Kalendern, auf denen kleine verschiebbare rote Rahmen das aktuelle Datum umranden. Ein schmaler Mann öffnet und sieht zu Hartmut auf, sein Gesicht wirkt, als hätte man es abgeschliffen. In seinem Büro läuft Steve Winwood, einer dieser klassischen, warmen Rockmusiker, von denen man sein Lebtag lang liest, ohne zu wissen, wo sie eigentlich gespielt werden. Jetzt wissen wir es.

»Sie kommen sicher wegen der Lieferung«, sagt er.

»Wir kommen wegen des Abschaums«, sagt Hartmut.

Der Mann rollt seine Pupillen etwas nach oben und tastet Hartmut ab wie ein Kugelscanner.

»Sind Sie neu hier im Gebiet?«, fragt er.

Hartmut nickt vorsorglich.

»Dann haben Sie außen gebaut, wo wir an die Bahnlinie angrenzen. Da kann es einem noch komisch vorkommen, aber der Sicherheitsdienst patrouilliert überall, keine Sorge. Oder haben Sie schon mal Ärger gehabt?«

Hartmut malmt im Mundraum auf seiner Zunge herum. Dann sagt er: »Sie verstehen nicht. Wir suchen nach dem Abschaum.«

Die Kugelscannerpupillen des Mannes machen einen Ruck und rasten an einer Stelle ein, die auf Hartmuts Nasenlöcher zeigt. Die Augen um sie herum werden schmaler. »Sagen Sie mal...«

Hartmut unterbricht: »Uns wurde gesagt, dass wir bei Ihnen den Abschaum finden.«

Der Mann geht einen Schritt zurück zum Schreibtisch,

drückt dabei einen Knopf und sagt, so freundlich man es zu Einbrechern sagt, die man als solche erkannt hat, ohne es sich anmerken zu lassen: »Da hat Sie wohl jemand falsch informiert.« Ich schaue nochmal genau hin, ob ich nur eine Knopfparanoia habe, aber seine Hand löst sich tatsächlich von einem Ding am Tisch, während er es mit dem Schenkel zu verdecken versucht. »Wir sollten uns beeilen«, flüstere ich Hartmut zu, schon fast daran gewöhnt, dass wir den Notruf auslösen.

Hartmut regt sich auf: »Es muss doch hier irgendwo Abschaum zu finden sein!«

»Es gibt hier keinen Abschaum mehr!«, sagt der Mann, »der ist längst aus dem Programm genommen.«

»Etwa wie die Breite Masse?«, schreit Hartmut, und im Wohnhaus nebenan geht eine Tür auf. Eine Marmorskulptur steht dort im Garten, ein schweres, drei Meter hohes Ding, das wirkt, als wäre es, so wie es ist, im Meer gewachsen oder auf der Venus.

»Was geht denn da vor sich?«, ruft der Besitzer der Skulptur, und es hört sich so klar und sonor an wie ein Dialogbeginn aus Bonanza.

»Der Chef«, sagt der Mann mit dem abgeschliffenen Gesicht, »jetzt haben Sie es geschafft.«

Hartmut geht über einen mit runden Platten ausgelegten Weg auf den Chef zu. Ein Bewegungsmelder heult los, und als Hartmut erschrocken weiter nach vorn statt nach hinten rennt, wird er von einem Paradiesvogel aus Plastik nassgespritzt, der ein Beet mit Pflanzen bewacht, die selten und teuer aussehen. Stoisch bleibt er in dem Wasserbeschuss stehen und sagt: »Wir suchen Abschaum zur Grubenreinigung.«

Der Chef lächelt, fast sanft, wie ein Mann, dessen Töchter nicht mehr erstochen werden können.

»Da müssen Sie woanders suchen. Früher hätten wir Ihnen welchen bieten können. Heute sitzen die woanders. Fahren Sie mal ins Ruhrgebiet. Gelsenkirchen, Herne, Velbert. Den besten finden Sie allerdings in Berlin, da gibt es noch diverse Anbieter, je nach Sitz und Stadtteil.«

Hartmut macht einen Rundbogen mit den Augenbrauen. »Aber wir brauchen eine saubere Grube. Was ist, wenn unsere Frauen zurückkommen und sich das Haus ansehen?«

»Wenn Sie Abschaum suchen, hätten Sie nicht hierher kommen dürfen«, sagt der Mann.

»Gibt es ein Problem, Sir?«, sagt der Platzwart mit schwarzer Uniform und Barett, der vorhin noch am Horizont entlanglief und jetzt neben uns steht. Der Mann winkt ab, aber Hartmut tobt: »›Gibt es ein Problem, Sir?‹«, macht er den Mann nach, »sind wir hier in einem Krimi oder was, CIS Schwäbisch Hall?«

»Hartmut«, sage ich, der ich weiß, dass alles so, wie es ist, seine Richtigkeit hat, »ganz ruhig.« Hartmut sieht mich an wie einen Opportunisten. »Ich will hier und jetzt Abschaum!« Ich glaube, er merkt auch, was er da sagt, und dass die wunderbare Welt des Herrn Leuchtenberg ein wenig anders funktioniert, aber da nehmen ihn die Platzwarte auch schon in den Polizeigriff und sagen: »Sollen wir Sie zum Bahnhof bringen? Hinterausgang? Wollen Sie das? Wollen Sie das wirklich?«

»Nein, nein!«, ruft Hartmut, halb aus Schmerz und halb aus der Erkenntnis, dass man das eben nicht wollen kann.

»Dann sind Sie jetzt friedlich?«

Hartmut wirft mir im Polizeigriff einen Blick zu, um zu prüfen, ob wir beide jetzt kämpfen, die Wachleute niederringen, den Büroangestellten schlagen und den Chef als Geisel nehmen sollten, oder ob es okay ist, und ich schließe halb meine Augen, was so viel bedeutet wie: »Es wird alles seine Richtigkeit haben, lass uns heimfahren und Kekse essen.«

»Friedlich«, sagt Hartmut, die Männer lassen ihn los, er richtet sich auf, und der Chef in der Haustür scheint fast erleichtert. Er stellt seinen Paradiesvogel ab. Wir steigen in Leuchtenbergs Auto, und der Mann ruft uns durch die geöffneten Fenster zu: »Das Leben ist schöner ohne Abschaum.« Die Wachleute rücken ihr Barett gerade und beginnen wieder ihre Runde. In Leuchtenbergs Auto ertönt »The Power Of Love«.

Daheim begrüßen uns Torsten und Tito vor einem länglichen, sich am Haus hinter der Küchenwand ausbreitenden Gemüsebeet. Es ist frisch angelegt, dort, wo heute Morgen noch die Grube war. Ernst und Siegmund stehen neben den jungen Männern und lächeln. Torsten zeigt auf seinen Vater: »Habt ihr ihnen dabei geholfen?«

Wir schütteln den Kopf. Ernst kneift die Augen zu, um uns zu sagen, dass wir nichts verraten sollen. Werden wir nicht. Ganz sicher nicht.

Siegmund sagt: »Ich bin zwar für Wildwuchs statt Kultivierung, aber besser ein Beet als eine stinkende Grube.«

»Wahnsinn!«, sagt Torsten, »man dreht einmal den Rücken, und der eigene Vater kultiviert eine Grube.«

»Wir Germanen sind immer für Überraschungen gut«, sagt Ernst. »Und wir halten zusammen.«

»Eins greift ins andere«, sagt Torsten.

Hartmut geht zum Zelt, wirft seine Geldbörse hinein, wechselt das T-Shirt, stellt sich stolz und sonnig in unserem Garten auf und sagt: »Ich wusste doch, dass die Germanen dieses Haus fit machen werden.« Dann entweicht ihm rücklings und mit einem kleinen Knall die Luft.

24

Es ist wieder mitten in der Nacht, als der Major das Seil zum Fenster rüberwirft und der Haken sich am Sims festkrallt. Hätte ich gewusst, welchen Stand der Schlaf in dieser Gegend hat, hätte ich mich in Bochum festgekettet. Wir sitzen auf dem Ast eines großen Baumes im Park der Schlossverwaltung und entern das Fenster einer Putzkammer, das »immer auf« ist. Der Major weiß das, da er früher hier gearbeitet hat, als Gärtner, bis seine Stelle in einen 1-Euro-Job umfunktioniert wurde. Ich lasse mir nicht anmerken, dass ich das weiß. Tito hat es mir erzählt. Er kennt den Major seit der Schulzeit. Spritti und er stehen Schmiere im Hof und am Eingang zur Straße. Sie sind in Zivil, der Major und ich tragen schwarze Tarnkleidung. Wir spannen das Seil um den Baum und klettern hinüber, diesmal kopfüber, aber sonst, wie wir es am Tümpel im Wald gelernt haben. Ich schrubbe mir nichts mehr dabei kaputt. Ich bin besser geworden. Ein Eimer mit Putzflaschen drin fällt um, als ich in die Kammer steige, wir halten kurz still. Keine Geräusche. Wir öffnen die Tür und verschwinden im Flur.

Es ist ein merkwürdiges Gefühl, nachts hier zu sein. Einzudringen, wo man sonst anstehen muss, fragen, warten, Termine machen, um Termine zu vereinbaren. Wir merken uns die

Raumnummer der Besenkammer und trennen uns. Das Zimmer von Steinbeis, wo wir die Schrift vermuten, findet man nicht so einfach. Wenn wir uns aufteilen, erhöhen sich die Chancen. Der Major geht nach links, ich nach rechts, und nachdem wir eine Weile geradeaus gelaufen sind, treffen wir uns wieder. Wir verziehen die Mundwinkel und deuten auf ein Treppenhaus. Ich zeige nach unten, der Major geht nach oben. Eigentlich müsste das Büro im Erdgeschoss sein, genau wie die Bibliothek, aber es steht ja auch keine Kirche neben dem Amt. Ich schleiche durch einen schmalen Flur mit hoher Decke und kleinen Fenstern knapp unter ihr. In einem der Cordsessel liegt ein dünner Mann mit schwarzen Haaren und Segelohren eingerollt, der schläft. Er bemerkt mich nicht. Ein paar Türen weiter ist wieder das Büro für Mulch. »Abteilung für Gartenangelegenheiten« steht darunter, das G ist einen Hauch größer gedruckt. Ich habe eine Idee und folge den Türen. Nach weiteren »Gartenangelegenheiten« folgen »Gasangelegenheiten«, dann »Gatteranbringung« und »Gatterentfernung«, danach »Gattungsfragen (Einordnung und Definition)« und schließlich das »Gesetz«. Raffiniert gemacht, denke ich. Zu offensichtlich, als dass man es diesem Haus zutraut. Die Tür zum Gesetz ist eine Schiebetür ohne Klinke. Daneben leuchtet matt ein Knopf ins Dunkel. Ich drücke ihn, und es rasselt hinter der Tür, dann öffnet sie sich, ein fahler Schein dringt in den Flur, der dünne Mann öffnet die Augen, erschrickt, steht auf, schafft es aber nicht mehr rechtzeitig, bevor sich die Tür schließt und ich mich abwärts bewege. Es ist ein Aufzug, aber so groß wie ein Wohnheimzimmer. Einer dieser tiefen Sessel steht darin, ein Tischchen daneben und ein Buch darauf. »Leitfaden zum Umgang mit der Bevölkerung«, steht auf dem Einband. »Für Politiker, Beamte und Angestellte des öffentlichen Dienstes. Streng geheim.«

Ich schlage das Buch auf und fühle mich weich. Als würde ich durch die Abwärtsbewegung des Aufzugs in den Sessel gedrückt wie ein lebendiges, mit Knisterkügelchen gefülltes Kissen. Aus einem winzigen Lautsprecher in der Decke ertönt Fahrstuhlmusik. Nichts, was man mit einem schmissigen Namen benennen könnte, einfach nur ordinäre, beängstigend perfekt instrumentierte Fahrstuhlmusik. Die können es einfach nicht lassen.

Ich schlage das Buch auf und lese.

Grundregeln

1) Erwecken Sie immer den Anschein, als wüssten Sie, wovon Sie sprechen. Dies ist vor allem durch Absenkung der Stimme um eine Oktave und eine streng symmetrische Körperhaltung zu erreichen. Wirksam sind Eingangssentenzen wie »Sehen Sie« oder »Schauen Sie«, von einem jovialen Lachen begleitet.

2) Vermeiden Sie tatsächliche Sachkenntnis. Sie verwirrt und führt nur dazu, dass Sie selbst nicht mehr wissen, ob Sie wollen, was Sie sagen.

3) Der Bürger, der ein Anliegen an den Staat hat, ist ein Anlieger. Anlieger kosten Geld, Zeit und Nerven, sind meist männlich, zwischen 45 und 70, und setzen ihre Schriften auf einem massiv veralteten PC in einem eigens dafür gestalteten Computerraum auf, den sie von der Steuer absetzen. Dabei trinken sie Tee. Wir brauchen keine Anlieger. Wir brauchen Anleger. Anleger versichern sich privat, nehmen ihre Kinder von den staatlichen Schulen und investieren in Aktien für die Altersvorsorge. Sie haben den Computer in einem Büro neben dem

Schlafzimmer, wohnen in großen Häusern auf dem Land und kaufen eine Menge Wein. Sie wollen nichts mehr von uns, weil sie uns nicht mehr trauen, und wir preisen ihr Leben als Muster der modernen Autonomie. Es muss unser Ziel sein, aus Anliegern Anleger zu machen.

4) Obiges Ziel erreichen wir, indem wir das Anliegen eines Anliegers so lange wie möglich bearbeiten, damit er in derselben Zeit kein zweites nachschieben kann. Dies ist zu erreichen durch:
– Schaffung von Unklarheit bezüglich der Zuständigkeit
– Schaffung von Unklarheit bezüglich der kommunalen Kompetenz
– Schaffung von Unklarheit bezüglich der Landeskompetenz
– Schaffung von Unklarheit bezüglich der Bundeskompetenz
– Vortäuschung von Unfähigkeit bei individuellen Mitarbeitern des Amtes. (Um Anstrengungen zu sparen, am besten tatsächlich Unfähige einstellen.)
– Schaffung von Unklarheit bezüglich der Gesetzeslage

Ich lese zwar diese geheimen Anweisungen, aber es bleibt nichts hängen. Die Schrift gleitet an mir ab wie bei der Lektüre eines schwierigen Sachbuchs nachts um halb vier im Zug, und die Schrift verwischt.

5) Damit maximale Flexibilität bei der Hinauszögerung von Anliegensbefriedigungen erreicht werden kann, ist unser größter Feind die Vereinfachung. Vermeiden Sie die Vereinfachung von Gesetzen, Bestimmungen oder Amtsgebäuden, denn wer vereinfacht, macht es den Anliegern leichter.

Meine Augen fallen zu, ich weiß nicht mehr, ob der Aufzugsraum hier überhaupt noch fährt, und ich blättere zurück zum Inhaltsverzeichnis, da ich ahne, dass ich nur noch wenig Zeit habe. Schnell finde ich den Punkt »Vergabe von kommunalem Gelände«, da das Buch selbst sehr überschaubar aufgebaut ist, blättere auf die entsprechende Seite und finde nur zahnige Papierfetzen am Bund. Jemand ist uns zuvorgekommen. Das Zimmer macht einen Ruck, und die Türen öffnen sich. Ich sehe die Sitzgruppe, den Prospektständer und den kleinen, schmalen Flur, der vom winzigen Vorraum abgeht, durch den man üblicherweise das Schloss betritt. Ich gehe hinein, und der Aufzug schließt sich hinter mir. In dem Moment, wo ich daran denke, dass ich das Buch hätte mitnehmen sollen, saust er schon wieder nach oben. Ich drücke den Knopf, doch es passiert nichts. Bei unserem zweiten Besuch war hier eine Milchglastür, bei unserem ersten nichts. Ich verlasse das Gebäude aus dem Hauptausgang und erschrecke Spritti, der davor Wache hält. Er fragt mich, was wir erreicht haben, als Tito und der Major um die Ecke biegen, achselzuckend.

»Es ist ja ganz unmöglich«, sage ich, ziehe meine Maske ab und verlasse den Vorplatz.

*

Daheim laden Leuchtenbergs Helfer gerade leere Jutesäcke auf einen Wagen, während er selbst mit Hartmut im Wohnzimmer steht. Ich sehe nur ihre Silhouetten im Wohnzimmerlicht, einen angestrubbelten Kopf mit leicht gezwirbelten Koteletten und einen länglichen, spitzen Schädel mit Kinnbart und Haar, das länger ist, als es einem vorkommt. Nebenan steht Ernst in der Tür. Er kann unser Wohnzimmerfenster von der Seite nicht sehen und auch das Verladen der Säcke vorm Haus scheint er nicht mitzubekommen. Der Major läuft auf ihn zu und hebt Schultern und Arme, ich gehe zu uns ins Haus. Kaum, dass ich es betrete, falle ich fast hin. Ich bin es noch nicht gewohnt, dass die Böden gerade sind. Leuchtenberg führt noch eine Erklärung bezüglich Decken und Beleuchtung zu Ende, als er mich sieht.

»Wir machen große Schritte«, sagt Hartmut. Macht ihr mal, denke ich mir, ich bin gerade in ein Amt eingebrochen und habe das geheime Gesetz gelesen. Ich brauche Schlaf.

»Aber wir haben ein Problem«, sagt Leuchtenberg, und meine Äuglein schieben sich ein Stück weit auseinander. Er zeigt in die Küche, und wir folgen ihm. Vor dem Abgang zum kleinen Gewölbekeller hält er inne. Sein langer Finger zeigt die grob gehauenen Stufen hinab. »Die Böden sind zwar jetzt gerade, aber das Haus ist noch schief«, sagt er.

»Das sind wir gewohnt«, sage ich. Er überhört es. Unten stehen zwei seiner Helfer neben den schwarzen, fauligen Holzstumpen, die unser Haus halten. Sie haben gerade gestritten, und der eine hat den anderen unterbrochen, als er merkte, dass der Boss an der Treppe steht. »Chef!«, ruft er erfreut, und der andere äfft ihn hinter seinem Rücken nach: »»Chef, Chef!‹« Dann wechselt er die Tonlage: »Oh, mein liebster Lukas, was hast du für Verlangen?« Leuchtenberg übersieht die beiden und geht hinunter. »Kommen Sie mit«, sagt er. Wir kraxeln die schmalen Stufen hinab. Eine Baulampe hängt an der niedrigen Decke, der Raum ist zum ersten Mal wirklich erleuchtet, und wir können erkennen, dass die Holzstümpfe nach unten hin immer dünner werden, angegriffen und abgetragen von Jahren steigenden und wieder absackenden Grundwassers. Lukas steht mit seinem Notizblock daneben und sieht auf das Holz wie ein Paläontologe.

»Es ist ein Wunder, dass das Haus noch steht«, sagt Leuchtenberg. Hartmut sieht ihn betreten an. »Man kann nicht leben ohne ein kräftiges Fundament«, sagt Leuchtenberg, und wir sehen zu Boden, als wären wir daran schuld, dass Frau Kettler es so vernachlässigt hat. »Wir setzen hier erst mal Stempel ein und schlagen diese schwarzen Stümpfe raus, damit das Haus wenigstens Halt hat. Lukas, rechne das bitte aus.« Der Helfer strahlt und sagt »Gerne!«, sein Kollege kratzt mit dem Daumen am Zeigefinger herum und stiert auf den Stumpf. »Hilf ihm bitte dabei«, weckt Leuchtenberg ihn aus der Träumerei, und der Mann stapft hinterher und murmelt: »Gern doch, Boss, ich bin ja nur der ausgebildete Statiker von uns beiden.« Leuchtenberg zeigt auf den Kellerboden, einen Zollstock in der Tasche, ein wenig Farbe auf der Brille, Flecken an der Hose, die alten Lederschuhe im feuchten Boden des Kellers schmatzend. Ein Mann, der weiß, was er tut.

»Wenn das dann erst mal alles gerichtet ist, wird der Boden hier ausbetoniert, sodass kein Grundwasser mehr eindringen kann. Dann könnt ihr euch entscheiden: Entweder füllen wir den Keller auf, nehmen die Klappe raus und machen hier dicht. Dann habt ihr im Esszimmer auch Fußboden und müsst nicht immer über die Öffnung klettern. Oder wir bauen ihn aus.«

»Ausbauen?«, fragt Hartmut und inspiziert noch einmal das grobe, steinige Loch, in dem wir alle kaum gerade stehen können. Herr Leuchtenberg lächelt: »Ich kann euch hier statt der Stempel ein Weinregal hereinmauern.«

»Das geht?«

»Es geht alles, mein Sohn«, sagt Herr Leuchtenberg.

25

Ich sitze auf der Bank vor der großen Berghütte und lese die Zeitungsartikel der letzten Tage. Immer dasselbe Thema, es lässt sie nicht los.

»Amerikanische Geheimübung im Ettetal? Die Landesregierung dementiert.«

»Schießerei im Ettetal – stecken Amerikaner dahinter?«

»Verletzte Zivilisten und scharfes Feuer: US-Botschaft leugnet Geheimübungen.«

»Amis im Wald. Auch in den Tagen nach der Schießerei berichten Zeugen, fremde Soldaten im Wald gesehen zu haben. Stadtverwalter Steinbeis: ›Alles Einbildungen.‹«

Hartmut sitzt neben mir und schaut ins abendliche Tal. Er wirkt fast glücklich in diesem Moment, auch, wenn er wie ich verdrängen muss, dass die Frauen immer noch verschwunden sind. Pierres Haus ist leer, sein Briefkasten ist jetzt voll. Ich habe es geprüft. Das Hüttenfest der Germanen steht bevor, ein Zugeständnis an die Vereinskultur und an neue Gäste, die noch Wanderer sind und eines Tages vielleicht Wandeler werden. Am Eingang steht eine Spendendose für die »vom Ami« zerschossene Hütte, drinnen ist eine Festtafel aufgebaut, und Johanna tischt riesige Braten auf und verteilt große Teller, die sie aus ihrer Schürze zieht. Drei Germanen spielen die Zither,

Hans zapft Met. Ein paar neue Gesichter sind tatsächlich zu sehen, Männer mit Hüten, auf denen Wanderabzeichen und Federn montiert sind. Die Waldfront ist auch zugegen. Sie spendet viel für die Hütte und gegen den Ami und wird von den Anwesenden gelobt. »Hier«, sagt Hartmut und gibt mir noch eine Zeitung. »Jetzt ist es sogar bundesweit auf den Titel gekommen.« Ich nehme das Blatt, dessen Druckerschwärze auf meine Finger abfärbt. Es ist die Bildzeitung. Man sieht die Fotomontage eines Soldaten im Busch, daneben den Gastwirt, der klagend neben seiner zerstörten Hütte steht. Den Hintergrund bildet eine amerikanische Flagge. Die Überschrift lautet: »Die spinnen, die Amis!«

»Na, kommt rein, Jungs!«, sagt Ernst und streckt seinen Kopf aus der Tür, »es geht los!«

Das Innere der Hütte wirkt, als hätte man den Raum direkt aus einem Baum geschnitten. Die Tische und Stühle stehen ohne erkennbare Ordnung, die Beleuchtung besteht allein aus Öllampen und einem Kamin. Vorne ist eine kleine Bühne aufgebaut, die Ernst nun erklimmt, um die Vereinsmitglieder und Gäste zu begrüßen. Neben dem Kamin sitzt Tito und wirkt, als würde er schlafen. Auch der Major ist in Zivil gekommen, Spritti hat sich entschuldigen lassen, er ist auf einer Tattoo-Convention in Schwäbisch Hall.

»Mein liebes Volk«, begrüßt Ernst die Anwesenden. »Würde ich euch mit diesen Worten anderswo begrüßen, dürfte ich wahrscheinlich Pfiffe erwarten. Ich müsste ›Mitbürgerinnen und Mitbürger‹ sagen, so, als wären wir bloß eine Ansammlung von Personen, die miteinander auskommen müssen. Aber wir sind mehr. Wir sind ein Volk. Das Volk von Hohenlohe. Und als solches mussten wir letzte Woche erfahren, dass dieses Volk bedroht ist. Nicht nur von den Seifenopern und den Werbespots im Fernsehen, die unseren Kindern und Enkeln die Köpfe verwirren, oder von den Landespolitikern, die unsere schöne Flora und Fauna an Investoren verkaufen. Nein, der Ami ist wieder im Land, oder besser: immer noch. Ihr wisst alle, was passiert ist, und es ist Schande genug, dass die Stadtverwaltung und die Landesregierung es nicht wahrhaben wollen. Aber wir haben uns schon immer selbst zu helfen gewusst. Deshalb bitte ich euch, heute Abend für den Besitzer des kleinen Lokals zu spenden, das im Feuer der Amerikaner zerstört wurde.« Ernst wendet sich nach rechts und bedeutet dem Gastwirt, der bislang in einer dunklen Ecke gesessen hat, sich zu erheben. Der verbeugt sich, führt seine flachen Hände vor der Brust zusammen und sagt: »Danke! Danke!«

»Doch das ist nicht alles«, fährt Ernst in ein aufkommendes Gemurmel hinein fort. »Wir nehmen diese Attacke als Lehre, uns jetzt erst recht auf niemanden mehr als uns selbst zu verlassen. Das Hohenloher Land soll wieder eine Region werden, die von den Menschen geprägt wird, die in ihr leben. Wir werden sie daran erinnern, wer sie sind und wie sie leben könnten. Daher wehren wir uns gegen die zweite Bedrohung, die uns von den eigenen Landsleuten dräut – die Vernichtung der alten Ruine auf der großen Ebene durch einen Windpark, die einmal mehr die Entwurzelung dieser Menschen beweist. Ein Land wie dieses ist nicht bloß Gegend, die der Mensch ›nutzen‹ kann. Es ist ein Stück Geschichte, ein Individuum.« Ernst pausiert einen Moment. Das Feuer flackert im Kamin. »Die Zeiten, in denen der Mensch glaubt, sich die Erde nach seinem Gusto formen zu können, müssen vorbei sein. Sei es im Guten oder im Bösen, es darf nicht mehr geformt werden. Nur mit einem ökologischen Bewusstsein, das sich kompromisslos den natürlichen Gegebenheiten anpasst, finden wir wieder zu uns selbst zurück.«

Die Wandelgermanen applaudieren und klopfen auf die Tische. Kerzen flackern. Ernst schaut über seine Germanen, die prächtige Tafel, Hans, der am Hahn hockt. Er lächelt. Dann ruft er: »Genug der Predigt, feiert das Leben!«

»Hey!!!«, rufen die Germanen, und Musik, Geklimper und Schmatzgeräusche erfüllen den Raum.

»Auf den Schreck brauche ich erst mal einen Met«, sagt Hartmut, und wir gehen zum Fass und lassen uns einschenken. Wir stoßen mit den schweren Tonkrügen an und trinken sie in einem Zug fast zur Hälfte aus. Ich fühle mich wie in einem Playstation-Adventure mit einer unendlich großen Welt und einer nichtlinearen Geschichte, in dem es uns in die entfernteste und abwegigste Berghütte der Spielkarte verschlagen hat. Ich sehe Siegmund, wie er mit seinen großen, nackten Füßen über die Holzbohlen spaziert. Wir leeren die Krüge und spüren, wie wir bereits einen Millimeter über dem Boden schweben. Es fühlt sich noch wie Kontakt an, aber es ist schon ein wenig Luftraum zwischen unseren Sohlen und dem Holz.

»Was ist das denn?«, sagt Hartmut und zeigt zur Kaminecke, wo sich Manfred und vier weitere Wandelgermanen versammeln und Instrumente auspacken.

»Traditionen pflegen«, sagt Manfred und friemelt einen knapp einen Meter langen Feuerwehrschlauch aus der Tasche, der an jedem Ende ein Griffstück hat und auf dem eng aneinander Holzplatten geschraubt sind, »und Traditionen weiterentwickeln.« Sein Kollege steigt mit nackten Füßen in ein den Körper umschlingendes und schließlich durch den Schritt geführtes Wasserleitungs-Kupferrohr mit Mundstück. Hartmut sieht den beiden neugierig zu, da selbstgebaute Instrumente sein musikalisches Interesse erregen. Der Met rötet seine Wangen. Ernst tritt hinzu und nimmt ein Akkordeon zur Hand; ein kleiner Germane, der gerne mit Äpfeln schmeißt, greift zur Posaune. Hans übergibt den Zapfhahn an Tito und drückt sich eine Teufelsgeige ans Kinn. Ein paar der Anwesenden beginnen schon zu jubeln, bevor der erste Ton erklingt. Dann ist einen Moment Ruhe, bis Manfred beginnt, den Feuerwehrschlauch rhythmisch auf und ab zu bewegen, wodurch die Holzplättchen aufeinander schlagen und einen einzigartigen Rhythmus erzeugen. Der Geiger und Ernst fallen mit einer Melodie dazu ein, und der Mann mit dem Kupferrohr entlockt dem Ding Töne. Die Musik holpert und stolpert durch Takte und Phrasen, kommt immer wieder zu ihrem Rhythmus zurück und entwickelt einen ganz eigenen Groove, zu dem einige Wandelgermanen jetzt wie wild zu tanzen beginnen.

Siegmund sieht es sich an, zeigt mit dem Krug auf die Band und sagt: »Volksmusik. Im mehrfachen Sinne selbst gemacht. Ernst liebt das.« Er schüttelt sanft den Kopf. Die Käfer in seinem Bart dösen. Der Kamin flackert, die nackten Füße bumpern auf den Boden, das Rhythmusfeuerwehrschlauchholz klappert, und das Kupferrohr bläst. Ich stelle mir vor, wie diese Musik als Endlosschleife in dem Videospiel ertönt, sobald man den Bildschirm mit der versteckten Hütte in den fernsten Bergen am Rand der Karte betritt.

»Volksgeistquatsch hin oder her, aber das ist fantastisch«, flüstert Hartmut, wippt den windschiefen Takt mit und trinkt seinen Met. Nach einer Weile wogen und wallen gut zwei Dutzend Germanen auf den Dielen zwischen Bühne und Tischen. Die Musik spielt sie in Trance, es gibt keine Songs im klassischen Sinne, sondern nur Rhythmus, Übergänge, neuen Rhythmus und Improvisation. Es hat etwas Rituelles. Ich nehme mir neuen Met, drehe mich wieder zur Tanzfläche und sehe einen größeren Körper zwischen den kleinen Germanen auf der Tanzfläche aufragen. Seine Bewegungen sind anders als die der Wandeler, und sie sorgen dafür, dass sich um ihn ein Kreis bildet und die Tanzenden wie von einem Feld aus Gravitation und Irritation abgestoßen werden. Es ist Ulrich. Ich weiß nicht, ob er eingeladen war, nachdem der Major ihn aus der Waldfront geschmissen hat, aber nun steht er vor den klöppelnden und blasenden Musikanten und führt einen Tanz auf, der selbst Hartmut die Sprache verschlägt. Ulrich schwingt dabei die Arme im rechten Winkel gebeugt auf und ab, während er mit den Füßen mal Breakdance-artige Wirbel vollführt, dann aber immer wieder ausbricht und theatralisch in eine Art halbe Hocke springt, in der das vordere Bein wie bei einer Papstaudienz gebeugt ist und das hintere auf dem Knie aufliegt. Diese Position wechselt er springend, ein Bein vor, das andere zurück, dabei mit den Armen Wirbel vollführend, die zackiger sind als ein grobes Brotmesser. Als ihm die Beinkraft ausgeht, geht er in eine Kalinka über, streckt den Rücken gerade und vollführt seltsame Sprünge, während derer sein Scheitel mit kaltem Fieberschweiß an der Stirn anpappt und sein Blick leer und stechend durch alle hindurchgeht, immer geradeaus, ohne jede Bewegung, als hätte sein Rauswurf neulich sein Inneres bereits abgeschaltet oder als wolle er zumindest, dass wir das glauben, sodass der roboterhafte, manische Tanz zum Protest wird. Die Germanen sehen es sich an wie eine Erscheinung, die Wehrsportler schütteln die Köpfe wie Männer, die auf dem Klassentreffen feststellen müssen, dass ihr alter Klassenkamerad mit 42 immer noch seine letzten Scheine an der Uni macht. Als die Musik kurz aussetzt und einen kleinen Spielfehler zwischen Ernst und Manfred ausgleichen muss, geht Ulrich schwitzend von den Dielen zum Met und zapft sich einen wie ein Mann, der zu dieser Erschöpfungstat gezwungen wurde. »Interessante Mischung aus Nordkorea und Brooklyn«, sagt Hartmut, wartet, bis sich die Tanzfläche wieder mit angstfreien Germanen füllt, und wippt hinein. Seine Bewegungen sind eine Mischung aus Kuba und Castrop-Rauxel. Ich beobachte es, als der Major hinzutritt und mich fragt, ob ich mal eben mit ihm rausgehen könne. Ich nicke und drehe mich zur Tür, aber er sagt »Warte, lass uns noch ein wenig Proviant mitnehmen«, und füllt mit leicht zitternden Händen zwei Krüge. Ich will Hartmut sagen, dass ich kurz weg bin, aber der steht ja nicht mehr neben dem Fass. Ich sehe ihn auf der Tanzfläche herumhüpfen wie ein schlaksiges Waldmännchen. Manfred strahlt.

»Laufen wir ein Stück«, sagt der Major, drückt mir den neuen Krug in die Hand und schiebt mich hinaus wie ein alter Bekannter, den man auf Stadtfesten trifft, auf die man eigentlich nicht mehr gehen wollte. Wir gehen eine Weile den Weg hinunter, am Waldrand entlang, die Hütte mit ihren plappernden gelben Fenstern hinter uns.

»Wissen Sie«, sagt der Major, »ich habe selten einen Soldaten gesehen wie Sie.«

Ich weiß nicht, ob ich das jetzt gut finden soll.

»Ich meine, Sie sind nicht nur stark und zuverlässig und lernfähig. Sie sind auch noch klug.« Ich nippe an meinem Met und wünsche mich in die Südsee. »Diese Idee mit den Amis und den Zeitungen. Grandios.« Ich will fast verraten, dass es Hartmuts Idee war, da ich seine Leistung nicht für mich pachten will, aber ich halte lieber den Mund. »Im Ernstfall muss man sich auch mal was trauen«, fährt der Major fort, »das große Ganze sehen.« Ich frage mich, worauf er hinauswill. Dann bleiben wir im Dunkel einiger Kiefern stehen. Der Boden ist restlos mit Nadeln bedeckt, und tiefer im Wald finden sich nur weitere Kiefern, ein ganzer Streifen mit einem Nadelteppich, der Geräusche schluckt. Wir bleiben stehen, und der Major sagt: »Ich mache Sie aus dem Stand zum Hauptgefreiten, dann stehen Sie über allen anderen und sind meine rechte Hand. Die Truppe braucht Ihren Ideenreichtum, besonders jetzt, da der Ami im Wald ist.« Er lacht und schlägt mir gegen die Schulter. »Dann ist es nur eine Frage der Zeit, bis wir wieder offen als Heimatschutz auftreten können, denn dann kehrt die Heimat in die Köpfe zurück. Was sagen Sie?« In einem Adventure würde jetzt von unten ein Menü unter die Kiefern und den Major geblendet, und ich müsste mir eine von mehreren möglichen Antworten aussuchen, die den weiteren Verlauf des Spieles bestimmen.

a) Es wäre mir eine Ehre, Herr Major!
b) Das Letzte, was ich tun will, ist, mit Ihnen einen Heimatschutz aufzubauen, Sie Irrer, der Sie kleinen Jungs die Bäuche eintreten.
c) Ich glaube, ich habe zu Hause den Herd angelassen.

Ich trinke erst mal einen kräftigen Schluck Met, huste, mache den Mund auf, merke, dass nichts kommt, und nehme wieder einen Schluck. Dann sehe ich einen Schatten in der Schwärze zwischen den Kiefern und sage »Still!«, obwohl der Major gar nicht gesprochen hat. Er steht starr, da er weiß, dass ein Hauptgefreiter wie ich eine besondere Nase hat. Ich gehe ein paar Schritte auf den Kiefernstreifen zu und sehe konzentriert ins Dunkel. Dann knackt es kurz, und wir hören, wie Beine panisch zwischen den Bäumen davonhechten. Das Laufen entfernt sich, ein Ast bricht in der Ferne, und wir hören deutlich, wie eine bayerische Stimme sagt: »Die Schweine haben sich hier oben in einer Hütte verschanzt und feiern sogar noch!« Der Major und ich sehen uns an, dann zeigt er in den Wald, klappt mehrfach den Mund auf und zu wie ein Nussknacker ohne Nuss und sagt: »Die andere Gruppe.«

»Aus Bayern.«

»Die gibt es ja auch noch!«

»Hat denen keiner Bescheid gesagt, dass die Übung vorbei ist?« Wir wissen, dass jetzt nicht mehr die Zeit ist, über solche Fragen nachzudenken. Das Menü mit meinen möglichen Antworten verschwindet aus dem Bild, oben links wird die Leiste mit meiner Lebensenergie eingeblendet, und das Spiel schaltet wieder aus dem Dialog- in den Kampfmodus. Für eine Sekunde überlegen wir beide, ob man der gegnerischen Truppe, die nun schon seit vier Tagen in den Wäldern herumirrt und uns sucht, zurufen sollte, dass alles ein Irrtum ist und die Zivilisten, die dort oben mit Rhythmusschlauch und Kupferrohr Musik machen, bereits von uns zur Genüge beschossen wurden, als auch schon die erste Kugel mit einem trockenen Sausen in der Kiefer neben uns einschlägt. »Die haben ein Nachtsichtgerät!«, sagt der Major, und wir laufen los, um uns zu retten und die Festgesellschaft zu warnen. Die Musik hat Pause, Manfred, Hans und Ernst verlassen gerade plaudernd die Hütte wie Tanzmusiker beim Hochzeitsbüfett. Wir laufen ihnen entgegen, wedeln wild mit den Armen und wollen ihnen begreiflich machen, dass sie wieder hineingehen sollen, als auch schon die ersten Hartgummigeschosse losprasseln. Der Major und ich springen in den kleinen Wegesgraben, Manfred, Ernst und Hans springen in die Tür, und die Scheiben der Hütte zersplittern. Schatten geraten hinter den Fenstern in Aufruhr, und die Tür der Hütte wird so heftig aufgestoßen, dass sie oben aus der Angel bricht. In ihr steht der Gastwirt, der vor vier Tagen seinen Waldkiosk an Ulrichs Dauerfeuer verloren hat, und hält seine große, abgesägte Flinte in der Hand. »Neeeeeein!«, schreie ich noch, aber da legt er auch schon los, jagt mehrere Streusalven in die Büsche und brüllt: »Kommt doch, ihr scheiß Burgerfresser!!! Meine Hütte war euch wohl nicht genug???«

»Sie schießen scharf, sie schießen scharf!«, hört man die bayerische Wehrsportgruppe aus der Ferne rufen, und ehe man sich überlegen kann, ob man den Glauben an den Ami auflösen kann, ohne sich selbst zu gefährden, surren plötzlich Kugeln mit anderem Geräusch über uns, die beweisen, dass nicht bloß Ulrich gegen die Regeln echte Munition mitgenommen hatte. »Oh nein!«, sagt der Major, und da schlagen die echten Patronen auch schon ein, der Gastwirt kann sich gerade noch mit einem Hechtsprung zurück in die Hütte retten, und die wenigen Schatten am Fenster verschwinden wieder auf dem Boden, das Geballer und Geratter nimmt kein Ende, und wieder einmal müssen wir zusehen, wie eine Berghütte vom Dauerfeuer eines wildgewordenen Wehrsportlers Paneel für Paneel abgetragen wird.

»Wir müssen hier weg!«, brülle ich ins Getöse.

»Holen Sie die Leute aus der Hütte!«, entgegnet der Major, »ich lenke sie ab!« Er gestikuliert zur Hütte und zieht zwei Nebelgranaten aus der Tasche, ich renne hoch, stürze in das Gebäude, weise Tito und Torsten an, die ihre Gewehre unter einer Bank vorgezogen haben, winke Ulrich ab, der mich mit Blicken tötet, und leite die Menschen aus dem Bau wie der Hauptdarsteller eines Katastrophenfilms, der sich als Einziger im Schiff auskennt. Hustend hasten die Germanen durch den Nebel hinter die Hütte und tiefer in den Wald hinein, während ich Ulrich im Augenwinkel einen Hang hinabrennen sehe, in die andere Richtung, weg vom Geschehen.

»Lauft! Lauft!«, brülle ich, und nach einigen hundert Metern taucht hinter uns der Major auf und winkt, dass wir uns beeilen sollen. Wieder zischen Schüsse durch das Unterholz und Äste fallen aus den Bäumen, Vögel aufscheuchend. Das Bild wackelt jetzt und schneidet zwischen Gesichtern, laufenden Füßen und Wald hin und her, Tito, Torsten und ich geben ab und an einen Schuss zurück, die Steuerung ist schwammig programmiert. Hartmut rennt und rennt und stiert dabei geradewegs in den Wald hinein, als frage er sich gleich alles auf einmal, die Gäste halten ihre Hüte und haben sich den Heimatabend nicht als authentische Simulation von 1944 vorgestellt, und als ein paar Eichhörnchen von den Schüssen aus den Wipfeln gejagt werden, stolpert Ernst über einen Baum und fällt der Länge nach hin.

»Oh nein«, sagt er und wälzt sich am Boden, ich will ihm aufhelfen, aber Siegmund stürmt heran und hält mich zurück.

»Nicht!«, sagt er, die Augen geweitet, im Bart einen daumengroßen Hirschkäfer. »Er muss jetzt gerollt werden.«

»Was muss er?«

»Germanische Tradition. Wenn einer von uns im Wald stürzt, wollte der Wald es so. Den Rest des Weges muss er am Boden zurücklegen.«

»Wir werden beschossen!«, sage ich.

»Es ist richtig«, sagt Ernst. »Rollt mich! Los!«

Hartmut betrachtet ihn und sagt: »Der nächtliche Waldboden beherbergt ca. 500 Weberknechte pro Quadratmeter.«

»Dann solltet ihr euch beeilen«, sagt Ernst. Die Schüsse kommen näher. Ich mache zackige Bewegungen, als wäre ich längst der Befehlshaber, und sage: »Manfred, Hans, Hartmut, ihr rollt

Ernst! Tito, Torsten und ich geben Deckung. Und Sie, Herr Major, gehen über die Flanke und versuchen, zum gegnerischen Major vorzudringen und ihm zu sagen, was hier vor sich geht.« Der Major übersieht meine Amtsanmaßung, nickt wie zu einem Musterschüler und läuft los. Ernst wird derweil schon gerollt, und ich sehe, wie sich seine Klamotten nach und nach mit Weberknechten füllen. Er sieht aus wie eine türkische Pizza mit Beinen. Ich wende mich wieder um und schieße in den Wald hinein. So arbeite ich mich also durch die Hohenloher Wälder, vor mir drei Wandelgermanen, die ihren Häuptling durchs Unterholz rollen, weil sie andernfalls den Willen des Waldes missachten würden. Hinter mir eine Wehrsporteinheit aus Bayern, die wir vor vier Tagen im Wald vergessen haben, weil wir damit beschäftigt waren, der Presse das Märchen von geheimen amerikanischen Truppenübungen aufzutischen. Ich muss später unbedingt Enkel haben.

Nach zehn Minuten erreichen wir einen Bach. Siegmund und die anderen rollen Ernst hinein, der bleibt mit dem Gesicht nach unten hängen und ist nicht weiter rollbar. Ein großer Stein presst in seine Seite. Es blubbert.

»Nein«, sagt Manfred.

»Oh Mimir, schenk uns eine Idee!«, klagt Siegmund.

»Wie wär's mit Hochziehen?«, sage ich, während mein Körper vom Rückschlag des Gewehrs vibriert.

»Er darf nicht aufstehen, wir sind noch tief im Wald!«, sagt Siegmund.

»Dann gelten für Wasser eben andere Regeln!«

Siegmund schüttelt den Kopf. Er sieht aus wie ein Ehemann, der Pfannen abspülen soll.

Ich bedeute Torsten und Tito, dass sie weiter schießen sollen, und zeige mit meinem Gewehr auf den Bach. Hartmut schaut sich erstaunt an, wie sein Mitbewohner dasteht, recht lässig eine Waffe in der Hand trotz Beschusses. Wie ein Vater, der einsehen muss, dass sein Sohn keine Jungfrau mehr ist.

»Woher wissen wir, dass der Bach echt ist?«, frage ich Siegmund, und Ernst zuckt und gurgelt.

Siegmund biegt die Augenwinkel nach unten. Ich mache weiter: »Könnte doch sein, dass sie ihn künstlich angelegt haben, oder? Oder begradigt?« Siegmund denkt nach. Ich helfe. »Und wenn dem so wäre, wäre der Bach kein Teil der Natur. Der natürlichen Natur, der gewollten. Dann dürfte Ernst stehen, zumindest im Bach.« Manfred sieht mich an wie einen gerissenen Juristen.

»Wir wissen es aber nicht«, sagt Siegmund. »Und selbst wenn, müssten wir ihn heben und exakt wieder an der natürlichen Grasnarbe ablegen.«

»Werdet ihr jetzt mal fertig da oben?«, hechelt Ernst, der kurz seinen Mund aus dem Strom gewuchtet hat und nun wieder ins Wasser zurücksaust. Torsten und Tito machen laute Klickergeräusche. »Mist, keine Munition mehr!« Ich schlage die Hand vor den Kopf. »Kann man doch nicht wissen, dass man heutzutage schon zum Hüttenabend mehr als ein Magazin mitnehmen muss.« Zwei gegnerische Kugeln fetzen über den Bach.

»Das reicht mir!«, sagt Hartmut, stößt Siegmund beiseite und zieht Ernst aus dem Wasser, der keucht und würgt.

»Bei Widar!«, sagt Siegmund.

»Bei Voltaire!«, sagt Hartmut.

Dann hört das Feuer auf.

Wir hocken im und am Bach und lauschen. Tito isst einen Wurm.

Dann hören wir die Stimme des Majors aus dem Wald. »Haben Sie eigentlich alle Tassen im Schrank, hier mit scharfer Munition zu schießen?«

Der bayerische Major verteidigt sich. Man kann es nicht verstehen. Unser Major erklärt ihm, was passiert ist, und dass wir sie nicht zur Demütigung vergessen haben. »Und jetzt machen Sie, dass Sie aus unseren Wäldern kommen! Wer seine Männer nicht im Griff hat, hat das Recht verwirkt, hier jemals wieder aufzutauchen!«

Der Bayer grantelt etwas.

»Verschwinden Sie, oder ich reiße Ihren Männern die Ohren ab und verkaufe sie auf dem Weihnachtsmarkt als Baumschmuck!« Wir hören Klappern und Schritte. Ein paar Augenblicke später kommt der Major aus dem Wald. Er wirft einen Blick auf Ernst, der im Bach wie in einer Badewanne sitzt, nickt mir zu und sagt, als seien wir alle seine Einheit und er hätte wieder das Kommando: »Gehen wir.«

26

In der Nacht träume ich schlecht. Ich habe mich nach der Rückkehr nicht mehr im Haus umgesehen, bin direkt ins Zelt, schlief sofort ein und eilte auf meinen Traum zu. Es ist einer dieser Träume, bei denen man weiß, dass man träumt, und da ich somit ohnehin gerade schlafe, kann ich auch im Traum aus dem Zelt kriechen und mir ein wenig die Beine vertreten. Die Laterne an der Kreuzung schickt ein paar Ausläufer Licht in unseren Garten, die von unten das Fachwerk hochkriechen, das endlich toll aussieht. Leuchtenberg ist eine Wucht. Jeden Tag, wenn ich von der Arbeit nach Hause komme, hat er wieder etwas vollendet, und nicht einmal Hartmut kann es sich erklären. Er sieht ihn nicht. Entweder ist er nicht da, wenn Hartmut da ist, oder er und seine Helfer arbeiten, wenn Hartmut gerade nicht hinsieht und im kleinen zukünftigen Büro Mails beantwortet. Sieht Hartmut hin, stehen sie wieder nur vor einem neuen fertigen Raum, schwitzen stillen Stolz aus allen Poren und trinken Wein aus den Thermoskannen, aus denen Handwerker sonst Kaffee trinken. Ich gehe über das Gras und genieße den Druck der Wurzeln unter den Füßen. Ich laufe gerne barfuß. Ich träume. Im Gestrüpp hinter der immer noch eingefallenen Gartenhütte höre ich Stimmen. Ich werfe mich auf den Boden und robbe neben der Hütte zum Rand, die Welt in der

Froschperspektive. Ein Stock piekt in meine Rippen. Es fühlt sich erstaunlich real an.

»Und du tauschst ihn wirklich aus, ja?«, fragt Ulrich. Er hockt mit Leuchtenbergs Helfer hinter der Hütte. Dem Helfer, der Lukas dabei assistieren sollte, die Statik für die Stempel im Keller auszurechnen. Er nickt.

Ulrich gibt ihm 30 Münzen.

Der andere spielt damit, sieht finster auf seine Hände und sagt: »Bei meinem Chef verdient man ja nichts. Der macht ja alles nur aus Nächstenliebe.«

Ulrich lacht. Dann stehen sie auf, und ich sehe den alten Stempel, schwarz und verfault.

»Aufwachen!«, ruft Hartmut und schlägt den Eingang des Zeltes zur Seite. »Wir haben eine Überraschung für dich!« Es ist warm im Zelt wie im Hochsommer bei einem Rockfestival, und ich muss Disteln aus meiner Fußsohle zupfen, als ich aus dem Schlafsack krieche. Ich denke mir nichts dabei, krieche aus dem Zelt und sehe das Haus hinauf. »Wow!«, sage ich, die Fassade bestaunend. »Warte ab, bis du das Innere siehst!«, sagt Hartmut, und ich folge ihm, den lächelnden Leuchtenberg im Nacken.

In der Küche scheint das erste Mal Licht. Der Gasherd ist weg, und helle Tapeten warten mit Terrakottafliesen und Anschlüssen auf eine moderne Küche. Wohnzimmer, Schlafzimmer und Büros atmen, im Klavierraum hat Leuchtenberg eine Fasertapete geklebt, damit Yannick Spaß hat. Der Kater hängt in der Mitte der Wand, die Krallen im Wandkleid. Die Treppe ist brandneu befestigt und lackiert, aus frischen Decken gucken kleine Kabel und warten auf ihre Lampen. Das Haus ist bezugsfertig. Die Kanalisationsbauer sind schon am Sonntag gegangen. »Und jetzt kommt das Beste!«, sagt Hartmut und öffnet die Badezimmertür. Es verschlägt mir die Sprache. Ein hell gefliestes, wunderschön marmoriertes Bad strahlt mir entgegen, mit tiefer Wanne und je einem Waschbecken pro Paar sowie extrabreiter Ablage für die Bücher.

»Und das haben Sie alles noch gestern gemacht, als wir ...«, ich zögere, »als wir oben beim Hüttenfest waren?«

»Ich habe gute Helfer«, sagt Leuchtenberg.

»Und ich habe eine Idee«, sagt Hartmut und zieht seine Kamera hervor. »Hier, alles schon gemacht, als du noch geschlafen hast.« Er schaltet den kleinen Bildschirm der Digitalkamera an und zeigt mir die Bilder. Das Haus von außen und innen, die Räume in schönstem Licht, es sieht aus wie die Mappe eines Immobilienmaklers. »Die«, sagt Hartmut, »zeigen wir den Frauen. Und zwar in Übergröße.« Er tuschelt mir einen Plan ins Ohr. Ich lächle. Es gibt immer noch etwas, das man tun kann.

»Eine Sache fehlt noch«, sagt Leuchtenberg.

Wir sehen ihn an, er deutet nach oben.

»Sie haben ein Loch im Dach. Es tropft und träufelt. Ihr Haus hat sozusagen eine Kopfwunde.« Ich sehe Hartmut an, dass er etwas sagen will. Vom Landglück und der Breiten Masse, die auch schon nicht zu finden waren. Aber er sieht, wie gut es funktioniert hat ohne Fragen. Das Haus ist fast fertig. »Was sollen wir holen?«, fragt er. »Das hier«, sagt Leuchtenberg und drückt ihm einen Zettel in die Hand.

»Dachverband«, sagt Hartmut, und sein Gesicht spiegelt sich wabernd in einem Becken voller Goldfische in der Gartenabteilung. »Da kannst *du* gleich nach fragen, ich mach das nicht mehr.« Er akzeptiert zwar, dass man Leuchtenberg nehmen muss, wie er ist, weil man ihn nur so halten kann, aber er ist unleidlich. Wir haben schon eine Diskussion am Eingang hinter uns, weil wir so oft aufgefallen sind, aber ich konnte den Männern erklären, dass es einen Unterschied zwischen einer Verwarnung und einem Hausverbot gibt und dass es diesmal ganz schnell und glatt gehen wird. Trotzdem drücken wir uns darum, die Fachverkäufer zu fragen, wo wir hier Dachverband finden. Lieber lungern wir in der Grünabteilung herum.

»Meinst du, sie kommen wieder, wenn wir ihnen einen Traumgarten machen?«, frage ich.

»Sie kommen schon wieder, wenn wir ihnen beweisen, wie toll das Haus geworden ist«, sagt Hartmut und rührt mit dem Finger in einem Pool mit Elritzen herum. »Und das werden wir tun. Heute Nacht.«

»Du weißt doch gar nicht, ob sie da sind«, sage ich.

»Sie werden da sein«, sagt er und hebt die Hände über den Fischen wie ein Schamane. »Du weißt doch, Schicksal.« Dann dreht er sich schnell um, da ein Verkäufer an ihm vorbeiläuft.

»Sorry, sind Sie aus Garten?«

»Nein, aus Holz.«

»Wissen Sie was zu Dach?«

»Kommt drauf an.«

Ich liebe Baumarkt-Deutsch.

»Wir haben eine Wunde im Dach. Wir brauchen Dachverband. Fünf Packungen.«

»Ha, ha«, sagt der junge Mann und geht weiter, beiläufig Saaten und Dünger sortierend.

»Nein, ehrlich, wir suchen Dachverband.«

Der junge Mann schüttelt entnervt eine Tüte Zitronensamen und bildet mit den Augenbrauen eine Linie.

»Hören Sie, lassen Sie einfach den Unsinn, ja? Wenn Sie einen Dachverband suchen, gehen Sie zum Amt und fragen Sie nach dem Vereinsmelderegister.« Ich frage mich, was Leuchtenberg gerade in unserem Haus macht. Ihm ist kein Gag zu blöd. Ich mag ihn.

»Wir haben diese Information von unserem Restaurateur«, sagt Hartmut und verkäbbelt sich jetzt mit dem jungen Mann, der in die andere Richtung wieder aus dem Gang will und dessen Samentüte reißt. »Lassen Sie mich in Frieden«, sagt er, doch Hartmut schnauft so komisch und kriegt wieder zu viel, und in einer Mischung aus Tollpatschigkeit und passiv aggressiver Absicht lässt er den Mann über seine Kniescheibe springen, sodass der gegen ein Regal mit Sonderposten knallt, von dem eine Keramikkugel herunterrollt und das Glasbecken mit den Elritzen trifft. Das Becken zersplittert, und die kleinen Fische fließen zappelnd in die Gartenabteilung. »Oh Gott, oh Gott!«, schreit Hartmut und stürzt sich auf den Boden, schwer betroffen von dem Unglück und der drohenden Lebensgefahr, und schnappt nach den Elritzen. Ich schnappe mit, der Gartenangestellte bleibt in den Scherben liegen, und wie die Irren robben wir über den pitschnassen Boden und sammeln Fische auf, die in der Luft herumspringen, als würden sie vor uns flüchten.

»Das ist doch Slapstick«, japst Hartmut, und ich merke wieder, wie müde ich werde, als wir mit den Nasen vor den Schuhen der Baumarkt-Sicherheit liegen. »*Jetzt* ist es ein Hausverbot«, sagt deren Boss und zieht uns beide an den Ohren aus dem Markt.

※

Auf dem Weg zurück zum Haus wird es bereits dunkel, was mich wundert, da wir nicht den ganzen Tag im Baumarkt verplempert haben können. Das Dorf liegt ein wenig tiefer zwischen den Bäumen, man hat den Eindruck, dass etwas auf ihm lastet. In Leuchtenbergs Wagen verstummt der CD-Player. Regen fällt. Ich muss den Wischer anmachen.

»Da stimmt was nicht«, sagt Hartmut und zeigt zum Ort. Rauch steigt auf, in der Mitte, da, wo unser Haus stehen muss.

»Nein«, sage ich, gebe Gas, passiere ein paar Jugendliche und Bauern, die an der Bushaltestelle stehen, und bremse quietschend ab, als ich zwischen unserem Haus und Berits Fenster die Wandelgermanen stehen sehe, wie sie mit offenen Mündern zu unserem Dachstuhl aufsehen. Wir steigen aus. Es flackert in den Dachfenstern. Kleine Blitze schießen heraus, wie bei Stromschäden. Über dem Wald zieht ein Gewitter auf. Der Donner grollt.

»Das Ende ist gekommen!«, ruft Siegmund und stampft mit seinen harten, nackten Füßen, »Sköll hat die Sonne verschlungen!« Ernst hat die Augen aufgerissen und sagt: »Ragnarök«, Manfred hebt die Arme und rezitiert: »Viel weiß der Weise, sieht weit voraus / Der Welt Untergang, der Asen Fall.« Auf unserem Dachboden schlurft es, als würde jemand über den Boden gezerrt. Dann Tritte. Wieder ein Blitz. Der Regen wird stärker.

Die Germanen fassen sich an den Händen; nach und nach fallen sie in einen Chor: »Yggdrasil zittert, die Esche, doch steht sie / Es rauscht der alte Baum, da der Riese frei wird.« Ein Schrei ertönt unter unserem Dach, es klingt wie Leuchtenbergs Stimme, nur erschreckend tief. Zwei kleine Schreie folgen ihm, bösartiges Quieken und Knurren.

»Grässlich heult Garm vor der Gnipahöhle / Die Fessel bricht, und Freki rennt.« Der Donner wandert schneller heran, ein Sturm fährt über den Wald und bürstet wie eine Hand die Bäume gegen den Strich. »Hrym fährt von Osten und hebt den

Schild / Jörmungand wälzt sich im Jötunmute / Der Wurm schlägt die Flut, der Adler facht / Leichen zerreißt er; los wird Naglfar.«

Auf unserem Dach gibt es einen großen Knall, die zwei quietschenden Stimmen kreischen ein letztes Mal, dann fallen Körper zu Boden. Die Blitze hören auf, und der Donner verzieht sich schneller als ein Hagelsturm im Hochsommer. Der Himmel klart auf, und die Felder rauschen zum Dank. Berit fällt oben im Fenster die Zigarette aus dem Mund. Der Weltuntergang ist abgewendet. Ragnarök ist verschoben. Die Menschen stehen eine Weile auf der Straße und schweigen. Dann sagt Hartmut: »War nur eine Probe!«, grinst debil und verschwindet im Haus. Ich gehe ihm nach.

Im Haus schlendert Leuchtenberg die Treppe herunter, die zwei Puppen vom Dachboden in der Hand, die wir niemals entfernt hatten. Sie hängen schlaff in seinen Händen, die Augen sind ausgebrannt. »Ihr seid zu früh«, sagt Leuchtenberg und lächelt trotz dieses Vorwurfs. Dann wirft er die Puppen in einen Sack, den Lukas ihm aufhält, und klopft in die Hände.

»Das war's, meine Herren. Das Haus ist fertig, gut abgestützt und von bösen Geistern befreit.« Er lacht, als glaubten wir eh nicht an so einen Quatsch.

»Was ist mit dem Dachverband?«, fragt Hartmut.

Leuchtenberg funkelt mit den Augen wie ein Lausbub. Dann zieht er die Haut unter seinem Auge nach unten: »Ihr wisst doch – für keinen Wortwitz zu blöd.« Dann geht er zur Tür und öffnet sie, als sei er sich sicher, dass draußen keine Horde Germanen steht, die wissen wollen, wer mit seinem Puppenexorzismus fast den Weltenbrand heraufbeschworen hat. Er öffnet die Tür, und der Vorplatz ist menschenleer.

»Aber?«, sagt Hartmut und stürzt ihm nach.

Leuchtenberg dreht sich um, gibt ihm eine satte Rechnung in die Hand, zieht sie wieder weg und sagt: »War nur ein Scherz. Die geht aufs Haus.« Dann lacht er schallend, faltet den Zettel zu einem Papierflieger und wirft ihn aufs Haus, in die Dachrinne. Er ist übermütig, trunken ob seiner Leistung, aber auf nette Art.

»Ahoi!«, sagt er, öffnet die Tür seines Wagens und lässt die zwölf Helfer hineinströmen. Dann schließt er sie, hängt den Ellenbogen aus dem Fenster, schaltet den CD-Player an und fährt zu den Klängen von »Love Is In The Air« davon.

*

Es ist schon fast Mitternacht, als Hartmut und ich mitten auf dem Mozartweg vor Pierres Haus die Leinwand aufbauen.

»Und was ist, wenn ein Auto kommt?«, sage ich.

»Um die Zeit kommt hier kein Auto mehr«, sagt er und rollt die Leinwand aus ihrem klapprigen Gewinde. Ich gehe auf den Bürgersteig und positioniere den Beamer. Es hat schon Vorteile, wenn der eigene Freund Seminare gibt. Ich klappe den Laptop auf, schließe ihn an den Beamer an und öffne die Datei »Frauenüberzeugung« mit den Bildern vom Haus, die Hartmut gemacht hat. Wir haben die Sachen zu Fuß hergetragen. 40 Minuten haben wir dem Bus gegeben, dann sind wir losgelaufen.

»So. Passt's?«, sagt Hartmut und schiebt die Leinwand ein wenig genauer in den hellen Strahl des Beamers. Ich sehe kurz zu den dunklen Fenstern von Pierres Haus hinauf. Nichts rührt sich. Vielleicht hat dieses Haus sie einfach verschluckt. Vielleicht sind sie aber auch da und glauben uns nichts mehr. Glauben nicht, dass sie jemals mit uns in einem Haus leben können, und haben sich ganz realistisch für einen Ernährer mit Orangenmarmelade entschieden. Als Leinwand und Beamer richtig stehen, gibt Hartmut mir ein Zeichen, und ich schalte zum ersten Bild, einer Aufnahme der Straße, die auf unser Dorf zuführt. Hartmut ruft laut in die Nacht: »Es war einmal ein Mann, der führte seine Freundin und seinen besten Freund mit dessen Freundin in ein fernes, unbekanntes Land. In der Hoffnung, Frieden zu finden und einen Platz zum Leben.« Wir sehen zum Haus hinauf, doch es geht kein Licht an. Stattdessen wird auf der anderen Straßenseite ein Dachfenster hell. Hartmut spricht etwas lauter weiter, ich klicke zum nächsten Bild. »Aber der Mann enttäuschte seine geliebten Freunde, und die Frauen liefen davon, zu Recht, wie er gestehen muss, völlig zu Recht.« In Pierres Haus bleibt es dunkel. Sie können sich doch nicht so stur stellen. Ein Fenster öffnet sich nebenan. Ein Hund bellt. Hartmut deklamiert: »Sie mussten viele Täler durchschreiten, und bald war fast keine Hoffnung mehr. Doch jetzt, jetzt, wo sie zu Recht nichts mehr wissen wollen von dem Mann, der sie so enttäuschte, jetzt ist die Erlösung gekommen, und eine neue Zeit bricht an.« Ich schalte auf das erste Nahbild des Hauses nach Leuchtenbergs Behandlung um. Ein Mann brüllt: »Halt deine Predigten woanders, oder ich rufe die Bullen!« Ein kleiner Junge ruft: »Schau mal, Papa, da steht ein Mann mit einer Leinwand auf der Straße, wie Onkel Alfons!« Ich gewöhne mich in Gedanken schon mal ans Polizeirevier. Die Frauen müssten doch wenigstens aus Scham aufmachen. Hartmut macht einfach weiter: »Die neue Zeit bringt Wunder. Wunder der Schönheit«, neues Bild, »der Statik«, neues Bild, »der Anmut.«

»Ich glaub, mein Schwein pfeift!«, brüllt wieder der Mann aus dem Fenster, und weitere Türen öffnen sich. Ich versuche,

Hartmut mit Gesten begreiflich zu machen, dass es vielleicht doch keine so gute Idee war, als zwei Scheinwerfer auf uns zukommen. Die Bullen, denke ich und frage mich, ob Hartmut deren Handschellen genauso anregend finden wird wie die Plüschvariante von Susanne. Der Wagen parkt auf dem Bürgersteig, die Scheinwerfer gehen aus, Türen öffnen sich, und drei Beamte in Zivil steigen aus. Zwei von ihnen sind Frauen, soweit ich das im Dunkeln erkennen kann. Sie gehen langsam auf die Leinwand zu, als hätten sie so etwas auch noch nie nach Mitternacht gesehen. Dann stehen sie im Licht. Es sind unsere Frauen. Mit Pierre.

»Äh«, sagt Hartmut jetzt nur noch. Ich schalte weiter auf das prächtigste Bild, das wir uns zum Finale aufgespart haben, und rufe: »Der Restaurateur ist gekommen. Und wir finden, er arbeitet recht gut, finden wir.«

Die Frauen stehen zwischen dem Beamer und der Leinwand und starren auf das Bild. Pierre lacht derweil ein bisschen wie ein Vater über zwei übereifrige Kinder, geht schon mal zu seiner Haustür, schließt auf und muss drücken wie ein Schneepflug, um sie öffnen zu können. »Was ist das denn?«, ruft er, und wir sehen uns zu ihm um. Er schiebt mit dem Fuß einen Riesenberg von Postkarten zur Seite, sie rascheln in den Flur wie schweres Laub. Der Bote hat sie alle durch den Schlitz gesteckt. Alle. Dieser verdammte, großartige Bastard.

»Die sind von uns!«, ruft Hartmut. »Eure Mailboxen dürften auch leichte Speicherplatzprobleme haben. Dein AB ebenso.«

»Wo wart ihr denn?«, klage ich und falle auf Caterina zu.

»In Bartenstein. Im Schloss. Ich durfte da eine Ausstellung machen. Und arbeiten. Ich habe live gemalt, während die Leute dort waren. Pierre hat Musik gemacht. Susanne hat einen Vortrag über Teichgestaltung gehalten.«

Hartmut runzelt die Stirn. Seine Freundin zieht die Schultern hoch: »Ist gar nicht so uninteressant.«

»Es war toll«, schwärmt Caterina, und ihre grünen Augen strahlen. »Endlich keine Sonnenblumen mehr, keine Auftragsarbeiten.«

»Dann habt ihr gar nicht mitbekommen, dass wir die ganze Zeit angerufen haben?«, fragt Hartmut.

»Nein«, sagt Susanne, »Handys waren dort verboten. Es gab Dichterlesungen und einen Nachtgarten. Es war ein Entschleunigungsfest.«

Pierre stöhnt, als er versucht, einen Riesenballen Postkarten auf einmal aufzuheben. Die Fenster der Nachbarn sind immer noch offen, aber niemand schimpft mehr.

»Dennoch verging die Zeit wie im Fluge!«, sagt Caterina.

»Das haben wir gemerkt!«, sage ich, den Tränen nahe.

»Oh, mein Armes, was ist denn los?«

Sie waren nicht sauer. Sie haben uns nicht verlassen. Sie sind nicht dem Pianisten verfallen. Sie waren einfach nur unterwegs und beschäftigt. Mehr nicht.

»Zehn Tage!«, jammere ich, »es waren zehn Tage!«

»So viel?«, fragt Caterina und sieht Susanne an.

Die zeigt die Handflächen und geht auf die Leinwand zu. »Das ist unser Haus?« Sie streicht über das Bild wie ich über die Wände und Böden, die Leuchtenberg verputzt hat. Caterina stellt sich zu ihr und sagt leise: »Unglaublich.«

»Leuchtenberg ist gekommen«, wiederholt Hartmut. »Und ihr seht, zu was er im Stande ist.« Ich klicke die Bilder erneut durch und lasse jedes ein paar Sekunden lang stehen.

»Im Prinzip fehlen nur noch die Möbel«, sagt Hartmut. Die Frauen stehen still auf der Straße, der Laptop gurrt, ein paar Staubteilchen fliegen durch den Projektorstrahl. »Vielleicht solltet ihr erst mal eure Postkarten lesen«, ruft Pierre aus der Haustür. »Ihr habt ungefähr einen Flur voll.« Caterina kichert. Susanne sagt: »Wir kommen morgen Abend vorbei.« Hartmut und ich halten die Luft an, eine Frau im Fenster ruft leise »Jawoll!« und macht die Beckerfaust.

»Und wenn das wirklich alles so aussieht, wie auf den Bildern da«, fügt Caterina hinzu, »dann bleiben wir vielleicht über Nacht.« Die Frau im Fenster quiekt und klatscht in die Hände. Der Mann, der vorhin noch gebrüllt hat, murmelt etwas von »Teufelskerlen«.

Dann drehen sich die Frauen um und gehen den verschnörkelten Weg zu Pierres Haus hinauf.

»Kein Gute-Nacht-Kuss?«, fragt Hartmut. Susanne dreht sich um und sagt: »Geht leider nicht. Wir haben noch viel Post zu lesen.«

27

Sie kommen wirklich.

Wir glauben es erst, als unsere Frauen in Pierres Volvo um die Ecke biegen, die Fenster geöffnet, Musik an. Hartmut und ich stehen vorm Haus und winken. Wir haben die Festtafel dieses Mal im Garten aufgestellt. Es ist warm, es gibt keine Grube mehr, und das Fachwerk auf der Rückseite sieht toll aus, wenn es Abend wird. Die zusammengestürzte Hütte ist einer romantischen Sitzecke gewichen, die wir noch gestern selbst aufgestellt haben, mit einer halbrunden Gitter-Rückwand, durch die bald die Rosen wachsen werden. Da wir Hausverbot hatten, mussten wir die Anatolier bestechen, uns die Rosenpavillons aus dem Bauhaus zu holen, während wir draußen ihre Kartoffeln verkauften. Aus Jux malte ich ein Schild mit der Aufschrift »Kaufen Sie deutsche Kartoffeln – gegen den US-Imperialismus.« Kaum war es fertig, rissen uns die Baumarktbesucher die Erdäpfel aus den Fingern.

Der Rasen ist gepflegt, und der Birnbaum blüht. Wir führen die Frauen durchs Haus. Sie sagen »Oh« und »Ah« und »Das sieht ja so aus, als wenn dort nie ein Loch gewesen wäre.« Im Garten rücken wir ihnen die Stühle zurecht und zünden die Kerzenleuchter an. Die Frauen setzen sich, und Hartmut lüftet die Deckel, unter denen feinstes vegetarisches Essen zum Vorschein kommt. Ich sehe zu Berits Fenster hinüber, doch sie sitzt nicht darin. Nur ein Aschenbecher steht auf dem Sims, eine brennende Zigarette darin. Caterina sagt leise »Duuuu?«, beugt sich vor, küsst mich und streichelt mir die Wange. Dann entkorke ich den Wein und spüre dabei jeden Dreh des Öffners, höre das leise Rascheln der Bäume und bekomme eine Ahnung davon, welches Leben hier möglich sein kann. Ich muss daran denken, wie Hartmut vorhin beim Kochen meinte, dass auch Frauen nicht ewig ohne Sex auskommen können, wenn sie ihre Männer nur einen Ort weiter wissen, auch wenn sie im Laufe der Evolution die Fähigkeit entwickelt hätten, uns das Gegenteil glauben zu lassen. Im Moment denke ich jedoch nur an den nächsten Augenblick, spüre ihn, erlebe wirklich, was ich tue, und gehe völlig darin auf. Wie wunderbar, ich gieße Wein ein, denke ich, und tue nichts anderes, bin ganz und gar Weineingießer und habe mich lange nicht so gut gefühlt. Caterina spielt an meiner linken Hand herum und streichelt ihre Innenseite mit den Fingerspitzen. Ein Teil des Weineingießers wird mit einem lauten Flupp aus meinem Kopf herausgezogen, da sich die Energie schnell an anderer Stelle konzentriert. Susanne fragt, ob die Stempel im Gewölbekeller so bleiben sollen. Hartmut bekommt kurz einen ängstlichen Blick und erzählt dann schnell von der Möglichkeit eines gemauerten Weinregals und dass er bald in diesen Keller gehen und »Schatz, den weißen oder den roten?« nach oben rufen könne. Als er bei Traubenarten und Rebengrößen und dem neuerlichen Auftrieb der Moselregion angekommen ist, streichelt Susanne ihm über die Schulter und sagt: »Ist ja gut, Schatz!«

Ich drehe mich noch einmal zu Berits Fenster um, um sicherzugehen, dass sie uns nicht in den Nacken starrt. »Was guckst du denn da immer?«, sagt Caterina, und ich schnelle herum, sage »Nichts« und schenke zügig Wein nach.

Das Essen ist ein voller Erfolg.

Die Kerzen flackern in den Rotweingläsern, das Klimpern des Bestecks mischt sich mit dem Rauschen der Bäume und dem Gezwitscher der Vögel. Yannick tänzelt auf den Kanten der Tische oder in den knorrigen Ästen der Bäume herum. Irmtraut wartet im Mozartweg auf die Rückkehr der Frauen; Pierre hat ihr feinsten französischen Hochlandsalat angerichtet. Beim Ausflug ins Schloss Bartenstein wurde sie zum unfreiwilligen Maskottchen der Entschleunigungstage.

Jede Minute, in welcher unsere Frauen hier sitzen, ist ein Gegengift gegen das Trauma, das dieses Haus bei ihnen hinterlassen hat. Beim Dessert lehnt Caterina sich sogar zurück, schaut an der Wand unseres Hauses empor und sagt bloß leise: »Fachwerk.« Wir sehen uns alle an, riechen das frische Gras, sehen das rote Glitzern des Weines, schauen zu, wie Yannick von der Spitze eines Astes auf den Tisch springt. Es ist einer dieser seltenen Momente, in denen man die ganze Nacht schweigend zusammensitzen könnte, ohne eine Minute vertan zu haben. Nach einiger Zeit sieht Susanne zu Caterina herüber, trinkt ihr Weinglas aus, stellt es wieder ab und sagt: »Ich glaube, wir bleiben.«

Auch in den Schlafzimmern stehen Kerzen. Ich habe zwei davon auf dem alten Klavier platziert und das Zimmer zum Liebesnest umgebaut. Hartmut und Susanne turteln im Zimmer neben dem Büro. Wir haben den Frauen die Anrufmaschine gezeigt, und sie haben auf die Art und Weise den Kopf geschüttelt, die bei Frauen sehr vielversprechend ist. Ich sitze am Klavier und spiele mit zittrigen Fingern ein romantisches Stück, das Hartmut mir in einem Crashkurs beigebracht hat. Eigentlich wollte ich Beethoven spielen, aber jetzt ist es Richard Clayderman. Wir finden es beide grauenvoll kitschig, aber die Geste lässt Caterina schnurren und weich werden, ihre rote Locke im Kerzenschein ist für mich wie die Ankündigung von etwas Heiligem, so lange Vermisstem, und als jetzt ihre Hand an meinem Hals vorbei in das Shirt krabbelt, bleibt mir der Atem weg, und meine Finger lösen sich von den Tasten.

»Nein, nein, weiterspielen!«, sagt sie und krabbelt erst weiter, als ich die Finger wieder aufsetze und hilflos durch das Stück holpere.

Als ich den letzten Ton verklingen lasse, vom Hocker aufstehe, sie wild küsse und unser Tempo schlagartig ansteigt, als hätten wir es in der Tat beide nicht mehr aushalten können und Hartmuts Aussagen über die Enthaltsamkeit von Frauen träfen doch zu, hören wir von nebenan Geräusche und müssen trotz aller Geilheit vor Lachen voneinander ablassen. Hartmut und Susanne waren schneller. Es fällt schwer, die Geräusche zu beschreiben, die da aus dem Zimmer neben dem Büro ertönen, aber es klingt durchaus so, als hätten die beiden brünstigen Spontansex zwischen Baumarktregalen, während sie sich gegenseitig mit dem Rücken gegen die Kleinwarenregale stoßen und Schraubenzieher, Nagelpackungen und Schrauben klirrend aus der Auslage fallen. Es poltert auf dem Holzboden, Flaschen fallen um und rollen durch den Raum, und das Geschrei der beiden schaukelt sich hoch, als spiele man die Carmina Burana mit einem 200köpfigen Chor aus Gospelpriestern und Metal-Sinfonikern, während es auf dem Höhepunkt so bollert, als seien die beiden rücklings wie zwei kämpfende Hellenen aus der Tür in den Flur gefallen. Zwei Sekunden lang ist Stille, Caterina und ich wollen uns schon wieder einander zuwenden und es den beiden gleichtun, als Caterina auf die Wand starrt und: »Was ist denn das!?« schreit. In Erwartung, eine mannsgroße Spinne zu sehen und mich in den Kampf stürzen zu müssen, wende ich mich um und muss etwas sehen, was schlimmer ist als ein riesiges Krabbeltier.

Einen Riss.

Er erscheint wie ein Bohrer, der sich von der anderen Seite den Weg gebahnt hat, und wandert von links nach rechts über die Wand, als wolle er uns provozieren. Er schlägt Haken wie ein Aktienkurs oder eine Detektorkurve, bremst einmal kurz ab, wird wieder schneller und macht uns langsam klar, dass er mit diesem Wandern nicht aufhören wird. Bilder fallen von der Wand, als der Riss spöttisch die sie haltenden Nägel ausspuckt, und als ihn auch die Zimmerecke nicht stoppen kann und er Richtung Fenster auf der Vorderwand weiterklettert, stürmt Caterina aus dem Raum, findet Susanne und Hartmut tatsächlich übereinander liegend im Flur, schreit Susanne zu, dass sie ihr folgen solle, und ist schon halb auf der Treppe. Kaum, dass die postorgasmische Susanne versteht, was passiert, und Hartmut seine Augen ganz aufreißen kann, durchdringt ein dumpfes, volltönendes Knacken das ganze Haus, als würde ein Riesenbaum im Regenwald entwurzelt, und ehe wir auch nur eine Sekunde Zeit haben, darüber nachzudenken, dass die Hälfte von uns komplett nackt ist, sackt das ganze Haus samt Klavier, Treppe, Bettlaken und Weinflaschen mit einem trockenen, schnellen Ruck ein Stück nach unten. Caterina schreit und hält sich am Geländer fest, Susanne springt auf, nimmt sich das Bettlaken, das noch wie eine weiße Spur in der Tür zum Flur liegt, schlingt es sich schnell um die Hüften und stürmt mit meiner Freundin schneller aus dem Haus, als Hartmut und ich überhaupt reagieren können. Als wir ansatzweise realisieren, dass uns gerade wieder unsere Frauen weglaufen – sei's drum, dass das Haus zusammenbricht –, stürmen wir hinterher, die ächzende Treppe unter unseren bloßen Füßen, und gelangen gerade noch vor die Tür, als Susanne schon nackt den Volvo anschmeißt.

»Nein!!!«, rufen wir, während das Haus weiter sinkt, doch Caterina kurbelt das Fenster runter und schreit: »Ihr seid ja wahnsinnig!«

Diese Worte treffen mich wie ein Wurfmesser, wir können doch nichts dafür, dass jetzt das Haus absackt, ich habe doch Klavier gespielt, ich liebe sie doch so, und sie wirkt wie eine fremde Frau, wenn sie so etwas ruft. Ich will nicht in einem 25-Seelen-Dorf im Hohenlohe stehen, unsere Frauen halbnackt in Panik im Volvo eines anderen Mannes, die Brüste kaum vom Bettlaken verhüllt.

»Caterina, bitte, nein, wir finden eine Lösung!«, rufe ich und stürze zum Auto, doch sie fuchtelt mit den Armen, als wisse sie, dass sie mich durchaus wieder lieb haben könnte, wenn sie nur zuhörte, und als wolle sie dieses Risiko nie mehr eingehen. In dem Moment ruft Berit, die sich oben zu ihrem Ascher gesellt hat, laut herunter: »Na, ihr Süßen? Kommen eure Frauen nicht mit der etwas progressiven Wohnweise zurecht, die ihr entworfen habt?«

Caterina wirft ihr einen verwirrten Blick zu und wird in den Sitz geworfen, als Susanne mit quietschenden Reifen den Wagen startet und etwas Bauerndreck vom Vorplatz aufwirbelt.

»Nein!!!«, schreie ich, während Hartmut erstarrt, die Arme wie überflüssige Stangen an ihm herabhängend, das Geschehen einfach laufen lässt.

Das Haus macht einen letzten, höhnischen Ruck.

»Schlampe!«, gifte ich Berit an, drehe mich um und gehe in das ruinöse Haus, während Hartmut mir nachsieht. Es ist mir egal, ob es zusammenbricht und mich begräbt. Es ist mir egal, was passieren wird. Ich gehe durch die Küche in den Keller und sehe, was ich in Bochum nie sehen musste, nicht einmal, als ein LKW in unsere Vorderwand rammte. Der neue Stempel ist gebrochen. Ich erinnere mich an meinen Traum im Garten, Ulrich und Leuchtenbergs Helfer im Busch. »Und du tauschst ihn wirklich aus, ja?« Der Stempel ist gebrochen. Leuchtenberg ist verraten worden. Ich gehe aus dem Haus, nehme mein Hartgummigewehr aus dem Zelt, lade durch und rufe den Major an. »Nachtübung!«, sage ich, »berufen Sie sofort eine Nachtübung ein ... nein, besser keine Übung. Ein echter Einsatz, eine Treibjagd. Ich weiß auch schon einen Schuldigen. Er ist einer von zwölf, es wird schwer sein, ihn zu treffen.« Hartmut legt von hinten die Arme um mich, nimmt sanft meine Hand mit dem Handy, schaltet es aus, dreht mich um und nimmt mich in den Arm. Ich wimmere etwas. So stehen wir einen Moment im abgesackten Haus wie Reisende, die nicht mehr wissen, wo Abfahrt und Ankunft geblieben sind. Dann hupt es vor dem Haus. Wir gehen hinaus. Ein roter Bus steht dort, Ernst und Siegmund davor, Manfred und Hans. Hinter dem Steuer sitzt das Hildchen. Auf der letzten Bank toben die zwei Jungs aus der Bibliothek. Sie winkt: »Die Verhandlung um die Vergabe der großen Ebene steht an«, sagt sie. »Beginn in 30 Minuten.«

»Es ist mitten in der Nacht, verflucht!«, brüllt Hartmut, und Ernst und seine Wandelgermanen steigen in den Bus.

»Was soll's«, sage ich und denke daran, wie wir uns sonst immer mit den politischen Runden im Fernsehen ablenken, denke an Kaffee und Kekse und winzige Orangensaftfläschchen in einem Plenarsaal bei Nacht. Ich rufe den Major an und sage, er soll alles vergessen, ich sei betrunken. Dann steige ich in den Bus. Hartmut folgt mir.

*

Im Schloss der Stadtverwaltung haben sie den Gemeindesaal hergerichtet, von dem wir nicht wussten, dass es ihn gibt. Er wird nicht oft genutzt, habe ich im Bus erfahren, da es in der Stadt keine Parteien gibt und Steinbeis selten eine Sitzung mit sich selbst abhält, auch wenn das vorkommt. Die Tische stehen in einem riesigen Rechteck. In der Mitte ist ein Schreibtisch aufgestellt, an dem Steinbeis Platz genommen hat. Wie diese Zentralbühnen bei Rockkonzerten, denke ich. Im Vorraum gibt es in der Tat Kaffee und Kekse, Wandelgermanen laufen mit nackten Füßen über den graubraunen Filzteppich, junge Menschen in Greenpeace-T-Shirts legen auf einem Tisch der Initiative für Windenergie Broschüren aus. In einem Radio neben den Kaffeekannen, die man wie Zapfhähne bedienen kann, spielt Bob Geldof. An einem der Tische im Saal sitzt Pierre und macht sich Notizen, es wirkt, als malte er mit leichtem Schwung Noten auf. Die Uhr zeigt 2:30 Uhr.

»Hopp, hopp, es will Land vergeben werden!«, ruft Steinbeis und klatscht in die Hände, auf seinem Stuhl hüpfend. Die Menge nimmt tuschelnd Platz, Kaffeelöffel klimpern an Tassen.

»Ich hörte, es ging das Gerücht, dass ein geheimer Gesetzestext existiere, der die Vergabe des besagten Stücks Land regle«, sagt Steinbeis und freut sich sichtlich über den Konjunktiv. »Nun, das ist wahr!«

Ein aufgeregtes Murmeln geht durch die Runde, ein paar Germanen heben die Köpfe wie Gänse, einer ruft: »Und die anderen durften ihn sehen, oder was?«

Die Windradjugend buht. Ich trinke Kaffee.

Steinbeis hebt die Hände. »Alle dürfen ihn einsehen. Jetzt und hier.« Er öffnet eine altertümliche Mappe und holt ein Blatt heraus. Es ist spärlich bedruckt. Er spaziert durch die Runde wie mein Lehrer in der Mittelstufe, der die Noten noch öffentlich mitteilte und mit uns spielen durfte, wie es heute nur noch TV-Jurys in Talentshows vergönnt ist. Er macht ein gurrendes Geräusch und hält Hartmut den Zettel unter die Nase. »Sie, vielleicht?« Hartmut nimmt das Blatt an, Steinbeis lässt los, macht Fingerbewegungen und setzt sich wieder hinter seinen Tisch in der Mitte. Hartmut steht auf und liest:

»Auf dass Er ihnen klarmacht, worüber sie uneins sind, und damit die Ungläubigen wissen, dass sie Lügner waren.«

Er legt das Blatt ab.

»Das ist alles?«, sagt der Chef der Windenergie. Seine Tochter ist nicht da, dafür posiert sie auf den Flugblättern, ihr wallendes blondes Haar im Wind.

»Das ist alles«, sagt Steinbeis, und Hartmut gibt das Blatt weiter wie eine Aufgabe im Deutschunterricht. Siegmund steckt seine Nase hinein. Eine Laus fällt ihm heraus. Jetzt ist es eine Blattlaus, denke ich.

»Worüber wir uneins sind«, sagt Ernst und steht auf. »Zwei Wörter sind mir hier entscheidend: ›Wir‹ und ›uneins‹. Wir, das sind wir, das Volk von Hohenlohe. Keine Regierung von außen, kein Kanzler, kein Wirtschaftsverband, auch nicht der der Windenergie.« Die Windleute stöhnen. »Wir«, betont Ernst, »sind uneins. Im wörtlichen Sinne. Wir sind nicht mehr eins, wir sind viele. Jeder kämpft nur für sich, weil es kein Boot mehr gibt, in dem wir zusammen sitzen können. Die große Ebene«, er zeigt aus dem Saal, »verrät uns etwas über unsere Geschichte. Unsere jahrtausendalte Geschichte. Werfen wir das nicht weg für ein paar Räder aus Plastik, die uns die ›Ungläubigen‹ dort hinbauen wollen.«

Die Windleute buhen.

»Mit den Ungläubigen sind wohl eher die Heiden gemeint«, sagt ihr Chef, »ein ewiggestriges Völkchen, das durch den Wald stapft und auf dem Hügel verbotene Rituale abhält.«

»Verboten?«, zürnt Ernst, »was sind menschliche Gesetze gegen die Wurzel unseres Daseins?«

»Die Wurzel unseres Daseins ist eine stabile Ökologie, und die kann man nicht herbeizaubern, indem man mythologischen Eso-Quatsch verbreitet.«

Siegmund steht auf: »Ihre Technik ist ein Mythos! Sie müssten den Strom doch überhaupt nicht erstellen, wenn Sie nicht Ihren Kühlschrank bräuchten, um daraus Sachen zu essen, die Sie genauso gut selbst aus der Erde rupfen könnten!«

»Natürlich, zurück in die Höhlen!«, spottet der Windradchef.

»Es war alles ein Umweg«, sagt Siegmund. »Die Werkzeuge, die Rohstoffe, die Waren. Ein gigantischer Umweg. Mit jeder Lösung kam ein neues Problem in die Welt!«

»Sauerstoff ist ein Mythos«, sagt Berit, zündet sich eine Zigarette an und legt sie auf einen Unterteller. »Der Mensch ist von Natur aus kein Sauerstoff-Junkie, das hat man uns eingeredet.« Alle starren sie an. »Es ist, wie mein Nachbar sagt«, sagt Berit, »wir haben unsere Wurzeln vergessen. Nehmen Sie die Indianer, die haben so viel geraucht, dass sie zwischendurch kaum abgesetzt haben, um Luft zu sich zu nehmen. Wir waren noch näher an unseren Ursprüngen, als wir ausschließlich rauchten.« Sie macht eine Pause, um an der Zigarette zu ziehen. »Allein unsere Sprache beweist es uns doch. Es gibt Raucher – und Nichtraucher. Nichtraucher sind bloß die Negation des Normalzustandes, es gibt nicht mal ein eigenes Wort für sie.«

»Doch, gibt es!«, sage ich und denke an die Frauen in der schrecklichen Pension mit der Nikotinscholle an der Wand: »›Luftatmer‹!«

Berit sieht mich an wie einen türkischen Sockenverkäufer.

»Qualm ist meine Luft!«, sagt sie und tippt Asche in eine Tasse.

»Will sagen?«, sagt Steinbeis, lax in den Stuhl gelehnt.

»Will sagen, ich beantrage das Nutzungsrecht der Ebene für eine Tabakplantage. Die Lage ist perfekt, glauben Sie mir. Mit entsprechender Technik lässt sich auch hier Tabak ziehen. Stellen Sie sich das auch als Standortvorteil vor. Echter Hohenloher Tabak, allein der Tourismus...«

»Wir haben verstanden«, sagt Steinbeis, schnippt mit dem Finger und lässt sich vom Hildchen einfaches heißes Wasser bringen.

»Der Nächste?«

Der Chef der Windleute erhebt sich, blättert in einer dick bestückten Mappe und sagt: »Es geht uns nicht um Standortvorteile und auch nicht um einen ökologisch verbrämten Heimatkult.« Hans streckt ihm die Zunge raus. Er übersieht es.

»Es geht einfach nur darum, die Tradition Hohenlohes als progressive Kraft des Naturschutzes auszubauen...«

»Die Tradition Hohenlohes ist germanisch«, unterbricht ihn Siegmund.

»Nur durch Wandern retten Sie sie aber nicht«, schießt der Mann zurück.

»Wir wandern nicht, wir wandeln«, sagt Ernst. »Es ist kein profanes Spazieren, sondern ein Dienst an der Schöpfung, an der wir uns zugunsten des Profitdenkens mutwillig vergangen haben!«

»Da hat er recht«, ruft einer der Jungs von Greenpeace und hält sich die Hand vor den Mund, als wäre ihm etwas herausgefallen.

Ernst lächelt. Dann fährt er fort: »Was hier zu uns sprechen soll, ist die Welt, von der wir uns entfremdet haben und die wir nicht mehr spüren in all dem Geplapper, das wir über sie gelegt haben, um uns abzulenken. In all dem Zeug, das aus den Fernsehern und den Radios fließt, um uns die Köpfe zu waschen, während der Ami immer noch in unseren Wäldern umherrennt und wir sogar akzeptieren sollen, dass er auf uns schießt und unsere Hütten mit seinen Kugeln zerstört wie er mit seinem Wirtschaftssystem und seiner Cola-Kultur nicht nur unsere, sondern alle Kulturen der Welt konsequent infiltriert und sozusagen perforiert hat.« Die Windradjugend nickt zu diesen Worten, auch, wenn sie es nicht merkt. Ihr Chef funkelt sie böse an. Ernst sagt: »Sie reden immer von Vernunft. Ist es Vernunft, wenn wir davon ausgehen, dass der Mensch die Schöpfung, deren Teil er ist, wie ein Grundstück betrachtet, das er einfach bebauen und verändern kann, wie er will? Bis hin zu seiner eigenen Spezies, seinen Genen, seiner Sterblichkeit? Wenn das Vernunft ist, meine Damen und Herren, dann, ja dann kann ich nur sagen: Diese Vernunft darf niemals siegen!«

»Ja!«, jubelt jetzt die ökologische Jugend, und ihr Chef schimpft leise: »Nein, halt, was macht ihr denn da, der Mann ist doch von der Gegenseite!!!«

Der Zettel mit dem Gesetz ist mittlerweile bei Pierre angekommen. Er liest es nochmal und sagt: »Hier steht ›Auf dass Er ihnen klarmacht, worüber sie uneins sind‹. Vielleicht müsst ihr euch klar machen, dass ihr euch gar nicht so uneins seid. Wieso arbeitet ihr nicht zusammen bei der Sache?«

»Ja, warum eigentlich nicht?«, fragt ein Windjunge.

»Weil wir«, sagt Ernst, »nichts für ungut, junger Mann, glauben, dass es nicht reicht, erst den Planeten zu Klump zu schlagen und ihm dann das Sterbezimmer wenigstens mit Ökostrom zu heizen.«

»Im Grunde hat er recht«, höre ich einen der grünen Jugendlichen flüstern, »eigentlich sind wir viel zu reformistisch.«

Die Frauen sind weg, das Haus ist wieder im Eimer, und ich sitze mitten in der Nacht zwischen diesen Menschen und wohne der politischen Selbstfindung grüner Halbwüchsiger bei.

Herr Steinbeis räuspert sich, nimmt einen Schluck heißes Wasser, rückt an seiner Brille herum, knattert seinen Kiefer wie eine Zugbrücke ein wenig auf und ab und sagt: »Ich beantrage eine Pause von zehn Minuten. Danach werde ich schon mal verkünden, wer das Gelände auf gar keinen Fall bekommt.« Er haut mit der flachen Hand auf den Schreibtisch. Seine Brille wirkt wie ein Kleinwagen aus Draht.

Nach zehn Minuten, die alle Beteiligten im Vorraum verbringen, damit Steinbeis sich in Ruhe mit sich selbst beraten kann, geht die Tür auf, und nach seinem Kiefer kommt auch Steinbeis heraus, der uns alle wieder in den Saal ruft. Wir gehen hinein, und der Windchef schimpft mit einem grünen Jugendlichen, der die Schuhe ausgezogen hat und sich barfuß neben die Wandelgermanen setzen will. Als alle ihren Platz gefunden haben und das Geraschel verebbt, steht Herr Steinbeis auf und sagt: »Wie bereits angekündigt, werden wir jetzt schon mal verkünden, welcher Antrag in jedem Fall aus dem Rennen ist und eine so eklatante Missdeutung der Schrift offenbart hat, dass sein

Urheber das Recht auf das Gelände für immer verwirkt hat.«
Ein Gebrumme kommt auf, einzelne Worte und Flüstereien purzeln wie Laub oder Krümel über die Tische. Herr Steinbeis steht auf, das Blatt mit dem kurzen Gesetzestext in der Hand, und geht an den Tisch von Berit: »Tja«, sagt er, genau wie damals mein Mathelehrer, »das war wohl nix.«

Berit, die vor sich auf ihre Unterlagen gesehen hat, als bereite sie sich schon auf die nächste Sitzung vor, wirft vor Schreck ihre Papiere herunter, greift eine Zigarette aus ihrer Tasche, steckt sie sich in den Mund und fuchtelt sie wieder heraus, alles in einer Bewegung.

»Sie haben den Text missdeutet«, sagt Steinbeis, und sein Kiefer lacht hämisch, während seine Augen sie ansehen, als begleiche er eine uralte Quittung.

»Was soll der Quatsch«, sagt sie. »Es ist nur ein Satz.«

Steinbeis stülpt seine Zähne übereinander, sodass es wie ein Hasengebiss aussieht: »Die Schrift ist unabänderlich.«

Berit nimmt die Zigarette aus dem Mund und legt sie auf ihre Papiere wie eine Patronenhülse. Ihre Augen sind nur noch Jalousien, die abdimmen sollen, was hinter ihnen vorgeht. Die Wandelgermanen raffen sich auf, einer von ihnen klopft Berit sogar auf die Schulter, was lieb gemeint ist, aber höhnisch aussieht, vor allem von jemandem, der keine Schuhe trägt. Sie drückt ihre Zigarette neben einem Keks auf dem Teller aus, pustet langsam grauen Qualm in den Raum und geht.

Die Debatte geht weiter. Die Parteien streiten sich über Grundsätze, unterstellen sich gegenseitig, Mutter Natur zu missachten, und werfen sich Beschimpfungen an den Kopf, manchmal auch Kekse und Äpfel. Steinbeis sitzt in der Mitte und sieht es sich an. Ab und an hält er den Zettel hoch, klopft auf das Gesetz und sagt »Textevidenz bitte!«. Dann stürzen sie sich wieder auf die Formulierung und pflücken sie auseinander wie Hyänen, die eine Beute gefunden haben. Ich trinke meinen fünften Kaffee und werde immer müder. Ich habe nur Zucker und Koffein im Körper, doch mein Herz schlurrt das Blut durch die Adern wie eine Teichpumpe, die zu wenig Wasser zieht. Ich merke erst, dass ich aufstehe, als meine Beine schon durchgedrückt sind. Siegmund stellt seinen Bart auf, Hartmut sieht zu mir hoch. Ich klopfe ihm auf die Schulter, wie um zu sagen »Ihr macht das schon«.

»Was ist?«, fragt Hartmut, und ich kann nicht verstehen, wie er sich das alles so ruhig ansehen kann, als wäre heute Nacht nichts geschehen. »Ich gehe nach Hause«, sage ich.

Dann schlurfe ich aus dem Saal, gehe die Treppe hoch, wundere mich nicht, in dem winzigen Vorraum herauszukommen, bin einfach nur unendlich müde, gehe zur Bushaltestelle, wackle einmal mit dem Bein, sage unleidlich »Nu komm schon« und höre ein Rattern, bis große Reifen samt Gefährt vor mir stehen. Ich steige ein, sehe, dass Hartmut mir nachhastet, fasse den Busfahrer am Arm, damit er wartet, und setze mich mit meinem Mitbewohner in eine Bank.

»Es dient alles nur der Beschäftigung«, sage ich, lehne mich zurück und versuche, trotz meines Spiegelbildes in der Busscheibe den Wald zu betrachten.

*

Der Bus fährt uns bis vor das Haus. Als sein Lichtkegel über den Eingang schwenkt, glaube ich kurz, Caterina und Susanne auf der Vortreppe zu sehen. Als er uns ausspuckt, sehe ich, dass es keine Einbildung war.

»Ihr?«, sage ich, was eine falsche Formulierung ist, wenn man eigentlich »Dem Himmel sei Dank!« sagen will.

»Wo wart ihr?«, fragt Caterina, knatscht dabei wie ein verärgertes Mädchen und trommelt mit den Fäusten auf meine Brust. Susanne bleibt auf der Treppe sitzen, sieht Hartmut an und sagt: »Ich finde es nicht gut, dass ihr einfach abhaut, während das Haus zusammenbricht.«

»Ihr seid doch abgehauen«, sagt Hartmut.

»Pierre ist nicht da, er ist auf irgend so einer Sitzung, ich will es gar nicht wissen«, sagt Susanne.

»Wer ist der da?«, fragt Caterina und zeigt auf den Eingang der Scheune. Gustav steht darin, in seiner ganzen dämlichen Stoffeligkeit, und hat die Arme verschränkt.

»Der Bruder unserer Nachbarin«, sage ich und deute hinter mich, wo Berit im Fenster sitzt, Qualm atmend, da Luft nicht unserer Natur entspricht.

»Tatsächlich?«, sagt Caterina, und jedes Wort der Frauen ist heute Nacht ein Vorwurf, ein ernster, keine Spielerei mehr, kein Kuschelbär, kein Held, kein nichts. »Es sieht nicht wie ein Atelier aus«, sagt sie, und ich werde sauer. Was haben wir denn die letzten Wochen getan? Das ganze Haus restauriert, das sich gewehrt hat gegen diese Aktion, mit Soldaten gekämpft, mit Germanen gewandelt, einen Job ausgeübt, Kisten geschleppt. Die Scheune kommt ja noch dran. Sie kommt ja noch dran!

»Leuchtenberg ist verraten worden«, sagt Hartmut. »Von einem seiner Mitarbeiter.« Es muss sich komisch anhören. Susanne macht spitze Lippen.

»Er kriegt das wieder hin«, sage ich. Er hat dieses Haus hingekriegt.« Es klingt schwach.

»Das schiefe Ding in Bochum«, sagt Caterina. »Der Öltank. Der Keller, der zur vorgetäuschten Wohnung umgebaut werden musste, weil das Amt kam. Jetzt das. Warum könnt ihr uns nicht einfach einen Wohnraum bieten, wie ...«

»Wie Pierre?«, sage ich unwirsch und wünsche mir wieder, dass das männliche Gehirn vorm Sprechen Denken erlaubte. Caterina zuckt zusammen, als wäre ich ein Fremder. Ich gehe ein paar Schritte, zeige aufs Haus und sage: »Das da ist unser Haus. Es hatte keine Wände, als wir hergekommen sind, jedenfalls keine, die von Bestand blieben. Die Böden waren krumm und feucht, es gab eine Grube statt Kanalisation. Jetzt gibt es eine Wanne mit Whirlfunktion, frisch geschliffene und polierte Böden, Wärmespeicherfenster und einen Satellitenkanal zum Durchschleifen. Wir haben zwei Waschbecken da drin, weil wir zwei Paare sind! Und das mit der Scheune regeln wir auch noch. Das da gehört uns. Uns, versteht ihr? Und wir kriegen es hin!« Es klingt zu theatralisch, aber es scheint zu wirken. Ich spreche selten so, und was selten passiert, macht Eindruck.

»Da wäre ich mir nicht so sicher«, sagt Berit, und wir drehen uns alle um und schauen zum Fenster hoch. Die Jalousien vor ihren Augen sind wieder hochgezogen. Es sieht nicht gut aus dahinter. Sie dreht sich um und verlässt das Fenster. Ich schüttele den Kopf und zeige einen Vogel, um klarzumachen, dass unsere Nachbarin verrückt ist, aber Caterina sieht auf die Hauswand, als arbeite sich gerade großes Unheil die Treppen herunter.

Berits Tür springt auf, und ein paar lose Aschestückchen wehen oben auf dem gelben Haufen vor ihrer Tür wie klebende Fasern, die nicht weg können.

»Hier«, sagt Berit und gibt mir ein Blatt Papier. Ich versuche zu verstehen, was da steht, aber der Sinn wird sofort wieder abgestoßen, sobald er sich in meinem Kopf einnisten will. Ich gebe es Hartmut. Die Frauen sehen uns an wie Passagiere der

Arche. Hartmut sieht von dem Papier auf, schaut Berit in die Augen und sagt: »Hier steht, dass dir unser Grundstück gehört.«

»Ja«, sagt Berit.

»Aber ...«, sagt Hartmut. Susanne legt den Kopf zurück und sieht ihn an. Caterina dreht an ihrem Daumen.

»Ihr habt das Haus gekauft, nicht das Grundstück.«

»Aber von einer Grundstücksfrage hat nie jemand was gesagt«, sagt Hartmut. »Frau Kettler hat doch auch hier gewohnt.«

»Die Zeiten ändern sich«, unterbricht ihn Berit. »Man kann nicht immer nur idealistisch sein und die Leute auf seinem Grundstück wohnen lassen.«

Susanne nimmt Hartmut das Dokument aus der Hand, um zu prüfen, ob wir Männer uns hier nicht verscheißern lassen. Sie schaut, als würde sie ein kaputtes Getriebe sehen.

»Eine halbe Million Euro«, sagt Berit. »So viel will ich für das Grundstück haben.«

Caterina stößt einen Laut aus, wie man ihn macht, wenn man lächerliche Schlampen in billigen Talkshows sieht, deren Äußerungen einem schon vom Zusehen peinlich sind.

Berit sieht uns schwarz an: »Es ist mein Grundstück. Ich kann euch jederzeit runterschmeißen. Wäre doch schade um dieses ›perfekt restaurierte‹ Haus.«

Hartmut sieht sie an, um zu prüfen, ob sie das wirklich ernst meint. Er sagt »Jetzt komm schon« und lacht. Er hat bis heute nicht gelernt, dass nicht alle Menschen gut sind. Er denkt immer erst das Beste und lässt sich schwer vom Gegenteil überzeugen. In diesem Moment aber ist es so weit.

»Eine halbe Million Euro«, sagt Berit. »Oder ...«, und dabei dreht sie sich um, geht ganz nahe an mich heran und spielt mit ihren Händen sachte an meiner Hüfte herum, »du zahlst die Schulden auf andere Weise ab. Ich merke doch, wie oft du am Tag hochsiehst, wenn du im Garten bist.« Als sie das sagt, glaube ich, einen Hörsturz zu kriegen. Es saust kurz in meinen Ohren, und dann sackt irgendwas ab und verschwindet mit einem lauten Sog aus meinem Körper. So muss es sich anfühlen, wenn man ohnmächtig wird, denke ich, aber ich falle nicht in Ohnmacht. Viel schlimmer.

Ich falle in eine Art Starre, als könne ich die Situation nur noch beobachten, aber nicht mehr beeinflussen. Ich sehe, wie Caterina von mir Abstand nimmt, obwohl sie aufsteht, Berit anlacht, »Das hättest *du* wohl gerne« sagt, meine Hand nimmt und mit mir um die Ecke geht, in den Garten, zur Rosenecke. Da stehen wir nun, und ich habe mich noch nie so gefühlt wie in diesem Moment, diesen 30 Sekunden, die unaufhaltsam auf einen Prozess hinauslaufen, von dem ich keine Ahnung habe und der alles entscheidet. Die Welt hat in diesem Moment keine Alternative mehr, es ist wie der schmale Gang, durch den einzig man das Amt betreten kann. Keine Türen. Nur ein Sessel in der Mitte, der einen wehrlos macht, weil er die Tür zum Schlaf öffnen will.

»Was soll das?«, fragt Caterina, und ihre grünen Augen sind grau, als müsse sie den Mann, den sie kennt, erst wieder aus mir herausschälen.

»Ich weiß nicht«, sage ich und klinge dumm dabei; wie ein Mann, der nur die Situation hinter sich bringen will; wie ein Mann, der wirklich etwas getan hat. Manchmal genügt es, angeklagt zu werden, um sich schuldig zu fühlen. Caterina wirft die Arme hoch und macht »Pfffft!«, wie Frauen, deren Männer tatsächlich lügen. Ich denke mir, dass ich jetzt schreien und ausflippen, alles dementieren und Berit vielleicht sogar schlagen müsste. Das wäre aber auch verdächtig, denn wer schreit, hat unrecht und etwas zu verbergen. Aber auch Nichtstun ist falsch, Nichtstun ist ein stilles Geständnis, denke ich. »Das ist ...«, sagt Caterina, und ihre Stimme bricht, »da macht ihr das Haus fertig und ...«

»Aber da war doch gar nichts«, klage ich und frage mich, warum mir nur Sätze einfallen, die schuldige Männer von sich geben. Ich habe keine Munition für so ein Gefecht, ich kenne es nur aus dem Fernsehen, ich kann bayerische Einheiten im Wald abwehren, aber keinen Verdacht, ich begehrte eine schießschartenäugige Kettenraucherin, so abstrus er auch sein mag.

»Du hast die Scheune einfach vollgestellt«, sagt sie und nickt, das Haus ansehend, als würde sie verstehen. »Die Wanne mit Whirlpoolfunktion ist fertig, aber für das Atelier hast du keinen Handgriff getan. Das zeigt mir doch was.«

In meinem Bauch platzt eine Zitrone. Eben wurde ich leiser, jetzt werde ich laut: »Jetzt komm doch nicht mit so 'nem Psychomist!«, brülle ich und spüre, wie sich Berit ums Eck freut. Caterina weicht zurück. »Wo hätten wir die Möbel denn hintun sollen? Ihr habt doch keine Ahnung, was wir in den letzten Wochen durchgemacht haben, um dieses Haus hier auf Vordermann zu bringen!« Hartmut, Berit und Susanne treten an mich heran wie an einen Nachtwächter, der nach sieben 16-Stunden-Schichten ohne Lohnfortzahlung ausrastet. Ich zeige auf Susanne: »Vielleicht hätte sie ja helfen und Lösungen finden können, statt einfach nur Einkaufslisten zu schreiben und anderen Leuten den Teich zu restaurieren!« Das Grau in Caterinas Augen breitet sich milchig aus. Ich kann nicht aufhören. »Und warum sitzen wir überhaupt hier auf der Anklagebank? Wer wohnt denn seit Wochen bei einem anderen Mann, während wir im Zelt neben der Baustelle pennen?«

Ihr Blick sucht nach dem Kuschelbärchen, dass ich für sie gewesen bin, und greift hilflos in mich hinein wie ein Kind, das fragt, wo sein Liebstes geblieben ist, und das Angst hat, dass alles nur eine Einbildung war.

»Nein«, weint Caterina, und alles an ihr zittert, als hätte ich gerade unser Leben zertrümmert und offenbarte gleichzeitig mit all meinem Gebrüll, dass etwas dran sein muss an Berits Worten. Wer brüllt, will, dass es endet. Will ich das?

Ich habe so etwas bislang nur in Filmen gesehen, aber jetzt, wo ich es erlebe, weiß ich, dass man selbst die Schrecken des Krieges im Film besser vermitteln kann als so etwas. Es ist schlimmer als ein Tod, man verliert sein Leben und steht einfach dabei. Hartmut will etwas sagen, aber Susanne hebt nur die Hand und sieht ihn an wie den Komplizen eines Massenmörders. Dann sagt sie: »Wir fahren«, und nimmt Caterina an die Hand. Ich stemme aus meinem Inneren heraus mühsam den Mund auf und sage leise »Nein«, aber es klingt nicht wie bei einem Mann, der seine Liebe retten will, sondern wie bei einem Mann, der das Ende einfach akustisch begleitet. Dann gehen die Frauen wortlos zum Volvo des Franzosen.

Als Caterina sich noch ein letztes Mal zu mir umsieht, weiß ich, dass ich diesen Augenblick niemals vergessen werde. Der Motor startet, und wir sehen, wie der Kombi rangiert.

Dann fährt er davon.

Ich sehe Berit nur an und denke mir, dass es nichts bringen würde, sie körperlich zu verletzen. Ich bin immer noch gefangen in meinem Körper, der sich nicht rühren kann und denkt, dass er nur lange genug stehen bleiben müsste, bis ich wieder aufwache und sich alles nur als Traum entpuppt. Hartmut hebt das Dokument mit dem Grundstücksbeweis vom Boden auf. In dem Moment merke ich, dass er seinen Glauben verloren hat.

Wir sehen uns an und wissen, dass wir das Gleiche denken. Dann ziehen wir unsere Schuhe und Socken aus, werfen sie an die Stelle, wo damals der Sperrmüllberg war, würdigen Berit keines Blickes mehr und gehen die Landstraße entlang zum Wald.

»Hey«, ruft Berit, »ihr wohnt hier, was macht ihr denn?«

»Wir gehen in die Tannen«, sagen wir beide synchron. Aber es klingt nicht lustig. Und es ist das Letzte, was wir in unserem Leben sagen werden. Yannick, der alles mit angesehen hat, faucht Berit an und wackelt uns auf unserem Weg hinterher.

28

»Das schmeckt nicht«, sagt Hartmut und wirft die Beere weg. Wir stellen uns immer noch ungeschickt an, aber dennoch fühlt sich das Ganze nicht wie ein Ausflug an, den man abbricht, sobald einen der Hunger nach Snickers überkommt. Diesmal ist es anders, diesmal wissen wir, dass wir für immer hierbleiben. Das sind die ersten Tage eines ganzen, neuen Lebens, und wir müssen es hinbekommen.

»Wie soll man rauskriegen, was hier essbar ist und was nicht?«, fragt Hartmut, und ich deute auf Yannick, der eine Wurzel frisst und damit keine Probleme hat. »Instinkt«, sage ich. »Du musst deinen Instinkt wiederfinden.«

»Instinkt, Instinkt. Unser Instinkt ist verkümmert! Wir brauchen jetzt Bücher und Namen für die Dinge«, sagt Hartmut.

»Die uns nur noch mehr von ihnen entfernen«, sage ich und denke daran, was Sebastian damals am See gesagt hat, als wir Caterina das erste Mal malen sahen: »Du spürst keinen Unterschied mehr zwischen innen und außen.« Ich schüttele den Gedanken ab. Caterina ist weg, jetzt zählt der Wald. »Wir müssen die Natur wieder spüren lernen, denk an die Germanen.« Ein Eichhörnchen huscht an uns vorbei und animiert Yannick zur Jagd, er rast hinter dem kleinen Fellknäuel her und purzelt wie ein sich überschlagendes Auto beim Elchtest durch das

Unterholz, als das Eichhörnchen zu scharfe Kurven macht. Hartmut sieht mich an, streift mit seiner Hand zärtlich über einen Busch, lächelt, als habe er verstanden, und drückt seine nackten Füße tiefer ins Geflecht.

*

Einen Abend später rösten wir Wurzeln über dem Feuer. Wir wissen nicht, wie sie heißen oder ob das überhaupt Sinn ergibt und nahrhaft ist. Wir tragen keine T-Shirts mehr, und es wäre möglich, dass auch schon mehrere Tage vergangen sind. Die Kunst ist, nicht mehr zu zählen oder allzu viel zu denken. Unsere Wurzeln haben wir in dem Moment gefunden, als wir nicht mehr nach ihnen suchten, wie Karten beim Memory, die man schon umgedreht hat, noch bevor man sich bewusst an ihre Position erinnert. Yannick macht uns das jeden Tag vor. Er erkundet die Umgebung, als wären wir hier zu Hause und die letzten 28 Jahre bloß auf Urlaub in der Zivilisation gewesen. Seine Bewegungen sind noch flüssiger geworden. Schlafen, Klettern und Jagen fügen sich nahtlos ineinander, ohne Übersprungshandlungen. Das Feuer knistert und stößt manchmal mit einem lauten Knall Funken aus. Ein Uhu hockt in seinem Loch wie ein Feinripp-Rentner am Fensterbrett. Er hat riesige buschige Augenbrauen. Er gurrt. Hartmut reicht mir eine Wurzel. Vielleicht liegt die Kunst darin, eben keinen Speiseplan zu machen. Ich beiße ab und sage: »Erstaunlich!« Ich sehe die Wurzel an wie die beste Wurzel der Welt. »Unbewusste Ernährung«, sagt Hartmut. Er wartet einen Moment, das Feuer flackert durch sein Gesicht, der Uhu gurrt.

*

Die Nacht im Wald hat ihre Tücken. Keine Räuber oder wilde Wölfe, keine Luchse oder illegale Müllabladungen von Firmen, deren Handlanger zwei obdachlose Zeugen schnell und lautlos beseitigen, dabei Kaugummi kauend. Nein, es sind die kleinen Dinge, die einen verrückt machen und den Flow unterbrechen, der seit ein paar Tagen in uns entsteht, wenn wir stundenlang unter Bäumen hocken und durch die Kronen in den Himmel sehen. Heute Nacht ist es ein Stein, der in meine Hüfte drückt, irgendein dicker Brocken, wie sie zu Tausenden in der Erde sitzen und draußen in der Zivilisation Gartenbesitzer verrückt machen, die sich bei Grabungen für eine Birnbaumpflanzung ihre Schaufel ruinieren. Der Stein aktiviert das Schlechte in mir, die Unentschlossenheit. Ich müsste nur aufstehen und mich woanders hinlegen, doch ich bin gefangen in dieser Starre, die sonst nur Berufstätige vor dem Bildschirm kennen. Oder dösende Zugfahrgäste, die nicht wach werden, obwohl sie die Durchsage hören, die ihren Zielbahnhof verkündet. Also bleibe ich liegen und stöhne bloß ein bisschen, wie damals in der Kindheit. Nach fünfmaligem Stöhnen kam die Mama. Am Baum neben mir knackt und raschelt es, Krallen fahren in die Rinde und ziehen einen kleinen Körper hoch. Ich höre hektisches Huschen, Yannick jagt wieder das Eichhörnchen, mitten in der Nacht. In der Krone angekommen, springt es wie ein schwarzer Punkt im Mondlicht zum nächsten Baum; eine Artistik, die unser Kater nicht nachahmen kann. Geprellt steht er über mir im Geäst, seine Silhouette zeichnet sich vor dem hellen, wunderschönen Vollmond ab. Caterinas Gesicht taucht daneben auf und erfüllt den ganzen Himmel wie ein Schemen. Sie sieht traurig aus. Ich presse meine Hüfte gegen den spitzen Stein, um nicht weinen zu müssen.

*

»Das geht so nicht«, sage ich und versuche, nicht auf Hartmuts tropfenden Schwanz zu gucken. Wir stehen nackt im Waldbach und waschen uns. Es sollte sich romantisch und urwüchsig anfühlen, aber es ist nur ärgerlich. »Was hast du denn, wir haben doch früher auch zusammen geduscht«, sagt Hartmut, und ich höre das längst verflossene Wasser auf unsere Bierdosen herunterprasseln, während wir sittsam nebeneinander auf der Kachelstufe hocken. »Das ist aber nicht dasselbe«, sage ich. »Wir stehen im Wald!«

Hartmut sieht mich an wie Yannick, wenn er die Ohren ein wenig zurücklegt und große, erstaunte Augen macht. Man weiß nicht, ob er etwas nur außerordentlich interessant findet oder sich fragt, ob jetzt alle vollkommen verrückt geworden sind. Dann dreht er mir den Rücken zu, schöpft mit beiden Händen Wasser und schrubbt sein Gemächt so kräftig, als wäre es ein grober, von Verkrustungen zu reinigender Gartenschlauch. Ich sehe weg.

Am anderen Ende des Ufers steht wieder das Eichhörnchen. Yannick schaut zu ihm herüber, hebt die Pfote, fährt eine Kralle aus und sticht in den Bach. Seine Pfote kommt mit einem aufgespießten Fisch darauf wieder hervor. Das Eichhörnchen lässt sich nichts anmerken, aber ich denke, er hat ihm imponiert.

»Kannst dich wieder umdrehen«, sagt Hartmut, und ich drehe mich um. Er ist immer noch nackt. Sein Genital tropft ab.

»Du bist schamlos!«, sage ich.

»Ich bleibe jetzt nackt«, sagt er.

Er meint es ernst.

»Du musst es spüren, hast du selbst gesagt«, spricht er weiter und hält mir die Hand hin. »Komm!«

Ich nehme seine Hand und lasse mich leiten, ich habe kaum noch Kraft. Er führt mich zu einer Stelle, an welcher der Bach sich zu einem kleinen Teich staut, bevor er über ein paar Etagen tiefer fällt. Das Wasser umspült Steine, es duftet nach Moos. Ein Glückshormon schießt durch meinen Körper, eins von der melancholischen Sorte. »Spüren«, sagt Hartmut und zieht mich hinab. Wir setzen uns ins Wasser. Es ist eiskalt, aber auf eine schöne, reinigende Art. Die Luft ist glasklar. »Du weißt, dass wir hier bleiben«, sagt Hartmut. Ich nicke. »Dann bleiben wir auch richtig«, sagt er. Nackt sitzen wir im Wasser des Waldes. Es ist aus. Es gibt keinen Weg zurück. »Wir haben keine Wahl«, sagt Hartmut, und ich weiß nicht, ob es traurig, hoffnungsvoll oder schicksalsergeben ist. Wir haben uns entschieden.

*

Wir sprechen nicht mehr.

Wir haben das nicht geplant oder entschieden, es ist einfach so geschehen. Vielleicht war es auch schon immer da, und das ganze Gerede der letzten 28 Jahre war nur eine Verirrung, ein unnatürlicher Zustand. Die Zeit ist endgültig ausgezogen, wir zählen die Tage nicht mehr. Hartmut kratzt sich zwischen den Zehen und gibt mir eine Beere. Ich weiß gar nicht, ob ich ihn noch Hartmut nennen soll und ob Namen in unserem Zustand noch Sinn haben. An der Stelle, an der er sich juckt, hat sich ein pelziger Schorf gebildet. Yannick will daran schnüffeln, aber Hartmut schiebt ihn sanft weg. Wir waschen uns nicht mehr, da sich der Körper schneller an die Rückkehr zum Ursprung gewöhnt, wenn man ihm einfach alles zumutet, sodass er wieder resistenter werden muss. Trotzdem fühlen wir uns nicht schmutzig. Im Gegenteil. Mit all dem Dreck von Unterholz, Erde und Rinde und dem Geruch von Moos, alten Pilzen und hornig gewordener Haut fühlen wir uns sauberer als jemals zuvor. Oder besser: reiner. Wir vermissen das Sprechen nicht und auch nicht die Uhrzeit. Wir wachen auf, wenn die Sonne durch die Baumkronen bricht, und schlafen ein, wenn es dunkel wird, oft auch aus Erschöpfung, wenn der Tag außer ein paar Beeren und Bucheckern nicht viel zu essen einbrachte. Es hat nichts Romantisches, denn Romantik ist eine Erfindung von Menschen, die in Häusern sitzen oder Postkarten verschicken. Es wird unsere Lebenszeit verringern, auch das ist uns klar. Aber das ist egal, wenn man keine Zeit mehr hat. Also gar keine, als Prinzip, nicht als Menge. Sicher, es gibt Erinnerungen, aber das Leben ist reine, fließende Gegenwart, wie die Bewegungen von Yannick, den wir als Tier besser verstehen als jemals zuvor. Er jagt das Eichhörnchen, und es ist ihm egal, dass er es niemals kriegen wird.

*

Wenn man einen Vogel nur kurz beobachtet, so wie man es im Zoo tun würde oder auf der Lichtung mit dem Biolehrer, dann sieht man nichts. Man sieht ein Tier, das das Hirn einordnen kann, man sortiert Farben, Formen und Gesang zu einem Wort und glaubt, man hätte es gesehen. Dabei muss man liegen lernen, immer an derselben Stelle im Holz, und das Tier täglich beobachten. Ankunft und Abflug vom Nest, die verschiedenen Stöckchen und Futterarten, die Art, wie es seinen Kopf neigt, den Blick nach unten zu der grüngefärbten Primatenart, die auf dem Rücken liegt und immer mehr ins Unterholz einsinkt, erste Käfer im lang gewachsenen Bart.

*

Dasselbe gilt für die Bäume. Sicher kann man sagen, das ist eine Esche, das ist eine Buche, das ist ein Ahorn. Oder man konnte es sagen, als man sich noch der Mühe des Sprechens aussetzte. Man kann sie fällen, pflegen, beschneiden, auf Krankheiten prüfen oder ihre Wunden mit künstlicher Rinde einschmieren, die es in Tuben im Baumarkt gibt, einem Ort, der weiter weg erscheint als der Mars. Aber das bedeutet nicht, dass man sie kennt. Man kennt einen Baum, wenn man mit den Augen durch seine Furchen und Rindenmuster gefahren ist wie ein Kind, das sich in der Badewanne noch das kleinste Fugenloch als Höhle vorstellt und sich darin Geschichten erdenkt. Man kennt ihn, wenn man mit seinen Bewegungen vertraut ist wie mit der Atmung eines Partners, der neben einem schläft, denn ja: Sie bewegen sich. Man kennt ihn, wenn man mit ihm spricht, ohne den Mund aufzumachen, dieses lächerliche, überall einen Keil hineintreibende Instrument.

*

Noch mehr Nächte.
   Noch mehr Tage.
   Manchmal ertappe ich mich dabei, darüber nachzudenken, wie lange wir schon hier sein könnten, aber dann schmunzle ich in die Stille des Waldes, denn wenn man sich entschieden hat und ein Zurück unmöglich ist, dann ist es auch egal, welche Zeit hinter einem liegt. Ich lasse wieder locker und schlafe weiter. Ich liege nackt im Gras. Ich versuche zu erspüren, wo mein Körper aufhört und der Waldboden anfängt, aber ich kann es nicht mehr. Das ist gut.

*

Ich spüre nichts mehr, und ich spüre alles. Ich atme die Luft und liege auf Steinen, genieße die Sonne und akzeptiere den Regen. Die Geräusche des Waldes bilden einen schlüssigen Rhythmus, der niemals endet. Alles ist gut. Ob ich wache oder ob ich schlafe? Ich weiß es nicht. Wie lange ich für diese paar Gedanken gebraucht habe ist einerlei. Und wenn es ein ganzer Tag war, dann war er erfüllt. Ich schließe wieder die Augen.

*

Ich werde von Stille geweckt.

Absoluter Stille.

Kein Vogel, kein Wind in den Bäumen, kein Rascheln, nichts.

Als ich die Augen aufschlage, sehe ich, warum.

Es ist nichts mehr da, was Geräusche machen könnte.

Gar nichts.

Hartmut steht vor mir in einer weißen Fläche, überall ist Weiß, ein strahlendes, feuchtes Weiß, in dem lediglich Hartmut, Yannick und ich wie ausgeschnitten kleben. Ich blicke unter mich und habe kurz das Gefühl zu fallen, da es im Nichts keinen Boden gibt.

»Haben wir es geschafft?«, flüstert Hartmut. Seine Stimme ist brüchig nach dem langen Schweigen. »Ist das das Nirwana?« Es ist das Erste, was er seit Wochen sagt, und selbst, wenn dies das Nirwana wäre, wäre es jetzt hin.

Ich antworte ihm nicht.

Ich will bleiben.

Ich will diese Chance.

Mit einem Mal erscheinen kräftige blaue Farben hoch über uns, sie tauchen auf, als würden sie von gigantischen Pinseln ins

Nichts gestrichen. »Der Himmel kommt wieder«, sagt Hartmut, die Füße im Weiß, doch ich sage »Pssst!«, weil ich etwas zu hören glaube. Eine warme, hypnotisierende Stimme spricht irgendwo von außerhalb des Weiß. »Good«, sagt sie, »and now, let's make some happy little clouds.« Kaum, dass die Stimme gesprochen hat, erscheinen ein paar Wolken im Blau, verhuscht hingetupft. »Heiliger Bimbam«, sagt Hartmut, und Yannick presst sich gegen den Boden und blickt ängstlich nach oben, die Ohren angelegt wie Verschlussklappen. Die Wolken sind fertig und werden mit ein paar lauten Wischgeräuschen weich an den Rändern ausgeblendet, »hmmm, that's good, just blend them out«, murmelt die Stimme aus dem Außen. »Was geht hier vor?«, flüstert Hartmut und macht einen Schritt nach vorn, was natürlich Unsinn ist, da es zwar wieder ein Oben, aber kein Vorn und Hinten gibt – bis zu dem Moment, wo etwa hundert Meter vor unseren Füßen plötzlich ein grüner Hügel entsteht. Wieder geht es sehr schnell, ein paar Striche und Wischer, welche die Stimme sanft, aber entschlossen kommentiert. Yannick packt der Mut, und er rennt wild kieksend auf den Hügel zu und schnuppert an dessen Rand, der grün im weißen Nichts klebt. Wenige Momente später kommt er wieder zurück, die Ohren erneut eingeklappt, die Beine in den Händen. »Was hat er?«, fragt Hartmut, und ich zeige mit offenem Mund nach vorne und krächze, nun auch das Schweigen aufgebend: »Wasser!«

»Bei Odin!«, ruft Hartmut, und sieht nun auch, was ich sehe. Vor dem großen Hügel entsteht in Windeseile ein See, er fließt nicht auf uns zu wie ein Wald-Tsunami oder eine Flut, nein, er taucht einfach auf, und blieben wir jetzt hier stehen, stünden wir von jetzt auf gleich im Wasser. »Laufen!«, ruft Hartmut, und wir rennen Yannick hinterher und werfen uns dramatisch auf den Boden. Wir kneifen die Augen zu, warten und drehen uns um. Der See hat seine Maße gefunden, die Hügelränder werden sanft mit dem Wasser verbunden. Die Stimme wird lauter und sagt: »Now it's time for some big decisions!« Die großen Entscheidungen betreffen die Erschaffung von Pflanzen, denn kaum wurde es gesagt, materialisieren sich Büsche und Bäume jenseits unseres Ufers, es ist angsteinflößend und zugleich wunderschön. Nur einen Mittelstrich als Stamm benötigt der Schöpfer, dann tupft er lediglich buschige Dreiecke darauf, die wie von Geisterhand die Form eines Baumes ergeben. Zackige Strichlein wachsen darin zu Ästen. »Er hat einen Baum gemacht«, sagt Hartmut und benennt schon wieder das Offensichtliche. Das Nirwana füllt sich. Der Schöpfer sagt: »And now, let's give this tree a little friend«, und beginnt, in genau derselben Technik den zweiten Baum vor unsere Nase zu stellen. »Everyone needs a friend, don't you think?«, sagt er, und ich könnte mich in seine warme Stimme legen wie in eine Wanne mit Fichtennadelbad. Nachdem sieben Bäume auf der anderen Seite des Ufers entstanden sind, bei deren Erschaffung wir andächtig zugeschaut haben, hüpft Hartmut schreiend zurück, als der große Meister ihm urplötzlich diesseits des Ufers einen Stamm fast genau vor die Füße malt. Wäre Hartmut nicht zurückgewichen, der Stamm hätte sich mitten durch seinen Körper hindurch materialisiert. Das dazugehörige Laub entsteht derart schnell, dass Hartmut sich mit seinen Koteletten darin verheddert, ein wenig Grün reißt in dicken Büscheln ab, denn der Baum hat ja noch keine Äste, die kommen schließlich nachträglich. Kaum, dass Hartmut sich befreit hat, tupft der Mann Büsche und Randsteine an den See. »You decide whatever your bush's gonna be«, sagt er, dann macht er einen kleinen Fehler, ein Busch bekommt eine Beule, und er sagt: »Oops. No problem. Always remember: There are no mistakes, there are just happy accidents.« Hartmut liegt unter den tiefsten Ästen des Baumes und hält inne, als würde der letzte Satz alles, aber auch wirklich alles erklären. »Gott spricht Englisch«, sagt er, und für einen Moment sieht es aus, als würde Hartmut beten, wie er da nackt unter der Fichte liegt. Außerhalb unserer Waldwelt hören wir ein lautes, schlappendes Geräusch, der Schöpfer lacht und sagt: »Cleaning the brush is the fun part.« Dann geht die Schöpferei wieder los, und direkt unter Hartmuts Nacken entsteht ein Weg, der sich neben den Bäumen in die Tiefe zieht und in einer sanften Biegung verschwindet. Hartmut zerrt am untersten Ast herum und versucht, sich zu befreien, als ein gigantischer Kopf am Himmel erscheint und zu uns hinuntersieht, als schaue er nach, was da in seinem Bild raschelt. Der Kopf hat gutmütige Augen und eine Paul-Breitner-Afro-Frisur. Er schüttelt lächelnd den Kopf, voller Güte. Dann sagt er: »All kinds of creatures live in these woods«, und verschwindet wieder. Hartmut sagt: »Gott ist ein Weißer mit einem Afro!«

»Potzblitz«, sage ich.

Hartmut rüttelt weiter, der Baum will ihn nicht loslassen. Ich sehe warum, ein Teil des Stammes wurde tatsächlich durch Hartmuts Knöchel hindurchgemalt, aber es ist nur ein Streifstrich. Hartmut kann sich befreien, ein wenig feuchter Holzfarbmatsch fällt auf den Weg, und er rappelt sich endlich auf. Yannick hat sich derweil an die Existenz des Schöpfers gewöhnt, schärft seine Krallen an dem neu geschaffenen Baum, zuckt zusammen und nimmt seine Jagdhaltung ein. »Was hat er?«, fragt Hartmut. Ich folge Yannicks Blick. Links neben den Bäumen, am Ende des neu geschaffenen Weges, steht das Eichhörnchen. Es winkt herüber, Yannick knurrt. Dann rennt er los. Wir folgen ihm, er ist unglaublich schnell. Der Schöpfer kommt mit dem Schaffen nicht hinterher und muss die Landschaft vor uns ausbreiten wie in einem Videospiel, in dem das Rennauto ja im Prinzip auch auf der Stelle steht und die Umgebung sich vor ihm materialisiert. Das Eichhörnchen rast und kurvt, Yannick japst und rennt, Gott schwingt die Pinsel, kann aber oft nur grobe Kleckse hintupfen, was auch reicht, da wir nicht nach links und rechts sehen. Dann stoppt Yannick ab, da das Hörnchen verschwunden ist, und sieht sich, die Ohren wie Antennen ausrichtend, um. Gott findet einen Moment Zeit und platziert eine Wand aus Büschen vor uns, in denen er eine Lücke lässt. Dann hören wir wieder das Geklacker von außerhalb, ein feinerer Strich erscheint in der Lücke, und schnell entsteht zwischen dem Holz die Rückseite einer verwitterten Bushaltestelle. Das Hörnchen erscheint kurz vor ihr – Yannick spannt den Rücken –, dann hüpft es einfach aus dieser Welt hinaus. Auf der Bushaltestelle erscheint in roter Schrift eine Signatur, der Schöpfer unterzeichnet sein Werk. »Gott heißt Bob Ross«, sagt Hartmut ehrfürchtig, dann gibt es einen Ruck und alles um uns herum sieht wieder fotorealistisch aus.

»Ich glaube, er hat uns entlassen«, sage ich.

»Wieder in die Welt geworfen«, sagt Hartmut.

»Ins Innen und Außen«, sage ich.

Yannick sagt nichts, aber bestätigt es mit einem Knurren und geht voller Misstrauen auf die verwitterte Haltestelle zu. Wir folgen ihm leise und werfen uns instinktiv auf den Boden, um den Rest in soldatischer Tarnmanier zu kriechen. Vor der Haltestelle ist eine Straße, voller Schotter, alt, kaum genutzt. Wir erstarren im Unterholz, als wir eine menschliche Stimme hören. Die Stimme einer Frau.

»Na, wer bist du denn?«, sagt sie und meint Yannick, »ein Wildkater was? Was siehst du zerzaust aus.« Yannick ist in der

Tat nicht mehr zu erkennen. Sein Fell ist grünlich, Rindenstückchen hängen darin, sein Ausdruck ist der eines Räubers.

»Was ich hier mache?«, fragt die Frau, als habe der Kater ihr eine Frage gestellt. »Ich warte auf den Bus, der aus Hohenlohe herausführt. Ich weiß, ich weiß, das hier ist eine selten befahrene Strecke. Wenn man Pech hat, kommt er nie. Aber ich muss hier weg.« Die Sitzbank knarrt, als biege sich die Frau zum Kater hinab. Sie lacht wie ein alter 12er-Dübel. »Zehn Jahre lang habe ich jetzt die Käufer des Hauses vertrieben.« Dann steht sie auf, geht auf den schmalen Weg, den ein Bus kaum passieren kann, hüpft auf einem Bein und singt: »Ach wie gut, dass niemand weiß, dass ich lauter Lügen reiß.« Dann kramt sie nach einer Zigarette, findet keine, bricht einen Zweig von einem Baum und zündet ihn sich an. Yannick sieht zu uns herüber und macht große Augen wie eine Frau, die ihrem Mann auf die Sprünge helfen will.

Hartmut und ich sehen uns an. Die Käfer, die sich in unseren Bärten eingenistet haben, packen ihre Sachen, als sei es Zeit, nun auszuziehen. Unser Puls treibt in Höhen, die dem Leben außerhalb des Waldes angepasst sind, und als wir verstehen, was unser Kater uns sagen will, stürzen wir beide aus dem Geflecht, reißen die Frau von der Haltestellenbank und schütteln sie, zwei nackte Männer aus dem Unterholz, mit einer Haut aus Rinde.

»Was hast du da gerade gesagt?«, brülle ich, und da ich das erste Mal seit langer Zeit brülle, klingt es wie das Brechen von Ästen im Schlund eines Riesen. Berit schreit und schlägt um sich, da sie uns nicht erkennt; umgekehrt müssen wir uns erst wieder an die gewöhnen, die wir gerade wieder werden.

»Welche Lügen?«, fragt Hartmut und wedelt dabei mit einer gigantischen Keule aus Holz, an deren Spitze ein matschiger Klumpen Pilze klebt.

Sie weicht zurück, und wir kreisen sie ein wie zwei Wölfe, die ihr Opfer in die Enge getrieben haben. Sie verengt ihre Augen zu schmalen Schlitzen und sucht nach den Gesichtern hinter den Bärten.

»Ihr?«

Hartmut schwingt die Keule, ich höre Trommler in meinem Kopf, die zum Krieg aufspielen, sämtliche, die es jemals gab, von der Steinzeit bis zur allerneuesten Band.

»Welche Lügen?«, fragt Hartmut nochmal, und für einen kurzen Moment wirkt es, als werde sie wieder übermütig, da keine echten Barbaren vor ihr stehen. Sie kennt nur Spott oder Angst. Respekt kennt sie nicht. Sie ist Raucherin.

»Wir haben wegen dir unsere Frauen verloren. Wegen dir sind wir in den Wald gegangen. Wir haben die letzten Wochen mit bloßen Händen Wildschweinen das Genick gebrochen und können von Glück sagen, dass Bob Ross so ein gütiger Herr ist. Also, sag jetzt die Wahrheit.« Hartmut hält sich die Keule vor den Mund und beißt ein Pfund aus dem Pilzgeflecht an ihrer Spitze, die Zähne fletschend, grollend. Es zeigt Wirkung. Berit fällt wieder in den Angstzustand. Sie glaubt, wir seien verrückt geworden. »Ich habe die Besitzurkunde gefälscht!«, ruft sie, wieder zurückweichend. »Meistens brauchte ich sie nicht mal, da Leuchtenberg nie kam und das Haus eine Ruine blieb. Ich würde immer noch gern wissen, warum er bei euch aufgetaucht ist.«

»Und warum sah das Ding so echt aus, dass selbst meine Frau es nicht bemerkt hat?«, fragt Hartmut. Berit fällt in den Busch und hält sich die Arme vors Gesicht. Hartmut hebt die Keule und sagt: »Du musst wissen, es gibt ein Gesetz, und das besagt, dass meine Frau nicht irrt. Niemals!«

Da stehen wir also, zwei nackte Männer in Schorf, einer mit

Keule und Pilzmatsch, der ihm aus dem Mund quillt, der andere so wütend, dass er ständig versucht, vor sich selbst zur Seite zu springen, und vor ihnen am Boden eine wimmernde Frau. Wenn jetzt die Polizei kommt, ist es aus.

»Damals, als ich noch im Schloss gearbeitet habe, hat man Experimente gemacht. Amt ohne Hierarchie. Amt des Vertrauens. Jeder sollte alles können, Schluss mit dem Expertentum. So Hippiezeug eben. Ich habe einfach alle Grundstücke des Orts auf mich übertragen.« Yannick faucht. »Ja, es fiel irgendwann auf. Sie haben mich rausgeworfen, direkt in die Klapse. Haben das Vertrauen für gestorben erklärt und führten stattdessen das Ein-Mann-Amt mit Steinbeis ein. Er muss ganz schön hetzen, von Zimmer zu Zimmer. Ich bin wieder aus der Anstalt entlassen worden, mit Rente.«

»Und hast dich ins Fenster gesetzt, um das Leben der anderen zu verkorksen«, sage ich, die Konsonanten flirren dabei schrill wie Luft über heißem Asphalt. Ich trete gegen die Bushaltestelle, da ich Berit nicht treten kann.

Hartmut holt mit der Keule aus, setzt sie wieder ab, lehnt sich an das Wartehäuschen und schaut zu Berit wie ein Buddhist, dem wieder einfällt, dass man Nachsicht haben muss. Sie richtet sich langsam im Gras auf.

»Ich gehe weg«, sagt sie, »irgendwohin in die Großstadt, wo es nicht so viel Luft gibt. Bahnhofswarteräume sollen ganz gut sein.« Yannick faucht wieder, dann ertönt ein Rauschen und Knirschen, das sich stetig nähert. Ein Kleinbus, ein winziger Isuzu mit dünnen Reifen, verschmiert und laut, wie man ihn in Dokumentationen durch Afrika fahren sieht, 27 Menschen mit Gepäck auf dem Dach. Der Wagen hält, und man kann den Fahrer nicht sehen, da der Bus komplett mit Qualm gefüllt ist. Die Tür geht auf, und eine blaue Wolke stößt heraus. »Schnell rein, sonst dringt Sauerstoff in den Bus«, ruft der Fahrer. Seine Stimme klingt nach schwarzem Schleim, er hustet.

Wir überlegen kurz, ob wir sie aufhalten und ihr diese Reise ins Glück verwehren sollten, doch dann lassen wir sie vorbei, und sie steigt in den Bus. Der Lungenkrebs wird es richten.

Als der Bus weg ist, dringt ein piependes Geräusch aus meiner Kehle. Ich bin nackt, habe seit Wochen nicht richtig gesprochen und weiß jetzt, was es mit dem Schöpfer auf sich hat. Berit hat die Urkunden gefälscht. Das Grundstück gehört uns. Ich weine. Ich weine und stoße zwischendurch Sätze darüber aus, dass ich meine Caterina verloren habe und dass wir uns die Ohren hätten stopfen und die Augen zubinden sollen, um dieser Frau nicht noch einmal zuzuhören. Ohne Sprache ist es einigermaßen gegangen und ohne Zeit, aber jetzt hier zu sitzen, das alles gehört zu haben, wissend zu sein und wieder in den Wald zurückzugehen, ist unmöglich. Die ganzen letzten Wochen oder Monate oder wie lange auch immer wir in diesem Wald waren, sind wirkungslos verpufft. Hartmut kriecht zu mir, nimmt mich in den Arm und weint mit, lässt mich aber wieder los, weil uns auffällt, dass wir ja immer noch nackt sind. Dann gehen wir aus dem Wald, marschieren zur Landstraße, die aufs Dorf zuführt. Zwei Touristen mit Stöcken und gelben Markenjacken stehen still am Straßenrand, als wir an ihnen vorbeigehen, vollkommen nackt und schwarz, von Rissen und Furchen zersetzt, in denen das Moos klebt, unsere Haare eine Heimstatt für Getier, unsere Bärte ein hartes, filziges Gewächs. Vor der Tür von Ernsts Haus stehen Siegmund und Manfred. Ihre Kiefer klappen herunter, als sie uns sehen, und Siegmund fällt auf die Knie vor dem, was wir geleistet haben. Aus Berits Haus werden Möbel herausgetragen, zwei Männer in Schutzanzügen tragen unter einem sterilen Zeltbau den Nikotinberg unter dem Fenster ab.

Wir betreten unser Haus und schauen an Decke und Wände. Die Risse sind verschwunden. Im Keller stützt ein riesiges, betoniertes Weinregal das Haus, ein Zettel klebt daran mit der Aufschrift: »Jetzt habe ich nur noch 11 Helfer, Leuchtenberg.«

»Wir waren nicht da«, sagt Hartmut.

»Wir waren nicht da«, sage ich.

Wir lassen in Wannen und Becken Wasser ein, schärfen die Rasierklingen, mischen Badewasserzusätze und verbringen die nächsten fünf Stunden im Wasser. Dann fahren wir zum Amt.

29

Im Schloss gehen wir auf geradem Wege und ohne uns durch irgendeine Flurbiegung verwirren zu lassen, ins Büro von Herrn Steinbeis. Der schreit wieder kurz auf, als wir unangemeldet hereinkommen, und sagt dann kopfschüttelnd: »Na ja, hier kann in letzter Zeit eh jeder kommen und gehen, wie er will.«

In seinem Büro ist in der Tat ganz schön was los. Das Hildchen hockt mit dem kleinen Jungen aus der Bücherei in einer Ecke und verbindet ihm den Kopf, der von mehreren Matchbox-Schlagwunden gezeichnet ist. Der Wasserkocher sprudelt, und vor dem Schreibtisch von Steinbeis steht ein Mann mit Brille, Geheimratsecken, sehr hoher Stirn und schwarzen Klamotten, der älter aussieht, als er wahrscheinlich ist, und nach einem Kaufobjekt fragt. Ich erkenne ihn wieder.

»Das Haus von Herrn Hades ...«, sage ich und erinnere mich an den Renault und den Nachmittag im Münsterland, an dem Hartmut sich über den Preis der Einbauküche aufregte, für den er schließlich unser ganzes Haus hier erwarb.

Der Mann dreht sich um. »Woher ...? Ach, Sie!«

»Kein Wohnkomfort dort unten?«, sagt Hartmut.

»Der Vormieter ist ein Sturkopf. Wollte 12 000 Euro für eine sieben Jahre alte Alno-Küche und ein paar stinkende Faltstores.

Nicht, dass ich die nicht hätte, aber es geht ums Prinzip. Außerdem kleben die Beleuchtungsstrippen im Flur wie Sau.«

Hartmut sieht mich an, seine Augen sind voller Triumph. Ja, ja, denke ich, du hattest recht.

Herr Steinbeis fuchtelt mit den Armen und sieht zwischen dem weinenden Jungen, dem Hildchen, uns und dem fremden Mann hin und her, als würde ihn sein Job langsam heillos überfordern. »Ich suche jetzt schon seit Monaten nach einem Häuschen auf dem Land. Ich brauche Ruhe, wissen Sie? Ich schreibe. Wo, ist egal. Hohenlohe ist ein toller Landstrich.«

Herr Steinbeis winkt ab und sagt: »Ja, ja, aber es steht gegenwärtig nun mal kein Haus zum Verkauf.«

»Ich wäre mir da nicht so sicher«, sage ich, Berits gefälschte Urkunde in der Hand. »Wir wollten gerade eins ausschreiben lassen. Fachwerk. Mit Garten und Weinkeller. Das Einzige, was übernommen werden muss, ist ein Karton voller Franzensbad-Badebecher. Man darf sie nicht vom Haus trennen, und sie bringen Glück.«

Ich würde gern wissen, wo unsere Frauen jetzt sind. Ob sie uns gesucht haben, wenigstens kurz? Ob sie sich fragen, wie wir jetzt leben? Ob sie sich fragen, ob wir uns etwas fragen? Ich vermisse sie so schrecklich. Hartmut zieht mich beiseite. »Meinst du wirklich, wir können das tun?«

»Nein«, sage ich sarkastisch, »nicht, wenn ich die Nachricht der Frauen im Haus übersehen habe, auf der steht, dass sie uns verzeihen und sich freuen, dass das Ding wieder geradesteht, wie immer wir das auch geschafft haben, und dass wir aus dem Wald rauskommen sollen.«

Hartmut klappt die Ohren nach unten. »Leuchtenberg hat es gratis gemacht. Wir dürfen es höchstens zum Selbstkostenpreis weggeben. Alles andere wäre wirklich Frevel.«

»Ich kann das Haus nur empfehlen«, sagt ein Mann, der eine Schnitzerei am Fenster des Büros ausbessert und sich umdreht. Leuchtenberg. »Was machen Sie denn hier?«, frage ich und erinnere mich wieder daran, dass es so was wie Freude geben kann.

»Ich wurde gebraucht«, sagt er und legt sein Werkzeug ab. Herr Steinbeis sieht zu dem Fenster und lässt seinen Kiefer fallen. Er starrt das fertige Stück an, als hätte Leuchtenberg nur drei Sekunden dafür gebraucht. »Diesen beiden Herren hier«, sagt Leuchtenberg zu dem jungen Mann und geht langsam zu uns, »kann man vertrauen.« Er legt die Arme um uns und blickt zwischen unseren Köpfen hindurch, als wären Hartmut und ich ein Wesen und wir seine beiden Nebenköpfe. »Ich habe das Haus jedenfalls mal gesehen und kann ihnen sagen: Es ist genau das Richtige für einen Mann wie Sie. Die jungen Männer hier müssen noch eine Kleinigkeit mit dem Grundstück klären, aber das ist schnell erledigt, das weiß ich genau.«

»Aber wie, warum?«, stammelt Hartmut, und Leuchtenberg strahlt wieder mit seinem ganzen, unschlagbaren Schmunzeln. »Die Wege des Herrn sind unergründlich«, sagt er.

Der junge Mann strahlt. »Kann ich es mir ansehen?«

Hartmut sagt: »Kommen Sie morgen Mittag nach Großbärenweiler. Und falls Sie auf den Bus warten – den müssen Sie rufen.«

*

Einen Tag.
Einen Tag lang wohnen wir. Das erste Mal im Leben. Wir machen uns etwas zu essen und zupfen im Garten herum, stehen an jedem Fenster und schauen hinaus, stundenlang, das

Beobachten sind wir noch aus dem Wald gewohnt. Wir spülen das wenige Geschirr und stellen es auf den Kamin, weil es keine Schränke gibt. Wir atmen die gute Luft von Hohenlohe, die durch die Küche hereinströmt, und sitzen bei einem letzten Wein in der romantischen Sitzecke, in deren Holzgittern die letzten Rosen des Jahres blühen. Ich bade und stelle die Schaumflaschen sorgfältig wieder in die Ablage am Fußende der Wanne. Wir holen die Playstation aus den Kartons in der Scheune und schließen sie im leeren Wohnzimmer an, mit nackten Füßen auf den Dielen, und spielen uns durch unsere ganze Sammlung. Gegen Abend veranstaltet Ernst ein Fest für uns, mit den heißesten Trögen, die Johanna jemals gebraut hat, und die Germanen feiern uns als jene, die den Mut hatten, wirklich mit der Weltseele eins zu werden und in die Tannen zu gehen. Der Major schenkt mir ein Ehrenabzeichen der Waldfront. Der Kampf um die Ruine ist noch offen, das Verfahren ist verschoben. Ich habe das Gesetz gesehen, ich weiß, wie das läuft. So lange nichts entschieden ist, bleibt die Ruine unangetastet. Gegen Mitternacht winkt Torsten uns in sein Zimmer unter die Eiche. Er stellt sich neben seinen Baum, schweigt einen Moment feierlich und sagt dann: »Sie interessiert sich für mich.« Sein Lächeln ist ein Bergpanorama.

»Enya?«, frage ich.

»Ja!« Er zieht die Zimmertür zu und steckt seinen Kopf zwischen uns. »Ich bin der grünen Jugend beigetreten«, sagt er. »Mein Vater darf es nie erfahren. Aber jetzt passt auf ...« Er springt durch das Zimmer wie ein kleiner Junge. »Sie ...«, er wedelt mit dem Finger herum, »zieht sich auch einen Baum groß. Eine Linde. Heimlich, im Garten, hinter einem Gebüsch. Die Windleute haben einen großen Garten.« Wir sehen ihn an, Wind rüttelt sanft am Dachfenster. »Eine Linde, versteht ihr?

Germanisches Symbol der Zärtlichkeit und Sanftmut. Baum der Liebe. Die Linde und die Eiche. Sie kennt unsere Ursprünge. Das wiederum darf *ihr* Vater niemals erfahren.«

»Eine illegitime Liebe«, sagt Hartmut und schaut durch das Dachfenster wie ein denkender Professor, »das klassische Thema der großen Geschichten. Dass es das noch gibt ...«

»Nur noch hier«, sagt Torsten, »nur noch hier. Aber das schaffen wir schon. Das Schicksal will es so, das liegt doch auf der Hand.«

»Und am Ende versöhnen sich die verfeindeten Völker durch die Liebe ihrer Kinder«, sage ich. Dann lächeln wir drei uns an.

Als wir zum Schlafen die Treppen hinaufgehen, benutzen wir das Geländer und setzen jeden Schritt bewusst. Nach der Hälfte der Nacht gehen wir in den Garten und verbringen den Rest unter freiem Himmel. Am nächsten Morgen stehen wir um fünf Uhr auf und joggen durch die Felder, wie wir es uns vorgestellt hatten. Wir halten zweimal an, einmal, weil Hartmut heult, und einmal, weil ich gegen ein Maisfeld trete, um nicht heulen zu müssen. Ich laufe in den Ort und kündige meine Stelle, Hartmut macht einen Garagenverkauf und verscheuert all unser Hab und Gut bis auf die Playstationspiele. Von dem Erlös kaufen wir einen alten VW-Bus im Ort, mit Waschbecken und Schränkchen, fast so wie den, den Hartmut einmal besaß, in unserer frühen Zeit, mit Tigerentenmuster.

*

Am Nachmittag kommt der junge Mann und kriegt sich vor Begeisterung nicht mehr ein. Ihm bleibt die Luft weg bei dem Zustand des Fachwerks, dem gemauerten Weinkeller, dem

Garten mit dem Rosenerker und der Art und Weise, wie das Licht durch die kleinen Quadrate der Fenster auf den Boden fällt. Er spricht vor sich hin, was er sieht, als wolle er es eines Tages aufschreiben, und im Wohnzimmer nimmt er seine eigenen Bücher aus der Tasche und hält sie an die Wand neben den Kamin. Auf einem ist ein Verkehrsschild zu sehen, darauf zwei Figürchen in einem schief stehenden Auto. »Hier kommt das Bücherregal hin«, sagt er und freut sich wie ein Kind. Er ist nicht bereit, nur so wenig für dieses Schmuckstück zu zahlen, wie wir haben wollen. Wir sagen ihm, dann solle er uns eben geben, was er für richtig hält. Er schreibt uns einen Scheck, aber richtig. Ich frage mich, mit welcher Art von Romanen man so viel Geld machen kann. Wir gehen mit ihm zu Ernst und Johanna und stellen ihn den beiden vor. Ernst umarmt ihn und sagt: »Komm rein und nimm schnell ein Fußbad, wir müssen diesen Verlust wieder gutmachen.« Dann wendet er sich uns zu: »Kann euch wirklich nichts mehr umstimmen?«

Hartmut schüttelt den Kopf. »Wir müssen weiterziehen«, sagt er, und ich höre, wie aus dem Rascheln der Ähren im Feld Streicher werden, die eine Melodie spielen. Wir umarmen Ernst und gehen ein paar Schritte. Dann drehe ich mich um: »Der Freund soll dem Freunde Freundschaft bewähren / Ihm selbst und seinen Freunden«, sage ich, und Ernst antwortet: »Aber des Feindes Freunden soll niemand / Sich gewogen erweisen.« Wir lächeln.

»Passt auf euch auf«, sagt Ernst. Durch das Küchenfenster sieht man, wie Johanna einen dampfenden Topf Fußwasser vom Herd nimmt. Von den Waldhängen klingen Salutschüsse.

30

Um sieben Uhr sitzen wir im VW-Bus, eine Menge Geld in der Tasche und Yannick im Körbchen, aber ohne Frauen.

Ohne Frauen.

Ein Regen setzt ein, und die ersten Tropfen erscheinen auf der Windschutzscheibe, als hätten sie nicht mal fallen müssen, sondern wären immer schon da.

Hartmut startet den Motor und sieht noch einmal zum Haus herüber. »Ich hasse Abschiede«, sage ich, krame eine maximal unromantische Kassette heraus und drehe die Lautstärke auf.

Schon auf der Landstraße, die zur Autobahn führt, hole ich die Kassette wieder heraus und tausche sie gegen R. E. M. aus. Man kann einfach nicht Sick Of It All hören, wenn es Abend wird und man durch schöne Landschaften fährt, selbst, wenn man wirklich alles satt hat. Hartmut und ich schweigen und streicheln ab und zu Yannick. Mal ich mit der linken Hand vom Beifahrersitz aus, mal Hartmut mit der rechten, wenn er gerade geschaltet hat. Wir sind zwei junge Männer mit wenig Hab und Gut und sehr viel Geld in einem Bus auf dem Weg ins Nichts. Es fühlt sich irreal an, ich schaue zum Waldrand hinaus und prüfe, ob er oben eine Klebekante hat und jemand gleich das Bild aufreißt und sagt, dass es nur ein Traum gewesen sei.

Ich nehme einen Schluck Wasser aus einer Glasflasche und frage mich, ob wir uns jemals noch etwas zu sagen haben werden, da alles nur Ablenkung sein kann, wenn man in Wirklichkeit an die Frauen denkt, als die Kassette aus- und damit das Radio anspringt. Ein Lokalsender ist eingestellt, die örtliche Variante von Eins Live. Ein Jingle ertönt, und die penetrant jugendliche Moderatorin verkündet die Verkehrsbehinderungen und duzt uns ungefragt. Dann sagt sie: »Ferner haben wir immer noch die kultige Suchmeldung, die uns nun schon seit letzter Woche begleitet und auf deren Ausgang wir alle gespannt sind. Susanne und Caterina suchen ihre Männer. Sie sagen, sie haben sie irgendwo zwischen Wald und Dorf verloren, sind aber überzeugt, dass es sie noch gibt. Sofern sie sich noch nicht ganz selbst verloren haben, sollen sie wiederkommen und zwar dorthin, wo man zuletzt ausgestiegen ist, bevor das Abenteuer begann. Wir wünschen euch viel Glück, Mädels, und spielen, wie von euch gewünscht, Donald Fagen mit ›The Nightfly‹.«

Hartmut vergisst zu lenken, und wir merken es erst, als der Wagen ruckelt und der Boden des Straßengrabens grob unter uns lärmt. Er reißt das Steuer wieder herum und atmet erschrocken aus. Wir sehen uns kurz an. Hartmut sagt: »Der Rasthof.«

Ich sage: »Ein Neustart. Wie im Videospiel. Das ist der Rücksetzpunkt.«

Dann geben wir Gas.

Es regnet in Strömen, als wir den Rasthof erreichen. Wir parken vorne auf den Plätzen mit den Steinbänken und Grünstreifen, von wo aus man noch ein Stück laufen muss, um zum alten Gasthaus zu kommen. Am Werkstattanbau daneben öffnet sich ein Scheunentor, und ein junger Mann rollt per Hand einen Mercedes heraus, stellt ihn ab, macht die Batterie an, testet das hintere Licht, grinst und spielt Luftgitarre mit dem Hüpfgang von Angus Young.

Hartmut steigt aus und zieht ein wenig den Kopf zwischen die Schultern, als würde das gegen den Regen schützen. Auf der Kassette laufen die letzten Takte von »Man On The Moon«. Ich höre das Lied zu Ende, dann steige ich auch aus und ziehe nichts ein, lasse mich einfach vollregnen und gehe langsam auf den Hof zu. Wenige Autos stehen auf dem Platz, das Licht dringt fahl aus den Gasthoffenstern in die verregnete Luft, wie Dampf, lustloser Nebel. Ich kann mir nicht vorstellen, dass sie hier sind. Es wirkt wie ein Ende, nicht wie ein neuer Anfang.

Ich schiebe die Tür auf und gehe durch den kleinen, quadratischen Vorraum, in dem Prospekte örtlicher Pensionen auf einem alten Zigarettenautomaten liegen. Die Tür schiebt sich über gammeligen Filz. Mehr ist nicht nötig denke ich, der Aufwand mit Dielen ist ohnehin umsonst. An der Bar sitzen die alten Männer aus dem Ort hinter der Autobahn, hinter der Glastheke schwitzt Kartoffelsalat, im Radio singt Roger Whittaker. Sie sind nicht hier.

»Sieh mal«, sagt Hartmut und zeigt auf ein Kind, das zu seinem Pumuckl-Teller mit Bockwurst und Fritten ein Blätter-Motiv ausmalt, das wir von Caterinas Bildern kennen. Der Junge steht auf und läuft an der Theke vorbei zu einer Schiebewand, wie sie benutzt wird, um Festgesellschaften von Normalgästen abzuteilen. Wir gehen ihm nach und finden einen hell erleuchteten Saal mit Leinwänden und halb fertigen Bildern auf Tischen, die an den Rand geschoben sind. Auf dem Boden malen Kinder, und in einem großen Vorzelt, das vor dem Saal angebaut ist, stehen Erwachsene im Licht heißer Scheinwerfer vor fertigen Bildern, plaudern und schenken sich O-Saft in den Sekt. »Kunstpause!«, steht auf einem Plakat, »Wanderausstellung mit Live-Kunst und Kinderprogramm«.

»Tolle Idee, was?«, sagt ein Mann neben uns, der mit einer kleinen Kamera Fotos macht und dessen Augen sich seltsam drehen. »Auf den Gedanken muss man erst mal kommen. In Raststätten hat jeder Zeit und gute Laune. Kommt das Volk nicht zur Kunst, muss die Kunst eben zum Volk kommen.« Er kiekst, nimmt die Kamera runter, friemelt an seiner Hemdtasche und sagt: »Das ist gut, das muss ich mir aufschreiben.«

Im Eingang zum Zelt steht die Künstlerin, Kuratorin und Erfinderin dieses Konzeptes, die Frau, die trotz verschwundenen Mannes, großer Enttäuschungen und mangelnden festen Wohnsitzes keine Woche verstreichen lassen kann, ohne ihrer Berufung nachzugehen. Sie hat rote Haare, und ein Löckchen fällt ihr ins Gesicht. Regen prasselt auf die Plane des Festzeltes. Ein Besucher der Ausstellung tätschelt Irmtraut das Köpfchen, die vor den Bildern sitzt. Ich gehe auf Caterina zu und koste den Moment aus. Sie bleibt stehen und deutet an, dass sie wieder lächeln könnte, wenn ich ...

»Wir sind wieder da«, sage ich.

Sie streicht mit den Fingerspitzen über meine Wangen, die noch Kratzer und Risse vom Waldleben bergen.

»Seid ihr es wirklich?« Sie tippt mir an den Schädel. »Seid *ihr* da drin oder diese unwirschen Männer, die unseren so ähnlich waren?«

»Wir«, sage ich.

Mein Leben baut sich wieder auf wie eine Puzzle-Animation, die rückwärts läuft. Aus der Bar wehen die Worte Roger Whittakers zu uns ins Vorzelt wie kleine Wattebällchen, die von einer Windmaschine angetrieben um unsere Beine tänzeln. »Du – du bist nicht allein«, singt Roger, »niemals mehr allein / Auch wenn die Sonne deines Lebens / eine Zeit lang mal nicht scheint.«

»Es ist nicht unsere Gegend«, sage ich.

»Tatsächlich?«, sagt Caterina.

Währenddessen schielt Hartmut um die Ecke ins Zelt und sucht seine Susanne, zieht den Kopf wieder raus und sucht im Saal, dreht ihn wieder und steckt seinen Körper in die Vernissage zurück. Als er sich erneut umdreht, reißt ihn ein muskulöser Frauenarm mittels einer Closeline zu Boden. Er versteht kaum, wie ihm geschieht, will sich aufrappeln und spürt Susannes Schuh auf seiner Brust. »Ist mein Mann in diesem Körper?«, fragt sie, halb an Hartmut, halb an Caterina gerichtet. Die sieht mich an, schaut zu Hartmut, wartet einen Moment und nickt Susanne zu.

»Wo warst du?«, röchelt Hartmut, der längst k.o. ist, und Susanne, die Hände noch schwarz angefärbt, sagt: »Ich musste einem Monteur helfen, die Abdeckklappe vom Licht zu montieren.«

Da stehen wir nun, Caterina und ich, wie zwei kleine Bäumchen, die sich noch nicht ganz umarmen können, und Susanne in schweren Boots mit umgekrempelten Söckchen, den Fuß auf des Mannes Brust. Die Besucher mit dem Sekt sammeln sich hinter uns. Wir schauen unsere Liebsten an, wie man nur schauen kann, wenn man weiß, dass das Leben nur auf eine Art Sinn ergibt. Es vergehen zwei Minuten, in denen niemand etwas sagt, dann brechen wir alle in Tränen aus und fallen uns in die Arme. Ich denke nicht mehr daran, was man jetzt in einem Film sagen würde, und bin auch nicht mehr nur Gast in einem gelähmten Körper, sondern drücke Caterina ganz fest und sage ihr, dass ich sie liebe und dass ich glaubte, sie hätte mich verlassen, und dass Hartmut und ich fast zu Waldwesen geworden wären, weil das Leben ohne sie keinen Sinn hat.

Caterina streichelt mir übers Haar und sagt »Ihr seid verrückt«, als habe sie die ganze Zeit gehofft, dass ich wieder in mir selbst ankomme, und dann streichle ich ihren Rücken, den ich wieder streicheln darf, und der Scheinwerfer wird ganz aufgedreht und trocknet unsere Sachen.

Bis Mitternacht packen wir zusammen und verstauen die Ausstellung in einem alten Kastenwagen, den die Witwe mit den Sonnenblumen und dem Teich den Frauen vermacht hat, nachdem endlich ihr Enkel wiedergekommen war und sie herausgefunden hatte, wohin ihre Mieterinnen aus ihrem Haus geflüchtet waren. Die nächste Station der »Kunstpause« liegt 200 Kilometer weiter südlich, es gibt viel zu tun. Wir stehen zwischen den Autos, es wird langsam dunkel, und der Regen von vorhin ist nur noch frisch duftende Feuchtigkeit in der Wärme des Sommerabends.

Die Erlebnisse im Hohenlohe liegen bereits hinter uns, wie Geschichten, die man sich erzählt und von denen man nicht mehr genau weiß, was daran real und was Einbildung war.

Bevor wir einsteigen, muss Hartmut sich auf den Rastplatz stellen und laut und feierlich ein Gelöbnis abgeben: »Hiermit gelobe ich, nie mehr ein Haus blind auf eBay zu kaufen, in keinem Land der Erde und unter keinen Umständen, auch, wenn wir jetzt steinreiche Leute sind.« Eine Familie geht währenddessen an uns vorbei, und ihr kleiner Sohn bleibt mit einem Ed-von-Schleck-Eis vor uns stehen und starrt Hartmut, den steinreichen Mann an. »Komm«, zieht ihn die Mutter weg, »das ist nichts für kleine Leute.«

Wir lachen und sehen ihnen nach.

»Was machen wir denn jetzt?«, fragt Caterina.

»Die Kunst-Tour«, sage ich und freue mich drauf.

»Und dann?«

»Wie wär's mit einer Weltreise?«, fragt Hartmut und hat all seinen Eifer wieder.

»Wieso nicht?«, sagt Caterina.

Dann gehen wir zu den Autos.

»Ich wusste gar nicht, dass es Ed-von-Schleck-Eis noch gibt«, sagt Hartmut, als er die Bustür öffnet.

»Nur noch hier«, sagt Susanne, »nur noch hier.«

Mein Dank an:

Sylvia, Schöpfergöttin der Hui-Welt.

Tenhi & Gobi, die guten Seelen.

Meine Sippe in der Region Niederrhein.

Herrn Leuchtenberg, den Besten der Besten.

Auf ein Wort: www.wortguru.de
Auf ein Bild: www.haus-der-kuenste.de